AF398568

Sandy M. Night schreibt Fantasygeschichten mit düsteren Settings, authentischen Figuren, einer ordentlichen Prise Magie und nicht selten mit einem Augenzwinkern.

SANDY M. NIGHT

LEGACY OF THE DAMNED

IM SCHATTEN DES DÄMONS

Vorwort

Liebe Leserin, lieber Leser,

wer war eigentlich Jack the Ripper? Seit über hundertdreißig Jahren ist das Rätsel um seine Person ungelöst und der bekannteste Serienmörder der Geschichte ein Mysterium.

Ripperologen beschäftigen sich bis heute mit den Fällen, rekonstruieren die Ereignisse, wälzen alte Akten und stellen immer wieder neue Theorien auf. Glaubwürdige und weniger glaubwürdige. Aber seien wir ehrlich: Niemand weiß, wer der Whitechapel-Mörder wirklich war. Ja nicht einmal, wie viele Frauen er tatsächlich getötet hat.

Jack the Ripper ist ein Phantom, eine Nebelgestalt, deren Name nach wie vor Gänsehaut verursacht. Sofort denkt man an die nächtigen nebelgeschwängerten Straßen Londons, einen Mann – mehr Teufel als Mensch – mit Mantel und Zylinder und einem blitzenden Messer in der Hand. Und von eben jener faszinierenden Gestalt handelt dieser Roman.

Einige der nachfolgend erwähnten Personen – Opfer wie Ermittler – haben wirklich gelebt, manche Vorkommnisse beruhen auf Fakten, vieles ist allerdings nur meiner Fantasie entsprungen. Dieses Buch ist kein Tatsachenbericht, es möchte dich unterhalten, mitreißen und dir eine fantasievolle Version des alten Rätsels aufzeigen. Oder … hat sich die Geschichte tatsächlich so ereignet, wie uns Privatdetektivin Maxine Atwood gleich erzählen wird? Wer weiß …

Aber Halt! Wie unhöflich! Ich habe mich selbst ja noch gar nicht vorgestellt!

Hi, ich bin Sandy, 1985 geboren und zuhause in einer meist nebligen Kleinstadt, wo ich mit Kind und Kater und in wilder Ehe lebe. Als Tochter eines Bühnenbildners und einer Malerin hatte ich seit meiner Geburt geballte kreative Energie um mich. Kunst aller Art gehörte zu meinem Leben, aber phantastische Geschichten faszinierten mich immer am meisten!

Bei mir findest du mutige Heldinnen, die nicht perfekt sind; die auch mal auf die Schnauze fallen, aber immer wieder aufstehen und weiterkämpfen! Außergewöhnliche Welten, unerwartete Wendungen und ungewöhnliche Protagonisten mit Tiefgang sind genau mein Ding. Wenn du mehr über mich und meine Bücher erfahren möchtest, besuche meine Website: http://www.sandymnight.de und sichere dir unbedingt die Gratis-Kurzgeschichten, die du bei Anmeldung zu meinem Newsletter erhältst.

Jetzt wünsche ich dir aber erst einmal eine spannende Lesezeit in London!

Alles Gute,
Sandy

Content Note

Dieses Buch enthält explizite Darstellungen von Gewalt und brutalen Morden, hauptsächlich mit weiblichen Opfern. Einige Szenen sind sehr blutig und könnten verstörend wirken. Bitte sei dir dessen bewusst, bevor du mit dem Lesen beginnst.

Prolog

»Verbannung ...« König Edwin zwirbelte sich den langen Kinnbart und blickte auf das Blockhaus neben dem See am Waldesrand.

Die aufgehende Sonne färbte den Himmel rosarot, eine leichte Brise ließ die Blätter in den Bäumen rascheln und Vögel zwitscherten in den Ästen. Eine friedliche Atmosphäre, wie sie am Hofe so niemals zu erleben war. Und ein herber Kontrast zu dem Unfrieden, den sie hierher mitgebracht hatten und der in wenigen Augenblicken losbrechen würde.

Der König seufzte. Seine Zweifel und die Zerrissenheit waren ihm deutlich anzusehen. »Wie kann ich ihr das antun? Meiner ergebensten Dienerin, fähigsten Leibwächterin ... und loyalen Freundin?«

»Wir haben keine andere Wahl, mein König, das wisst Ihr.« George legte ihm eine Hand auf den Arm. Heute, in dieser Kutsche am Wegesrand, war er Edwins bester Freund, nicht der Kanzler oder sein wichtigster Ratgeber. Und er musste die Sicht seines Freundes dringend zurechtrücken – zu dessen eigenem Wohl. Nicht auszudenken, was geschehen würde, wenn die Wahrheit ans Licht käme. »Mich schmerzt der Gedanke, sie unschuldig zu verurteilen ebenso wie Euch. Doch wir müssen die Gefahr bedenken, mein König. Wir haben es so entschieden, aus vernünftigen Gründen. Ein Zurück ist nicht mehr möglich. Und vergesst nicht, dass es nicht für immer ist.«

Edwins wasserblaue Augen musterten George hilflos. Was er wohl hoffte, in dessen Miene zu finden? Zuversicht? Trost? Etwas, mit dem er seine Entscheidung rechtfertigen konnte? Schließlich seufzte er erneut, wandte sich ab und betrachtete die einfache Behausung, in der Maxine mit ihrer Familie wohnte.

Ihre Lebensweise war so weit von jener des Hofes entfernt, man konnte fast vergessen, dass sie der General der königlichen Armee war. Maxine hatte noch nie Wert auf jeglichen Prunk und Tand gelegt. Sie blieb lieber abgeschieden von allem – mit ihrem Mann, einem Fischer, und ihrer kleinen Tochter, die das Schloss noch nie von innen gesehen hatte. George fand diese Art zu leben nicht sonderlich erstrebenswert, der König hatte ihm gegenüber allerdings des Öfteren betont, dass er beeindruckt davon war, wie Maxine in all der Schlichtheit solch tiefe Zufriedenheit fand.

»Ihr wisst, sie kommt mit wenig aus«, sagte George deshalb. »Es wird ihr nicht schwerfallen, eine Zeitlang in der Menschenwelt zu leben – anders als den meisten von uns. Außerdem ist es nicht für immer.« Er wiederholte sich absichtlich. »Bald schon werden wir Gewissheit erlangen und dann könnt Ihr sie begnadigen.« George hoffte zumindest, dass es so ablaufen würde, denn wenn nicht ... Das wollte er sich nicht vorstellen.

Dem König hatte er mehrfach erklärt, es sei eine reine Sicherheitsmaßnahme, Maxine in die Menschenwelt zu verbannen, unwissend wie sie war. Dennoch wirkte Edwin wenig überzeugt und viel zu nachdenklich. Was sollten sie nur tun, wenn er es sich anders überlegte? Der Vorfall ließ sich dann nicht mehr vertuschen und

Georges gesamte Familie sowie der König selbst würden vor dem Volk in Ungnade fallen. Alles, was sie sich erarbeitet hatten, wäre in nur einem Wimpernschlag fort. Und das nur weil dieser alte Narr über sein weibisches Gewissen stolperte.

»Wir müssen nun endlich handeln, mein König«, drängte George und wischte sich die schweißnassen Hände an seinem Gehrock ab. »Alles ist vorbereitet. Schickt die Männer ins Haus. Sie werden das Schwert finden, mit dem der Mord verübt wurde. Ich habe es selbst hineingebracht.«

»Dass aus gutgemeinter Saat solch verderbte Blüten wachsen«, murmelte der König. »Nie mehr wird mein Herz ruhen.«

George widerstand dem Drang, die Augen zu verdrehen und zu schnauben. Stattdessen nickte er aufmunternd.

Tief durchatmend hob der König den Arm, streckte die Hand aus dem Fenster der Kutsche und bewegte lediglich die Finger in Richtung Blockhaus. Eine winzige Geste nur, doch mächtig genug, um Menschenleben, Dörfer, ganze Reiche zu zerstören.

Fasziniert beobachtete George, wie sich die Soldaten in Bewegung setzten. Insgeheim hatte er befürchtet, dass sie sich weigerten, ihren General gefangen zu nehmen, und das Unbehagen stand ihnen auch in die Gesichter geschrieben, doch sie folgten loyal dem Befehl ihres Königs. Sechs Mann marschierten auf das Blockhaus zu, wo sie gegen die Tür hämmerten und laut um Einlass geboten.

Wenig später erschien Maxines Ehegatte Charles an der Schwelle und wurde prompt von einem der Soldaten am Arm aus dem Haus gezogen und festgehalten, während drei weitere ins Innere vordrangen. Der Fischer war sichtlich verwirrt, gestikulierte mit den Händen und sagte irgendetwas, das George von seinem geschützten Beobachtungsposten in der Kutsche aus nicht hören konnte.

Anscheinend hatte die Familie noch geschlafen, denn Charles trug lediglich ein Leinenhemd und eine einfache Stoffhose. Außerdem stand ihm das blonde Haar wirr vom Kopf ab.

Plötzlich erklang ein spitzer Schrei. Catherine. Man konnte das Mädchen bereits brüllen hören, bevor es hinauskam. Es klammerte sich weinend an das Hemd seiner Mutter, die, von zwei Soldaten flankiert, abgeführt wurde. Maxine wehrte sich nicht, redete lediglich über die Schulter auf ihre Tochter ein. Vermutlich versicherte sie Catherine, dass alles gut werden würde, dass es ein Missverständnis war, dass sie bald nach Hause zurückkehren würde ... Das fremde Schwert, das einer der Soldaten aus dem Haus trug, beäugte sie dabei irritiert.

Ihre Tochter ließ sich nicht beruhigen, im Gegenteil. Ihr Gebrüll war derart grell, dass es George in den Ohren schmerzte. Einer der Soldaten trat zu dem tobenden Kind und riss es von seiner Mutter los, wodurch das Weinen noch schriller wurde. Außerdem fing Catherine an, auf den Mann einzuschlagen, wo immer sie ihn treffen konnte. Die kleinen Hände einer Zwölfjährigen vermochten sicherlich keinen großen Schaden anzurichten, doch der Soldat verlor die Geduld. Entnervt schubste er das Mädchen von sich, sodass es rücklings auf dem Boden landete und aufschrie.

Als Maxine dem Vorfall gewahr wurde, riss sie sich von den Männern los, wirbelte herum und schlug dem Soldaten, der ihre Tochter angegriffen hatte, mitten ins Gesicht. Es ging so schnell, hätte man in diesem Moment geblinzelt, wäre es einem entgangen. Danach brach ein regelrechter Tumult aus. Maxine schlug mit wutverzerrter Miene auf den Soldaten ein, der eine Hand auf die blutende Nase presste und die andere ergebend hob. Mehrmals erwischte sie die anderen Männer, die sie beruhigen wollten, bevor diese es zu dritt schafften, sie zu Boden zu werfen und dort zu fixieren.

Maxine war eine erfahrene Kämpferin und die beste Soldatin des Königs – natürlich war sie kaum zu halten, wenn sie wütend wurde. Sie ließ sich jedoch von Charles besänftigen, der Catherine von hinten umschlang und ihr über das blonde Haar streichelte. Er wiegte das Mädchen, das nach wie vor bitterlich weinte und am gesamten Körper bebte, und redete derweil auf Maxine ein. Ihre Miene wurde allmählich sanfter und schließlich ließ sie sich von ihren eigenen Männern wegschleifen.

Catherine streckte die Hände aus und ihre zarten Fingerchen versuchten, nach der Mutter zu greifen. Maxine schüttelte stumm den Kopf, während ihr glitzernde Tränen übers Gesicht rannen. Der Anblick ließ selbst Georges Herz schmerzen. Zu sehen, wie sie dem Kind die Mutter entrissen, war grausamer als erwartet.

Er sog scharf die Luft ein und wandte sich ab. In diesem Moment spürte er Edwins Blick auf sich und sah zu seinem König auf. Jener wirkte blass und schockiert.

»Was haben wir getan?«, wisperte er.

George räusperte sich, ehe er antwortete. »Es ist die einzige Möglichkeit, um die Ordnung zu wahren.«

»Zwanzig Jahre.« Edwin schloss die Augen und ließ den Kopf hängen. »Sie schreiben das Jahr 1870 in der Menschenwelt. 1890 werde ich Maxine begnadigen, komme, was da wolle.«

»Komme, was da wolle?« George ergriff den Arm des Königs und zwang ihn, ihm in die Augen zu sehen. »Wir brauchen sie dort, vergesst das nicht. Sie ist die Einzige, die der Lage Herr werden kann, wenn – was wohl nie passieren wird – der schlimmste aller Fälle eintritt.«

Der König beugte sich zu ihm und raunte: »Und wenn der schlimmste aller Fälle eintritt und sie der Lage nicht Herr wird?«

George blickte durchs Fenster und beobachtete, wie Maxine in die zweite Kutsche gedrängt wurde. Er wusste nicht, was er darauf antworten sollte.

1. Überraschung!

»Scheiße«, murrte jemand, der sich dem Klang nach unter einem Berg Watte befand. Dem Fluch schlossen sich ein Klirren und ein Poltern an, bevor sich die Stimme erneut erhob: »Was für ein Schweinestall!«

Ich war zu müde, um hochzuschrecken. Oder auch nur die Augen zu öffnen. Ungelenk legte ich eine Hand auf das riesige, pochende Ding, das mein Kopf sein musste und stöhnte leise. Wer immer da gerade durch meine Wohnung stolperte, es war mir gleichgültig. Ich besaß nichts, was es sich zu stehlen lohnte und wenn mir jemand die Kehle aufschlitzen wollte, nur zu, dann hörten wenigstens diese bohrenden Kopfschmerzen auf.

»Max!« Die Stimme erklang nun direkt neben meinem Ohr und ich erkannte die leicht nasale Aussprache. Eine große Hand mit kräftigen Fingern umfasste meinen Oberarm und rüttelte grob an mir. »Muss ich denn erst einen Eimer Wasser holen, Maxine?«

»Das machst du nur ein einziges Mal.« Verdammt, was war mit meiner Kehle los? Dieses Krächzen klang nicht sehr überzeugend. Trotzdem: »Und dann rate ich dir, lauf um dein Leben.«

Vorsichtig öffnete ich die Lider. Nur einen Spalt breit vorerst, das war schmerzhaft genug und trieb mir brennende Tränen in die Augen. Im Zimmer war es so hell, als hätte jemand urplötzlich die Sonne angeknipst. Verfluchtes Tageslicht ...

Als ich mich allmählich an die Helligkeit gewöhnt hatte, nahm ich verschwommen ein Paar sehr vertraute, eichenholzfarbene Augen hinter einer eckigen Designerbrille wahr. Sie glotzten mich mit einer Mischung aus Abscheu und Mitleid an.

Der schon wieder! Ein Einbrecher wäre mir lieber gewesen. Der hätte nämlich weder die Vorhänge aufgezogen noch eine Moralpredigt gehalten.

»Was willst du hier, Jonas?« Ich versuchte, mich hochzurappeln, wurde aber von einem heftigen Schwindel gepackt, der mich augenblicklich zurückwarf. Jonas griff mir ungefragt unter die Arme und half mir mit hochgezogenen Brauen in eine aufrechte Position. »Wie bist du überhaupt reingekommen?«

»Während du hier im Alkoholkoma lagst, stand deine Tür sperrangelweit offen«, blaffte er und schob seine Brille auf der Nase zurecht. »Herrgott, Max, ausgerechnet zu dieser Zeit. Musst du immer so verantwortungslos sein?«

Diese Leier wieder ...

»Ja, ja«, nuschelte ich, massierte mir die Stirn und schaute mich kurz um.

Erleichtert stellte ich fest, dass ich auf meinem eigenen alten, dunkelbraunen Cordsofa saß. Ich war letzte Nacht folglich zuhause angekommen. Und auch wenn ich es offensichtlich nicht ins Bett geschafft hatte, war ich dieses Mal wenigstens vollständig bekleidet.

Vielleicht gab ich heute Morgen – oder war es Mittag? – ein jämmerliches und etwas zerknautschtes Bild ab, aber Jonas hatte mich bereits in sehr viel prekäreren Situationen vorgefunden. Mein heutiger Zustand war bei genauerer Betrachtung fast schon mustergültig. Wieso also die tiefen Sorgenfalten in seiner sonst so von gesundem Lebensstil und teuren Cremes makelloser Gesichtshaut?

Ein herzhafter Hustenanfall überkam mich, bevor ich nachhaken konnte. Ich angelte die verbeulte Zigarettenschachtel vom Fußboden und kramte zwischen den leeren Flaschen und Snackverpackungen auf dem ramponierten Holztischchen nach einem Feuerzeug.

Es dauerte ein paar Sekunden, bis ich die Kontrolle über meine zitternden Finger wiedererlangt hatte und mir eine Kippe anstecken konnte. Der erste Zug kratzte ekelhaft in meinem Hals. Doch schon beim Ausatmen entfaltete der blaue Rauch seine beruhigende Wirkung. Seufzend lehnte ich mich in die Kissen zurück.

»Wie ich sehe, läuft dein Plan, dich umzubringen, sehr gut«, konstatierte Jonas, ließ sich neben mir auf der Couch nieder, rümpfte die Nase und musterte mich von oben bis unten. »Du siehst richtig beschissen aus.«

Ich tat es ihm gleich. »Und du siehst wie immer wie ein Steuerprüfer aus.« Ich deutete auf das strenge Ensemble aus Stoffhose, Hemd und Wollpullover. Ganz hervorragend passten seine ordentlich gegelten, hellbraunen Haare dazu. Und die Zeitung, die er sich unter den Arm geklemmt hatte, rundete das steife Outfit letztlich ab. Was die Menschen wohl sagen würden, wenn sie wüssten, dass eine solche Strebertype eines der Wesen war, die sie Dämon nannten?

»Schön, dass wir das geklärt haben. Vielen Dank für deinen Besuch.«

Er blinzelte mich an, als hätte ich den Verstand verloren. »Willst du denn gar nicht darüber reden, was passiert ist? Ich hatte angenommen ... na ja, dass es dich wenigstens ein bisschen nachdenklich stimmen würde.« Er verschränkte die Arme vor der Brust. »Aber wie ich sehe, interessiert dich inzwischen überhaupt nichts mehr.«

Was faselte er da? Ich beäugte meinen ehemaligen Assistenten irritiert. Es war nicht ungewöhnlich, dass er vorbeikam, nach mir sah und Moralpredigten hielt. Es war mir zwar schleierhaft weshalb, aber er tat das schon, seit er vor sechs Monaten in ein anderes Detektivbüro gewechselt hatte. Dieser miese Verräter. Gut, ja, ich konnte ihn drei Monate lang nicht bezahlen – vielleicht waren es auch vier – dennoch war das kein Grund, zu Ian McKenzie, diesem arroganten schottischen Fettsack, zu wechseln, der zu allem Überfluss ein Mensch war.

Jedenfalls sollte es per Gesetz verboten sein, Leuten, für die man nicht mehr arbeitete, auf den Wecker zu fallen. Ständig beschwerte er sich über Gin und Zigaretten, über flüchtige Männerbekanntschaften und ›beabsichtigte Geldknappheit‹ – als würde so etwas existieren – und überhaupt war doch eigentlich alles an mir verachtenswert. Diese Tiraden kannte ich auswendig. Dass er nun jedoch ernsthaft mit mir reden, mir sogar zuhören wollte, war neu. Und überforderte mich in meinem derzeitigen Stadium der zögerlichen Aufwachphase, mehr als man annehmen könnte.

»Was soll ich sagen?«, fragte ich deshalb schulterzuckend. »Ich feiere am Wochenende nun einmal gern.

Das ist nicht verboten. Und da kann man schon mal mit einem Kater aufwachen.«

Jonas’ Gesichtsausdruck wurde noch ungläubiger, dann lachte er plötzlich auf und warf die Arme in die Luft. »Du hast es gar nicht mitgekriegt. Das glaube ich jetzt nicht ... Du bist so selbstbezogen, versoffen und abgewrackt ...«

»Jonas ...« Mein Augenrollen beeindruckte ihn nicht.

»... dass du die Schlagzeile der letzten Tage verpasst hast.« Er wedelte mit der Zeitung. »Die Presse, die Polizei, einfach alle reden davon.«

Er knallte die London Times mit der Titelseite nach oben auf meinen Schoß und tippte auf das Foto unter dem reißerisch medienwirksamen Titel ›Prostituierte brutal ermordet, Polizei tappt im Dunkeln‹. Meine Nackenhaare stellten sich augenblicklich auf.

»Was zum Teufel ...«, entfuhr es mir und ein Hustenanfall schüttelte mich, weil ich mich vor Schreck am Zigarettenrauch verschluckt hatte. Ungläubig blinzelnd riss ich die Zeitung an mich und betrachtete das Bild genauer.

»42 Jahre alt, einen Meter siebzig groß, sechzig Kilo schwer, schwarzes Haar, graue Augen«, zählte Jonas die Details auf. »Na, kommt dir irgendetwas davon bekannt vor?«

Ich fixierte ihn mit erhobener Braue. Ja, das hätte eine Beschreibung von mir sein können, aber ... »Willst du mir etwa sagen, ich sehe aus wie zweiundvierzig?«

Er zuckte unbekümmert mit den Schultern. »Wenn du so weitersäufst ...«

Ich verkniff mir einen Kommentar und wandte mich wieder dem Foto der lächelnden Frau – oder vielmehr dem Vorher-Foto des Opfers – zu. Ihr Haar war kürzer als meines und reichte nur bis zu ihren Schlüsselbeinen und ihre Nase war länger, außerdem wirkte ihre Haut teigig und aufgequollen, doch von Weitem hätte man sie durchaus mit mir verwechseln können.

Ich spürte ein merkwürdiges Kribbeln in der Magengegend und versuchte, es mit einem kräftigen Zug an der Zigarette zu unterdrücken.

»Und jetzt?« Ich warf die Zeitung verächtlich auf den Couchtisch zu all dem anderen Müll. »Das ist nicht mehr als ein Zufall. Eine Menge Leute sehen so aus.«

Jonas presste die Lippen aufeinander und nickte wie ein Lehrer, der gerade festgestellt hatte, wie einfältig sein Schüler wirklich war. »Gibt es auch eine Menge Leute, die den gleichen Namen tragen wie du?«, fragte er, schnappte sich die Zeitung, fuhr mit dem Zeigefinger an die richtige Stelle und las vor: »Wie ein Sprecher des Metropolitan Police Service gestern verlauten ließ, handelt es sich dabei um die sterblichen Überreste von Maxine Atwood. Die zweifache Mutter und Witwe war eine ortsbekannte Prostituierte und bei der Polizei bereits aufgrund von Diebstahl, Trunkenheit und Erregung öffentlichen Ärgernisses aktenkundig.«

Okay, zugegeben, das war ein merkwürdiger Zufall. Allerdings gab es sicherlich einige Leute, die einen 08/15-Namen wie meinen trugen. Ich ließ mir meine Verwunderung nicht anmerken und versuchte mich stattdessen an einem Grinsen. »Oh, ich bin gar nicht einzigartig? Das macht mich wirklich traurig.«

»Ihre aufs brutalste verstümmelte Leiche wurde am Samstagmorgen in ihrem eigenen Bett in dem von ihr und ihrer kleinen Tochter bewohnten Ein-Zimmer-Appartement in der Brushfield Street von einem Nachbarn entdeckt«, las Jonas weiter, erst dann ließ er die Zeitung mit erschütterter Miene sinken.

»Brushfield Street? Das ist in Whitechapel ...«, murmelte ich, bevor ich mich bremsen konnte.

»Kann sein. Worauf willst du hinaus?«, wollte Jonas wissen.

Wieder spürte ich dieses Ziehen. Irgendetwas tief in meinem Inneren brüllte schmerzerfüllt auf und eine sorgfältig weggesperrte Erinnerung rüttelte an ihren Gitterstäben. Aber das war unmöglich. Dieser Mord konnte nichts mit den Geschehnissen von damals zu tun haben. Es war so lange her ...

Nein. Ich massierte die schmerzende Stelle, unter der mein Herz gegen die Rippen hämmerte, und ließ die Zigarette in eine halbleere Bierflasche fallen, wo sie zischend erlosch. Diese Erinnerung durfte nicht rauskommen. Sie und all die überflüssigen Gefühle, die mit ihr verbunden waren, mussten umgehend dorthin zurück, wo sie hingehörten: in den finstersten, ginüberfluteten Teil meines Gedächtnisses.

Ich bemerkte, wie stark meine Finger zitterten, als ich nach der Ginflasche griff, weshalb ich nicht den Umweg über ein Glas nahm, sondern mir die klare Flüssigkeit direkt in die Kehle schüttete. Der Alkohol breitete sich angenehm warm in meine Glieder aus, beruhigte mich allerdings wenig.

Jonas' vorwurfsvollen Blick auf die Flasche ignorierte ich geflissentlich. Normalerweise trank ich morgens ja auch nicht, kein Grund, ein Drama daraus zu machen.

»Ich will auf nichts hinaus«, antwortete ich. »Nur ein Zufall.«

»Du denkst doch an etwas Bestimmtes, Max?« Seine intelligenten Augen waren durchdringend auf mich gerichtet. Jonas suchte in meiner Miene nach Antworten, würde aber wie immer keine finden. »Wieso kommt es mir so vor, als wollte jemand deine Aufmerksamkeit erregen oder dir drohen?« Angst mischte sich unter die Neugier, als ihm eine dritte Möglichkeit einfiel: »Hat dich der Mörder mit dieser Frau verwechselt? Will dich vielleicht einer umlegen?«

»Miss dem Ganzen keine überzogene Bedeutung bei, es ist nur ein ...«

»Dein Gesicht ist leichenblass. Gib es zu, du glaubst selbst nicht an einen Zufall.« Er drückte mir freundschaftlich den Arm. »Bitte sag es mir, wenn du in Schwierigkeiten steckst. Ich kann dir helfen.«

Ich schaute ihm einen Herzschlag lang abwägend ins Gesicht. War heute der Tag, an dem ich ihm alles erzählen würde?

Ich war nie das gewesen, was man gemeinhin als ›gute Freundin‹ bezeichnete. Nicht einmal, wenn man das ›gut‹ durch ein ›gerade noch wert, so genannt zu werden‹ ersetzte. Dennoch hatte ich jemanden, der für mich da war und den ich ›Freund‹ nennen durfte – verrückt ... Vor allem, weil sich unsere Freundschaft eher wie ein schlechter Scherz anhörte: Eine abgewrackte Gefallene, die wegen Mordes aus der Oberwelt verbannt worden war und ein moralisch mustergültiger Dämon, der sich seit seiner Flucht aus der Unterwelt als vollwertiger Mensch ansah, vertraten das Gesetz in der Menschenwelt ...

Ich zeigte es selten und auch wenn er definitiv eine bessere Freundin verdiente: Ich war froh, dass ich zumindest einem Kerl auf der Welt nicht völlig gleichgültig war. Und genau deshalb musste ich Jonas aus meinem Scheiß heraushalten. Er kümmerte sich schon genug um mich, unnötig, ihn zusätzlich mit meiner Vergangenheit zu belasten. Er würde mir ohnehin bloß helfen wollen und wäre danach frustriert, weil er das nicht konnte. Niemand konnte das. Außerdem hatte ich keine Lust darauf, diesen alten Müll aufzurollen ...

Also winkte ich betont unbekümmert ab. »Ich bin blass, weil ich – im Gegensatz zu dir – weiß, wie man feiert.« Grinsend zwinkerte ich ihm zu. »Du solltest dich mal wieder volllaufen und flachlegen lassen, dann würdest du verstehen, wie man einen Tag lang die Nachrichten verpassen kann.«

Er hob die Brauen. »Ich bin verlobt, wie du dich vielleicht erinnerst.«

»Und deshalb darfst du keinen Spaß haben?«

Er klopfte mir mit einem süffisanten Grinsen auf die Schulter. »Die Leiche ist am Samstagmorgen gefunden worden. Heute ist Montag.«

»Ach so.« Ich warf einen Blick aus dem Fenster. Die Sonne, die hoch am Himmel stand, deutete darauf hin, dass es bereits nach Mittag war. Mist. Wenn wir heute tatsächlich Montag hatten, war ich verdammt spät dran ...

»Seit dieser Sache versuche ich, dich zu erreichen«, fügte Jonas vorwurfsvoll hinzu. »Seit zwei Tagen, Max! Gehst du überhaupt nicht mehr an dein Handy?«

»Nein, eher selten, Mum. Die meisten Leute, die mich anrufen, sind tierische Nervensägen.« Dabei fielen mir spontan zwei solcher Menschen ein: mein Vermieter und meine einzige Klientin. Stöhnend massierte ich mir die pochenden Schläfen. »Ich sollte mich allmählich an die Arbeit machen.« Um mir beide vom Hals zu halten und gleichzeitig Jonas loszuwerden, fügte ich in Gedanken hinzu.

Er hob die Brauen. »Du hast tatsächlich noch Klienten?«

»Verzieh dich endlich, Jonas.«

Als er mich weiterhin nur kopfschüttelnd beäugte, überlegte ich, ob ich schlichtweg aufstehen und ihn sitzenlassen sollte, aber ich traute meinen Beinen nicht. Wenn sie so wacklig waren wie meine Hände zittrig, würde ich wohl eher davonkriechen müssen. Also entschied ich mich zunächst für ein zweites Frühstück, griff nach der Zigarettenschachtel und steckte mir eine Kippe an. Den Rauch blies ich meinem ehemaligen Assistenten provozierend ins Gesicht. Es wirkte.

»Dir ist einfach nicht zu helfen.« Er erhob sich und machte zwei Schritte auf die Tür zu, bevor er erneut stehenblieb, sich umdrehte und vage um sich zeigte. »Du hattest doch mal eine Putzfrau. Wo ist die abgeblieben?«

Eigentlich war Darlene meine Mitbewohnerin gewesen – als ob ich mir das Appartement und dann noch eine Putzfrau leisten könnte! Sie kam über eine Agentur zu mir, kümmerte sich eine Weile um unsere Behausung, die gleichzeitig mein Büro war, hatte aber bald schon die Nase voll davon. Und da die Agentur niemand Neues schickte, hatte sie dort wohl keine besonders gute Bewertung für mich hinterlassen ... Das musste Jonas jedoch nicht wissen.

Ich schaute mich in dem Dreckloch, das mein Vermieter als ›Wohnung‹ bezeichnete, kurz um. Es gab Behausungen, in denen mehr Abfall auf dem Fußboden als im Mülleimer liegen musste – das gehörte in derartigen Preislagen nun einmal zum guten Ton. Davon abgesehen wurde heutzutage alles doppelt und dreifach verpackt, sodass ein ordentlicher Haufen Müll gar nicht zu vermeiden war.

»Keine Ahnung«, antwortete ich schulterzuckend. »Vielleicht hat sie im Lotto gewonnen und lebt jetzt in einem Stelzenbungalow auf Borneo.«

»Vielleicht wurde sie von einer Mülllawine begraben und verwest hier irgendwo. Würde den Geruch erklären«, murmelte Jonas.

»Bist du jetzt endlich fertig mit deinen Vorträgen und kümmerst dich um deinen eigenen Kram?« Ich funkelte ihn zornig an. »Du arbeitest nicht mehr hier. Wieso kommst du also immer wieder her?«

»Das weiß ich allerdings auch nicht.« Er drehte sich um und marschierte zum Ausgang. »Schließ ab jetzt gefälligst deine verdammte Tür ab.«

»Vergiss dein Revolverblatt nicht.« Ich griff nach der Zeitung, um sie ihm nachzuwerfen, blieb jedoch an dem Foto meiner Doppelgängerin hängen.

Maxine Atwood – sie hatte das Alter, den Beruf, den Background und wohnte in der Gegend ... So gern ich wollte, ich konnte es nicht ignorieren. Ein eisiger Schauer glitt über meinen Rücken und ich zuckte ungewöhnlich schreckhaft zusammen, als die Tür hinter Jonas ins Schloss fiel.

Erneut griff ich nach der Ginflasche, im Versuch die aufkommenden Gefühle zu betäuben und die uralte Erinnerung zurückzudrängen. Hundertdreißig Jahre waren inzwischen vergangen. Es musste ein bizarrer Zufall sein. Oder ein Trittbrettfahrer.

»Reiß dich zusammen«, fauchte ich mich selbst an. »Stell dich nicht an wie ein kleines, ängstliches Schulmädchen!«

Ich pfefferte die Zeitung abfällig in eine Ecke, angelte die Fernbedienung vom Couchtisch und schaltete den Fernseher an, um mich abzulenken.

»Die Frau wurde am Samstagmorgen in ihrem Appartement tot aufgefunden«, berichtete der Nachrichtensprecher, ein junger Mann mit krummer Nase und schütterem Haar. »Aufgrund der entstellenden Verletzungen im Gesicht geht die Polizei davon aus, dass sich der Mörder und sein Opfer gekannt haben ...«

Brummend schaltete ich die Glotze ab, warf die Fernbedienung zur Zeitung in die Ecke und ließ die Zigarette in die zum Aschenbecher umfunktionierte Bierflasche fallen. Dann machte ich mich schwankend auf ins Badezimmer. Die Arbeit rief und zum ersten Mal seit langem war das etwas Gutes. Sie würde mich auf andere Gedanken bringen.

***

Der Wind fegte scharf durch die Straße und wirbelte die vertrockneten Blätter eines Baums am Wegesrand auf. Fröstelnd zupfte ich am Kragen meines Trenchcoats. Herbst in London. Das war nicht anders als Frühling, Sommer oder Winter in London. Wenn es nicht stürmte, schneite es. Wenn es nicht schneite, dann regnete es. Und wenn es nicht regnete, zog Nebel auf.

Immerhin war stets das richtige Wetter für Trenchcoat und Hut, was glücklicherweise auch wieder en vogue war. Nicht, dass ich ein Faible für Mode gehabt hätte, dieses Outfit war nur schon seit über fünfzig Jahren meine Berufskleidung – in dieser Hinsicht war ich altmodisch. Und wie eine Detektivin auszusehen war doch sehr viel unauffälliger, wenn es plötzlich jeder tat.

Meine Finger zitterten, als ich in meinem Kaffee rührte. Ich konnte nicht genau sagen, ob es vom Alkoholentzug oder von der Grübelei kam. Dieser Mord verursachte eine innere Unruhe in mir, wie ich sie lange nicht gespürt hatte, weshalb ich mit aller Kraft versuchte, nicht daran zu denken.

Stattdessen konzentrierte ich mich auf das unbequeme Stahlgestell des Stuhls, auf dem ich saß, den ungenießbaren Kaffee, an dem ich seit einer halben Stunde nippte und die Menschen, die mit gestressten Mienen vorbei an dem kleinen Café, vor dem ich saß, über den Bürgersteig hasteten.

Einige von ihnen waren ganz unterhaltsam. Zum Beispiel dieser Kerl mit der Lederjacke und dem Rattengesicht. Schon als ich ihn um die Ecke biegen sah, wusste ich, was er vorhatte. Gut zu wissen, dass mein Instinkt noch funktionierte, auch wenn ich ihn so gut wie nie gebrauchte. Wie ich nicht anders erwartet hatte, rempelte er eine ältere Frau an und zog das Portemonnaie aus ihrer Handtasche, während er sich wortreich bei ihr entschuldigte. Die Dame nickte lächelnd und zockelte unbeschwert weiter.

Ich schaute dem Kerl nach, bis er um die nächste Ecke gebogen war, wo er vermutlich ein neues Opfer im nachmittäglichen Gewimmel der Shoppingverrückten fand, dann warf ich mal wieder einen Blick auf das hässliche Bürogebäude gegenüber. Schließlich saß ich wegen meiner Zielperson hier. Alles andere war nicht mein Business.

Früher wäre ich aufgesprungen und dem Rattengesicht in bester Superheldenmanier nachgelaufen, um das Portemonnaie zurückzuholen und der Gerechtigkeit Genüge zu tun. Nun ja, die Zeiten änderten sich. Ich war eben nicht mehr die heroische Soldatin wie einst in der Oberwelt, sondern lediglich eine Versagerin, die versuchte, irgendwie in diesem stinkenden Dungepfuhl zu leben, bis mein Körper endlich gegen den Gin aufgab. Und was konnte ich mir schon von solcherlei Aktionen kaufen? Bei der alten Dame wäre nicht mehr drin als ein feuchter Händedruck und ein halbgares Dankeschön. Und dafür hätte ich meinen Posten, für den ich bezahlt wurde, verlassen sollen? Eine unsinnige Rechnung.

Ich nippte noch einmal an dem bitteren Kaffee, verzog das Gesicht und kramte daraufhin mein Smartphone aus der Jackentasche. Welch wunderbare neue Technik – für Fotos von meiner Zielperson musste ich keine Kamera mehr mit mir herumschleppen. Zumal die Ehefrau dieses Idioten den Unterschied ohnehin nicht erkennen würde. Sie merkte schließlich ebenfalls nicht, dass ich sie gehörig über den Tisch zog.

Es brach nun bereits die dritte Woche an, in der ich dem Fettwanst nach Feierabend auflauerte und in den Pub folgte. Es war immer dasselbe: Punkt siebzehn Uhr verließ er den hässlichen grauen Betonklotz von Bürogebäude, schlenderte in den Pub zwei Straßen weiter, genehmigte sich dort vier Pints und wankte daraufhin nach Hause. Ich machte jeden Tag exakt fünf Schnappschüsse – drei auf dem Weg und zwei im Pub. Ich blieb schon gar nicht mehr, bis er sich auf den Nachhauseweg machte, denn es war offensichtlich, dass dieser grässliche Fladen von einem Mann keine Affäre hatte. Ich fragte mich ernsthaft, wie seine Frau auf die absurde Idee kam, eine andere wäre blind und taub genug, sich von ihm besteigen zu lassen.

Wie auch immer, es war mir gleichgültig. Sie hatte mich aus diesem eifersüchtigen Grund engagiert und ich beschwerte mich nicht, denn immerhin konnte ich täglich vier Stunden Arbeit auf die Rechnung setzen. Damit wurden alle Parteien glücklich.

Der Kerl, der sich an das Tischchen nebenan gesetzt hatte, raschelte mit seiner Zeitung. Das Geräusch fuhr regelrecht in all meine Nervenenden, sodass ich mich schmerzerfüllt wand und das Gesicht verzog. Augenblicklich erschien das Foto meiner Doppelgängerin vor meinem inneren Auge und mein Herz begann, schneller zu schlagen.

Anscheinend konnte ich noch so oft versuchen, die Geschichte auszublenden, sie ließ sich nicht vertreiben. So ein Mist. Demnach blieb mir nichts anderes übrig, als in den Angriff überzugehen. Ich würde mich davon überzeugen müssen, dass das eine nichts mit dem anderen zu tun hatte. Ich würde für mich selbst klarstellen müssen, dass meine tödliche Unfähigkeit, die nicht nur Menschenleben gekostet, sondern meine gesamte

Zukunft zerstört hatte, nichts weiter als eine ferne Erinnerung war. Ich konnte sie getrost in die dunklen Ecken meines Verstandes zurückdrängen und sie musste nie wieder herauskommen. Vorher ließen mich die Gedanken wohl nicht mehr los.

Seufzend rief ich die Kontakte in meinem Handy auf und scrollte mich zu Brians Nummer durch. Brian Hutchins war Detective Chief Superintendent, mein wichtigster Kontaktmann bei der Metropolitan Police und er stellte keine Fragen. Zumindest so lange wie ich ... nun, nennen wir es ›freundlich‹, so lange wie ich freundlich zu ihm war.

Ich fragte mich oft, wieso er sich derart von mir um den Finger wickeln ließ, aber er würde mir bei einem unserer Dates garantiert gern mehr über den Fall erzählen. Und über die andere Maxine Atwood – Mutter und Prostituierte, Alkoholikerin und verlorene Seele ...

Mich fröstelte. Ich hatte sehr viel mehr Gemeinsamkeiten mit dem Opfer, als ich zunächst angenommen hatte. Sehr viel mehr, als mir lieb war.

Ich atmete tief durch, als ich Brians Nummer anwählte und zuckte regelrecht zusammen, als er nach drei Mal Klingeln ranging. Was war nur los mit mir? Ich verhielt mich wie ein ängstliches Kind – das musste sofort aufhören.

»Hallo, schöne Frau«, raunte Brian und verfiel in eine übertrieben kehlige Tonlage. »Endlich rufst du zurück.«

Er hatte ebenfalls versucht, mich zu erreichen? Auch seine Versuche waren an mir vorbeigegangen. »Hattest du Sehnsucht nach mir?«

»Jede Nacht«, erwiderte er.

Ich gebe zu, ich konnte diesen Kerl gut leiden. Es war angenehm, Zeit mit ihm zu verbringen. Er war zuvorkommend, lustig und ein weitaus weniger selbstbezogener Liebhaber als die meisten anderen Männer, die ich traf.

»Aber das war dieses Mal nicht der Grund. Sondern Maxine Atwood, das Mordopfer von Samstagmorgen.«

Wenn das kein Zufall war. »Ihretwegen rufe ich an – ich würde gern den Bericht des Rechtsmediziners lesen.«

Brian zögerte. Er zierte sich, wie immer, wenn ich ihn um solcherlei Dinge bat. Aber wir wussten beide, dass er früher oder später einknicken würde. »Das ist nichts für schwache Mägen, Süße.«

Ich rollte mit den Augen. Für den harten Inspector spielte ich oft das hilfsbedürftige Mädchen, weil er irgendwie darauf stand, aber ich hasste es, wenn er mich Süße nannte. Ich war eine zweihunderteinundzwanzigjährige Soldatin aus einer anderen Welt, Himmelherrgott, und dieser Mensch nahm mich einfach nicht für voll.

Ob es das war, was ihn dazu brachte, mir immer wieder so freigiebig Ermittlungsdetails zu verraten? Er glaubte, dass ich Detektivin geworden war, weil ich mich nach ein bisschen Action in meinem trüben Langweilerleben sehnte, und wollte mich deshalb mit seinem spannenden Polizistendasein beeindrucken. Nun ja, wenn es mir half, um an Informationen zu kommen, sollte er das ruhig denken.

»Sag es mir lieber gleich: Hat diese Sache irgendetwas mit dir zu tun?« Seine Stimme nahm den strengen Klang eines Polizisten an. »Ich meine, der gleiche

Name, das ähnliche Äußere … Hast du dir Feinde gemacht? Du kannst mit mir reden, Max.«

»Garantiert nicht. Der Name ist purer Zufall, hat mich aber selbst neugierig gemacht. Und du weißt, ich unterstütze die Polizei immer gern bei ihren Ermittlungen.«

»Aha … Nun ja, dafür sind wir natürlich dankbar, aber es geht hier um Mord und …«

Er zögerte erneut und ich konnte es ihm nicht einmal verdenken. Ich war vielleicht eine gute Detektivin gewesen, irgendwann, vor ungefähr hundert Jahren. Heute konnte ich an manchen Tagen nicht einmal meine eigenen Schuhe finden, geschweige denn einen Mörder.

»Ich werde mich nicht einmischen, ich möchte nur ein wenig mehr über die Frau mit meinem Namen erfahren. Du weißt, du kannst mir vertrauen.«

»Das ist keine gute Idee, Süße. Die Sache ist echt übel.«

»Komm schon, Brian«, bettelte ich mit meiner verführerischsten Mädchen-Stimme. »Ich wäre dir wirklich dankbar. Und damit meine ich äußerst und langanhaltend dankbar. Wie lange habe ich eigentlich nicht mehr für dich gekocht?«

Die Antwort lautete: noch nie. Aber wir beide wussten, was der Code bedeutete.

Er sog scharf die Luft ein. »Ich sehe, was ich tun kann. Aber denk nicht mal daran, auf eigene Faust zu ermitteln, Maxine. Wir haben alles im Griff, verstanden? Wir sind die Polizei.«

»Geht klar. Danke, Süßer.« Ich grinste, bis ich bemerkte, wie meine Zielperson gegenüber von mir das Bürogebäude verließ. »Scheiße, ich muss auflegen.«

Ich beendete das Gespräch, schoss einige Fotos von dem untersetzten Kerl mit Schnauzer und folgte meiner Zielperson schließlich in einigem Abstand in den Pub. Das Ecklokal war sehr viel größer, als es von außen den Anschein machte, und die Einrichtung bestand fast ausschließlich aus dunklem Holz und buntem Glas – man fühlte sich beinahe wie in einer Kirche. An der Theke bestellte ich einen Gin Tonic und setzte mich damit in die hinterste Ecke des Raumes, von wo aus ich den Kerl beobachten und zwei weitere Bilder schießen konnte. Damit war die Arbeit für heute erledigt. Zufrieden nippte ich an meinem Drink.

***

Ungefähr eine Stunde und zwei Gin Tonic später beobachtete ich den Kerl immer noch. Keine Ahnung wieso. Er saß ganz friedlich da und presste sich ein Pint nach dem anderen rein. Der Typ schien ein noch größeres Problem zu haben als ich. Wie es aussah, waren sein Leben und seine Ehe nur im Suff zu ertragen. Aber ich würde mich hüten, meine Meinung kundzutun. Das war schließlich nicht meine Angelegenheit. Ich war Detektivin, keine Eheberaterin, wurde für Fotos bezahlt, nicht für meine Meinung. Und die Zeit, in der mir die Leute nicht gleichgültig gewesen waren, war längst vorbei.

Nach der Verbannung aus meiner Heimat hatte es eine Phase gegeben, da wollte ich den Menschen ernsthaft helfen. Nicht nur aus Nächstenliebe, sondern weil ich darin meine einzige Chance gesehen hatte, nach Hause und zu meiner Familie zurückzukommen. Es wäre meine Strafe und meine Chance, hatte König Edwin gesagt. Wenn ich meine Verfehlung wiedergutmachte, indem ich die Menschen beschützte, ihre Welt von Unheil befreite, dann würde er mich begnadigen.

Und das alles wegen einer Tat, die ich nicht begangen hatte ... Dennoch fügte ich mich meinem Schicksal, wollte das Elend in der Menschenwelt aufhalten, aber sie waren nicht mehr zu retten. Genauso wenig wie ich selbst.

Ich hatte versagt, damals, als dieses Monster London terrorisiert hatte. Ich konnte den Menschen nicht helfen. Ich konnte ja nicht einmal mir selbst helfen.

Ich trank eben mein Glas leer, da kündigte mein Handy eine neue E-Mail an. Sie war von Brian. Mit klopfendem Herzen nahm ich das Gerät vom Tisch und las die Nachricht.

Max, ich warne dich, diese Sache ist nichts für schwache Nerven ...

Er schickte mir den Bericht wohl aus dem einfachen Grund, dass dieser mich abschreckte, mich davon abhielt, der Sache weiter nachzugehen, und ich somit der Metropolitan Police nicht mit meinen eigenen Ermittlungen in die Quere kam. Allerdings hatte ich gar nicht vor, in einem Mordfall zu ermitteln. Schließlich hatte ich weder die Möglichkeiten eines Polizeibeamten noch wurde ich dafür bezahlt. Ich wollte lediglich Gewissheit ...

Ich tippte auf den ersten der beiden Anhänge, es war ein Auszug des Tatortberichts, und begann zu lesen:

Der Leichnam liegt nackt in der Mitte des Bettes, der linke Arm nah am Körper, Unterarm über dem Unterleib, der rechte Arm leicht abgespreizt und ausgestreckt, Finger verkrampft, Beine gespreizt.

Die gesamte Oberfläche des Unterleibs und der Schenkel wurden entfernt sowie die inneren Organe der Bauchhöhle entnommen. Die Brüste wurden entfernt, die Arme durch mehrere gezackte Wunden verstümmelt und das Gesicht bis zur Unkenntlichkeit zerschnitten. Das Gewebe des Halses wurde bis auf den Knochen rundherum komplett abgetrennt.

Die inneren Organe sind im Raum verteilt: Gebärmutter, Nieren und eine Brust unter dem Kopf, die andere Brust neben dem rechten Fuß, die Leber zwischen den Füßen, die Gedärme auf der rechten und die Milz auf der linken Seite des Körpers, die vom Unterleib und von den Schenkeln entfernten Hautlappen auf einem Tisch.

Der Bettbezug ist in der rechten Ecke mit Blut durchtränkt und auf dem Boden darunter befindet sich eine Blutlache. Die Wand auf der rechten Seite des Bettes, in einer Linie über dem Hals, ist mit einigen Spritzern verschmiert.

Ich legte das Handy mit dem Display nach unten auf den Tisch, schluckte und atmete tief durch, um die aufkommende Übelkeit zu vertreiben. Das Bild, das sich durch diese nüchternen Worte in meinem Kopf geformt hatte, war ein Gemälde des Grauens. Und schlimmer noch: Es befreite eine längst verdrängte Erinnerung, platzierte das Opfer auf einem alten Holzbett, gab ihm blondes, blutverkrustetes Haar ...

Ich schüttelte den Kopf, verscheuchte die Gedanken und atmete noch einmal durch, ehe ich die zweite angehängte Datei öffnete. Dabei handelte es sich um die Untersuchung des Gerichtsmediziners.

Das Gesicht weist zahlreiche, tiefe Einschnitte auf. Nase, Wangen, Augenbrauen und Ohren wurden teilweise entfernt. Der Hals wurde bis auf die Rückenwirbel durchtrennt, die Hauteinschnitte an der Vorderseite zeigen ausgeprägte Ekchymose, die Luftröhre ist am unteren Teil des Kehlkopfes eingeschnitten.
Beide Brüste wurden durch kreisförmige Schnitte entfernt. Die Brust- und Bauchwand wurde zwischen vierter, fünfter und sechster Rippe durchtrennt, wodurch der Inhalt des Brustkorbes sichtbar ist. Beim Öffnen desselben stellte sich heraus, dass ein Teil der Lunge zerstört und weggerissen, der Herzbeutel unterhalb geöffnet ist und das Herz fehlt.

Ich konnte nicht weiterlesen. Ich sprang auf, stürzte zu den Toilettenräumen, warf mich vor einem der Klos auf die Knie und würgte. Ich hatte heute nicht viel mehr als eine Handvoll Chips, Kaffee und Gin zu mir genommen, es kam mir also nur saure, brennende Flüssigkeit hoch. Mein Magen krampfte derart, dass ich das Gefühl hatte, er versuchte, sich aus meinem Körper zu winden. Außerdem brach kalter Schweiß auf meiner Stirn aus. Und zu allem Überfluss fühlte ich mich urplötzlich stocknüchtern.

Als nichts mehr hochkommen wollte, ließ ich mich auf die kalten Fliesen sinken, lehnte mich an die Trennwand und konzentrierte mich aufs Atmen. Ich schnaufte, als hätte ich einen Marathon hinter mir. Fühlte mich auch ein wenig so.

Ich besaß keinen schwachen Magen. In meinem langen Dasein hatte ich schon viel erlebt und viel gesehen, vor allem in meiner Zeit als Soldatin.

Die Menschen nannten die Welt, aus der ich stammte und verbannt wurde, Himmel oder Oberwelt. In der festen Überzeugung, dort gäbe es einen Kerl namens Gott und es herrschte ewiger Frieden. Das konnte ich nicht bestätigen. Vielleicht hatten wir manches mit diesen sogenannten Engeln gemeinsam, aber vor allem waren wir unserem Herrscher gegenüber loyal. Auch in meiner Welt gab es mehrere Könige und demnach Kriege. Schlachten, die weitaus grausamer und blutiger waren als diejenigen, die ich seit hundert Jahren in der Menschenwelt beobachtete. Im Grunde sah ich schon mein ganzes Leben lang dabei zu, wie sich Leute die Köpfe einschlugen und zu was sie anderen gegenüber fähig waren. Es waren nicht das verstümmelte Opfer oder die Tat an sich, die mir den Magen umdrehten – es war die Tatsache, dass ich die Vorgehensweise des Täters wiedererkannte.

1888 war schon einmal eine Frau auf die gleiche Weise aufgefunden worden. Ihr Name war Mary Jane Kelly. Sie war das letzte Opfer eines Monsters, das ›Jack the Ripper‹ genannt wurde. Diesem Mistkerl hatte ich es zu verdanken, dass ich nie wieder nach Hause zurückdurfte, geschweige denn meinen Frieden finden würde. Ich hatte kein anderes Wesen jemals derart gehasst wie ihn.

Ich atmete tief ein, tief aus, und versuchte, die Erinnerung fortzuschieben. Wie so oft, wenn ich mit dem Ripper konfrontiert wurde. Das Perverse an der Sache war, dass die Menschen heute noch von ihm fasziniert waren. Er war ein Mysterium, ein Geist – und ihren Leben so fern, wie es nur irgendjemand sein konnte. Ich würde mich nicht wundern, wenn sich ein beliebiger Idiot diesen Geisteskranken zum Vorbild genommen hätte.

Oder konnte es sein ...? Nein! Der echte Ripper war nicht wiedergekehrt. Wo sollte er denn die vergangenen einhundertdreißig Jahre gesteckt haben? Es musste ein Trittbrettfahrer sein. Kein Mensch wurde so alt und kein Gefallener oder Dämon konnte sich so lange vor mir verstecken. Dafür hatte ich zu gute Quellen.

Schwankend hievte ich mich hoch, dann torkelte ich zurück zu meinem Platz, um mein Handy einzusammeln, und verließ schließlich den Pub in Richtung meiner Wohnung.

***

Bereits an der Haustür hörte ich Bonds zornige Stimme und das Geräusch seiner hämmernden Fäuste an meiner Wohnungstür. Anders als der Name vermuten ließ, war Ralph Bond kein schnittiger, gutaussehender Agent im Anzug, sondern vielmehr ein übergewichtiger Mann im schmuddeligen Mantel, der sich vielleicht einmal im Monat rasierte. Was etwas merkwürdig war, wenn man bedachte, wie viele Gebäude er in der Gegend um die U-Bahn-Station Angel in Islington besaß.

Als ich eingezogen war, hatte ich es fast schon poetisch gefunden, hier zu leben. Als Gefallene aus einer Welt, in der die Menschen geflügelte Wesen namens Engel vermuteten ... Allerdings spielte die Wohnlage keine Rolle, wenn man nicht mehr fähig war, die Miete rechtzeitig zu bezahlen. Ob man nun ein Engel war oder nicht.

»Ich weiß, dass du da drin bist, Maxine!« Bonds Stimme schallte vom zweiten Stockwerk herab. »Mach die Tür auf!«

Ich hatte definitiv keine Lust, da jetzt hochzugehen.

»Am Freitag hab ich deine Miete, ist das klar? Sonst breche ich die Tür auf und befördere deinen knochigen Arsch höchstpersönlich hier raus, kapiert? Und nimm endlich dieses stinkende Ding von deiner Matte!«

Stinkendes Ding? Mir schwante Böses, allerdings war es zunächst an der Zeit, mich unsichtbar zu machen. Langsam ging ich aus der Tür und huschte auf die andere Straßenseite, wo ich mich an einen Zeitungskiosk stellte, die Mütze in die Stirn zog und so tat, als studierte ich die Cover der Zeitschriften, während ich die Haustür beobachtete.

Es dauerte nicht lange, da stürmte Bond aus der Tür. Ich könnte schwören, er hatte Schaum vorm Mund und seine Augen glühten rot. Allerdings waren der Vermieter und sein Vorhaben, mich zu erwürgen, momentan meine geringste Sorge.

In weiser Voraussicht hatte ich auf dem Heimweg eine Flasche Gin erstanden, in der festen Absicht, den heutigen Tag aus meinem Gedächtnis zu tilgen. Und morgen, wenn ich verkatert erwachte, war das alles nicht passiert. Ich wollte es nicht noch einmal erleben, konnte es einfach nicht.

Mein Blick glitt zu den Zeitungen. Auf drei von fünf Titelseiten stach mir das Foto meiner Namensschwester ins Auge und ließ einen eisigen Schauder über meinen Rücken fahren. Keuchend wandte ich mich ab und marschierte zu dem großen, wenig englisch anmutenden Betonklotz hinüber, in dem ich lebte. Den Briefkasten ließ ich Briefkasten sein, für gewöhnlich erhielt ich ohnehin keine erfreulichen Nachrichten, und stapfte die Treppe in den zweiten Stock hinauf.

Je näher ich kam, desto deutlicher roch ich ›das stinkende Ding‹. Es war ein Geruch, den ich nicht sofort einordnen konnte, der mir aber grauenhaft bekannt vorkam. Unwillkürlich stellten sich die Härchen an meinen Armen auf.

Ich konnte nichts dagegen tun, meine Beine bewegten sich von selbst, obwohl ich mich am liebsten umgedreht und aus dem Staub gemacht hätte. Und nie mehr wiedergekommen wäre. Wie ferngesteuert ging ich zu meiner Wohnungstür und bückte mich zu dem Päckchen aus grauem Papier, das fein säuberlich mit brauner Paketschnur umwickelt war. Ich wollte es eben hochheben, da sah ich es: Ein Wort in ordentlich geschwungener Handschrift befand sich in der oberen rechten Ecke des Pakets. Ich fror vor meiner Wohnungstür förmlich ein.

Die Handschrift erkannte ich nicht, das hatte ich nie, denn sie war verstellt gewesen. Doch stets hatte dieses eine Wort in der oberen rechten Ecke jedes Pakets, jedes Briefs, jeder Postkarte gestanden.

Überraschung!

Alles in mir wurde kalt und taub. Ich wusste nicht, wie lange ich das Päckchen anstarrte, bis ich es endlich in die Hände nehmen und damit in die Wohnung gehen konnte.

Ich wusste, was sich darin befand. Da konnte ich noch so sehr hoffen, dass ich mich irrte.

2. Spiel mit mir

Ich stellte das Päckchen und die Ginflasche nebeneinander auf den Couchtisch und beäugte beides im Wechsel. Dann beschloss ich, mir ein Glas zu holen.

Ich bewegte mich wie im Nebel, kurzzeitig überlegte ich sogar, ob ich bloß träumte und wie ich mich dazu bringen könnte, aufzuwachen. Ohne recht mitbekommen zu haben, dass ich zum Küchenschrank gegangen war, setzte ich mich auf die Couch, füllte das Wasserglas mit Gin und trank einen kräftigen Schluck. Dann nahm ich meine Schiebermütze ab, streifte den Trenchcoat über meine Schultern und legte beides über die Sofalehne.

Das Päckchen ließ ich dabei keinen Moment aus den Augen. Die Anwesenheit dieses Dings war unangenehm, fast unheimlich. Ich konnte den Blick nicht davon abwenden, als würde es zubeißen, wenn ich wegsah. Wer weiß, vielleicht täte es das sogar.

Überraschung!

Wenn ich raten müsste, würde ich sagen, die ordentliche, geschwungene Handschrift gehörte einer Frau. Vor allem nach den Punkten über dem Ü zu urteilen, die aussahen wie kleine Kringel.

Überraschung!

Das wirklich Überraschende daran war, dass es mich nicht sonderlich überraschte. Es gab keinerlei plausible Gründe für das, was hier geschah, und doch hatte ich das Gefühl, es hatte so kommen müssen. Verrückt ...

Ich trank einen weiteren Schluck Gin, atmete tief durch und griff schließlich nach der Schnur. Vorsichtig löste ich den Knoten und wickelte das Paket auf. Ein bestialischer Gestank stach mir in die Nase und ätzte sich in meine Lungen. Metallisch und beißend zugleich – Blut und Alkohol. Eine Kombination, die mir schon damals den Magen umgedreht hatte.

Ich zog das Papier auseinander, blickte ins Innere des Päckchens und war wieder nicht sonderlich überrascht. Angeekelt, aber nicht überrascht. In einer durchsichtigen Plastikbox mit Luftlöchern lag ein blutiges, fleischiges Etwas, das seinem Geruch nach in Alkohol eingelegt gewesen war. Ich musste nicht Sherlock Holmes heißen, um darauf zu kommen, dass dies das Herz war, das im Leichnam der anderen Maxine Atwood fehlte.

Er hatte es aus ihrem Torso gerissen, eingelegt, verpackt und schließlich an mich geschickt. Und ich wusste auch wieso.

Ich spülte die Übelkeit mit einem großen Schluck Gin hinunter, dann nahm ich den Brief aus dem Paket und schob das Herz aus meinem Blickfeld. Ich hasste seine Geschenke. Aber mehr noch hasste ich seine Briefe. Mich fröstelte bei dem Gedanken, die widerlichen Ausgeburten seines kranken Hirns lesen zu müssen.

Das Schreiben war in derselben ordentlichen Handschrift verfasst wie das Wort Überraschung und die Adresse. Die ausladenden Lettern des 19. Jahrhunderts gehörten der Vergangenheit an, dennoch fühlte ich mich in frühere Zeiten versetzt. Denn am Inhalt, an seinen Worten, hatte sich rein gar nichts verändert.

Meine liebe Spielkameradin,
verzeih mir die lange Zeit des Schweigens. Glaub mir, dies war nicht meine Absicht, geschweige denn mein freier Wille.
Zur Wiedergutmachung, auch dafür, dass ich Dir das letzte nicht wie geplant schicken konnte, übersende ich Dir das beiliegende Herz. Es ist nicht dasselbe, ich weiß, ich bin deshalb untröstlich, aber ich hoffe, Du erkennst es als angemessene Entschädigung für meinen unhöflichen Abschied an. Mein erstes Geschenk an Dich, der Paukenschlag, mit dem ich mich zurückgemeldet habe, hat Dich leider erst spät erreicht, wie ich erfuhr. Hat es Dir denn nicht gefallen, liebste Maxine? Es hat eine Weile gedauert und ich habe keine Mühen gescheut, bis ich jemanden fand, der Deinen Namen trägt.

Ich schnaubte. »Und willst du jetzt einen Orden dafür, oder was? Widerlicher Bastard ...«

Nun, ich hoffe, es war eine gelungene Überraschung. Es musste etwas Großartiges sein, nachdem unser Spiel derart rüde unterbrochen worden war. Ich gestehe, ich war sehr wütend damals, Maxine. Denn Du hast geschummelt. Du und Mary, ihr habt die Regeln verletzt. Das war so nicht vereinbart, Maxine, das weißt Du. Unser schönes Spiel, es war ruiniert! Ihr habt Saucy Jacky verspottet und damit Angry Jack erweckt. Deshalb konnte ich nicht anders, Maxine, ich musste es tun. Ihr seid slbst Schud. Valetz die Regel nich, das wießt Du dch!

Ich runzelte die Stirn. Die Schrift veränderte sich an dieser Stelle, wurde ausladender, krakeliger, und einige Buchstaben endeten mit dicken Tintenflecken. Außerdem hatte er sich in seiner Hast verschrieben. Nach dieser Passage wurde alles wieder ordentlich, als hätte er sich nur für einen schwachen Moment seiner Wut hingegeben.

Aber jetzt bin ich ja zurück. Es wird Dich freuen zu hören, dass ich mich bester Gesundheit erfreue, besser denn je, um ehrlich zu sein, und dass ich bereit bin. Ich habe einige wundervolle Partien für uns vorbereitet, liebste Maxine. Lange habe ich auf den Tag gewartet, an dem wir unser Spiel fortsetzen können ...
Aber ach, was musste ich erfahren, als ich nach Dir sah? Verzeih mir die Ausdrucksweise, doch Du scheinst lediglich ein Abklatsch, eine Karikatur der Frau zu sein, die ich einmal kannte. Ist es die Trauer über den Verlust eines ebenbürtigen Gegenspielers? Darüber, den Sinn Deines hiesigen Daseins verloren zu haben? Es tut mir leid, dass Du derart leiden musstest, meine alte Freundin. Glaub mir, ich verstehe, und wäre es andersherum, es hätte ebenso mich treffen können.
Da Du noch nicht bereit bist, gebe ich Dir ein wenig Zeit, um in Deine alte Form zurückzufinden. Was wäre dieses Spiel sonst unfair! Und kein bisschen amüsant. Trödle jedoch nicht. Du weißt, ich kann es nicht leiden, zu warten.

Endlich wieder vereint.
Hochachtungsvoll, Dein Jack (the Ripper)

P.S.: Ist es nicht unterhaltsam, zu sehen, wie überfordert und planlos die Polizei ist? Wie gut, dass sich manche Dinge niemals ändern.
P.P.S.: Zur Sicherheit schlitze ich trotzdem nur Abschaum und Nutten auf. Dafür interessiert sich die Met nicht genug und wir haben unsere Ruhe, meine liebe Spielkameradin.
P.P.P.S.: Also los, spiel mit mir!

Ich legte den Brief auf den Tisch, lehnte mich in die Sofakissen zurück und starrte gegen die Wand. Am liebsten hätte ich geschrien, getobt, die Wohnung verwüstet, und innerlich tat ich das auch, doch tatsächlich konnte ich mich nicht bewegen.

Es bestand kein Zweifel daran, dass er es war. Niemand könnte seine Worte, sein gestelztes, abartig fröhliches und im nächsten Moment irrsinnig zorniges Gehabe derart perfekt imitieren. Mich fröstelte. Meine Finger fühlten sich plötzlich an wie eingefroren und ich hatte das Gefühl, ein eiskalter Wind fegte durch mein Appartement. Er brachte die Erinnerung an andere Briefe mit sich, die ich längst vergessen geglaubt, vergessen gehofft hatte.

Er hatte mich immer als seine Spielkameradin und die Morde als unser Spiel bezeichnet. Bis heute weiß ich nicht, wieso sich dieser kranke Perverse ausgerechnet mich ausgesucht hatte. Aber die viel wichtigere Frage war im Moment: Wie war es möglich, dass Jack the Ripper, das Original von 1888, urplötzlich hier und heute erschien? Wo hatte er hundertdreißig Jahre lang gesteckt? Unabsichtlich und gegen seinen Willen, wie er schrieb ...

Bisher war ich felsenfest davon ausgegangen, dass der Ripper ein Mensch gewesen war. Zum einen, weil er, Großkotz in Person, der er war, nie etwas anderes angedeutet hatte. Stets erhob er sich über alle und jeden, wieso hatte er dann nie erwähnt, dass er ein Wesen aus einer anderen Welt war? Immerhin waren Dämonen und Gefallene stärker und weniger verwundbar als Menschen. Außerdem besaß mancher Dämon besondere Gaben – wie beispielsweise meine Informantin Kali, die andere Wesen identifizieren und kilometerweit lokalisieren konnte. Wieso hatte er das für sich behalten?

Zum anderen wäre mir nie in den Sinn gekommen, dass ein Dämon oder ein Gefallener mit einem Messer durch die Gegend zog und mordete. Dämonen waren, anders als die landläufige Meinung besagte, friedliche Wesen, Flüchtlinge, die in der Menschenwelt Schutz und Anonymität suchten. Aus meiner Heimat kamen dagegen zwar lediglich Verbrecher in diese Welt, doch jeder Gefallene konnte mit hundertprozentiger Genauigkeit feststellen, wo sich ein anderer seiner Art gerade aufhielt, und wenn das auf der anderen Seite der Welt war. Ich hätte ihn gespürt. So wie ich die Handvoll Gefallene spürte, die sich an verschiedenen Zipfeln der Erde befanden. Bisher war ich nie einem von ihnen begegnet.

Nachdem die Mordserie des Rippers abrupt endete, hatte ich angenommen, er wäre gestorben. Ich stellte mir nur zu gern vor, wie dieses miese Schwein vor einen Zug gestolpert oder von einem Ochsengespann niedergetrampelt worden war. Verdammt, jetzt hatte ich die Gewissheit, dass er nach wie vor putzmunter durch die Gegend spazierte. Aber warum diese lange Pause? Er liebte sein ›Spiel‹. Er hätte es nie aufgegeben, wenn es nicht unbedingt nötig gewesen wäre.

Ich schluckte. Meine Kehle war staubtrocken. Endlich schaffte ich es, mich zu bewegen, zumindest bis zu meinem Glas Gin. Trotz des flauen Magens schüttete ich die Hälfte des Inhalts in mich hinein, flutete die Erinnerungen, die an meinem Bewusstsein zupften.

Ich legte eine Hand auf mein heftig klopfendes Herz, presste die Augen zusammen und flehte denjenigen an, den die Menschen Gott nannten und der gerüchteweise in meiner Welt leben sollte, er möge diesen Wahnsinn in einen Traum verwandeln. Und mich schnellstmöglich aufwachen lassen. Natürlich hatte sich rein gar nichts geändert, als ich die Lider wieder öffnete.

Frustriert stöhnend schaute ich mich in meinem Wohnzimmer Schrägstrich Büro um und fragte mich, was ich jetzt tun sollte. Der Raum kam mir mit einem Mal sehr viel chaotischer und unaufgeräumter vor als jemals zuvor. Vielleicht lag das aber auch nur daran, dass es in meinem Kopf momentan genauso aussah. Irgendwo in meinem gedankenüberfluteten Hirn lag die Antwort vergraben, wie ich jetzt vorgehen musste. Aber wie sollte ich da rankommen? Zumal ich Jahrzehnte damit zugebracht hatte, Erinnerungen zu verscharren und ersäufen, und sich mein Gedächtnis aus Gewohnheit wehrte, irgendetwas davon rauszulassen.

Fest stand, dass ich die Sache weder ignorieren noch in Gin ertränken konnte – dadurch löste sich der Ripper nicht in Luft auf. Er mordete weiter und er erwartete, dass ich ihn jagte. Ich musste ihn jagen, sonst würde er sauer werden. Und niemand, am allerwenigsten ich, wollte, dass er wieder sauer wurde.

Er war unberechenbar und – wie ich nur ungern zugab – ziemlich gerissen, unglaublich schnell und mir stets einen Schritt voraus. Außerdem war der Kerl ein Phantom, geradezu unsichtbar. Und trotz aller neuen Technik und Ausrüstung hatte ich wenig Hoffnung, dass ihn die Polizei dieses Mal erwischen würde. Zumal er mit *mir* spielen wollte. Und er würde dafür sorgen, dass es *unser* Spiel blieb.

Ich nippte ein letztes Mal an meinem Drink, dann schüttete ich den kläglichen Rest zurück in die Flasche und schraubte den Deckel darauf. Er wollte mir Zeit geben, um zu meiner alten Form zurückzufinden? Dann sollte er lieber ein weiteres Jahr untertauchen. Oder besser zwei.

Ich konnte mich nicht erinnern, wann ich zuletzt einen kühlen Kopf gehabt und einen schwierigen Fall gelöst hatte. Musste irgendwann in den Dreißigern gewesen sein. Da gab es eine Phase, in der ich mich zusammenreißen und mit meinem Schicksal abfinden wollte, aber sie hielt nicht lange an. Ohne eine reelle Chance, nach Hause und zu meiner Familie zurückzukehren, ergab in dieser Welt einfach nichts genügend Sinn, um dafür lange nüchtern bleiben zu wollen. Daher war aus mir das geworden, was der Ripper so charmant als *ei-*

nen Abklatsch der Frau, die ich einmal gewesen war, bezeichnete. Mir wurde schlecht bei dem Gedanken, dass ich ihm in dieser Sache zustimmen musste.

Ich hatte kaum etwas mit der Person gemein, die ich gewesen war, als ich 1888 auf den Ripper traf. Ich war erst achtzehn Jahre in der Menschenwelt, hatte noch Hoffnung mich hier beweisen zu können und begnadigt zu werden. Damals war ich eine hervorragend trainierte und ausdauernde Soldatin gewesen, mit messerscharfem Verstand und einem unbeugsamen Willen – eine lebende Waffe. Heute hockte ich mit trübem Geist auf der Couch in meiner versifften Wohnung, schaute mit ginverhangenem Blick auf die Vergangenheit und bekam meine zitternden Finger nicht unter Kontrolle. Ich hatte nicht einmal den Hauch einer Idee, was ich jetzt tun sollte. Daher stellte ich mir zunächst eine gedankliche To-do-Liste zusammen:

1. Nüchtern werden.
2. Alte Akten studieren.
3. Meine Kontakte abklappern.
4. Den Ripper fangen.

Punkt eins war nicht unbedingt schnell in die Tat umzusetzen, außerdem bereitete er mir Kopfzerbrechen. Denn jedes Mal, wenn ich zu nüchtern wurde, kam die heftige Furcht vor den Erinnerungen zurück. Ich wusste, ich brauchte den überfluteten Teil meines Gedächtnisses, um Punkt vier abzuhaken, doch alles in mir wehrte sich dagegen. Daher beschloss ich, mit Punkt zwei zu beginnen.

Ich erhob mich langsam von der Couch und wankte zu meinem Schreibtisch hinüber. Mit einem Stöhnen zog ich ihn von der Wand weg und bückte mich daraufhin zu der Heizrohrverkleidung, unter der, wie ich genau wusste, kein Heizrohr verlief. Sie war vielmehr ein unauffälliges Versteck für Wertsachen, belastende Beweise oder – in meinem Fall – unliebsame Erinnerungen. Ein Ruck, die Holzverkleidung löste sich und Dokumente kamen zum Vorschein.

Zuerst hatte ich meine Aufzeichnungen zum Ripper-Fall verbrennen wollen, doch ich hatte es nicht über mich gebracht. Eine Vorahnung? Konnte sein.

Ich stand auf, wischte alle Unterlagen von meinem Schreibtisch und legte stattdessen die Ripper-Akten darauf. Mein Herz raste, als ich die vergilbten Umschläge betrachtete, einen für jeden Mord, und das Gefühl der Schuld kehrte einem Hammerschlag gleich zurück. Mir wurde schlecht bei dem Gedanken an mein Versagen und Wut kochte in mir hoch, als ich mich an all seine Grausamkeiten erinnerte.

»Was jetzt?«, flüsterte ich und beantwortete mir meine Frage kurz darauf selbst: »Chronologisch.« Sogar in meinen Ohren klang meine Stimme ungewöhnlich leise und weit entfernt, wie durch Watte. »Geh einfach alles noch einmal durch. Vom Anfang ... bis zum Ende.«

Trotz meiner Worte bewegte ich mich nicht. Mein Körper wollte nicht auf die Befehle meines Kopfes hören, stattdessen griff ich nach einem Glas, das nicht da war.

»Nüchtern werden«, erinnerte ich mich. »Du brauchst einen klaren Kopf, Maxine.«

Mit mir selbst zu reden, war eine alte Angewohnheit, die länger nicht zum Vorschein gekommen war. Ich hatte es immer dann getan, wenn ich knifflige Fälle zu lösen hatte, auf die ich mich mit voller Aufmerksamkeit konzentrieren musste. Ich merkte manchmal erst, ob ein Gedanke passte oder sich richtig anfühlte, wenn ich ihn laut aussprach.

Jonas hatte, als er noch mein Assistent gewesen war, immer mit Block und Stift neben mir gestanden, notiert, was ich murmelte, und seine eigenen Gedanken dazugeschrieben. Damit war eine Art wesenübergreifendes Mindmapping entstanden, mit dem wir so einige Fälle gelöst hatten.

Seine Hilfe hätte ich momentan gut gebrauchen können, zumal ich nicht einmal wusste, wo in meinem Chaos ein Stift zu finden war. Außerdem hatte ich das Gefühl, dass die Gedanken einfach aus meinem Kopf auf den Boden tropften und dort unaufgeschrieben verdampften. Aber ich würde ihn nicht darum bitten, zurückzukommen.

Sieben Jahre lang hatten wir zusammengearbeitet und in all der Zeit hatte ich ihm nichts von diesem ganzen Mist erzählt. Zum einen, um nicht mehr darüber nachdenken zu müssen, zum anderen, weil Jonas ein ausgeprägtes Helfersyndrom besaß. Es hätte ihn irgendwann zermürbt, dass er in dieser Sache nichts für mich tun konnte. Auch jetzt würde er mir helfen, das wusste ich. Jonas war ein guter Kerl. Und genau deshalb durfte ich ihn nicht mithineinziehen.

Der Ripper würde das Einmischen eines Assistenten sicherlich als Betrug werten und einmal mehr die Nerven verlieren. Dann wurde dieses Monster unberechenbar.

Davon abgesehen war Jonas jetzt Ian McArschlochs Assistent, woran ich selbst die Schuld trug. Ich hatte immer gewusst, dass diese beschissene Sauferei und mein Selbstmitleid alles um mich herum zerstören würden, was auch nur ansatzweise gut war. Jonas hatte recht damit gehabt, die Reißleine zu ziehen, bevor er mit mir in die Tiefe gestürzt wäre.

Natürlich wusste ich, dass ich ein Problem hatte. Ich war süchtig, nicht dämlich. Jeder Süchtige wusste, dass er süchtig war. Einsicht war nämlich entgegen der landläufigen Meinung nicht der erste Schritt zur Besserung, der Wille, etwas zu ändern, war es. Und diesen Willen hatte ich vor langer Zeit verloren. Sogar jetzt stand ich vor meinem Schreibtisch, starrte auf die Akten des Grauens und überlegte, ob ein kalter Entzug nicht noch schlimmer wäre als meine Sauferei, und ich mir stattdessen lieber eine Art kontrolliertes Trinken auferlegen sollte.

Tief durchatmend schloss ich die Augen und trat mir gedanklich in den Hintern. Der Ripper war zurück. Auf meinem Couchtisch lag ein Päckchen mit einem Brief und einem in Alkohol eingelegten menschlichen Herzen. Und ich dachte darüber nach, ob ich mir ein Glas Gin genehmigen sollte?

Bei genauerer Betrachtung passte ich heute besser in sein Beuteschema als jemals zuvor. Er tötete Frauen aus der Unterschicht, Prostituierte, Alkoholikerinnen. Und ich versteckte mich vor meinem Vermieter, weil ich das Geld für die Wohnung nicht aufbringen konnte, tauschte sexuelle Gefälligkeiten gegen polizeiliche Informationen und dachte rund um die Uhr an Gin.

Jonas hatte mir früher schon prophezeit, dass ich mein Hirn auf fatale Weise schädigte, wenn ich so weitersoff, und als Alkoholikerin eine miese Aufmerksamkeitsspanne hätte.

Sei froh, wenn du dich irgendwann überhaupt noch daran erinnerst, wie man sich die Schuhe zubindet, war sein Standardspruch gewesen.

So oft ich ihn wegen seiner Moralpredigten ausgelacht oder angeraunzt hatte, ich musste zugeben, dass er recht hatte. Vor mir lagen die Aufzeichnungen zu sechs ermordeten Frauen und ich war schon damit überfordert, deren Namen auf den Aktendeckeln zu lesen.

»Hör einfach auf zu saufen und konzentrier dich aufs Wesentliche.« Ich schüttelte den Kopf und räusperte mich. »Das kann doch nicht so schwer sein. Reiß dich endlich zusammen!«

Ich setzte mich auf meinen klapprigen Schreibtischstuhl und zog die erste Akte zu mir heran. *Martha Tabram*, stand in hohen Lettern auf dem Umschlag. Es war so lange her, ich erkannte meine eigene Handschrift kaum. Allerdings wusste ich noch genau, was ich finden würde, wenn ich die Akte aufschlug: eine kurze Notiz, einen Zeitungsartikel und ein verblichenes Foto vom Tatort – nachdem er gereinigt worden war. Aufgeschrieben hatte ich mir lediglich die nüchternen Fakten.

*Fund der Leiche: Montag, 7. August 1888, 04:45 Uhr von ei-
nem Dockarbeiter in den George Yard Buildings. Das Opfer
lag in einer großen Blutlache im Treppenhaus. Die Kleider
waren hochgeschoben, enthüllten die untere Körperhälfte.
Dem Opfer wurden 39 Messerstiche an verschiedenen Stellen des Körpers beigefügt, die Verletzungen wurden ihm lebend zugeführt. Mit einer zweiten Tatwaffe, vermutlich einem Dolch, wurde dem Opfer ins Herz gestochen, was laut
Arzt die Todesursache war.*
*Mollige Frau, mittleren Alters, dunkle Haarfarbe, dunkler
Teint. Geschieden, zwei Söhne. Alkoholsüchtig.*

Damals konnte ich mir selbst kaum erklären, wieso
ich dem Mordfall überhaupt Beachtung geschenkt
hatte. Ich verbrachte meine Zeit damit, Verbrechen zu
verhindern – waren sie bereits verübt, gab es nichts
mehr für mich zu tun. Ich mischte mich nicht in die Ermittlungsarbeit der Polizei ein, denn schon in diesen
Tagen bildete ich mir nicht ein, fähiger als ein Polizist
zu sein. Doch irgendetwas war mir an Martha Tabrams
Mord seltsam vorgekommen. Es musste wieder eine
meiner Vorahnungen gewesen sein. Keiner wusste
schließlich zu dem Zeitpunkt, dass sie die erste von
sechs Prostituierten sein sollte, die ein völlig Geisteskranker auf bestialische Weise tötete.

Ich hatte damals versucht, mich von der Sache abzu-
wenden und darauf zu vertrauen, dass die Inspektoren
Swanson und Abberline den Mord aufklären würden.
Sie waren fähige Männer gewesen, deren Ermittlungsarbeit ich bereits zuvor aus neugierigem Interesse heraus verfolgt hatte. Doch dann kam Polly.

Ich schloss die Akte Tabram und griff nach einem wesentlich dickeren Umschlag mit der Aufschrift *Mary Ann »Polly« Nichols*. Als meine zitternden Finger die Akte aufschlugen und mein Blick auf den Brief fiel, der ganz oben lag, traf mich die Erinnerung mit voller Wucht. Mir wurde schwummrig und Übelkeit stieg in mir auf. Ich schluckte und schob die bösen Gedanken mit aller Kraft fort. Es war wie ein Reflex, ich konnte nichts dagegen tun. Dennoch zwang ich mich, das Papier aus dem Umschlag zu ziehen.

Es war das erste Schreiben des Rippers an mich. Und obwohl sich alles in mir dagegen sträubte, mich zu erinnern, und die filigranen, roten Buchstaben vor meinen Augen verschwammen, wusste ich plötzlich wieder haargenau jedes einzelne seiner Worte.

Liebe Miss Atwood,

wir kennen uns leider noch nicht, jedoch habe ich das Gefühl, wir sollten es. Der Drang begleitet mich schon lange – seit ich auf Sie aufmerksam geworden bin, um genau zu sein. Auf den ersten Blick konnte ich erkennen, dass Ihnen etwas zutiefst Tugendhaftes und Strahlendes anhaftet. Das macht Sie wohl zu meinem ultimativen Gegenstück, meiner perfekten Gegenspielerin, dem lang ersehnten Sinn in meinem Dasein.

Ich möchte mich nicht länger mit Belanglosigkeiten aufhalten, Miss Atwood. Sie fragen sich sicherlich bereits, was das alles soll. Nun, ich habe Sie als Teilnehmerin meines Spiels auserwählt. Denn ich glaube, dass von allen Menschen auf dieser unseligen Welt Sie die Eine sein könnten, die mir ebenbürtig ist. Anders als diese Einfaltspinsel von

Scotland Yard. Es befriedigt mich nicht im Geringsten, mit jenen zu spielen.

Wie ich bemerkt habe, interessierten Sie sich schon vor diesem Schreiben für meine zwei ersten Arbeiten. Wie ich zu meiner Schande gestehen muss, und bitte setzen Sie mich nicht der Schmach aus und verraten mich an die Presse, liebe Miss Atwood, war der Mord an der ersten Bordsteinschwalbe nur zu Übungszwecken gewesen. An der zweiten Unglücklichen erkennen Sie schon eher mein Können. Ich freue mich darauf, Ihnen meine wahren Fähigkeiten alsbald zu präsentieren, Miss Atwood. Ich verspüre bereits jetzt eine tiefe Verbundenheit zu Ihnen.

Nun, was ist ein Spiel ohne Regeln, ohne Plan? Ich werde Ihnen natürlich Hinweise geben, um es auch für Sie spannend zu gestalten. Mein nächster Mord wird am Achten stattfinden, es wird wieder eine Unglückliche sein, eine dralle Nutte, so mag ich sie, und ich werde sie auseinandernehmen wie ein Stück Vieh.

Am liebsten würde ich sofort weitermachen, denn meine Arbeit erfüllt mich weitaus mehr, seit ich Sie kenne. Doch ich möchte fair bleiben und Ihnen Zeit geben, sich vorzubereiten. Diese hatte ich schließlich ebenfalls.

Nun, fangen Sie mich, wenn Sie können, Miss Atwood.

Hochachtungsvoll, Jack the Ripper

P.S.: Ich bin sehr angetan von der neuen Begeisterung des Volkes, was die Presse betrifft. Daher habe ich ein paar lustige Briefe für die Reporter aufgesetzt und mir einen Markennamen gegeben. Ich hoffe, das stört Sie nicht?

P.P.S.: Ich schreibe diesen Brief übrigens mit roter Tinte. Ich wollte Blut verwenden, um der Dramatik willen, doch es ist nach einer gewissen Zeit zu zäh zum Schreiben.

Die saure Galle kam mir hoch. Ich sprang vom Stuhl, hetzte ins Badezimmer, warf mich vor die Toilette und erbrach mich. Wie wollte ich den Ripper fangen, wenn mich jede Erinnerung derart überwältigte, dass ich den gesamten Tag mit Kotzen zubrachte?

In diesem Moment schämte ich mich zum ersten Mal für die Frau, die aus mir geworden war, und ich fragte mich, ob mein Schicksal wirklich seine Schuld gewesen war oder vielleicht doch meine eigene.

So viele Jahre über hatte ich den Ripper für mein Elend verantwortlich gemacht, ihn dafür verflucht, mir die Chance genommen zu haben, zu meiner Familie zurückkehren zu dürfen. Ich hatte mich derart in Schmerz und Selbstmitleid verfangen, dass ich nicht auf die Idee gekommen war, einen Teil der Schuld mitzutragen. Ich hatte mich aufgegeben. Und damit jegliche Chance zunichtegemacht, in meine Heimat zurückzukehren.

Ich spülte, zog mich daraufhin am Waschbecken hoch, stellte das kalte Wasser an und wusch mir das Gesicht. Dann betrachtete ich mich im Spiegel, zog an der laschen Haut einer Trinkerin, fuhr durch die matten, schwarzen Locken, die mein Gesicht umrahmten, und strich über die dunklen Schatten unter meinen grauen Augen.

Was Catherine wohl sagen würde, wenn sie mich heute sah? Sie würde mich kaum wiedererkennen. Mein kleines Mädchen war inzwischen einhundertsechzig Jahre alt, hatte vielleicht selbst eine Tochter, der sie niemals von ihrer verbrecherischen Mom erzählte. Ich hatte alles verpasst, fast ihr halbes Leben – das schmerzte mich von allem am meisten.

Ich sog scharf Luft ein, als mein Herz krampfte. Wir verfluchten Engel wurden rund vierhundert Jahre alt, was bedeutete, ich hatte gerade einmal gut die Hälfte meines nutzlosen Daseins überstanden. Es wurde Zeit, allerhöchste Zeit, dass ich mich aufrappelte und meinem Leben neuen Sinn verlieh.

Auch wenn mir der Gedanke kam, dass das Auftauchen des Rippers eine Chance war, mich zu beweisen und nach Hause zurückzudürfen, glaubte ich nicht wirklich daran. Es war zu spät. Und ich hatte die Forderungen König Edwins nun hundertdreißig Jahre lang ignoriert und meine Begnadigung demnach auch nicht verdient. Aber es war eine Chance auf Rache. Endlich konnte ich ihm heimzahlen, was er diesen armen Frauen, der tapferen Mary und mir angetan hatte.

Es war keine Feuersbrunst, die in mir erwachte und mich antrieb, doch ich spürte, wie irgendwo tief in meinem Inneren ein Funken aufglimmte. Das Wichtigste war nun, diesen Funken zu entzünden. Und nicht wieder in Gin zu ertränken. Ich durfte schlichtweg nicht zulassen, dass sich das Martyrium von 1888 wiederholte.

Ich ging in die Küche, suchte meine Schränke nach Schwarzteebeuteln ab und kochte mir schließlich ein starkes Gebräu auf. In der Hoffnung, damit meine eingeschlafenen Geister zu wecken und das Chaos in meinem Kopf zu entwirren. Irgendwo fand ich sogar ein paar alte Scones, von denen ich mir zwei in den Mund steckte, ehe ich mit Tasse und Keksen zurück zum Schreibtisch ging und mich setzte.

Ich verbrannte mir die Oberlippe am Tee und aß zwei weitere Scones, während ich die Akten anstarrte und darauf wartete, dass mein Verstand ansprang. Da lediglich zusammenhanglose Bilder und Gedankenfragmente durch meinen Kopf zogen und ich eine Unruhe spürte, die mich zu zerreißen drohte, wechselte ich auf die Couch und schaltete den Fernseher ein, um die neuesten Nachrichten nicht zu verpassen. Mir fielen die Augen zu und schließlich holte sich mein Körper, was er brauchte. Völlig erschöpft schlief ich ein.

***

Whitechapel 1888

Ich schlage den Mantelkragen hoch, ziehe die Melone tiefer in die Stirn und schiele um die Ecke. Nebel wabert über das Kopfsteinpflaster und die Laternen hüllen die Straße in ein so schummriges Licht, dass man kaum die eigene Hand vor Augen sieht. Das muss ich auch nicht, denn ich kann ihn hören. Seine harten Schuhsohlen hämmern über das Pflaster, während er zügigen Schrittes durch die Nacht schreitet. Als er direkt unter einer Laterne hindurchgeht, erkenne ich die Umrisse seines langen Mantels und des Zylinders auf seinem Kopf.

Langsam schleiche ich um die Ecke und folge ihm. Ich habe die Sohlen meiner Schuhe getauscht, damit sie kein Geräusch machen, wenn ich ihn verfolge. Mein Gefühl sagt mir, dass heute die Nacht des nächsten

Mordes ist. Und ich bin mir sicher, dass Cross der Mörder und Briefeschreiber ist. Ich bilde mir sogar ein, seine Schritte seien heute energischer, wütender als die anderen Male, die ich ihm nachging.

Ja, er ist es, er muss es sein! Zum einen hatte Cross die Möglichkeit, beide Frauen zu töten, denn der Kurierfahrer wechselt stets zwischen zwei Routen zu seiner Arbeitsstelle ab und es liegen nicht nur beide Tatorte darauf, die Tatzeiten stimmen auch mit jenen überein, zu denen er sich morgens auf den Weg macht. Zum anderen spricht sein merkwürdiges Verhalten eindeutig für seine Schuld.

Cross war der erste Mensch bei der Leiche von Polly Nichols und machte dann unkorrekte Aussagen bei der Polizei, er hat sogar einen falschen Namen angegeben. Ich bin mir sicher, dass er die Tat beging und dabei von einem zweiten Mann unterbrochen wurde. Er hatte keine andere Wahl, als sich gemeinsam mit dem Störenfried auf die Suche nach einem der Officers zu machen, die durch Whitechapel patrouillierten. Dass er nicht blutüberströmt war, hat den einfachen Grund, dass er Polly zuerst erwürgt und ihr dann erst die Kehle durchtrennt hat. Wo kein Blutdruck, da keine Blutspritzer.

Es ist mir ein Rätsel, weshalb die Polizei ihn als Verdächtigen ausgeschlossen hat. Zu den augenfälligen Umständen gesellen sich seine familiären Probleme. Wie ich herausfand, hat er Streit mit seiner alkoholkranken Mutter, bei der auch seine Tochter aufwächst, die kein gutes Haar an ihm lässt. Ein Hass auf Frauen im Allgemeinen könnte seine Mordlust an jenen erklären ...

Cross nimmt heute die obere Route zu seiner Arbeitsstelle, schneidet sich beharrlich wie ein Messer durch Nebel und Dunkelheit. Doch nach und nach wird er langsamer, blickt sich um, schielt in Hauseingänge und Hinterhöfe.

Hat er mich bemerkt? Oder ist er auf der Suche nach seinem nächsten Opfer?

Er ist zu früh dran. Wenn er direkt weitergeht, wird er eine halbe Stunde vorher an seiner Arbeitsstelle sein. Alles deutet darauf hin, dass der Mann etwas vorhat. Wieso zieht es mich dann plötzlich in die andere Richtung?

Ich widerstehe dem Drang, folge meinem Verdächtigen, der zwar langsamer, doch zielgerichtet vorwärtsgeht. Weiter und immer weiter. Bis wir schließlich das große Lagerhaus, seine Arbeitsstelle, erreichen. Cross betritt das Gebäude, als hätte er nie etwas anderes beabsichtigt.

Mit gerunzelter Stirn bleibe ich stehen. Das kann nicht sein. Ich habe mich nicht geirrt, das weiß ich. Aber Cross kommt auch nach einer halben Stunde nicht wieder heraus, er wird heute keinen Mord mehr begehen.

Geschlagen drehe ich mich um und gehe zurück. Ich biege wahllos in einige Gassen ab, sehe mich um, versuche, dieses seltsam unruhige Gefühl in mir zu vertreiben. Doch es bleibt. Und als ich schließlich Hufgetrappel höre, weiß ich auch wieso.

Mit heftig klopfendem Herzen biege ich in die Hanbury Street ein. Ich sehe eine Droschke und einige Polizisten, die auf ein mehrstöckiges Haus zugehen. Obwohl ich am liebsten schreien und auf die Knie sinken will, bleibe ich stehen und beobachte die Szenerie stumm. Ich hatte recht, heute war die Nacht des nächsten Mordes. Nur war ich dem falschen Mann auf der Fährte.

Ich schüttle den Kopf, nach wie vor nicht fähig, mich zu bewegen. Cross ist der Whitechapel-Mörder, ich weiß es einfach. Also wieso geschah ein weiterer Mord, während ich ihn genau im Blick gehabt habe?

***

Keuchend schrak ich hoch. Ich brauchte einen Moment, um zu begreifen, wo und vor allem wann ich war. Mein rasendes Herz verlangsamte seinen Takt, als ich feststellte, dass ich auf meinem alten dunkelbraunen Sofa lag, vor mir auf dem Couchtisch der kalte Tee, alte Scones und ein makabres Paket mit einem menschlichen Herzen.

Tief durchatmend zog ich mich in eine sitzende Position, stemmte die Ellbogen auf die Knie und vergrub das Gesicht in den Händen. Ich hatte lange nicht mehr geträumt. Was ich sah, wenn ich schlief, waren allerdings keine Albträume, sondern Erinnerungen. Früher plagten sie mich Nacht für Nacht, bis ich den Gin als Heilmittel fand. Ich konnte froh sein, dass es nur diese Erinnerung gewesen war – es gab weitaus schlimmere.

Nach einem Blick zum Fenster stellte ich fest, dass ich bis zum Morgen durchgeschlafen hatte. Ich fühlte mich dennoch etwas angeschlagen und zerknautscht, außerdem zitterten meine Finger. Normale Anzeichen eines Katers, an die ich mich inzwischen gewöhnt hatte.

Ich griff nach der Teetasse und schüttete mir das Gebräu in den ausgetrockneten Rachen. Dann zündete ich mir eine Zigarette an und widmete mich den BBC News, die noch immer über den Bildschirm meines Fernsehers flimmerten. Natürlich war der brutale Mord in Whitechapel, London auch hier Thema Nummer eins. Während das Foto meiner Namensschwester Maxine Atwood am oberen rechten Bildschirmrand eingeblendet war, erzählte die Nachrichtensprecherin, dass die Polizei bisher keine Ermittlungsergebnisse bekannt gegeben hatte.

Wunderte mich nicht. Vermutlich hatte die Met einfach keine. Oder sie lief einem falschen Verdächtigen hinterher wie ich damals. Noch heute könnte ich schwören, dass Cross der Täter gewesen war. Aber er hatte den dritten Mord nicht begangen, das konnte ich mit absoluter Sicherheit sagen.

Ein Blick auf die Uhr verriet mir, dass es bereits nach zehn war und ich fragte mich, wie ich unter diesen Umständen so lange hatte schlafen können wie seit Jahren nicht mehr. Anscheinend machte sich mein Körper schon einmal auf eine lange Jagd gefasst. Ich unterstützte ihn, indem ich mir den kalten Schweiß und die Furcht unter der Dusche abschrubbte und danach loszog, um mir Kaffee, Tee, zuckerhaltige Drinks, Sandwiches und Süßigkeiten zu besorgen. Einige Male schlich ich am Spirituosen-Regal vorbei, blieb jedoch standhaft.

Zuhause schüttete ich unter einer Litanei von Flüchen meinen gesamten Alkoholvorrat in den Ausguss, genehmigte mir daraufhin eine Tiefkühlpizza, die mehr nach Pappe als nach menschlicher Nahrung schmeckte, und schaute mir nebenbei die Nachrichten an. Zumindest half das Essen gegen mein Magengrimmen und ich fühlte mich einigermaßen bereit, um an die Arbeit zu gehen. Ich schaltete den Fernseher aus – die Nachrichten brachten ohnehin keine neuen Erkenntnisse – und setzte mich einmal mehr an den Schreibtisch zu den alten Akten.

Schweiß brach aus all meinen Poren, als ich die vergilbten Umschläge betrachtete. Etwas in mir wehrte sich nach wie vor gegen die Erinnerungen und etwas anderes bettelte um Gin. So laut, dass ich mich kaum konzentrieren konnte. Scheiße! Wann war ich nur zu einem solchen Wrack geworden?

Es wurde Abend, bis ich es endlich geschafft hatte, meine Pinnwand von irgendwelchem alten Kram zu befreien und die Namen der früheren sowie dem neuen Opfer und die wichtigsten Fakten zu den Frauen darauf anzubringen. Allein das hatte mich derart angestrengt, dass ich heftig schnaufte und das Zittern in meinen Fingern schmerzhafte Ausmaße annahm.

Ich wischte mir den Schweiß von der Stirn, ließ mich auf den Bürostuhl fallen und beäugte die Pinnwand, wohl wissend, dass darauf etwas fehlte … Diese Tatsache ignorierend griff ich nach meiner Teetasse und trank einige große Schlucke. Seltsamerweise wurde ich davon immer durstiger.

Ich wollte mir eben frischen Tee aufbrühen, da klingelte mein Handy. Schon bevor ich einen Blick aufs Display warf und sah, dass der Absender der Nachricht seine Nummer unterdrückt hatte, überzog eine Gänsehaut meinen Körper. Mit einer bösen Vorahnung tippte ich die SMS an und las.

Meine liebe Spielkameradin,
ich bin so aufgeregt, ich kann es nicht mehr erwarten,
dass unser Spiel weitergeht. Aber vor allem kann ich nicht
länger mitansehen, wie Du Dich durch diese Welt
schleppst. Ich denke, Du benötigst etwas Starthilfe, nicht
wahr, liebste Maxine? Lass uns Deine Lebensgeister end-
lich in Wallung bringen.

Ich blickte zum Fenster und schob die Brauen zusammen. Er beobachtete mich also. Im schlimmsten Fall
war ich schon an diesem Schweinehund vorbeigegangen und hatte ihn nicht bemerkt. Der Gedanke allein
brachte meine Lebensgeister in Wallung, um nicht zu
sagen, mein Blut zum Kochen.

Ich mache es anfangs etwas leichter für Dich, versprochen.
Um der alten Zeiten willen, aber auch, weil mich noch im-
mer ein schlechtes Gewissen wegen meines unfeinen Ab-
gangs plagt. Nun, ich verrate Dir, dass ich mich wiederho-
len, jedoch rückwärts vorgehen werde. Allerdings werden
die Orte nicht dieselben sein, das wäre wiederum zu ein-
fach, findest Du nicht?
Inzwischen ist Dir wohl bewusst, dass ich kein Mensch
bin, und sicherlich fragst Du Dich, weshalb ich es vor Dir
verheimlicht habe. Ich will so sagen: Es war Teil des Amü-
sements. Deine Verwunderung, Dein Schock, als Du kürz-
lich von mir hörtest – haha, Du glaubst nicht, wie sehr ich
darüber lachen musste.
Also – was bin ich? Weißt Du es? Wo bin ich? Und wer
wird mein nächstes Opfer? Fragen über Fragen ...
Komm, lass uns endlich wieder spielen, Maxine.

Hochachtungsvoll, Dein Jack (the Ripper)

Ich schnaubte. Als bräuchte ich eine Erklärung in Klammern! Wie konnte dieser Mistkerl das nur alles so lustig finden?

P.S.: Durch die neue Technologie kann ich Dir meine Nachrichten in Sekundenschnelle übermitteln. Ist das nicht schön?

»Ja, hinreißend!« Mit einem frustrierten Aufschrei warf ich das Handy aufs Sofa und pfefferte daraufhin meinen Locher gegen die Wand. Mit einem dumpfen Geräusch landete er auf dem Fußboden. Der höhnische Tonfall des Rippers und diese abartige Freundlichkeit waren für mich kaum zu ertragen.

»Rückwärts vorgehen«, murmelte ich vor mich hin und tigerte durchs Wohnzimmer. »Rückwärts. Was soll das bedeuten, zur Hölle?«

Ich versuchte, einen klaren Gedanken zu fassen, aber auf einmal herrschte Leere in meinem Kopf. Da war nichts, verdammt nochmal, rein gar nichts! Jack the Ripper hatte mir eben eine SMS mit einem Hinweis auf den nächsten Mord geschickt und ich hatte nicht die geringste Ahnung, was jetzt zu tun war.

3. Kalter als kalt

Glücklicherweise besaß ich noch genügend Verstand, um daran zu denken, das Herz der toten Maxine Atwood mitzunehmen, bevor ich in der Dunkelheit das Haus verließ. Ich hatte die Box in eine Plastiktüte gewickelt und das Ganze dann in eine Harrods-Tüte gepackt, in der Hoffnung, keinen üblen Geruch zu verbreiten. Dennoch schwitzte ich und schaute mich zu auffällig unter meinen Mitfahrern um, während ich in der U-Bahn stand. Aber es war nun einmal nicht alltäglich für mich, mit Leichenteilen durch die Gegend zu spazieren.

Erleichtert stieg ich schließlich an einer weniger belebten Station an der Themse aus und ging zu einem unbeleuchteten Platz am Ufer. Ich sah mich um, ging sicher, dass mich niemand beobachtete, und versenkte die Einkaufstasche samt Inhalt im dunklen Fluss.

Danach stieg ich wieder in die U-Bahn und machte mich auf den Weg zu meiner Informantin Kali. Sie besaß einen kleinen Hexenladen in einer lebhaften Einkaufspassage in der City, in dem immer zu viele Räucherstäbchen brannten. Auch heute watete ich wieder durch dichten Nebel und stürmte, ohne die schimpfende alte Ida an der Theke zu beachten, auf einen Raum zu, der lediglich mit einem Perlenvorhang abgehängt war.

Ich hasste dieses Ding. Jedes Mal, wenn ich herkam, verfing es sich in meinen Haaren und ich sah aus wie eine Vollidiotin, wenn ich versuchte, mich zu entwirren. So auch jetzt.

In meiner Hast riss ich einen der Perlenfäden ab, wodurch die kleinen bunten Kugeln durch den gesamten Raum rollten. Kali schoss einen tödlichen Blick auf mich ab und die vier Menschen, die mit ihr an dem runden Tisch saßen und sich an den Händen hielten, schauten ebenfalls nicht begeistert drein.

»Ich muss mit dir reden.« Ich straffte die Schultern und versuchte trotz der Perlenaktion einen souveränen und ernsten Eindruck zu machen. »Sofort.«

Kalis rundes Gesicht färbte sich rot und sie hob eine viel zu dünn gezupfte Braue. »Wir sind mitten in einer Sitzung«, knurrte sie. »Du kannst hier nicht einfach hereinstürmen wie ein besoffenes ...«

»Es ist äußerst dringend.« Ich ruderte mit einer Hand in Richtung Vorhang und bedachte die Menschen mit meinem besten Verkehrspolizistenblick. »Es tut mir leid, aber Sie müssen morgen wiederkommen. Ida gibt Ihnen gern einen neuen Termin, um mit Ihrem verstorbenen Opa, Kater oder sonst wem zu sprechen.«

»Max!«, zischte mich Kali an, ehe sich die beleibte Dämonin verkrampft lächelnd an ihre Kundschaft wandte. »Ich bin untröstlich, liebe Freunde. Wenn Sie mir nur eine Minute gewähren, dann werde ich dieses lästige Problem beseitigen.« Sie schielte mit zornig zusammengekniffenen Augen zu mir hinüber. »Ich bin im Nu wieder da und fahre mit dem Channeling fort. Die Unterbrechung wird Ihnen selbstverständlich nicht berechnet.« Sie hievte ihren schweren Körper vom Stuhl, rückte den krausen Haarknoten zurecht und deutete dann mit dem Zeigefinger auf eine Tür zum hinteren Bereich des Hauses. »Geh.«

Das galt vermutlich mir. Ich marschierte vorbei an bunten Merkwürdigkeiten und okkultem Krimskrams, der bei selbsterklärten Medien wohl zum guten Ton gehörte und von dem man Albträume bekommen konnte, und öffnete die Tür. Es war ein Abstellraum, in den Kali mich resolut schob. Zwischen Besen, Staubsauger und Putzzeug passten wir gerade noch so hinein. Sie und ihr aufdringliches Kräuterparfum waren mir für meinen Geschmack viel zu nah.

»Bist du von allen guten Geistern verlassen?«, maulte sie flüsternd. »Was soll der Scheiß? Du kannst nicht in meine Show platzen, wie es dir gefällt! Wie oft soll ich dir das noch erklären? Du bist nicht der Mittelpunkt der Menschenwelt, Maxine.«

Alle Höflichkeit und jegliches Mitgefühl, das sie bei ihren Kunden zeigte, waren wie weggeblasen und Kali erinnerte plötzlich mehr an einen kämpferischen Ork als an ein freundliches Medium. Viele Leute, die sich als Medien, Wahrsager oder Hexen ausgaben, waren in Wirklichkeit Dämonen. Ich hatte nie genau verstanden warum, denn deren übermenschliche Fertigkeiten bestanden meist darin, ihre Artgenossen aufzuspüren oder besondere Empathie aufzubringen. Keiner konnte jedoch mit Toten reden, weil – und nun kommt die bittere Wahrheit – sie tot sind. Hätte irgendein Wesen in dieser oder einer anderen Welt die Fähigkeit, mit Toten zu sprechen, wären all meine Probleme gelöst. Ich müsste nicht nach einem Mörder suchen, denn ich könnte einfach das Opfer fragen.

Beschwichtigend hob ich die Hände. »Ich weiß, ich habe dir schon zu oft die Show vermasselt, aber dieses Mal ist es wirklich wichtig, Kali. Du musst mir sagen, ob ein neuer Dämon in der Stadt ist. Es geht um Leben und Tod.«

Sie verschränkte die Arme vor der Brust und blickte abfällig auf mich herab, was ihr, obwohl sie fast einen Kopf kleiner war als ich, hervorragend gelang. Dennoch hatte sie mich noch nicht hinausgeworfen. Meine Ernsthaftigkeit musste sie neugierig machen. »Wieso zur Hölle sollte ich das tun, Engel?«

Unwillkürlich zuckte ich zusammen. Ich hasste es, wenn mich jemand so nannte, zumal ich eine Verstoßene war, und damit als Gefallene bezeichnet wurde. Mit diesem strahlenden, gütigen Geschöpf, das sich die Menschen unter einem Engel vorstellten, konnte ich mich nicht identifizieren.

»Die letzten zwei Mal hast du mich verarscht.« Kali richtete ihren pummeligen, beringten Zeigefinger auf mich. »Keinen Penny habe ich gesehen für meine Hilfe bei diesem Steuerfall. Ohne die entsprechende Entlohnung im Voraus sage ich dir gar nichts mehr.«

Ich massierte mir die Stirn. »Um ehrlich zu sein, sieht es ziemlich schlecht aus in der Kasse.« Ich hielt Kali am Arm fest, als sie sich stöhnend zur Tür wandte. »Hey, du bekommst dein Geld. Ich werde wieder mehr Fälle an Land ziehen. Aber zuerst muss ich mich da um eine üble Sache kümmern, für die ich leider nicht bezahlt werde.«

Sie blinzelte mich ungläubig an. »Du machst etwas ohne Bezahlung? Wer bist du?«

»Es geht um das Leben unschuldiger Frauen. Ich kann dir nicht mehr sagen, als dass ich diesen Kerl finden muss, bevor er das East End auf den Kopf stellt.« Ich legte die Hände aneinander und blickte Kali durchdringend an. »Willst du diese Frauen auf dem Gewissen haben?«

»Du bist unfassbar.« Sie schüttelte den Kopf, doch ich konnte ihr ansehen, dass sie mit sich und ihrem strikten Vorhaben, mich abzuweisen, rang. Glücklicherweise. Ich brauchte sie. Kein anderer machte so zuverlässig Dämonen ausfindig. Und da ich keinen zweiten Gefallenen in dieser Stadt spürte, konnte es nur einer von ihren Leuten sein. Da war ich mir sicher.

»Ich kann nicht von Luft und Gerechtigkeit leben, Maxine«, zeterte sie, wie um sich vor sich selbst zu rechtfertigen.

Ich zuckte mit den Schultern. »Ach, wenn man sich mal dran gewöhnt hat ...«

»Was ist überhaupt los mit dir?« Sie musterte mich mit ihren kleinen, hellen Augen von Kopf bis Fuß. »Du schaust ja messerscharf geradeaus. Und wieso zockelst du so?«

»Ich tue was?«

»Zockeln. Hampeln. Zittern.« Sie stellte sich auf die Zehenspitzen und blickte mir in die Augen. »Du bist ja stocknüchtern.«

Ich presste die Lippen zusammen und brummte. »Bei der Arbeit bin ich immer nüchtern.«

»Ja, klar.« Sie lachte auf, dennoch schien sie mein Zustand nervös zu machen. »Scheint eine ernste Angelegenheit zu sein, wenn du sogar das Saufen sein lässt.«

»Ich habe keine Zeit, meine Trinkgewohnheiten mit dir zu besprechen, Mum.« Ich rollte mit den Augen. Seltsamerweise machte mich ihre Reaktion wütend und es war mir furchtbar unangenehm, dass ich bisher derart schwach vor Kali aufgetreten war. »Ich muss jetzt wissen, ob ein neuer Dämon in der Stadt ist, damit ich ihn mir schnappen kann, bevor er weiteren unschuldigen Frauen die Kehlen aufschlitzt. Also, was ist? Hilfst du mir?«

Sie riss die Augen auf. Anscheinend hatte sie den Zusammenhang zwischen meiner Nüchternheit, der Suche nach einem Dämon und aufgeschlitzten Kehlen im East End verstanden. Sie sah aus, als fiele sie jeden Moment in Ohnmacht.

»Kali?« Ich berührte sacht ihren Arm, da wirbelte sie herum, stürmte aus dem Abstellraum und marschierte zum Tisch zurück.

»Meine lieben Freunde, wir schließen für heute.« Sie blies die Kerzen aus und schob Kräuter, Steine und den weiteren Kram auf dem Tisch zu einem Haufen zusammen. »Kommen Sie morgen wieder. Ida gibt Ihnen einen neuen Termin.«

Die vier Menschen wechselten irritierte Blicke, machten jedoch keine Anstalten aufzustehen. »Ist das Ihr Ern...«

»Es tut mir leid, aber gehen Sie jetzt«, sagte Kali und fuchtelte mit beiden Händen, als wollte sie ein paar lästige Tauben verscheuchen. »Sie bekommen einen Gutschein für die nächste Seelenfindung, jetzt muss ich mich jedoch auf anderes konzentrieren.«

Langsam standen die Menschen auf und ich bedeutete ihnen, durch den Perlenvorhang zu gehen. »Okay,

Leute, die Show ist vorbei.« Unter normalen Umständen hätte ich vermutlich gegrinst, als die murrenden Menschen aus dem Raum schlurften. Ihren Mienen war deutlich zu entnehmen, wie verärgert sie waren. »Sie müssen nicht nach Hause gehen, aber hier können Sie nicht bleiben.«

Nachdem sie weg waren, setzte ich mich zu Kali an den Tisch und beobachtete, wie die Dämonin die Augen schloss und die Zeigefinger an die Schläfen hielt.

»Das heißt, du ...«

»Pst! Ich konzentriere mich.« Abwehrend hielt sie mir die Handfläche vors Gesicht.

Ich lehnte mich zurück, konnte allerdings nicht aufhören, mit den Fingern auf mein Knie zu trommeln. Außerdem starrte ich Kali ohne zu blinzeln an.

Ich erhoffte mir einiges von dieser Dämonin, zumal ich keine Ahnung hatte, wie ich den Ripper sonst finden sollte. Ich war ja schon froh, dass mir vorhin, als ich völlig aufgelöst in meiner Wohnung gestanden hatte, wenigstens ihr Name eingefallen war.

Kali und ich hatten in den vergangenen Jahrzehnten des Öfteren zusammengearbeitet – mal mehr, mal weniger erfolgreich. Weniger meist dann, wenn ich sie nicht bezahlen konnte. Aber es war eher selten, dass ich auf der Suche nach einem Dämon war. Diejenigen, die aus der Unterwelt und deren Militärherrschaft flohen, führten für gewöhnlich ein friedliches Leben, passten sich an und versuchten, nicht aufzufallen. Der Ripper war da augenscheinlich eine Ausnahme.

Wie lange kannte ich Kali jetzt? Knapp 40 Jahre? Dennoch hatte ich nicht den Hauch einer Ahnung, wie alt die Frau war. Und ob auch sie bereits hier gewesen war, als der Ripper sein Unwesen getrieben hatte.

»Er muss eine Weile fort gewesen sein, ich weiß allerdings nicht, wie lange er schon wieder hier ist.« Ich tippelte nervös mit dem Fuß auf dem geknüpften Teppich unter uns. »Hast du in letzter Zeit ...«

»Kannst du vielleicht deinen Schnabel halten?« Sie schoss einen finsteren Blick auf mich ab.

»Ich habe es etwas eilig ...«

Sie schlug die Handflächen auf den Tisch, hob das Gesicht zur Decke und sog tief Luft ein. »Ich weiß, wen du meinst, aber er verschwindet immer wieder von meinem Radar.«

Ich schnellte vor. »Wer? Wie?«

»Ich weiß nicht, wie er das macht.« Sie öffnete endlich die Augen und sah mich an. »Schon länger spüre ich eine merkwürdige Präsenz in der Stadt, eine, die ich nicht recht zuordnen kann. Sie ist schwach und manchmal, da ist es ... als würde sie sich einfach in Luft auflösen.«

»Wo ist diese Präsenz jetzt? Kannst du sie ausmachen?«

»Nicht exakt.« Sie ging zur Kommode hinüber und kramte in einer Schublade, dann zog sie irgendein zusammengefaltetes Papier heraus. Es war ein Stadtplan, der fast auseinanderfiel, als sie ihn aufschlug und auf den Tisch legte. Mit den langen Fingernägeln zog sie kleine Kreise um einen Bereich um die Adler Street. »Irgendwo hier.«

Ich nickte. »Whitechapel.« Das hätte ich mir denken können. »Kali, du bist besser als jede Telefonauskunft.« Ich sprang auf, nahm ihr Gesicht in die Hände und drückte ihr einen dicken Kuss auf die schlaffe Wange. »Du hast was gut bei mir.«

»Ja, Geld, Maxine. Bezahlung habe ich bei dir gut, vergiss das nicht.« Sie hielt mich am Arm fest. »Sei vorsichtig. Irgendetwas ist hier nicht ganz koscher.«

»Das ist mir bewusst.« Ich rückte meine Schiebermütze zurecht und marschierte auf den Perlenvorhang zu. »Ruf mich an, falls sich die Präsenz wegbewegt, ja?«

»Natürlich, ich habe schließlich nichts Besseres zu tun, als kostenlos für dich zu arbeiten«, maulte sie mir hinterher.

»Das merke ich mir gern.« Mit einem Handheben verabschiedete ich mich von der alten Ida am Empfang, dann verließ ich den Laden und sah mich auf der Straße um.

Kein Taxi in Sicht, aber das machte nichts, denn ich konnte mir ohnehin keines leisten. Das meiste meiner Kohle war für den Süßkram draufgegangen, den ich mir als Ersatz für den Gin gekauft hatte. Glücklicherweise war noch ein bisschen Guthaben auf meiner Oyster Card – nun, dann jagte ich den Ripper eben per U-Bahn. Es wurde Zeit, dass ich meiner einzigen Klientin eine saftige Rechnung schrieb.

Für eine Detektivin war ein Auto nicht nötig, keiner meiner Fälle hatte je besondere Eile erfordert. Aber um einen Killer aufzuspüren, wäre ein fahrbarer Untersatz dann doch von Vorteil, denn Untätigkeit zerrte an meinen Nerven. Ich begab mich auf schnellstem Weg zur nächsten U-Bahn-Station, wo ich auf die Tube nach Whitechapel Station wartete. Auch ohne ein Leichenteil, das ich in einer Einkaufstasche bei mir trug, konnte ich mich weder setzen noch stillstehen, lief

Schweiß in Strömen über mein Gesicht und raste mein Herz. Der Alkoholentzug machte sich immer stärker bemerkbar, aber auch die Aufregung über die erste richtige Spur. War der Kerl, den Kali nicht zuordnen konnte, wirklich der Ripper? Und wenn ja, wie sollte ich vorgehen, wenn ich nicht genau wusste mit wem – oder besser mit was – ich es zu tun hatte?

Grübelnd stieg ich in die U-Bahn und klammerte mich an einer Halterung fest. Die Leute in der Tube schielten argwöhnisch in meine Richtung, eine ältere Dame bot mir sogar ihren Platz an. Ich musste ziemlich desolat aussehen.

Ich war froh, als wir die Whitechapel Station endlich erreichten und ich aus diesem beengten Metallkäfig hinaus konnte. Auch wenn das bedeutete, dass ich die Whitechapel Road entlanggehen musste. Diese Gegend verursachte mir nach all der Zeit noch immer eine Gänsehaut, dabei sah sie heute völlig anders aus. Die Elendsquartiere waren abgerissen und neue Straßen gebaut worden, weshalb die damaligen Tatorte nicht mehr existierten. Der Ripper schrieb, er wollte rückwärts vorgehen – inzwischen hatte ich das verstanden – aber nicht an denselben Orten. Das hätte er auch nicht gekonnt, denn die meisten gab es schlichtweg nicht mehr.

Ein Blick auf mein Handy verriet mir, dass es zweiundzwanzig Uhr war. Wenn er die Zeiten ebenfalls einhielt, war mit dem nächsten Opfer nicht vor Mitternacht zu rechnen. Dennoch ging ich schleunigst die belebte, mehrspurige Straße entlang, während Passanten, Autos und Busse verschwommen an mir vorbeizo-

gen. Inzwischen hatte ein eisiger Nieselregen eingesetzt. Er kam mir gelegen. Er kühlte mein erhitztes Gesicht und mein unruhiges Gemüt.

Schließlich bog ich in die Adler Street ein und schaute
mich um. Die Straße wurde von mehrstöckigen Wohn-
und Geschäftsgebäuden dominiert, Stadthäuser mit
Backsteinfronten, Treppenabgängen und Vorgärten
suchte man hier vergebens. Nichts in dieser Gegend
war idyllisch – nie gewesen.

Etwas weiter vorn konnte ich mehrere Stimmen hören. Männlich und jung. Ich steckte die Hände in die
Manteltaschen, betastete die Elektroschockpistole, die
ich mir für gefährliche Fälle einmal zugelegt hatte, und
ging dann langsam auf der gegenüberliegenden Straßenseite auf die Gruppe zu.

Ich hörte raues Lachen und den typischen Tonfall von
Jugendlichen, die versuchten, sich gegenseitig anzusta-
cheln. Und ich fühlte etwas Dämonisches an dieser
Stelle. Zwar war ich beileibe nicht so zielsicher wie
Kali, aber ich konnte einen Dämon von einem Menschen unterscheiden, wenn ich ihm nah war. Und dort
in dieser Gruppe befand sich einer.

Ich bewegte mich in den Schatten und duckte mich in
eine Nische vor dem Eingang eines Versicherungsbü-
ros, von wo aus ich die Jungs beobachtete. Zunächst
scherzten und krakelten sie weiter herum, doch dann
schien einer von ihnen meine Präsenz zu spüren. Er
war wohl der Dämon. Nervös blickte er sich um und
ging ein paar Schritte rückwärts in Richtung des Gebäudes hinter ihm.

Dämonen hatten starke Antennen, nicht nur für ihre eigenen Artgenossen, auch für Leute wie mich. Es wunderte mich nicht, dass er meine Anwesenheit spürte.

»Ey, Mann, alles klar?«, fragte sein Kumpel.

Der junge Dämon zupfte seine Jeansjacke zurecht. »Ich geh mal rein. Meld mich morgen.«

»Wir wollten doch jetzt los«, sagte der Dritte.

»Geht mal. Ich hab keinen Bock mehr.«

Seine Kumpels winkten stöhnend ab und machten sich davon, während sich der Dämon weiter unbehaglich umsah und rückwärts auf das Haus zuging. Schließlich blickte er in meine Richtung. Dann drehte er blitzschnell rum und rannte zur Tür. Panisch hantierte er mit seinem Schlüssel, bis er es schaffte, aufzuschließen und ins Haus zu flüchten.

Ich hetzte ihm hinterher und konnte die Tür gerade noch festhalten, ehe sie hinter ihm ins Schloss fiel. Nach einem Blick über die Schulter fluchte der Kerl und stürmte dann durch einen zweiten Ausgang in den Innenhof.

Ich glaubte nicht wirklich, dass dieses halbe Hemd der Ripper war, trotzdem rannte ich ihm hinterher. Dabei riss ich eine Mülltonne um, die krachend zu Boden fiel, fing mich an der Hauswand ab und lief laut keuchend weiter. Meine Lunge pfiff und ich konnte kaum mit dem Kerl mithalten. Daher griff ich mir den nächstbesten Gegenstand, eine Holzlatte, die an der Fassade lehnte, und schleuderte sie dem Flüchtigen zwischen die Beine. Er stolperte, fiel der Länge nach auf den Kies und stöhnte schmerzerfüllt auf.

Bevor er sich aufrappeln konnte, war ich bei ihm, packte ihn am Kragen seiner punkigen Jeansjacke und zog ihn hoch.

»Ich war's nich«, sagte er, hob ergeben die Hände und blickte mich mit großen blauen Augen an. »Ehrlich, ich weiß von nichts.«

Ich schob die Brauen zusammen, schubste ihn gegen die Hauswand und stellte mich kerzengerade vor ihm auf, sodass er nicht noch einmal fliehen konnte. »Wohnst du hier?«

»J-ja, aber ...«

»Hör mal, es ist mir scheißegal, was du ausgefressen hast.« Ich grinste. »Solange du mir ein paar einfache Fragen beantwortest. Einverstanden?«

Er zupfte seine Jacke zurecht und schaute mich von unten herauf abwägend an. »Okay.«

»Wie lange bist du schon in der Stadt?«

»Meine Mum kam mit mir her, da war ich noch 'n Baby.« Blitzschnell machte er einen Schritt nach links, ich erwischte ihn jedoch am Ärmel, riss ihn zurück und drückte meinen Unterarm mit finsterem Blick gegen seine Kehle. Erneut hob er die Hände. »Ey, ich weiß echt nichts.«

»Wieso haust du dann ab, du Genie? Soll ich dir verraten, was man nicht tun sollte, wenn man schuldig ist?«

»Was?« Er verzog trotzig die Lippen.

»Schuldig aussehen.« Ich ließ von ihm ab und wies zur Straße. »Sag mir einfach, wie viele Dämonen sonst noch hier leben. Gibt es neue Nachbarn?«

»Was willst du von denen?«

Ich seufzte entnervt. »Ich kann auch die Bullen rufen, wenn dir das lieber ist. Die interessieren sich vielleicht für dich, was meinst du?«

»Ey, nein, das is schon okay.« Er zupfte erneut die Jeansjacke zurecht. »Da is 'n junges Pärchen, die Straße runter. Und ein Typ im Haus nebenan. Das war's.«

»Der Typ, was ist das für einer?«

»Keine Ahnung, der is noch nich so lang hier. Und der sieht auch nich aus, als hätte er groß Bock auf andre Leute. Da dräng ich mich nich auf. Aaron heißt der, glaub ich.« Er hob ein weiteres Mal die Hände. »Mehr ...«

»... weißt du nicht, schon klar.« Ich wedelte mit einer Hand und machte ihm Platz. »Zieh schon ab.«

Das ließ er sich nicht zwei Mal sagen. Der Dämon ging ein paar Schritte, dann sprintete er plötzlich los und verschwand im Haus, als befürchtete er, ich würde ihm doch noch folgen.

Der Einzelgängertyp nebenan könnte mein Mann zu sein. Ich ging durch den Hof und das Foyer zurück auf die Straße, um das Nachbarhaus in Augenschein zu nehmen.

Die Front des fünfstöckigen Gebäudes bestand aus beigem Putz und großen Fenstern, von denen nur wenige beleuchtet waren. Die meisten Leute schliefen vermutlich. Dort hineinzukommen, war nicht das Problem, mich unbemerkt an einen Dämon anzuschleichen, schon eher. Ich konnte nur hoffen, dass er zu abgelenkt oder überrascht war, um mich zu bemerken.

Ich huschte zur Haustür hinüber und klingelte überall, wo ich zwei Namen auf dem Schild lesen konnte. Wenig später fragte eine verschlafene männliche Stimme über die Sprechanlage, was ich wollte.

»Ey sorry, 2 D hier, hab meinen Schlüssel vergessen«, murmelte ich undeutlich.

»Jaja«, erklang es entnervt, dann knackte es in der Anlage und der Summer wurde betätigt.

Ich öffnete die Haustür, schlich hinein und konzentrierte mich auf irgendeine dämonische Schwingung. Da ich im Erdgeschoss nichts spüren konnte, ging ich langsam die Treppe hinauf. Erst im dritten Stockwerk begegnete mir eine seltsame Präsenz, die sich wie ein schmieriger Luftzug auf meiner Haut anfühlte.

Vorsichtig bewegte ich mich den stillen, dunklen Flur entlang. Einige der Leuchtmittel waren defekt und die Lampe vor Appartement 3 C flackerte schwach. Eine Warnung vor den Grausamkeiten im Inneren der Wohnung? Ich fühlte etwas hinter dieser Tür, dezent und bitter, doch es kam mir nicht unbedingt dämonisch vor. Allerdings hatte ich auch keine Ahnung, was es sonst sein könnte. Ließ mich mein Spürsinn im Stich?

Ich wischte mir den kalten Schweiß von der Stirn und zog vorsichtig meine Elektroschockpistole aus der Manteltasche. Dabei merkte ich erst, wie stark meine Finger zitterten. Das war der Alkoholentzug. Er machte mich träge, hüllte meinen Verstand und meine Sinne in Nebel. Wenn ich nun hinter dieser Tür einem Mann mit einem Messer begegnete, hätte dieser leichtes Spiel mit mir. Dennoch griff ich nach der Klinke – ich brauchte Gewissheit.

Geräuschlos drückte ich sie nach unten und war überrascht, dass die Tür tatsächlich aufging. Hatte er mich erwartet? Das Blut pumpte rasend schnell durch meine Adern. Ich trat ein, schlich durch einen kurzen

Flur und auf eine Lichtquelle zu. Die Elektroschockpistole fest im Griff, schielte ich um die Ecke in ein minimalistisch eingerichtetes, aufgeräumtes Wohnzimmer.

Ein rothaariger Mann saß mit dem Rücken zu mir auf der Couch, die Füße entspannt auf dem Tisch überschlagen und eine Tüte Chips auf dem Schoß. Er starrte auf das Standbild eines Videospiels.

Ich runzelte die Stirn. Irgendetwas Dämonisches war hier drin, ja, aber das schien nicht der Typ zu sein. Seine Signatur war verwaschen und er fühlte sich mehr an wie ein Mensch, ein anderer war allerdings nicht hier. Vielleicht hatte er bloß dämonische Vorfahren.

»Rita? Bist du es?«, fragte er mit kratziger Stimme.

Konnte das der Kerl sein, den ich suchte? Saß der Ripper wie ein normaler Mensch auf dem Sofa, spielte Videospiele und ließ seine Wohnung für eine gewisse Rita offen? Irgendetwas an ihm war komisch, ja, aber ich konnte mir beileibe nicht vorstellen, dass dieser schlanke junge Mann, der kaum Dämonenblut in sich hatte, ein brutaler Mörder war. Ich traute ihm schon körperlich nicht zu, den Frauen diese schweren Verletzungen zugefügt zu haben. Und er hockte hier einfach völlig entspannt auf seinem Sofa ...

Scheiße, der war es nicht! Ich drehte mich um, schlich so leise, wie ich gekommen war, wieder hinaus und schloss vorsichtig die Tür. Er würde nicht merken, dass ich hier gewesen war.

Gedanklich vor mich hin fluchend, verließ ich das Wohnhaus, ging ein paar Mal die Straße auf und ab, in der Hoffnung, eine neue Spur zu finden, und stellte mich schließlich dem Gebäude gegenüber in eine dunkle Nische. Mein Verstand sagte mir, dass dieser

Aaron nicht der Ripper war, aber irgendetwas zwang mich dazu, hierzubleiben und ihn zu beschatten. Und meine Vorahnungen trogen nie.

Es war unwahrscheinlich, dass sich der Ripper über ein Jahrhundert in London versteckt gehalten hatte. Ebenso unwahrscheinlich war, dass Kali sich getäuscht oder jemanden übersehen hatte. Im Grunde wusste ich nichts über diesen Aaron – er konnte genauso gut wie jeder andere der Mörder sein. Auch wenn mein persönlich gezeichnetes Bild von dem Monster nicht zu ihm passte, dieser videospielende Einzelgänger war momentan mein einziger Verdächtiger. Es blieb mir nur eines: hier zu warten und festzustellen, ob er das Haus verlassen würde.

Im Fernsehen sah die Arbeit von Polizisten und Detektiven immer spannend aus, aber in der Realität war es lediglich ein Wechsel aus halbbrauchbaren Gesprächen und endlosem Warten, während man hoffte, bangte und fluchte ...

***

Melissa blickte auf ihre gefakte Prada-Armbanduhr – es war fast eins –, schnaubte und leerte daraufhin ihr Martini-Glas. Sie konnte nicht fassen, dass er sie versetzte.

Sie schnappte sich ihren Mantel und die silberne Clutch, die sie passend zu dem Minikleid ausgesucht hatte, in das sie ihre üppigen Kurven heute Abend extra gequetscht hatte, und glitt vom Barhocker. Brummend zog sie einen Schein aus der Tasche und knallte ihn wortlos auf den Tresen. Jetzt musste sie ihre Drinks auch noch selbst bezahlen! Das würde sie ihm beim nächsten Mal doppelt berechnen.

Sie schwankte leicht, als sie aus der Hotelbar nach draußen ging, aber sie war es gewohnt, angetrunken auf High Heels vorwärtszukommen. Das gehörte sozusagen zum Job. Den sie schon viel zu lange machte, jaja, das wusste sie selbst. Sie konnte eben nichts anderes, hatte nie etwas gelernt ...

Melissa würde es niemals offen zugeben, doch sie hatte sich als junge Frau oft vorgestellt, den perfekten Mann bei der Arbeit kennenzulernen, der sie – pretty-woman-like – aus dem Milieu rettete. Irgendwann war der Traum zu einer verschwommenen Erinnerung verblasst – doch dann kam Ronan.

Ein charmanter Geschäftsmann, der zwar seine Frau mit einer Escort betrog, sich beiden gegenüber jedoch sehr großzügig zeigte. Sie hatte sich zugegebenermaßen ein wenig in ihn verguckt und sich erlaubt, zu hoffen, er könnte sie seiner Frau vorziehen. Im Grunde wusste sie, dass sie keine Chance hatte. Dennoch verlor sie sich gern in diesen Träumereien mit Ronan, zumal sie in ihrem Alter selten derart angenehme Kunden bekam.

Als sie sich auf der Straße nach einem Taxi umsah, hielt plötzlich ein weißer Mercedes neben ihr. Entnervt rollte sie mit den Augen und warf die Arme in die Luft.

»Ich warte seit einer Ewigkeit«, raunzte sie den Mann an, als jener ausstieg und um das Auto herumkam. Überraschenderweise öffnete er die Beifahrertür und deutete ins Wageninnere.

»Steig ein«, sagte er schlicht.

Melissa schob die Brauen zusammen. »Wieso? Wir sind doch sonst auch immer hier. Hat deine Frau etwas bemerkt?«

»Ja. Steig ein«, wiederholte er.

Sie tat wie geheißen, ließ sich auf dem Sitz nieder und beobachtete ihren Stammkunden, wie er mit stoischer Miene zur Fahrerseite marschierte. Was war denn mit dem?

»Wo gehen wir hin?«, fragte sie, als er einstieg.

Wortlos startete er den Motor und fuhr los. Komisch. Sonst war er nicht derart verschwiegen.

Als sie Chelsea hinter sich gelassen hatten und schließlich nach Whitechapel kamen, ohne dass Ronan ein Wort sagte, wurde Melissa allmählich flau im Magen. Sie knetete die Hände im Schoß und schaute sich unbehaglich um, nachdem sie in einer Seitenstraße gehalten hatten.

»Was machen wir hier?«, wollte sie wissen. »Hast du ein heimliches Appartement in der Gegend?«

Ronan stieg aus und öffnete ihr erneut die Beifahrertür. »Ich habe heute etwas Besonderes mit dir vor. Komm, hier sind wir ungestört.«

Sein Lächeln war seltsam schief und seine Augen ungewöhnlich starr. Melissa lief ein eisiger Schauer über den Rücken, dennoch ließ sie sich von ihm vorwärts schieben. Er führte sie zu einem einsamen Platz mit einer kleinen, bepflanzten Fläche und einigen Parkbänken.

»Ganz schön dunkel hier«, murmelte Melissa und rieb sich die Arme. Vielleicht wollte Ronan einfach nur romantisch sein, ging ihr durch den Kopf, weshalb sie ihn aufmunternd anlächelte.

Er deutete auf eine der Parkbänke. »Setzen wir uns.«

Als sich Melissa auf dem kalten, feuchten Holz niederließ, dachte sie urplötzlich an diese arme Frau, die kürzlich zerstückelt worden war. Eine ihrer Kolleginnen hatte sie gekannt. Einfach furchtbar, zu was manche Menschen fähig waren.

Sie schüttelte den Kopf, vertrieb die Gedanken – wieso fiel ihr das in diesem Moment nur ein? – und lächelte ihren liebsten Kunden an. »Na, was hast du jetzt vor, mein Großer?«

Ronan lächelte zurück, dann zog er ein langes Messer unter seinem Mantel hervor.

***

Die Zeit verging schleppend. Ein Blick auf mein Handy verriet mir, dass es gerade einmal halb zwei war. Die Straße lag ruhig vor mir, keine Menschenseele war unterwegs, und in den meisten Wohnungen brannte kein Licht mehr. Aarons Fenster war eines von dreien im Wohnhaus, aus denen noch ein schwacher Schein drang.

Immer wieder dachte ich darüber nach, meinen Posten zu verlassen und stattdessen durch die Gegend zu streifen. Irgendetwas sagte mir, dass ich hier meine Zeit verschwendete. Etwas anderes zwang mich jedoch dazu, an Ort und Stelle zu verweilen. Wo war mein verdammter Instinkt abgeblieben?

Ich wischte mir den Schweiß von der Stirn, wie ich es in den vergangenen Stunden dutzendmal getan hatte, dann schüttelte ich meine zitternden Hände aus, bevor ich sie wieder in die Manteltaschen steckte. Mein peripheres Sichtfeld verschwamm und ich nahm alles nur noch im Tunnelblick wahr. Scheiße, jede Faser meines Körpers schrie nach Alkohol. Zur Not täte es auch eine große Portion Kodein. War da nicht dieser kleine 24-Stunden-Shop in der Whitechapel Road ...?

Ich machte einen Schritt vorwärts, ehe ich mich besann. Wie würde ich mich wohl fühlen, wenn ich morgen verkatert erwachte, und von einem zweiten Opfer erführe, das ermordet wurde, während ich mir einen genehmigte? Es konnte schließlich sein, dass Aaron mich bemerkt hatte und das Haus deshalb nicht verließ. Ich. Musste. Hier. Stehen. Bleiben. Gottverdammt.

Aus dem Nieseln wurde allmählich ein waschechter Regen. In langen Schnüren fiel er vom Himmel und durchweichte meine Mütze und den Trenchcoat. Ich wollte eben in den Eingangsbereich eines Bürogebäudes flüchten, da hörte ich die schrille, unverkennbare Sirene der Polizei. Kurz darauf sah ich auch das blinkende Blaulicht.

Für einen Moment erstarrte ich, konnte meine Glieder kaum noch spüren und mein Herz schlug so heftig, dass mir schwindlig wurde. Das war es. Das zweite Opfer. Mit einem Mal war ich mir hundertprozentig sicher.

Ich warf einen Blick zu Aarons Fenster, das nach wie vor beleuchtet war. In ihm hatte ich mich getäuscht, hatte die falsche Spur verfolgt und versagt. Es wiederholte sich ... Oh nein, es wiederholte sich!

Ich rannte los, durch den Altab Ali Park und die Whitechapel High Street entlang. Die hellen Sirenen der Polizeiautos hallten laut durch die Straßen und vibrierten schmerzhaft in meiner Brust. Als ich in der Mitre Street ankam und den Platz von blauem Blinklicht erleuchtet vorfand, bekam ich keine Luft mehr.

Ich hielt an, stützte mich auf meinen Knien ab und rang nach Atem. Dennoch beobachtete ich, wie die Polizei den Mitre Square absperrte, wie sie einen Sichtschutz aufbaute und wie ein Beamter mit zwei Zivilisten sprach, vermutlich Passanten, die die Leiche entdeckt hatten.

Ich unterdrückte ein wütendes Knurren. Dieser miese Schweinehund hatte mich belogen. Er hatte geschrieben, er würde rückwärts vorgehen, aber nicht an den gleichen Orten. Maxine Atwood starb wie sein letztes Opfer, Mary Jane Kelly, somit musste das zweite Opfer die Verletzungen seines vorletzten Opfers aufweisen. Allerdings starb Catherine Eddowes damals ebenfalls hier – am Mitre Square. Er hatte mich an der Nase herumgeführt. Wie schon so oft. Weshalb glaubte ich überhaupt ein einziges seiner Worte?

Frustriert schloss ich die Augen und ließ den Kopf hängen. Weil ich keine anderen Anhaltspunkte hatte, beantwortete ich mir meine Frage selbst. Schließlich hatte ich nicht den Hauch einer Spur und mein einziger Verdächtiger hockte gemütlich auf dem Sofa und spielte Videospiele. Es gab eine zweite Leiche und ich war keinen Schritt weiter.

»Miss? Bitte nehmen Sie einen anderen Weg.« Ein Polizist kam mit ausgebreiteten Armen auf mich zu, um mich davon abzuhalten, weiterzugehen.

Dabei wollte ich das gar nicht. Ich brauchte die Frau nicht zu sehen, um zu wissen, wie sie aussah. Gern ersparte ich mir den Anblick.

Wortlos drehte ich mich um und ging in die andere Richtung davon, ohne ein bestimmtes Ziel zu haben. Eine regelrechte Leere erfasste mich. Ich fühlte einfach gar nichts. So spazierte ich durch die Straßen, bis mein Handy klingelte. Ich war nicht überrascht, eine Nachricht von unbekanntem Absender zu erhalten.

Meine liebe Spielkameradin,
hast Du wirklich gedacht, ich gebe mich so leicht zu erkennen? Nun, diese Spur war, wie Du bemerkt hast, kälter als kalt. Wo ist Dein Feuer, Deine Leidenschaft, Dein Esprit? Ich vermisse meine ebenbürtige Gegenspielerin.
Entschuldige die kleine Schwindelei mit dem Tatort.
Saucy Jacky wollte seine alte Freundin nur ein wenig testen.
Ehe ich die nächste Nutte aufschlitze, lasse ich Dir etwas Zeit. Du solltest sie nutzen, um wieder in Deine alte Form zurückzufinden, denn auf diese Weise langweilt mich unser Spiel. Und glaub mir, liebste Maxine, Du willst nicht, dass ich mich langweile.

Hochachtungsvoll, Dein Jack (the Ripper)
P.S.: Wenn ich nicht bald Fortschritte sehe, zwingst Du mich, die Spielregeln zu ändern. Und glaub mir, liebste Maxine, Du willst nicht, dass ich das tue.

Seufzend steckte ich das Handy zurück in die Tasche, machte auf dem Absatz kehrt und marschierte in Richtung Whitechapel Road. Dieses Mal mit einem Ziel.

***

90

Die Flasche schlug gegen das Treppengeländer, als ich mich mühsam in den zweiten Stock hievte. Das Klirren hallte durchs ganze Haus.

Ich weiß nicht genau, wieso ich in den Supermarkt gegangen und mir eine Flasche Gin organisiert hatte. Vielleicht aus Gewohnheit, vielleicht aus Schwäche, vielleicht aber auch aus Trotz. Um wenigstens über eine Sache in meinem Leben die Kontrolle behalten zu können und eine solch persönliche Entscheidung wie meine Sauferei nicht an den Ripper abgeben zu müssen.

Ungeachtet des Alkohols, der alles in mir so schön unscharf werden ließ, war ich zornig, frustriert und völlig erledigt. In diesem Zustand erschien es mir eine hervorragende Idee zu sein, hierherzukommen und das Einzige einzufordern, das mir auf dieser Welt noch etwas bedeutete: Jonas. Ich war der felsenfesten Überzeugung, dass ich es ohne ihn nicht schaffte, denn keiner war so fähig wie er, wenn es darum ging, Chaos zu ordnen. In welche Lage ich ihn damit brachte, darüber dachte mein ginvernebelter Verstand natürlich nicht nach. Ich wurde egoistisch, wenn ich trank. Mürrisch, gemein und egoistisch.

Im zweiten Stock befand sich eine hölzerne Tür, in die ein großes Milchglas eingelassen war. Auf diesem prangte in großkotzigen schwarzen Lettern das Wort »Privatdetektei« und der Name »Ian McKenzie«. Ich konnte diesen arroganten Schotten noch nie leiden, weder seine kantige Visage noch seinen militärischen Kurzhaarschnitt und schon gar nicht seine hämische Lache. In meinem derzeitigen Zustand glaubte ich ernsthaft, Jonas einen Gefallen zu tun, wenn ich ihn aus diesem Büro zog.

Ich stolperte mehr über die Türschwelle, als dass ich eintrat. Schwankend hielt ich mich am Empfangstresen fest und schaute der dicklichen Frau mit ihrer runden Brille in die Augen.

»Ich möchte zu Jonas Forbes«, sagte ich. Glaubte ich zumindest. Vielleicht kam auch nur irgendein lallender Wortbrei dabei heraus.

Die Frau sah mich missfällig von oben bis unten an, stand langsam auf und kam um die Theke herum. Dabei hob sie die Hände, als wollte sie ein wildes Tier besänftigen. »Hören Sie, Miss, ich denke, Sie sollten besser nach Hause gehen und sich ausschlafen.«

Sie wollte mich am Arm hinausgeleiten, aber ich riss mich los und verschüttete dabei einige Tropfen Gin. Brummend blickte ich auf die Sauerei zu meinen Füßen. »Jetzt sehen Sie nur, was Sie angerichtet haben!«

»Miss, ich bitte Sie eindringlich ...«

»*Ich* bitte *Sie* eindringlich!«

»Madeleine, was ist hier ...« Jonas kam um die Ecke, schaute zuerst die Empfangsdame und dann mich an. Seine Augen wurden riesig. »Oh, großer Gott.«

Ich deutete mit dem Flaschenhals auf ihn. »Wir beide sollten uns unterhalten.«

»Die Störung tut mir sehr leid, Mister Forbes.« Madeleine blickte ihn entschuldigend an und knetete sich die Finger. »Ich wollte die Dame eben nach draußen geleiten.«

»Ist schon gut, ich regle das.« Er schob sie sanft in Richtung ihrer Theke und packte mich daraufhin grob am Handgelenk. »Vielleicht können Sie Mister McKenzie davon abhalten, mein Büro zu betreten, wenn er demnächst herkommt.«

Madeleine setzte sich wieder an ihren Platz, nicht ohne mir einen missfälligen Blick zuzuwerfen. »Ich sehe, was ich tun kann.«

Jonas zerrte mich am Arm hinter sich her und schubste mich geradezu in sein Büro. »Herrgott, Maxine! Es ist nicht einmal neun Uhr morgens. Warst du heute Nacht überhaupt zu Hause? Du bist klatschnass! Du holst dir noch den Tod!«

Ich konnte nicht anders, als aufzulachen. »Was hast du nur immer mit diesem Gott? Gerade du solltest es besser wissen.« Dankbar setzte ich mich auf die kleine, weiße Couch, die in seinem Büro stand und lehnte mich in die Kissen zurück. »Der Tod klebt ohnehin schon an mir.«

Jonas schlug die Tür zu, dann riss er mir die fast leere Flasche aus der Hand und knallte sie auf seinen Schreibtisch. Ich beschwerte mich nur deshalb nicht, weil er aussah, als explodierte er jeden Augenblick.

Mit vor der Brust verschränkten Armen stellte er sich vor mir auf. »Hast du vollkommen den Verstand verloren? Wieso tauchst du sternhagelvoll hier auf? Was soll das?«

Ich bemühte mich, die Augen offenzuhalten. Mit einem Mal war ich völlig erschöpft. »Ich brauche deine Hilfe.«

Meine Offenheit und Ernsthaftigkeit irritierten ihn sichtlich. Er legte den Kopf schief und jegliche Wut fiel aus seiner Miene.

»Ich darf es nicht vermasseln, hörst du? Dieses Mal nicht. Es stehen unschuldige Menschen auf dem Spiel.« Ich hickste. »Ich meine natürlich, deren Leben stehen auf dem Spiel.«

Er ließ sich auf der Armlehne der Couch nieder und beäugte mich eingehend. »Das heißt ... was? Ich soll dir bei einem Fall helfen?«

Ich schüttelte vehement den Kopf, unter anderem, weil ich mich damit am Einschlafen hindern wollte. »Nein, um den Fall kümmere *ich* mich.« Ich legte eine Hand auf meine Brust, dann deutete ich auf ihn. »*Du* musst nur dafür sorgen, dass ich nüchtern bleibe. Gutes altes Teamwork. Wie früher.«

Er starrte mich mit offenem Mund an. Das spürte ich, obwohl meine Lider inzwischen derart bleischwer über meinen Augen hingen, dass ich sie nicht mehr hochbekam.

»Es ist wirklich, wirklich wichtig, Jonas. Du weißt, ich würde nicht herkommen und dich darum bitten, wenn es nicht wirklich, wirklich wichtig wäre.«

»Du meinst das ernst«, stellte er nach einem betretenen Moment der Stille fest. »Das ist das erste Mal, dass ... So lange habe ich auf dich eingeredet. Was ist passiert, Max?« Als ich nicht antwortete, meinte er nur: »Dafür gibt es Kliniken. Mach einen Entzug. Ich weiß nicht, wie ...«

»Das geht nicht.« Ich krallte mich an seinem Ärmel fest und nahm noch einmal alle Kraft zusammen, um ihn ansehen zu können. »Wir haben keine Zeit, Jonas. Ich muss so schnell wie möglich fit werden. Sonst tötet er all diese unschuldigen Frauen ...«

Jonas' größte Stärke und gleichzeitig seine größte Schwäche waren seine Loyalität und sein unerschütterliches Vertrauen in mich. Ich wusste, dass er mich nicht hängenlassen würde, vor allem, weil ich ihn zum ersten Mal, seit wir uns kannten, um Hilfe bat, von meiner Trinkerei loszukommen. Ich verachtete mich selbst dafür, dass ich ihn in diese Sache hineinzog, wusste jedoch, dass ich ihn und seinen Ordnungswahn unbedingt brauchte.

»Madeleine.« Jonas war inzwischen aufgestanden und zur Gegensprechanlage gegangen. »Bringen Sie uns bitte eine Tasse starken Kaffee und ein Glas Wasser.« Er murmelte etwas Unverständliches und kam zurück zur Couch. »Du trinkst jetzt brav, was Madeleine dir bringt, und verhältst dich ruhig, bis ich einige Dinge geklärt habe, einverstanden?«

Ich antwortete mit einer Schlüsselbewegung an meinen Lippen und rutschte noch ein wenig tiefer in die Polster der Couch. Er würde mir helfen. Ich hatte Jonas an meiner Seite. Mein betrunkener Verstand jauchzte, denn er glaubte, dass nun alles wieder gut werden würde.

Mein Assistent – Verzeihung, Ian McKenzies Assistent – erledigte einige Telefonate und tippte irgendetwas in sein schickes Notebook. Nachdem Madeleine mir die Getränke gebracht hatte, nippte ich an beiden und sank daraufhin wie ferngesteuert in die Waagerechte. Schlafentzug und Vollrausch rächten sich. Allerdings blieb mir die sehnsüchtig erwartete Ohnmacht verwehrt, ich döste nur vor mich hin. Weshalb ich genau mitbekam, dass Jonas mit seiner Verlobten telefonierte.

»Hallo, mein Liebling«, raunte er ins Telefon.

Ich hatte Bridget nur einmal kurz getroffen und dabei festgestellt, dass sie nicht unbedingt ein Fan von mir war, obwohl sie sonst eine wahre Heilige zu sein schien. Sie arbeitete als Krankenschwester, nebenbei engagierte sie sich für die Kirche und backte Scones für die ganze Nachbarschaft. Und sie war ein Mensch. Keine Ahnung, wie das funktionierte, wenn ihr Freund gut hundert Jahre älter wurde als sie. Früher oder später musste ihr das doch auffallen. Allerdings ging mich Jonas' Liebesleben nicht das Geringste an.

»Nein, es ist nichts passiert«, fuhr Jonas fort. »Na ja, nicht mit mir ... Es ist Max. Ich muss ihr da bei einer Sache helfen ...«

Ich öffnete ein Auge einen Schlitz breit und sah, wie er sich seufzend die Haare raufte.

»Ich weiß. Ja, das hatten wir vereinbart, natürlich erinnere ich mich. Aber ich habe sie noch nie so gesehen, Bridge ... Sie hat mich um Hilfe gebeten, verstehst du? Sie meint es wirklich ernst.« Er drehte sich zum Fenster und schaute auf die regennasse Straße. »Nein, ich fange nicht wieder bei ihr an. Versprochen. Ja, ich weiß doch, dass wir das Geld brauchen. Mach dir deswegen keine Sorgen.«

Ich schloss das Auge wieder und presste die Lippen zusammen. Es war demnach Bridgets Entscheidung gewesen, dass Jonas seinen Job bei mir gekündigt hatte. Natürlich verstand ich, dass die beiden ohne Geld keine Familie gründen konnten und Jonas ohne mich besser dran war, aber ... Es war irrational, zugegeben, doch es machte mich wütend, dass sie ihn mir weggenommen hatte.

»Ich erzähle ihm einfach, es gab einen Notfall in der Familie und nehme ein paar meiner Urlaubstage. Ach, Liebling, bitte sei nicht sauer. Ich denke nur ...« Er zögerte. Vermutlich schaute er über die Schulter zu mir, ehe er etwas leiser fortfuhr: »Ich denke, dieses Mal könnte sie es wirklich schaffen, sich aufzurappeln. Sieben Jahre, Bridge ... Max hat mir meinen ersten richtigen Job gegeben und ... einiges für mich getan. Ich bin es ihr schuldig.«

Das war also der Grund, weshalb er sich mir verpflichtet fühlte. Ich hatte ihn eingestellt, nachdem er aus seiner Heimat geflohen war, hatte ihm mit den Papieren für sich und seine Mum geholfen und ihnen einen guten Start in dieser Welt ermöglicht. Das hatte ich schon beinahe vergessen ... Aber Jonas nicht. Zu meinem Glück.

Er redete noch eine Weile auf seine Verlobte ein, ich verstand das Gemurmel jedoch nicht. Und irgendwann musste ich eingeschlafen sein, denn Jonas weckte mich, indem er mich am Arm hochzog und so zum Aufstehen bewegte.

»Lass uns gehen«, sagte er nur und stützte mich.

Ich bekam kaum mit, wie er mich aus dem Gebäude und in seinen quietschroten Ford bugsierte. Der Schlaf hatte mich übermannt.

***

Ich lehnte mit dem Rücken an den Fliesen meines Badezimmers und hielt den kalten Waschlappen über meinen Augen fest. Den Großteil des Tages hatten sich

Erschöpfung und Übelkeit abgewechselt, was an Alkohol und Albträumen gleichermaßen lag, und gegen Abend fühlte ich mich wie gekaut und ausgespuckt.

»Wie geht es dir?«

Ich hob den Waschlappen an und sah, wie sich Jonas mir gegenüber auf dem Boden niederließ. Er hatte den Tag damit zugebracht, meine Schränke nach Alkohol zu durchsuchen, jegliche Reste zu vernichten und das Chaos in meiner Wohnung zu beseitigen.

»Großartig«, krächzte ich und räusperte mich. »Ich habe Durst.«

Er reichte mir ein Glas, das ich mir sofort an die Lippen setzte. Die kalte Flüssigkeit rann meine Kehle hinab und ich verzog widerwillig das Gesicht. »Was ist denn das, zum Teufel?«

»Wasser.« Ein Schmunzeln umspielte seine Mundwinkel. »Kaltes, klares Wasser. Lange nicht getrunken, was?«

»Ja, und ich weiß auch wieso. Das Zeug ist widerlich.« Ich trank noch ein paar kleine Schlucke, dann stellte ich das Glas neben mir auf den Boden, lehnte mich wieder zurück und warf den Waschlappen auf mich Gesicht. Endlich hatte ich eine Position gefunden, in der mir nicht mehr übel wurde. »Ab hier schaffe ich es allein. Du hast sicherlich etwas Besseres zu tun, als mir beim Kotzen zuzuschauen, oder nicht?«

Jetzt, nachdem ich wieder einigermaßen nüchtern war und einige alte Erinnerungen den Weg in mein Bewusstsein gefunden hatten, kam mir die Idee, Jonas in diesen ›Fall‹ zu integrieren, nicht mehr ganz so clever vor. Schließlich war der Ripper von neuen Mitspielern noch nie begeistert gewesen.

»Ach was«, antwortete er. »Ist fast wie in alten Zeiten.«

»Ernsthaft, Jonas, du musst nicht hierbleiben und Händchenhalten. Ich hätte dich nicht darum bitten dürfen. Tut mir leid. Fühl dich nicht verpflichtet ...«

»Du glaubst also, die beiden Morde in Whitechapel haben etwas mit den Ripper-Morden von damals zu tun«, unterbrach er mich.

Ich nahm den Waschlappen von meinem Gesicht und starrte ihn an. Hatte ich ihm in meiner geistigen Umnachtung irgendetwas erzählt? »Wie kommst du darauf?«

»Dazu war keine große Detektivarbeit vonnöten. Die Akten liegen auf deinem Schreibtisch, Max. Also?«

»Hast du die Nachrichten gesehen?«, lenkte ich ab. »Ordnen sie beide Morde demselben Täter zu?«

»Die Presse stellt diese Vermutung auf, ja. Aber die Polizei hat sich noch nicht öffentlich geäußert.«

Ich schnaubte. »Vermutlich weil der zweite Mord im Gebiet der City Police geschah und sie sich wieder mehr in Zuständigkeitsfragen verstricken, als dass sie zusammen eine Reihe von Morden lösen.« Ob das die Absicht des Rippers war? Um es der Polizei noch schwerer zu machen oder um sich über deren Bürokratie zu amüsieren? Ich traute ihm alles zu.

»Mein Kontakt bei der Polizei meinte, sie würden die Möglichkeit gerade prüfen, aber es gäbe zu starke Abweichungen«, informierte mich Jonas.

Ich legte den Waschlappen wieder auf mein Gesicht und lehnte mich zurück. Das überraschte mich nicht. Schon 1888 vermutete man bei jedem Opfer einen anderen Täter, denn bis auf die Rahmenbedingungen glich keine Vorgehensweise der anderen. Mal glaubte man, es war ein Linkshänder, mal ein Rechtshänder, mal ein starker, mal ein schwacher, mal ein großer, mal ein kleiner Mann ...

»Scheint, als hätte die Met alles im Griff.«

»Du hast meine Frage nicht beantwortet.« Jonas klang außergewöhnlich streng und außerdem ein wenig beleidigt. »Wir haben sieben Jahre lang zusammengearbeitet, wieso hast du mir nie erzählt, dass du damals am Ripper dran gewesen bist?«

»Es ist eine Ewigkeit her und absolut uninteressant.«

»Uninteressant? Jack the Ripper ist ja nur der bekannteste und mysteriöseste Serienkiller aller Zeiten.«

Ich schnaubte, warf den Waschlappen in eine Ecke und funkelte Jonas zornig an. »Hör sofort auf damit! Ich habe es satt, dass alle Welt diesen kranken Mistkerl zu einer beschissenen Ikone erhebt. Der Ripper ist ein durchgeknallter Irrer, dem es Spaß macht, Frauen aufzuschlitzen.«

Jonas blinzelte mich an. »Ist? Macht?«

»Scheiße«, fluchte ich. Ich sollte in Zukunft besser auf meine Wortwahl achten. »Hast du die Akten gelesen?«

»Nein, ich habe nur einen Blick in die erste geworfen ... Oh mein Gott!« Seine Augen wurden immer größer. »Ich dachte an einen Trittbrettfahrer, aber du meinst, es ist derselbe Kerl? Er ist zurück? Was ist er?«

Ich seufzte und trat mir gedanklich in den Hintern. Das hatte ich nun von meiner tollen, gingeschwängerten Idee, Jonas um Hilfe zu bitten. »Einer von euch, denke ich. Aber das spielt keine Rolle, denn du wirst dich raushalten.«

Seine Augen leuchteten auf und er klang beinahe andächtig. »Das ist der größte ungelöste Fall in der Geschichte der Serienkiller.«

»Jonas …«

»Jetzt ist mir klar, warum du nüchtern werden willst. Das schaffst du nicht allein, Max, das weißt du genau. Ich helfe dir, ich will bei diesem Fall dabei sein.«

»Das ist kein gewöhnlicher Fall. Und ich meine es ernst, du wirst dich da raushalten.« Gar nicht so leicht, autoritär zu klingen, wenn man auf dem Boden vor dem Klo hockte und kaum geradeaus schauen konnte. »Es geht hier nicht um Prestige oder irgendein altes Rätsel, das gelöst werden will, verstehst du? Es geht um Menschenleben und …«

»Nenn mir einen verdammten Grund, weshalb ich nicht …«

»Weil er die Spielregeln ändert, wenn er wütend wird. Und neue Mitspieler machen ihn nun einmal wütend.«

Wir stierten uns einen Moment lang mit mahlenden Kiefern an, dann schien Jonas zu verstehen, was ich eben gesagt hatte, und seine Miene wechselte von zornig zu ungläubig und verwirrt.

»Was bedeutet das? Du stehst … mit dem Ripper in Kontakt?«

»Er schreibt mir neuerdings SMS – da kann er ganz einfach die Nummer unterdrücken.« Ich schnaubte. »Er meint, das alles ist nur ein lustiges Spiel zwischen ihm und mir. Er hält sich für das ultimative Böse und mich für das Gegenteil und ihm ebenbürtig. Deshalb will er von mir gejagt werden.«

Jonas musterte mich zweifelnd von oben bis unten. Ich konnte es ihm nicht verdenken. »Wieso ... Also, ich meine ... ausgerechnet dich?«

»Gib mir den Waschlappen.« Nachdem er das Ding aus der Ecke geangelt und mir gereicht hatte, warf ich es ihm an den Kopf. Und kassierte dafür einen tadelnden Blick. »Ich war nicht immer so. Du würdest mein Ich von vor hundertdreißig Jahren nicht wiedererkennen.«

Er stand auf, stellte sich ans Waschbecken und hielt den Waschlappen unter das kalte Wasser. »Was ist mit der Frau von damals passiert?«

»Sie hat aufgegeben.« Ich räusperte mich und nahm den Faden von vorhin wieder auf. »Der Ripper gibt mir etwas Zeit, um auf die Beine zu kommen. Dann mordet er weiter. Mein betrunkenes Ich hielt es daher für eine gute Idee, dich um Hilfe zu bitten.«

Er reichte mir den kalten Waschlappen und blickte mit erhobenen Brauen zu mir herunter. »Und wenn du ihn einfach nicht jagst? Wenn du dich nicht darauf einlässt und ihm so den Spaß nimmst?«

»Dann wird er wütend und ändert die Spielregeln.«
»Was sind das für Regeln?«

Ich schluckte. Das letzte Mal, als er die Spielregeln geändert hatte, war Mary kurz darauf tot gewesen. Genauso wie meine Hoffnung, jemals wieder nach Hause zu kommen.

In meiner Erinnerung formte sich das Bild eines engen, dunklen Raums, eines hölzernen Bettgestells. Ich sah blonde, blutverkrustete Haare, Blutlachen am Boden, Spritzer an den Wänden, einen in Fetzen gerissenen Körper ... Ich presste die Augen zusammen, schluckte und schob den Gedanken mit aller Macht beiseite.

Der Kerl war bereits ein Monster, wenn er gut gelaunt war. Und wurde er wütend, hatte er rein gar nichts mehr mit einem Menschen gemein.

Ich legte den Waschlappen wieder über mein Gesicht, damit Jonas den Schmerz in meinen Augen nicht sehen konnte. »Seine Regel lautet: Maxine hat zu tun, was Saucy Jacky sagt. Wenn ich davon abweiche, wird er persönlich. Er ... bedroht Leute, die mir helfen.« Und damit es noch deutlicher wurde: »Du bringst dich selbst in Gefahr, wenn du bleibst.«

Eine Weile lang war es ruhig, doch ich konnte Jonas' Grübeln förmlich spüren. »Verhandel mit ihm.«

Ich hob den Waschlappen an und beäugte ihn. »Wie bitte?«

»Du bist nicht mehr die Frau von damals – offensichtlich. Sag ihm, wenn er wieder eine ebenbürtige Gegnerin haben will, brauchst du mich zur Unterstützung.«

»Ich soll also mit einem kranken Irren verhandeln?« Ich prustete. Mehr fiel mir dazu nicht ein. »Selbst wenn ich wollte, wüsste ich nicht, wie ich ihn erreiche. Er steht wohl kaum im Telefonbuch.«

»Er weiß, wer du bist, demnach wird er dich wohl auch beobachten.« Jonas zuckte mit den Schultern und setzte sich wieder zu mir auf den Boden. »Stell ein Schild ins Fenster oder häng dir eins um, er wird es sehen. Die Umstände haben sich geändert, er muss deine Bedingung akzeptieren so wie du seine Regeln.«

War ich noch besoffen oder war die Idee nicht einmal übel? Allerdings hatte ich nach wie vor ein schlechtes Gefühl dabei, Jonas dem Ganzen auszusetzen.

»Ich weiß, was ich tue.« Er nickte mir mit ernster Miene zu. »Ich bin mir der Gefahr bewusst, aber hey, das ist Jack the Ripper! Wenn ich dabei helfe, dieses Monster zu fassen, schreibe ich Geschichte!«

Ich hob abwehrend die Hände. »Niemand schreibt hier irgendetwas, dass das klar ist. Du und ich, wir sind die Einzigen, die von der Sache wissen und das wird auch so bleiben. Für diese Scheiße gibt es weder Ruhm noch Ehre.«

»Das ist mir klar. Aber ich wüsste, dass ich die Menschenwelt von diesem Monster befreit hätte.«

Ich lachte auf. Ich konnte einfach nicht anders.

»Was ist so witzig?«

»Dein Kampfgeist in allen Ehren, aber der Typ ist ein Phantom, dem diese Welt seit über hundert Jahren auf den Fersen ist. So leicht ist er nicht zu fassen.«

Jonas schaute mir mit unerschütterlicher Ernsthaftigkeit in die Augen. »Wir müssen es zumindest versuchen – oder willst du hier herumhocken und ihn einfach machen lassen?«

Ein eisiger Schauder glitt über meinen Rücken. Da hatte er wohl recht. Wir mussten es zumindest versuchen ...

4. Geister der Vergangenheit

Whitechapel 1888

Ich stecke eine lose Strähne zurück unter meine Melone und streiche meinen falschen Schnurrbart glatt. Auch nach achtzehn Jahren in dieser Welt verstehe ich nicht, wieso Männer über bestimmte Dinge nicht mit Frauen sprechen. In meiner Welt war ich Soldatin, sogar General, eine Anführerin und Respektsperson – hier schicken mich die Männer aus dem Raum, wenn sie sich Zigarren anzünden und über Geschäftliches oder andere ›Männersachen‹ reden.

Nun, ich muss nicht alles verstehen. Wenn es der Sache dienlich ist, verkleide ich mich eben als Mann. Und bisher hat mir jeder die Maskerade abgenommen. Wie die beiden Damen, die an der Theke zu meiner Rechten sitzen und mich unverfroren beäugen. Es sind augenscheinlich Dirnen, auch Bordsteinschwalben oder Unglückliche genannt, die sich Obdach und Nahrung verdienen, indem sie fremden Männern gewisse Dienste erbringen. Anscheinend wittern sie in mir einen neuen Abnehmer für ebenjene.

Allerdings scheinen sie unschlüssig zu sein, ob ich vertrauenswürdig bin oder nicht. Wer könnte es ihnen verdenken? In diesen grausigen Zeiten sollten sie sich ihre Freier besser ganz genau aussuchen.

Ich blicke dezent auf das Holzregal hinter der Theke, auf dem sich verschiedene Spirituosenflaschen reihen, nippe an meinem Ingwerbier und warte auf das Geräusch einer sich öffnenden Tür, das ich durch das laute Gelächter und Gelärme der trinkfreudigen Gäste hoffentlich nicht verpasse.

»Ich sprech den jetzt an«, höre ich die jüngere der beiden Dirnen sagen. Im Augenwinkel sehe ich, dass sie sich anschickt, aufzustehen, doch die Ältere greift nach ihrem Arm.

»Hab kein gutes Gefühl bei dem.« Sie legt eine faltige Hand auf ihren Busen, der trotz der vielen Kleiderschichten, die sie trägt, enorm aussieht. »Das is so'n Geheimnisvoller. Und viel zu gut angezog'n für die Pinte hier. Nachher schlitzt der dich auf.«

»Die Polypen haben den doch weggesperrt. Soll der Schuhmacher gewesen sein, Lederschürze, weißte, wen ich mein?«

Es war nicht der Schuhmacher, davon bin ich überzeugt. Nur weil er ein langes Messer und eine Lederschürze besitzt, wie sie nahe des Tatorts gefunden wurde, muss er nicht gleich der Killer sein. Außerdem sah ich, wie er abgeführt worden ist – nein, dieser Mann ist kein seelenloses Monster wie der Whitechapel-Mörder.

Fünf Frauen hat er inzwischen getötet und er wird nicht damit aufhören, bis ich ihn fange – das macht er in seinen Briefen jedes Mal unmissverständlich klar. Jack the Ripper oder Saucy Jacky, wie er sich selbst nennt, läuft noch immer frei dort draußen herum, und diese armen Frauen täten gut daran, weiterhin vorsichtig zu sein.

»Mitgenomm'n hamse den, aber ob's der auch war?«
Die Ältere wackelt zweifelnd mit dem Kopf. »Ich glaub,
die Polypen sind da selber nich sicher. Vorhin hab ich
'n Paar Kerle in Frauenklamotten auf der Straße stehen
seh'n. Die wollen dem 'ne Falle stellen. Wieso sollten se
das, wenn se den Mörder schon hätten?«

»Aber ich brauch die Kohle«, jammert die Jüngere.
»Ich bin hintendran. Wenn ich dem Dicks heute kein
Geld bring, wirft der mich auf die Straße. Und dann bin
ich gar nich mehr sicher.«

Ich unterdrücke ein Seufzen und schiele zu den Unglücklichen hinüber. Die Frauen befinden sich in einem Teufelskreis. Sie trauen sich kaum noch auf die
Straße, wodurch sie kein Geld mehr verdienen und ihre
Unterkünfte verlieren.

»He, Sie!« Der Wirt klopft mit den Knöcheln auf die
Theke und blickt mich abwägend an. »Noch ein Glas
oder ist der feine Gentleman nur hier, um unsere Wei-
ber anzugaffen?«

»Ich nehme noch eins«, murmle ich und räuspere
mich, als ich mich daran erinnere, dass er die tiefe Tonlage eines Mannes erwartet. Glücklicherweise habe ich
eine von Natur aus dunkle Stimme und muss mich dafür nicht sonders anstrengen.

»Bin hier verabredet«, füge ich hinzu.

Er nickt, scheint jedoch nicht überzeugt zu sein. Zu
Panik und Hysterie kommt in diesen Zeiten eine ordentliche Portion Misstrauen hinzu. Jeder Mann, der
sich ein wenig auffällig verhält oder eine Dame nur
schief ansieht, wird zur Rede gestellt. Eine regelrechte
Lynchjustiz richtet sich im East End ein. Und dass die
Polizei rat- und hilflos ist, jeden Tag einen anderen

Mann verhaftet, Hausdurchsuchungen vornimmt und von Seeleuten bis zu Mitarbeitern in Schlachthäusern willkürlich Personen überprüft, macht es nur noch schlimmer. Die Stimmung ist aufgeheizt und Whitechapel ein brodelnder Kessel, der bald überzukochen droht. Die Presse tut ihr Übriges und verbreitet pausenlos Angst und Schrecken.

Ich verachte diese überhebliche Sensationsgier. Vor allem, weil der Ripper sie abgöttisch liebt. Diese Schmierfinken verschaffen ihm den Ruhm und die Aufmerksamkeit, nach denen er giert. Ich muss den Mann finden und die Morde stoppen, ehe sich die Leute hier vor Angst gegenseitig umbringen. Doch er ist wie ein Phantom, unsichtbar, hinterlässt keinerlei Spuren. Jeder Zeuge will einen anderen Mann gesehen haben. Es ist mir ein Rätsel ...

Der Wirt knallt einen Krug vor meine Nase. Ich bedanke mich mit einem Nicken, dann lausche ich wieder auf die Tür. Allerdings werde ich erneut gestört, dieses Mal von der jungen Dirne, die anscheinend entschieden hat, dass ich vertrauensvoll genug aussehe, um ihre Dienste zu genießen.

»Na, Lust auf ein bisschen Gesellschaft?«

Gerade als ich den Kopf drehe, geht die Tür auf und ich sehe über ihre Schulter hinweg einen Mann eintreten. Er ist groß, schlank, trägt einen gepflegten Schnauzbart und einen dicken Wollmantel. Das ist der Arzt, auf den ich gewartet habe.

Ich deute zu der älteren Frau hinüber und gleite von meinem Hocker. »Du solltest lieber auf deine Freundin hören und dich in nächster Zeit von fremden Männern fernhalten.«

Damit lasse ich sie stehen und gehe zu dem Tisch hinüber, an dem sich der Gentleman niederlässt.

Mich wie ein Mann zu bewegen, fällt mir deutlich schwerer, als wie einer zu sprechen. Ich versuche, eine gewisse Entschlossenheit in meine Schritte zu legen, so wie es die Leute von einem selbstbewussten Herrn erwarten, und setze mich ungefragt auf den Stuhl gegenüber dem des Arztes. Mein Benehmen bringt mir einen irritierten Blick ein.

»Verzeihen Sie, Dr. Philipps, ich würde Ihnen gern ein paar Fragen stellen.« Ich reiche ihm die Hand und lächle. »Mein Name ist Maximilian Atwood. Ich führe eine Art Sonderermittlung zum Fall des Whitechapel-Mörders durch.«

Er hebt die Brauen. »Gehören Sie zu dieser Bürgerwehr?« An der Art, wie er das Wort ausspricht, kann ich erahnen, wie wenig er von den Männern hält, die den Mörder auf eigene Faust dingfest machen wollen. Aufmerksam beäugt er mich und meinen Aufzug und kommt wohl zu dem Schluss, dass ich für einen Bewohner Whitechapels zu gut gekleidet bin. »Oder zu einer anderen Organisation?«

»Zu einer anderen Organisation.« Ich lächle vielsagend, als ob ich mich darüber amüsiere, dass ein Mann seines Standes ein doch eher schäbiges Etablissement wie dieses besucht. Er ist hier mit einem Inspector der Metropolitan Police verabredet, aber er ahnt nicht, dass ich das weiß. Vielmehr fürchtet er, ich könne seinen guten Ruf besudeln, das sehe ich ihm an. Was wohl auch der Grund dafür ist, dass er das Gespräch mit mir fortsetzt.

»Ich kooperiere mit der Polizei«, fahre ich fort. »Weshalb ich Ihren Bericht zum Mord an Catherine Eddowes ausgiebig studieren durfte. Nun stellt sich mir dabei die Frage, ob Sie darin etwas ausgelassen haben.« Glücklicherweise hatte ich in meiner weiblichen Gestalt einen angetrunkenen Constable dazu bringen können, mir den Bericht zu zeigen.

Pikiert hebt er die Brauen. »Sie meinen, ich hätte der Polizei etwas vorenthalten? Das denke ich nicht, Mister ...«

»Atwood, Sir. Ja, vielleicht nicht absichtlich.«

Stirnrunzelnd blinzelt er mich an. Ich kratze an seiner Ehre als Mediziner, wodurch er nicht weiter über die ominöse Organisation nachdenkt, der ich angehören soll, sondern stattdessen überlegt, was er wohl übersehen haben und wie er sich dafür rechtfertigen könnte. Ein so typisch menschliches Verhalten.

Ich halte Dr. Philipps keineswegs für einen schlechten Mediziner oder einen Lügner, ich will ihn lediglich aus der Reserve locken.

»Mir kam zu Ohren, dass Sie der Meinung sind, der Mörder besitze gewisse chirurgische Fähigkeiten. Davon habe ich in Ihrem Bericht allerdings nichts gelesen.«

Der gute Doktor erzählte so etwas in Gegenwart eines Reporters, der es an einem bierseligen Abend im Pub wiederum mir gegenüber erwähnte.

Dr. Philipps senkt verschämt den Blick und rutscht unbehaglich auf seinem Stuhl herum. Es ist ihm vollkommen klar, dass er damit einen Fehler gemacht hat, für den er gehörig Ärger mit Inspector Abberline bekommen könnte. Jener hasst die Presse fast ebenso sehr wie ich, weshalb es für ihn einem Verbrechen gleichkommt, mit Reportern zu sprechen.

»Solche Gerüchte können böse enden, Dr. Philipps.«

»Ich deutete etwas in diese Richtung an, ja, jedoch sagte ich das auch dem zuständigen Inspector. Abberline wollte davon nichts wissen und wies mich recht deutlich in die Schranken.« Der Doktor strafft seine Gestalt und räuspert sich. »Ich solle die Ermittlungsarbeit der Polizei überlassen, meinte er.«

»Wie kommen Sie auf diese Vermutung?« Ich beuge mich über den Tisch und mustere ihn neugierig. »Und wie stark ausgeprägt sind diese Fähigkeiten?«

»Es ist keine Vermutung, ich bin sicher, dass es sich bei dem Mörder um eine Person handelt, die anatomische und pathologische Kenntnisse besitzt. Er schnitt das Bauchfell des Opfers auf der linken Seite durch und nahm vorsichtig die Niere heraus, nachdem er die linke Nierenarterie durchtrennt hat. Nun, ich würde sagen, dies hat jemand getan, der wusste, wo sich die Niere befindet. Es erfordert große medizinische Kenntnisse, dies zu wissen und ebenso, wie man sie entfernt.« Er nickt, als wolle er sich selbst zustimmen. »Auch die Schnitte an der Gebärmutter und die Tatsache, dass weder Vagina noch Gebärmutterhals dabei verletzt wurden, deuten darauf hin.«

Ich hatte bereits einen Arzt in Verdacht, diese Theorie jedoch wieder verworfen. Und gleich würde ich noch einmal bestätigt werden. »Sie meinen also, es muss zwingend ein ausgebildeter Arzt gewesen sein?«

»Großer Gott, nein. Es reichen Grundkenntnisse in Medizin, wie sie vielleicht ein Student oder ein Leichenwäscher hat, der schon oft bei der Obduktion zugesehen hat.« Der Doktor schmunzelt ob der Vorstellung, ich könne einen Mann seines Standes verdächtigen. »Ich sage nur, dass der Mörder genügend theoretische Kenntnisse besitzt. Die Art und Weise, auf die die Schnitte durchgeführt wurden, war bisher allerdings eher stümperhaft.«

Ich nicke. »Der Mörder hat nicht nur eine Niere entnommen, auch andere Organe fehlen. Was glauben Sie, weshalb er das tut?«

»Ich kann es mir nicht erklären. Für einen professionellen Zweck sind sie von keinerlei Nutzen.«

»Benutzte er denn ein medizinisches Messer?«

»Schwer zu sagen. Sicher ist nur, dass es ein scharfes, spitzes Messer war, das etwa fünfzehn Zentimeter maß.« Er schüttelt angewidert den Kopf. »So etwas wie die Überreste dieser unglücklichen Frau habe ich selten gesehen. Und ich bin schon lange im Dienst. Es ist abscheulich, was der Mann diesen armen Geschöpfen antut.«

Ich nicke mitfühlend, ehe ich mit der Befragung fortfahre: »Sind Sie sicher, dass es ein Mann ist?«

Er blinzelt mich an, als wäre ich verrückt geworden. »Selbstverständlich. Eine Frau ist zu so etwas nicht imstande!«

Ich mustere ihn einen Moment. Dr. Philipps ist ein steifer, doch aufrichtiger Mann, so kommt es mir vor. Jedenfalls scheint er sich seiner Worte vollkommen sicher. Es ist eine winzige Spur, aber zumindest eine, der ich nachgehen kann.

»Eine Frage noch, Doktor. Was glauben Sie, wieso niemand auf die Tat aufmerksam wurde? Immerhin geschah sie direkt auf dem Mitre Square. Der Platz ist stark frequentiert und in regelmäßigen Abständen wird er von Streifen durchschritten.«

Er verschränkt die Hände auf dem Tisch und beugt sich näher zu mir herüber. »Der Mord hat nicht lange gedauert und er dürfte recht ruhig gewesen sein.«

»Wie kommen Sie darauf?«

»Nun, es gab keinen Kampf und die Kehle wurde so schnell durchschnitten, dass kein Laut entweichen konnte. Ich gehe davon aus, dass an der Person, die die Tat verübt hat, nicht viel Blut zu finden war.« Er schüttelt sich erneut, wohl in Erinnerung an die sterblichen Überreste der armen Catherine Eddowes.

»Guten Abend, die Herren.« Der Doktor und ich blicken wie zwei erschrockene Rehe zu dem Mann auf, der an unseren Tisch getreten ist. Jener streckt die Hand in meine Richtung aus. »Donald Swanson. Ich schätze, wir wurden uns noch nicht vorgestellt.«

Ich erhebe mich, ohne den Chief Inspector zu beachten, und tippe mit den Fingern gegen die Krempe meiner Melone. »Danke für das Gespräch, Doktor.«

Damit entferne ich mich von den beiden Männern und verlasse den Pub. Ich wurde bereits von Inspector Abberline mehr oder weniger freundlich darauf hingewiesen, dass meine Neugier zum Fall des Whitechapel-Mörders bemerkt wurde, ich muss nicht noch Chief Inspector Swanson auf mich aufmerksam machen.

Auf der Straße vor dem Pub kaufe ich einem Jungen die Zeitung ab – nicht aus Interesse an den reißerischen Berichten, sondern weil ich dem Kind ein paar

Pennys gönne. Es ist die Pall Mall Gazette, mit der ich mich daraufhin in eine Droschke setze und die ich gelangweilt durchblättere. Ungefähr in der Mitte des Blattes stoße ich auf einen hanebüchenen Leserbrief von einem Sir Donoughue, der mir nicht näher bekannt ist:

»Es scheint, die letzten Morde können ein und derselben Person zugeschrieben werden. Nun, da die Polizei leider nur Misserfolge vorzuweisen hat, habe ich mich mit den Umständen des Falles beschäftigt. Nach ausgiebigem Studium dieser bin ich zu der Erkenntnis gelangt, dass der Whitechapel-Mörder in etwa folgendermaßen aussehen muss: Er ist ein Mann durchschnittlicher Größe oder ein wenig kleiner, mit muskulösen Armen, kurzen, dicken Fingern und breiten Füßen mit verkrümmten Zehen. Er hat sonnengegerbte Haut, wenn nicht gar einen dunklen Teint, und trägt längeres, dunkles Haar. Seine Augen sind stechend blau, denn keine anderen wirken derart böse und unnachgiebig. Wenn er seine Opfer anblickt, dann auf eine Weise, bei der das Weiße über- und unterhalb der Iris deutlich zu sehen ist.«

Schnaubend rolle ich die Zeitung zusammen und werfe sie aus der fahrenden Droschke auf die Straße. Schlimm genug, dass die Polizei außerstande ist, dem Täter auf die Spur zu kommen, jetzt wird sie noch derart von Presse und Bevölkerung unter Druck gesetzt. Unzählige Menschen beklagen sich über die Misserfolge der Polizei und machen Ermittlungsvorschläge. Kein Wunder, nachdem die Presse haarsträubende Gerüchte in die Welt setzt und falsche Fährten legt. Die

Menschen mischen sich viel zu sehr in die Arbeit der Polizei ein.

Wie sollen wir dieses Monster je finden, wenn plötzlich jeder ermittelt und irgendwelche braven Leute beschuldigt? Der Ripper spaziert fröhlich mordend durch die Gegend, während seine Jäger damit beschäftigt sind, unsinnige Hinweise zu prüfen.

Ich denke über Dr. Philipps Worte nach. Glaubt er tatsächlich an einen Täter mit medizinischen Kenntnissen oder wollte auch er sich nur gegenüber der Presse wichtigmachen? Und inwiefern hilft mir dieser Hinweis weiter?

Nach fünf Todesopfern habe ich immer noch das Gefühl, am Anfang meiner Suche zu stehen.

Vor meinem Wohnhaus steige ich aus der Droschke und bezahle den Fahrer. Dann betrete ich das Gebäude, schlurfe durch den miefigen Flur, bis zu meinem kleinen, karg eingerichteten Zimmer. Ich will eben die Tür öffnen, da fällt mein Blick auf ein Paket zu meinen Füßen. Es ist in graues Papier gewickelt und mit einer braunen Kordel verschnürt. In der oberen rechten Ecke steht das Wort *Überraschung*. Das Blut pumpt heftig durch meine Adern und mir wird schwindlig.

Hastig greife ich nach dem Paket und schlüpfe in mein Zimmer. Ich weiß bereits, was sich darin befindet, bevor ich es öffne. Es ist Catherine Eddowes Niere. Dieser kranke Irre hat sie mir per Post geschickt.

Niemals zuvor habe ich ein anderes Wesen so sehr gehasst wie Jack the Ripper.

***

Einige Erinnerungen kamen in Form von Albträumen zurück. Nicht die ganz üblen, die versteckten sich nach wie vor in den hintersten Windungen meines Gedächtnisses, aber viele Begebenheiten hatte ich wieder völlig klar vor Augen. Als hätten sie sich erst gestern ereignet. Allerdings half mir das kein Stück weiter.

Hundertdreißig Jahre waren vergangen und ich war keinen Schritt vorwärtsgekommen. Der Ripper war und blieb ein gesichtsloses, mordendes Etwas für mich.

»Lass uns das alles noch einmal zusammenfassen.« Jonas, der im Schneidersitz neben mir auf dem Boden hockte, die Akten um ihn herum verstreut, deutete zur Pinnwand. »Was wissen wir sicher?«

Ich unterdrückte ein unwilliges Stöhnen. Es war nicht so, dass ich mich an manches nicht erinnern konnte, ich schaffte es vielmehr nicht, mich dazu durchzuringen. Ein Teil von mir wehrte sich mit aller Kraft dagegen. Außerdem hatte ich wenig Hoffnung, in meiner Erinnerung Antworten zu finden, was die ganze Sache zu einer unnötigen Folter machte.

»Das ist es ja, ich weiß nicht mehr, als dort steht.« Ich schüttelte meine zitternden Finger aus, ehe ich auf die spärlich behängte Pinnwand zeigte. Der Alkoholentzug ließ mich fahrig und unkonzentriert werden und dass sich der Ripper seit zwei Tagen nicht gemeldet hatte, machte mich zusätzlich nervös. Dabei sollte ich froh sein, wenn sich dieser Psychopath ruhig verhielt, denn so lange würde es auch kein neues Opfer geben.

Wenigstens hatte er Jonas akzeptiert. Während ich noch darüber nachdachte, wie ich den Ripper kontaktieren sollte, schrieb er mir bereits in einer kurzen SMS, dass mein Assistent bleiben dürfte, wenn er meine

Wohnung nicht verließe. Er sähe ihn als Hilfsmittel an, um mich in meine alte Form zurückzubringen, hatte er gemeint.

Ich hasste es, dass er mich beobachtete und scheinbar stets wusste, was ich vorhatte. Es war, als säße dieser Mistkerl direkt in meinem Kopf. Ein widerlicher Gedanke, der mir Übelkeit verursachte.

Seit dieser Nachricht herrschte Funkstille und Jonas und ich versuchten, den Fall wieder aufzurollen. Er schien nach wie vor das Widersprüchlichste, was mir je begegnet war – jede Spur, jeder Hinweis führte in eine Sackgasse. Und mit der neuen Erkenntnis, dass der Ripper kein Mensch war, ergab alles noch weniger Sinn.

»Es gab so viele Verdächtige«, murmelte ich. »Zuerst glaubte man, es sei ein Seefahrer gewesen, dann ein Schuhmacher, mal ein Metzger und schließlich ein Arzt. Kurzzeitig war sogar ein Affe im Gespräch gewesen.«

Jonas blinzelte mich ungläubig an. »Ein Affe?«

»Ein Orang-Utan, um genau zu sein.« Ich trank einige Schlucke meines starken Tees, drückte mich gegen die Rückenlehne der Couch und streckte meine schmerzenden Beine aus. Ich wusste nicht, wie lange wir schon auf dem Boden hockten und versuchten, dieses blutige Puzzle zusammenzusetzen. »Es gab Leute, die glaubten an eine Verschwörung, machten das Königshaus für die Morde verantwortlich oder die Freimaurer. Da erschien mir der Affe noch glaubwürdiger.«

»Abgesehen von der Tatsache, dass Affen keine Briefe schreiben.« Er seufzte.

»Lass uns die Verdächtigen vergessen, die sind ohnehin alle tot. Wir sollten uns auf die Opfer und Vorgehensweisen konzentrieren.« Ich erhob mich, stellte mich vor die Pinnwand und ging die Namen der Frauen durch, bis ich zur letzten kam. Unter Marys Namen waren keine Informationen angepinnt, aber das war auch nicht nötig. Sie unterschied sich grundlegend vom Rest der Frauen.

Ich wusste, dass ich die Erinnerungen nicht ewig unter Verschluss halten konnte, aber endlich funktionierte ich so weit, dass ich denken und arbeiten konnte, ohne ständig nach Alkohol zu lechzen. Obwohl ich in diesem Augenblick zu gern einen Drink in der Hand gehabt hätte, um all den Schmerz zu betäuben und die Bilder zerfetzter Körper zu verdrängen ...

»Okay, 7. August 1888«, sagte ich schnell und wunderte mich gleichzeitig, wie treffsicher ich das Datum nannte. Ich hatte mir diese Akten derart oft durchgesehen, dass mir die Fakten wohl in Fleisch und Blut übergegangen waren. »Der Name des ersten Opfers war Martha Tabram. Sie war eine mollige Frau mittleren Alters mit dunkler Haarfarbe und dunklem Teint. Geschieden, zwei Söhne, Prostituierte, alkoholsüchtig.« Ich deutete auf die Notizen unter ihrem Namen und die beiden Fotos – eines vom Tatort, ein anderes von Tabram selbst, nach ihrem Tod. Ich hatte es aus irgendeinem Ripperologie-Schinken herausgerissen. »Die Tatzeit war in etwa 02:30 Uhr gewesen, Tatwaffe ein großes Messer, der Einstich in das Herz stammte jedoch vermutlich von einer Art Dolch. Insgesamt waren es 39 Einstiche.« Jonas schrieb meine Ausführungen stichwortartig auf einen Notizzettel und reichte ihn mir, damit ich ihn an die Wand pinnen konnte. »Irgendetwas an diesem Mord hat mir damals schon eine Gänsehaut beschert.«

»Eine Art Vorahnung?«, riet Jonas.

»Scheint so. Ich legte zwar eine Akte an, überließ die Arbeit jedoch der Polizei und wandte mich von dem Fall ab. Meine Aufgabe in dieser Welt war es, Verbrechen zu verhindern – wenn sie schon geschehen waren, gab es für mich nichts mehr zu tun. Dachte ich zumindest ...« Ich tippte auf den zweiten Namen. »31. August 1888. Das Opfer hieß Mary Ann Nichols, auch bekannt als Polly. 42 Jahre alt, dunkler Teint, braune Augen, braun-graues Haar. Verheiratet, aber getrennt, fünf Kinder. Prostituierte. Alkoholikerin.«

Unter meinen Notizen befanden sich ein Tatortfoto und ein verschwommenes altes Bild von Polly in ihrem Sarg. Die Frau war keine Schönheit gewesen, schon zu Lebzeiten nicht. Ihr rundes Gesicht schien aufgequollen und ihre Haut teigig – der Alkohol hatte sie schneller altern lassen.

»Tatzeit war in etwa 03:00 Uhr«, fuhr ich fort, steckte mir schon beinahe gewohnheitsmäßig ein Toffee in den Mund und nuschelte: »Tatwaffe ein Messer. Die Kehle wurde durchtrennt und der Unterleib aufgeschlitzt. Der Arzt ging davon aus, dass die Tat von einem Linkshänder ausgeführt wurde.« Ich pinnte die Notiz, die Jonas dazu geschrieben hatte, an die Wand, dann massierte ich mir die Stirn, hinter der es bedrohlich pochte. »Mein Hauptverdächtiger war Charles Cross, ein Kurierfahrer, der als Erstes am Tatort eintraf. Ich war mir so sicher ... Aber ich hatte ihn genau im

Blick zu der Zeit, als der nächste Mord geschah.« Seufzend schüttelte ich den Kopf, dann zog ich einen Umschlag aus der Akte und reichte ihn Jonas. »Nach dem Mord an Nichols kam der erste Brief.«

Vorsichtig faltete er das Papier auseinander, las die Worte, die ich auswendig kannte, und bekam dabei immer größere Augen.

»Auf den ersten Blick konnte ich erkennen, dass Ihnen etwas zutiefst Tugendhaftes und Strahlendes anhaftet. Das macht Sie wohl zu meinem ultimativen Gegenstück, meiner perfekten Gegenspielerin, dem lang ersehnten Sinn in meinem Dasein«,

las Jonas vor und runzelte die Stirn. »Deutet er hier an, dass du ein Engel bist und er ein Dämon?«

»Nach heutigem Stand der Dinge gehe ich davon aus. Es muss ihm eine diebische Freude bereitet haben, dass ich nie von selbst darauf gekommen bin.« Ich atmete tief durch und wies auf den nächsten Namen. »Am 8. September 1888 starb Annie Chapman, 47 Jahre alt, verheiratet, aber getrennt, drei Kinder. Sie war wie die anderen eine Prostituierte und alkoholsüchtig.«

Ich betrachtete das Foto des Hinterhofs in der Hanbury Street, wo er die arme Frau regelrecht abgeschlachtet hatte. Ein unwürdiger Tod in unwürdiger Atmosphäre. Darunter hing ein Foto von einer etwas jüngeren Annie, auf dem sie in ihrem ausladenden, gestreiften Kleid kreuzunglücklich aussah. Ich hatte es ihrem Mann bei einer Befragung entwendet.

»Tatzeit war gegen 04:30 Uhr, Tatwaffe – Überraschung! – ein Messer. Annie wurde zuerst erstickt, danach hat der Täter ihr die Kehle durchtrennt, den Unterleib aufgeschnitten und ...« Ich schluckte die Übelkeit, die die Erinnerung mit sich brachte, hinunter. »Dieser Irre hat Annie die Gedärme herausgerissen und sie ihr über die Schultern drapiert wie einen blutigen Schal. Außerdem hat er ihr einige Organe entnommen.« Ich schüttelte mich. »Der Polizeiarzt glaubte, dass es die Arbeit eines Experten gewesen ist. Allerdings haben sich die Ärzte, was dieses Thema angeht, des Öfteren widersprochen.«

Jonas war etwas blass um die Nase geworden. Er hielt die Faust vor den Mund und räusperte sich. Ihm schien nach und nach erst klarzuwerden, dass all diese Dinge tatsächlich passiert waren.

»Ich bekam vor und nach dem Mord jeweils einen Brief vom Ripper, aber er enthielt nur leeres Geschwätz und Eigenlob. Außerdem zeigte er ein perverses Vergnügen daran, wie sehr ich ihn verabscheute. Und er hat mir Annies Uterus per Post geschickt.«

Jonas räusperte sich erneut. »Wie nett von ihm.«

»Ja, so ist er, der gute Jack.« Ich tippte auf den vierten Namen und blickte meinen Assistenten durchdringend an. »Den Mord an Elizabeth Stride sollten wir uns genauer ansehen. Er wird der nächste sein, den er nachstellt.«

»Wie kommst du darauf?«

»Er war so freundlich, mir zu verraten, dass er rückwärts vorgehen wird. Maxine Atwood glich von Vorgehensweise und Verletzungen ... Mary Jane Kelly.« Ich zögerte nur kurz vor Marys Namen, aber lange genug, dass Jonas die Stirn runzelte. Schnell fuhr ich fort: »Nummer zwei war eine Nachstellung von Catherine Eddowes` Mord. Wie hieß das Opfer noch gleich?«

»Melissa Stratman.«

»Richtig. Sie starb sogar an der gleichen Stelle wie Catherine Eddowes und zwar am Mitre Square.« Da fiel mir noch etwas ein: »Wir können nicht davon ausgehen, dass jeder seiner Hinweise richtig ist. Er sagte, es würde nicht an den alten Tatorten geschehen, was bei Melissa Stratman gelogen war. Er wollte mich testen.«

Jonas stand auf und deutete auf die Daten unter den Namen Stride und Eddowes. »30. September 1888 – war es ein Doppelmord?«

»Ja. An diesem Tag wurde Saucy Jacky zum ersten Mal zu Angry Jack – wenn auch eine harmlosere Anfangsform.«

Er blinzelte mich irritiert an. »Hat er sich selbst so genannt? Ist er schizophren?«

»Das glaube ich eigentlich nicht. Er scheint bloß kein Mittelmaß zu kennen.« Ich setzte mich auf die Armlehne der Couch. »Er ist entweder fröhlich oder fuchsteufelswild – zwischen diesen beiden übertriebenen Launen wechselt er ab, von einem Extrem ins andere, und ich denke, er kann nicht anders. Deshalb sieht er sich selbst entweder als Saucy Jacky, den frechen Spieler, oder als Angry Jack, das zornige Monster.«

Jonas nickte. »Er tötet also entweder aus Spaß oder aus blinder Wut.«

»Richtig.« Mich fröstelte. Ich konnte mich nicht entscheiden, welcher der beiden Verrückten in ihm mir lieber war. Nach einem Blick auf die Fotos unter Elizabeths Namen griff ich nach meinem Tee und leerte ihn in einem Zug. »Es war also der 30. September 1888 und der Ripper suchte sich ausgerechnet einen Tatort aus, in dessen Nähe ein Treffen radikaler Sozialisten stattfand. Es war laut und es herrschte reges Treiben in der Gegend. Er hätte es kommen sehen müssen, dass er unterbrochen werden würde.« Ich deutete auf das Postmortem-Foto, auf dem das lange Gesicht des Opfers zu sehen war, umrahmt von dunklen Locken. »Elizabeth Stride, auch bekannt als Long Liz, heller Teint, braunes Haar, verheiratet, aber getrennt. Sie war Prostituierte und Alkoholikerin. Getötet wurde sie gegen 00:45 Uhr, Tatwaffe war das altbekannte Messer. Da der Ripper gestört wurde, war lediglich die Kehle des Opfers durchtrennt. Keine weiteren Verstümmelungen.«

»Dann wurde sie kurz nach der Tat bereits aufgefunden?« Jonas nahm unsere Tassen und ging zur Küchenzeile, um uns neuen Tee aufzubrühen.

»Sie dürfte noch warm gewesen sein.« Ich schüttelte schnaubend den Kopf. »Ich war zu der Zeit ebenfalls in der Gegend und sah im Vorbeigehen den Auflauf Schaulustiger im Innenhof. Es waren an die dreißig Leute, die um die Leiche der armen Frau herumstanden und die Arbeit des Arztes blockierten. Die Menschen und ihre verdammte Sensationsgier...«

»War so, ist so und wird immer so bleiben.« Jonas drückte mir meine aufgefüllte Tasse in die Hand und setzte sich wieder auf den Boden vor die Pinnwand. »Er streifte also wütend durch die Straße und fand ...«

»Catherine Eddowes.« Ich nickte. »Braune Augen, kastanienbraunes Haar, 43 Jahre alt, drei Kinder, verheiratet, aber getrennt. Auch sie war Prostituierte und Alkoholikerin. Sie starb um etwa 01:30 Uhr, Tatwaffe war ein fünfzehn Zentimeter langes Messer, mit dem er seinen geballten Zorn herausließ.« Ich musste tief durchatmen bei dem Gedanken an die arme Frau. »Er zerfleischte sie förmlich, durchtrennte ihren Hals, schlitzte ihren Unterleib auf, zog die Gedärme heraus und legte sie über ihre Schulter. Das Gesicht zerschnitt er derart, dass eine Identifizierung nahezu unmöglich war. Wieder nahm er Organe mit und dieses Mal schickte er mir die Niere.«

Ich deutete auf die Akte, aus der Jonas den zugehörigen Brief herausfischte und vorlas.

»Meine liebe Spielkameradin, gib mir nicht die Schuld an den Vorkommnissen der letzten Nacht. Ein unflätiger Störenfried unterbrach rüpelhaft meine Arbeit und machte mich damit so zornig, dass ich nicht mehr an mich halten konnte. Von Zeit zu Zeit passiert es, dass der lustige Saucy Jacky, den Du kennst, zu Angry Jack wird. Ich gebe zu, ich war unartig. Du musst mich bestrafen, liebste Maxine, das sehe ich ein. Meine Strafe wird das Warten sein. Du gibst vor, wann der nächste Mord geschehen soll. Wollen wir nur hoffen, dass mich vorher niemand wütend macht. Hochachtungsvoll, Dein Jack the Ripper.«

Jonas hob die Brauen.

»P.S.: Ich verbringe die Zwischenzeit damit, mich über die Unfähigkeit von Scotland Yard totzulachen. Sie sagen jetzt, ich sei Arzt. Zu komisch, haha.«

Ich nahm die Zeitung vom Couchtisch, riss den Bericht über Melissa Stratmans Ableben heraus und pinnte ihn zu ihrem Namen, der unter ihrem historischen Vorbild Catherine Eddowes stand. Die beiden Frauen hatten tatsächlich eine gewisse Ähnlichkeit miteinander.

»Du hast nicht ernsthaft über den nächsten Mord entschieden?« Jonas blickte mich finster an.

»Nein. Angry Jack hatte seinen Auftritt, bevor ich irgendetwas tun konnte. Aber er hat relativ lange ausgehalten, bis 9. November 1888, um genau zu sein.«

Jonas griff nach Marys Akte, doch ich nahm sie ihm ab und legte sie auf den Schreibtisch. »Das letzte Opfer ist irrelevant für den Fall, denn er wich in seinem unbändigen Zorn von seinem bevorzugten Frauentyp und der üblichen Vorgehensweise ab.«

Mein Assistent verschränkte die Arme vor der Brust. »Du verheimlichst mir etwas.«

»Tue ich nicht. Der Mord ist bereits abgehakt, wir sollten uns auf die Neuauflage von Liz Stride konzentrieren.«

»Weißt du, das war immer unser größtes Problem. Sieben Jahre und du vertraust mir immer noch nicht.«

Ich blinzelte ihn irritiert an. Wie kam er nur auf diesen Blödsinn? »Ich dachte, unser größtes Problem läge darin, dass ich ein besoffenes Arschloch bin, das dich nicht bezahlen kann.«

»Vergiss es einfach.« Er winkte ab und pinnte den Zeitungsartikel über Maxine Atwood an die Wand unter Marys Namen. Allerdings sah er dabei ziemlich gekränkt aus.

»Jonas, was ...?«

»Welche Gemeinsamkeiten haben wir?«, unterbrach er mich, ohne mich anzusehen.

»Die Tatzeit.« Ich versuchte, seinen Blick einzufangen, aber er gab mir keine Chance dazu. »Alle Morde ereigneten sich nach Mitternacht.«

Er notierte etwas auf einem Notizzettel. »Der Tatort. Alle Morde wurden im East End verübt. Gibt es die alten Tatorte noch?«

»Nein, größtenteils nicht.« Ich musterte die Bilder der toten Frauen an der Pinnwand. »Drittens, das Opferprofil. Bis auf Mary Jane Kelly waren alle Frauen mittleren Alters, dunkelhaarig, alkoholsüchtig und Prostituierte. Sie lebten in der untersten sozialen Schicht. Das müsste auf die beiden neuen Opfer ebenfalls zutreffen, oder nicht?«

»Melissa Stratman arbeitete bei einem Escort Service, aber das zählt für ihn wohl ebenfalls«, sagte Jonas und hielt im Schreiben inne. »Die Verletzungen. Bis auf Martha Tabram, die er selbst als Übungsopfer bezeichnet, und Elizabeth Stride, bei der er unterbrochen wurde, schlitzte er allen Frauen Kehle *und* Unterleib auf.«

»Außerdem gab es niemals Kampfspuren.« Ich schüttelte den Kopf. »Ich habe mich immer gefragt, warum er sich ausgerechnet diese Art von Frauen aussucht. Wenn man seinen Worten Glauben schenken möchte, dann tötet er nur aus Lust an der Jagd und dem Nervenkitzel, gejagt zu werden. Außerdem entscheidet er sich für Prostituierte, weil er glaubt, niemand würde sich um sie scheren. Aber ich denke, es steckt mehr dahinter.« Ich ging grübelnd vor der Pinnwand auf und ab und verschlang ein weiteres Toffee, das ich aus der Hosentasche zog. Ich hortete die Dinger inzwischen überall. »Die Gemeinsamkeiten sind schon ein arger Zufall.

Ich vermute, dass er Probleme mit Frauen hat, vielleicht auch nur mit einer Frau, einer dunkelhaarigen Alkoholikerin. Seiner Mutter?«

»Es sind meistens die Eltern.« Endlich schaute Jonas mich wieder an, aber er war derart in dem Fall gefangen, dass die Kränkung gänzlich aus seiner Miene gewichen war. Hatte ich ihm wirklich das Gefühl gegeben, ich traute ihm nicht? »Zu jener Zeit gab es leider noch kein Profiling, was?«

»Nein, und die Polizei hatte keine Ahnung von Serienmördern. Die Leute glaubten damals, dass man es jemandem, der zu solch bestialischen Verbrechen fähig ist, auch körperlich ansehen müsse. Irgendein Defekt wies ihrer Meinung nach darauf hin, ein zu kurzes Bein, ein elfter Finger oder sowas in der Art.« Ich ging zum Schreibtisch und zog den Bericht des Polizeiarztes Dr. Bond aus Marys Akte, an den ich mich plötzlich erinnerte. »Hier. Das war der erste Versuch, eine Art Täterprofil zu skizzieren. Dr. Bond ging davon aus, dass der Ripper ein Mann mit physischer Stärke, kühlem Kopf und Wagemut gewesen sei. Er war nicht sicher, ob dessen Motiv sexueller, rachsüchtiger oder religiöser Art gewesen ist, aber er schloss nichts davon aus. Außerdem glaubte er, anders als sein Kollege Dr. Philipps, dass der Täter keine anatomischen Kenntnisse besessen hat, vermutlich nicht einmal das technische Wissen eines Metzgers oder Pferdeschlachters.«

»Und was glaubst du?«

Ich zuckte mit den Schultern. »Vielleicht besitzt er theoretische Kenntnisse, aber keine praktischen. Das würde die Unstimmigkeiten erklären.« Ich blätterte in dem handgeschriebenen Bericht und las vor: »Der Ripper ist vermutlich ein unauffälliger Mann mittleren Alters, gepflegt und Einzelgänger.« Ich warf den Bericht auf die Couch, vergrub das Gesicht in den Händen und stöhnte frustriert auf. »Davon abgesehen ist er nicht ganz richtig im Kopf, vor allem, wenn er wütend wird. Nicht, dass uns das irgendwie weiterhelfen würde ...«

»Das ist demnach alles, was wir haben?«

Wir starrten beide auf die Pinnwand und grübelten, wie ich es bereits vor hundertdreißig Jahren getan hatte. Ich konnte es nach wie vor kaum fassen, dass sich diese Scheiße tatsächlich wiederholte. Es fühlte sich an wie ein böser Traum.

»Somit ist unsere einzige Option, ihn auf frischer Tat zu ertappen«, meinte Jonas schließlich und rückte die Brille auf seiner Nase zurecht.

Ich konnte mir ein Auflachen nicht verkneifen. »Wenn ich eines über den Ripper weiß, dann, dass er die Fähigkeit besitzt, sich unsichtbar zu machen. Oder, was einfach alles erklären würde, sich ständig in jemand anders zu verwandeln.« Mit großen Augen blickte ich meinen Assistenten an. »Jeder Mord wäre dadurch von einem anderen verübt worden – mal von einem Schuhmacher, mal von einem Linkshänder, vielleicht sogar einmal von einem Affen!«

»Gibt es das?« Jonas sah zweifelnd zu mir auf. »Kann irgendein Wesen in den drei Welten seine Form verändern?«

»Nicht, dass ich wüsste ...« Nachdenklich trommelte ich mit den Fingern auf meinen Schenkel. Ein Gestaltwandler? Das war verrückt. Oder? »Ich werde mich ein wenig umhören. Wenn so ein Wesen tatsächlich existieren sollte, hat irgendjemand schon davon gehört.«

Obwohl es eine sinnige Lösung war und einiges erklären würde, hoffte ich darauf, falsch zu liegen. Denn wie sollten wir ein Monster finden, das jede x-beliebige Gestalt annehmen konnte? Eine gruselige Vorstellung ...

»Gut, also ...« Jonas verzog nachdenklich die Lippen. »Gibt es sonst noch Parallelen von den alten zu den neuen Morden? Abgesehen von Opferprofil und Verletzungen?«

»Die Tatzeit passt nicht ganz, aber er ›arbeitet‹ nach wie vor nachts. Außerdem ist die Tatwaffe die gleiche.«

»Wie ist es mit den Abständen, in denen die Taten verübt werden?«

»Zwischen Eddowes und Kelly lag über ein Monat, zwischen Atwood und Stratman waren es gerade mal drei Tage.« Ich zuckte mit den Schultern. »Er hat einiges aufzuholen und ist aufgeregt, weil sein ›Spiel‹ endlich weitergeht. Es ist nur ein Gefühl, aber ich denke, so lange wie damals wird er nicht mehr warten.«

»Sonst noch Gemeinsamkeiten?«

»Der Tatort war bei Eddowes und Stratman identisch, aber wie schon gesagt, war das ein Test für mich.«

Jonas ließ den Blick von der Pinnwand über die Akten und Briefe schweifen. »Hat er dir jedes Mal geschrieben, vor jedem Opfer?«

»Nein, vor den ersten beiden nicht.« Ich atmete durch. »Ich bekam einen Brief nach Nichols, jeweils einen vor und einen nach Chapman und dem Doppelmord Stride/Eddowes. Einen sechsten vor Mary. Außerdem übersandte er mir Chapmans Uterus und Eddowes'

Niere.« Ich massierte meine schmerzende Brust. »In seinem letzten Brief versprach er mir Marys Herz.«

»Hast du es bekommen?«

»Nein. Vergangenen Montag schrieb er mir, dass er es nicht wie geplant schicken konnte und ich deshalb das Herz von Maxine Atwood bekomme.« Ich runzelte die Stirn. »Eigentlich hätte er mir als Nächstes die Niere von Melissa Stratman schicken müssen.«

»Er macht das immer noch?« Jonas blinzelte mich ungläubig an. »Du hast ein Herz erhalten? Per Post?« Als ich nickte, schnaubte er angewidert. »Was hast du damit gemacht?«

»Ich habe es in der Themse entsorgt, was sonst? Glaubst du, ich will das Herz eines Mordopfers in meiner Wohnung herumliegen haben?«

»Großer Gott. Wie kannst du das einfach so völlig nebensächlich sagen?«

»Man gewöhnt sich an vieles im Laufe der Zeit.« Ich zwinkerte ihm zu. »Und der Gin macht es einem leichter.«

Er schüttelte sich.

Ging ihm wirklich jetzt erst auf, was für ein kranker Irrer dieser Kerl war? »Hast du dich denn vorher nie mit Jack the Ripper beschäftigt?«

»Nicht ernsthaft, wieso auch!« Er klang allmählich etwas hysterisch und schaute sich um, als erwartete er, weitere Leichenteile in meinem Wohnzimmer zu finden. »Ich habe über ihn gelesen, Filme gesehen, aber … für mich war er einfach nur irgendein mysteriöser Typ mit Zylinder aus längst vergangenen Zeiten.« Er hielt eine Faust an den Mund und beäugte die Pinnwand. »Großer Gott ... Ich meine, er hat noch vier solcher Morde vor sich.«

»Ich kann mir nicht vorstellen, dass er danach aufhören wird.« Seufzend drehte ich mich von der Wand des Grauens weg und nahm auf der Couch Platz. »Keine Ahnung, weshalb er untergetaucht ist, aber er tat es wohl nicht freiwillig. Er schrieb, dass er pausieren musste – gegen seinen Willen.«

Ich blickte Jonas an, der sich neben mir niederließ. »Was, wenn ihn dieses Mal nichts aufhält? Er ist kein Mensch, er kann dieses Spiel noch eine ganze Weile weitertreiben.«

Ein eiskalter Schauder rann über meinen Rücken und einmal mehr fragte ich mich, was nach dem Mord an Mary mit ihm passiert war, sodass er einfach verschwand. Ich konnte mir keinen Reim darauf machen.

»Wir müssen ihn aufhalten, Max.« Die pure Ernsthaftigkeit sprach aus Jonas' Miene, aber auch eine Furcht, die ich an ihm noch nie gesehen hatte.

»Ich weiß«, antwortete ich, dann stand ich auf und ging zur Garderobe hinüber, um meinen Trenchcoat anzuziehen. »Ich klappere meine nicht-menschlichen Informanten ab und finde heraus, ob so etwas wie Gestaltwandler existieren. Mit solchem Kram musste und wollte ich mich vorher noch nie beschäftigen.«

Ich überlegte kurz, ob ich Jonas im Internet über Gestaltwandler recherchieren lassen sollte, aber wegen meiner generellen Abneigung gegenüber diesem Medium entschied ich mich dagegen. Im World Wide Web und bei allem, was ›online‹ war, kam ich mir nicht nur ständig beobachtet vor, dort tummelten sich auch zu viele Wichtigtuer, die mit gefährlichem Halbwissen um sich warfen. Ich traute derlei Informationen nicht recht.

»Überprüf du die Opfer und deren Umfeld«, fuhr ich fort. »Dass es keine Kampfspuren gibt, weist für gewöhnlich darauf hin, dass sich Täter und Opfer gekannt haben – vielleicht gibt es Parallelen zwischen den beiden Frauen. Maxine Atwood wurde zu Hause getötet, ich will wissen, wer Zugang zu ihrer Wohnung hatte. Und wenn Melissa Stratman bei einem Escort Service gearbeitet hat, muss irgendjemand gewusst haben, mit wem sie in dieser Nacht verabredet gewesen ist. Lass uns alles zu möglichen Verdächtigen zusammentragen, was wir finden können.«

»Geht klar.« Jonas lächelte.

»Was ist?«

»Ich habe dich schon lange nicht mehr so konzentriert und voller Tatendrang erlebt.« Er nickte und wirkte seltsamerweise wie eine stolze Großmutter. »Es schien in letzter Zeit so, als hättest du dich gänzlich aufgegeben.«

»Da schien es dir nicht falsch.« Ich räusperte mich und suchte nach etwas, womit ich dieses rührselige Thema abschließen konnte: »Hier müsste irgendwo eine Akte herumliegen, auf der ›Am Arsch‹ steht – bitte frag mich nicht. Würdest du der Klientin eine Rechnung für das Beschatten ihres Ehemanns schreiben und ihr die Ermittlungsergebnisse mitteilen? Den Fall habe ich ohnehin zu Genüge ausgereizt und so kommt wenigstens ein bisschen Geld in die Kasse.«

Jonas nickte. »Ich bringe den Laden hier wieder auf Vordermann, keine Sorge. Und dann wühle ich mich durch deine alten Aufschriebe, bis er ...«

Das melodische Klingeln meines Telefons ließ ihn verstummen. Wie auf Kommando blickten wir beide auf das Gerät, das auf dem Couchtisch lag.

»... wieder schreibt«, vollendete Jonas seinen Satz. »Gespenstisch.«

5. Wem kannst du trauen?

Ich musste nicht aufs Display schauen, um zu wissen, dass es eine Nachricht von ihm war. Es war, als hätte er gespürt, dass mein Kopf allmählich wieder funktionierte, und nun wollte er nicht länger warten. Er war vermutlich aufgeregt wie ein Kind am Weihnachtsmorgen.

Langsam ging ich zur Couch zurück, setzte mich neben Jonas und hielt das Handy so, dass wir beide die Nachricht lesen konnten.

Meine liebe Spielkameradin,
ich brenne vor freudiger Erwartung, unser Spiel endlich fortsetzen zu können. Was meinst Du, sollen wir eine neue Partie wagen? Ich würde zu gern sehen, ob Du die Zeit ausgiebig genutzt hast, um Dich in Form zu bringen. Wie ich hörte, sollen Nüsse die Denkfähigkeit des Gehirns positiv beeinflussen – nur als kleiner Hinweis am Rande.

Ich warf Jonas, der sichtlich irritiert war, einen entnervten Blick zu. Mein Assistent wusste wohl nicht recht, wie er auf Saucy Jackys Ratschläge reagieren sollte. Kein Wunder, diese lustige Leichtigkeit erwartete man schließlich nicht von einem Serienkiller.

»Er hält sich für ach so witzig«, murmelte ich.

*Nun, der neue Spielplan steht fest, die Regeln sind geklärt,
nichts hält uns mehr zurück, nicht wahr, liebste Maxine?
Ich freue mich darauf, Dich heute Nacht in alter Frische,
wie man so schön sagt, auf der Straße zu sehen.*

»Heute Nacht.« Jonas keuchte. »Er will heute Nacht
wieder morden?!«

*Das nächste Opfer findest Du, wo unser Spiel begann.
Und, Maxine, ich will es noch einmal deutlich klarstellen:
Mister Forbes bleibt bis auf Weiteres in Deinem Apparte-
ment und verhält sich ruhig. Ich weiß noch nicht, was ich
von ihm halte. Richte ihm das von mir aus.
Nun denn, fang mich, wenn du kannst!
Hochachtungsvoll, Dein Jack (the Ripper)*

Jonas hyperventilierte beinahe neben mir. »Er kennt
meinen Nachnamen. Woher kennt dieser Kerl meinen
Nachnamen?«

»Bleib ganz ruhig, er will dich bloß verunsichern.« Ich
tätschelte ihm das Knie. »Solange du nichts tust, was
ihn aufregt, ist alles in Ordnung.«

Er schluckte, wischte sich die Hände an der Hose ab
und bedachte mich mit einem tadelnden Blick. Inzwischen hatte sein Gesicht einen leicht grünlichen Schimmer angenommen. Ihm wurde wohl klar, dass er die
Sache unterschätzt hatte. Einen Mordfall nur theore-
tisch zu kennen, war eben etwas anderes, als mitten-
drin zu stecken. Vor allem, wenn man sonst nur mit be-
trogenen Ehefrauen und Steuerverbrechern zu tun
hatte.

Eine zweite Nachricht ließ meinen Assistenten zusammenzucken.

P.S.: Du wartest sicherlich schon auf die Niere der zweiten Catherine Eddowes. Sie ist noch immer mit der Post unterwegs. Die ist leider auch nicht mehr, was sie einmal war ...

Seufzend checkte ich die Uhrzeit, ehe ich das Handy in die Manteltasche steckte. Es war kurz nach neun. Noch drei Stunden bis Mitternacht und damit dem Zeitfenster, in dem er seine Morde verübte.

Drei Stunden ... Mein Herz beschleunigte seinen Takt und meine Hände zitterten. Ich war nicht soweit. Nicht einmal annähernd. Er würde die neunte Frau töten und sich danach darüber amüsieren, was für eine abgewrackte, unbrauchbare Gegenspielerin aus mir geworden war. Oder aber er würde wütend werden ...

»Diese armen Frauen sind verloren«, murmelte ich.

Jonas blinzelte mich überrascht an. »Was? Wieso in aller Welt?«

»Weil ich ihre einzige Chance bin.« Ich vergrub das Gesicht in den Händen. »Ich bin nicht annähernd die Frau, die ich einmal war, und damals war er mir bereits überlegen. Ich werde versagen, Jonas. Wie 1888.«

Völlig nüchtern und mit einer Pinnwand voller Grausamkeit und Scheitern in meinem Rücken wurde mir erst so richtig klar, dass ich keine Chance hatte.

»Das wirst du nicht.« Jonas hielt mich an den Oberarmen fest und blickte mir durchdringend in die Augen. »Du hast damit nie abschließen können, weil du deinen Schmerz lieber in Gin ertränkt hast, als dich mit ihm auseinanderzusetzen, das verstehe ich jetzt. Du hasst dich selbst, weil er dir entkommen ist. Aber er ist allen entkommen, verstehst du? Es ist nicht deine Schuld.« Er rüttelte mich, wie um mich aufzuwecken. »Diese Frau, von der du ständig redest, die ist noch in dir. Du hast nur das Vertrauen zu ihr verloren.«

»Er hat diese Frau gebrochen«, antwortete ich.

»Und das lässt du zu? Du? Der größte Dickkopf, den ich kenne?« Jonas schüttelte den Kopf. »Gib ihm nicht solche Macht über dich, Max. Du hast eine zweite Chance bekommen, ihn zu zerstören, es ihm heimzuzahlen und dich zu rächen – willst du die etwa verstreichen lassen?«

Jonas hatte recht. Ich durfte nicht wieder in Zweifel und Selbstmitleid versinken, durfte keine Schwäche zulassen. Nicht, nachdem der Ripper meinem jämmerlichen Dasein neuen Sinn verliehen hatte und ich meine Verfehlungen wiedergutmachen konnte. Das zarte Flämmchen, das ich bereits in mir gespürt hatte, wuchs endlich zu einer starken Flamme des Zorns heran. Ich würde mich aufraffen und diesen Mistkerl bluten lassen. Und wenn es mich umbrachte. Das war meine Mission, mein Schicksal, mein Vermächtnis.

Unwillkürlich dachte ich an Catherine, wie so oft in den letzten Tagen. Seit ich nicht mehr trank, vermisste ich sie in manchen Momenten derart schmerzlich, dass es mir fast den Atem raubte. Wenn meine Tochter jemals wieder von mir hörte, dann wollte ich, dass sie stolz auf mich sein konnte. Sie sollte nicht dieses schwache Wrack in mir sehen, sondern eine Frau, die alles versucht hatte, um zu ihr zurückzukommen.

»Wo unser Spiel begann«, murmelte Jonas und riss mich damit aus den Gedanken. »Ist das der Ort, an dem das erste Opfer starb?«

Ich massierte mir die Stelle, unter der mein Herz krampfte. »Nein, Tabram war seiner Aussage nach eine Übung. Das Spiel startete demnach mit Nichols. Sie starb in der Buck's Row. Was ist da heute?«

Jonas griff nach dem Tablet, das er aus seinem Büro mitgebracht hatte, und suchte im Internet nach der Straße. »Hier. Heute heißt sie Durward Street.« Er zeigte mir einen Ausschnitt des Satellitenbilds – eine lange Straße mit einigen Reihenhäuschen, einer Baustelle und einem Sportstudio.

»Da werde ich ab Mitternacht patrouillieren.« Ich ging wieder zur Garderobe, schlüpfte in meine Stiefel und setzte meine Schiebermütze auf. »Vorher schaue ich bei Kali vorbei. Vielleicht weiß sie etwas über Gestaltwandler.«

Jonas blickte mir mit großen Augen nach. »Pass auf dich auf, Max.«

»Er hatte schon so viele Möglichkeiten, mich zu töten, er wird sich doch nicht selbst den Spaß nehmen, mich zu quälen.« Ich griff nach Jonas' Schlüsseln, die er auf meiner Kommode abgelegt hatte. »Ich leihe mir deinen Wagen. Du brauchst ihn in nächster Zeit ja ohnehin nicht.«

Er schüttelte vehement den Kopf. »Ich werde keinen Fuß vor diese Tür setzen. Auch wenn Bridget mich dafür vermutlich umbringen wird ...«

»Wie schön, wenn man sich seinen Mörder aussuchen kann.« Ich zwinkerte ihm zu, tippte gegen den Schild meiner Mütze und verließ meine Wohnung.

Zwar mit einem Kribbeln in der Magengegend, aber so entschlossen wie nie.

***

»Hallo Ida, was gibt's Neues?« Ich betrat Kalis Hexenladen und stellte mich zu der alten Dame an den Empfang.

Ida winkte ab, ohne den Blick von dem kleinen Fernsehgerät hinter ihrer Theke zu nehmen. »Immer die gleiche Sendung. Rauf und runter läuft das Drama. Du weißt schon, diese zwei leichten Mädchen, die einer um die Ecke gebracht hat.«

»Ah, ja, davon habe ich gehört.« Ich beugte mich über die Theke und sah, wie DCS Brian Hutchinson versuchte, eine Erklärung abzugeben. *Versuchte* deshalb, weil diese Aasgeier von Reportern ihn immer wieder unterbrachen.

»Chief Superintendent, ist es wahr, dass die Metropolitan Police derzeit keinen einzigen Verdächtigen vorweisen kann?«, rief ein untersetzter Kerl mit geröteten Wangen und hielt Brian sein Aufnahmegerät unter die Nase.

Der Detective Chief Superintendent unterdrückte sichtlich ein Augenrollen und hob besänftigend die Hände. »Wie bereits gesagt, ermitteln wir momentan in verschiedene Richtungen. Es ist wichtig, dass Sie Ruhe bewahren und die Untersuchungen nicht durch falsche Anschuldigungen, unechte Briefe oder übereilte Berichterstattung in die Länge ziehen oder gar gefährden. Wir haben ...«

Eine große, blonde Reporterin wedelte mit einem Arm, wohl um Brians Aufmerksamkeit zu erregen. »Aber Chief Superintendent, was tun Sie, um den nächsten Mord zu verhindern? Das ist es doch, was die Leute interessiert. Bisher schauen sie nur tatenlos dabei zu, wie ...«

Brummend wandte ich mich ab. Es wiederholte sich. Die Presse heizte die Panik an, die Bevölkerung drehte durch und beschuldigte plötzlich jeden, der auf irgendeine Art auffällig war. Ob der Ripper der Polizei und den Reportern ebenfalls wieder Briefe geschrieben hatte? Ich wusste, der Kerl stand auf diesen Rummel.

»Sie hat Kundschaft«, sagte Ida und deutete auf den Perlenvorhang, ohne mich anzusehen. Die Frau war um die Neunzig, sie hatte genügend Erfahrung mit Leuten wie mir, um zu wissen, wann ein Eingreifen zwecklos war.

Ich ging durch den Vorhang, verhedderte mich wie jedes Mal – wie kam man da nur unbeschadet durch? – und fixierte meine Informantin eisern. »Hast du einen Moment?«

Kali bedachte die Frau, die an ihrem Tisch saß und sich die Augen mit einem Taschentuch abwischte, mit einem entschuldigenden Blick. »Es tut mir sehr leid, Mrs Coleraine, ich bin sofort wieder bei Ihnen.« Sie stand auf und wedelte mystisch mit den Händen. »Bestimmt werden uns die Geister nachher gewogen sein und uns mit Ihrem Charles verbinden.«

Sie drängte mich vorwärts, schob mich in den Abstellraum und schloss die Tür hinter uns. »Das wird allmählich zu einer unliebsamen Angewohnheit, Max.«

»Tut mir leid. Ich brauche nur eine winzigkleine Information von dir. Es ist mehr ein freundschaftlicher Plausch als ein offizieller Gefallen.«

»Hast du mein Geld dabei?«

Als ich zur Antwort schief grinste, drehte sie sich stöhnend um und griff nach der Klinke. Ich hielt sie am Ärmel ihrer Tunika fest. »Es wird dich überraschen, aber es gibt nicht mehr sehr viele Leute, die mit mir kooperieren wollen.« Ich ignorierte ihr humorloses Auflachen. »Ich brauche deine Hilfe.«

Sie tat immer furchtbar genervt, aber im Grunde ihres Herzens mochte sie mich. Es wunderte mich zwar, ich wusste jedoch, dass es so war. Wieso würde sie mir sonst immer wieder helfen?

Schnaubend stemmte sie die Fäuste in die Seiten. »Soll ich diesen merkwürdigen Kerl wieder für dich aufspüren? Ich dachte, den hättest du ausgeschlossen.«

»Habe ich auch. Es geht um einen Gestaltwandler.« Ich kam mir ziemlich albern vor, zumal sie mich mit einem amüsierten Blitzen in den Augen musterte. »Hast du jemals von einem echten gehört?«

»Hast du wieder getrunken?«

»Ich meine es ernst, Kali, es würde so vieles erklären.«

»Tja, die einfachste Lösung ist eben nicht immer die richtige.« Sie zuckte mit den Schultern. »Es gibt keine Gestaltwandler. Das ist eine reine Erfindung der Menschen, glaub mir.«

Ich atmete tief durch. Einerseits beruhigte mich das, andererseits war ich nun wieder am Anfang. Ich konnte nur hoffen, ihn heute zu erwischen.

»Du hast nicht die kleinste Spur, was?« Mitgefühl lag in Kalis Blick – sie hatte es jedoch wohl weniger für mich übrig als für die armen Frauen, die auf meine Hilfe angewiesen waren. »Greifst nach jedem Strohhalm.«

»Nicht nur das. Er ist mir auch immer einen Schritt voraus«, gab ich zu. »Es ist, als würde er mich rund um die Uhr beobachten.«

Sie nickte mit ernster Miene. »Vielleicht ist das ja so.«

Ich lehnte mich gegen die Wand neben dem Besen, verschränkte die Arme vor der Brust und beäugte sie fragend.

»Stell dich nicht dümmer, als du bist.« Sie senkte die Stimme zu einem geheimnisvollen Raunen. »Was würdest du tun, wenn du er wärst?«

»Mich von einer Brücke stürzen.«

»Du wärst deinem Feind so nah wie möglich. Um ihn im Auge zu behalten, aber auch, um dich über seine Unwissenheit zu amüsieren.«

Mein Herz setzte einen Schlag aus. Das klang haargenau nach dem, was der Ripper tun würde – Kali hatte den Nagel auf den Kopf getroffen. Aber das würde bedeuten ...

Sie hob die Brauen. »Gibt es denn jemanden, den du in alles eingeweiht hast? Jemanden, der dir nahe ist?«

Ich schüttelte den Kopf. Nicht, um ihre Frage zu verneinen, sondern weil ich schlicht nicht glauben konnte, dass sie richtiglag.

»Danke für den Plausch«, sagte ich und riss die Tür auf. »Ich muss jetzt los.«

Damit ließ ich sie stehen und stürmte aus dem Laden. Das Letzte, was ich hörte, war ein Satzfetzen aus Idas Fernsehgerät.

»... fragen sich, wann der mysteriöse Killer erneut zuschlagen wird.«

***

Agathas beste Jahre waren vorbei, das sah sie jeden Tag im Spiegel. Und jeden Tag fragte sie sich, wieso sie nichts unternommen hatte, als sie noch jung war. Nun hing sie in einer lieblosen Ehe und einem undankbaren Job fest und wurde von Jahr zu Jahr unglücklicher.

Ihr einziger Lichtblick war Hugh, der Filialleiter des Supermarkts, in dem sie einkaufte. Doch konnte sie ihm vertrauen, wenn er ihr sagte, dass er sie liebte? Sollte sie das Risiko eingehen, ihren Mann und ihr sicheres Leben zu verlassen, um zu ihm zu gehen?

Leise schloss sie die Tür auf und trat in den Flur. Sie zog eben den Mantel aus, da stürmte Henry auf sie zu. Sein Gesicht war wutverzerrt und seine Wangen und die Nase gerötet, wie immer, wenn er einige Gläser Bier zu viel getrunken hatte.

»Wo bist du gewesen, du Hure?«, herrschte er sie an.

Agatha hängte Mantel und Tasche an einen Haken und stemmte die Fäuste in die Seiten. »Beim Buchclub, das weißt du doch.«

»Du warst wieder bei ihm, gib's zu!«

Agatha schüttelte seufzend den Kopf. »Du bist ja paranoid, du besoffener, alter Esel.«

Sie wollte sich an ihm vorbeidrücken, da packte er ihren Arm und riss sie grob zurück. Seine dunklen Augen sprühten förmlich Funken vor Zorn.

Agatha wusste, dass sie in diesem Stadium nicht mit ihm diskutieren sollte. Henry war ein völlig anderer

Mensch, wenn er trank, einer, vor dem sie manchmal Angst bekam. Dabei war er nüchtern eher scheu und gemütlich wie ein Teddybär. Sie konnte diese Wandlung nicht verstehen.

Ergebend hob sie die Hände und sprach mit leiser, sanfter Stimme: »Ich habe dir versprochen, nicht mehr zu ihm zu gehen. Die Sache ist vorbei, das schwöre ich.« Sie überspielte die Lüge, indem sie seine Finger von ihrem Arm zupfte. »Lass mich eine Kleinigkeit zu essen für uns machen.«

Sie nickte ihm zu, dann marschierte sie zur Küche. Seinen Blick spürte sie kribbelnd im Nacken. Zwar hatte sie schon gegessen und wollte eigentlich nur noch ins Bett, aber Henry konnte durchaus etwas gebrauchen, das den Alkohol aufsog. Daher öffnete Agatha den Kühlschrank und schaute, was sie ihm auf die Schnelle zubereiten könnte.

»Du hast auch geschworen, mir treu zu sein«, grummelte Henry hinter ihr. »Damals in der Kirche, erinnerst du dich? Deine Schwüre sind einen Scheiß wert!«

Langsam drehte sie sich um, versuchte sich an einem Lächeln und strich die braunen Locken zurück, die sich aus dem Knoten an ihrem Hinterkopf gelöst hatten. Vielleicht ließ er sich von seiner Wut ablenken. »Hast du dir heute das Spiel angesehen? Arsenal hat gewonnen, habe ich gehört.«

Fußball. Es gab nichts, was Agathas Ehemann derart in Verzückung und Redelaune versetzte wie seine liebste Fußballmannschaft. Normalerweise. Heute schien sie ihm allerdings gleichgültig zu sein.

»Hältst du mich für vollkommen bescheuert?« Mit durchdringendem Blick wankte er in ihre Richtung und zog am Vorbeigehen das große Messer aus dem Block.

Agatha schluckte, hob besänftigend die Hände und wich einen Schritt zurück. »Henry, glaub mir doch, da läuft nichts mehr.«

»Hurerei sollte gesetzlich unter Strafe stehen.« Seine Stimme war nicht mehr als ein dunkles Raunen. »Weißt du es noch nicht, Schatz? Nutten werden in dieser Gegend aufgeschlitzt.«

Er holte aus, ließ das Messer nach unten sausen und Agathas spitzer Aufschrei hallte durchs ganze Haus.

***

Ich parkte den Ford in einer Nebenstraße und ging zu Fuß zur ehemaligen Buck's Row. Nichts war mehr wie damals – der Nebel fehlte, der einmal in dichten Schwaden über die Straße gewabert war, ebenso der Gestank und die Geräusche waren anders. Wenn es im neunzehnten Jahrhundert still gewesen war, dann hatte man schlichtweg gar nichts gehört – heutzutage sirrte ständig irgendein strombetriebenes Etwas oder Fahrzeuglärm dröhnte im Hintergrund. Außerdem war die Umgebung durch die elektrischen Lichter sehr viel heller.

Seltsam, dass ich mich dennoch in eine andere Zeit versetzt fühlte.

Ich hielt mich im Schatten, während ich die Straße entlangging und mich umsah. Dabei dachte ich über die Umstände des Mordes an Liz Stride und die Worte im aktuellen Ripper-Brief nach. Die Frau wurde um 00:45 Uhr in einem Innenhof getötet, in dessen Nähe eine Veranstaltung stattfand. In der Durward Street gab es weder Innenhöfe noch einen Versammlungsort. Ich hoffte nur, dass ich mit meiner Vermutung, er sah den Mord an Polly Nichols als den Anfang unseres Spiels an, richtiglag und nicht am falschen Ort wartete.

Und wenn einer seiner Hinweise wieder falsch war? Viele hatte er nicht gegeben, nur dass sich heute Nacht ein Mord ereignete und ich das Opfer dort fand, wo unser Spiel begann ... Oder hatte ich etwas übersehen?

Ich versuchte eisern an den Grübeleien festzuhalten, doch meine Gedanken drifteten immer wieder zu Jonas ab. Sollte er der Ripper sein? Das konnte ich nicht glauben! Nein, falsch, das wollte ich nicht glauben. Und vielleicht lag genau dort das Problem.

Kalis Vermutung klang derart logisch, dass ich mich fragte, weshalb ich nie selbst darauf gekommen war. Es passte zu diesem sadistischen Schwein, mich auf jene Weise zu verletzen und an der Nase herumzuführen. Welch Ironie wäre es, wenn der Einzige, dem ich auf dieser Welt vertraute, derjenige war, der mich die ganze Zeit über belogen hatte! Das würde den guten Jack in Verzückung versetzen, da war ich mir sicher. Dennoch ... Jonas war Jonas.

Ich erinnerte mich genau, wie ich den damals zu dürren jungen Dämon am Kiosk getroffen hatte, wo er die Stellenanzeigen aus den Zeitungen riss. Er hatte nichts besessen außer den schmutzigen Kleidern an seinem Leib, und die lange Tortur, von der Unterwelt in die Menschenwelt zu flüchten, war ihm deutlich an seinem blassen Gesicht anzusehen gewesen. War das alles nur Show? Eine List, um sich mein Vertrauen zu ergaunern?

Während ich die Straße entlangschlich und in die Vorgärten der Reihenhäuschen spähte, ging ich einige Situationen der vergangenen sieben Jahre mit Jonas durch. Gespräche, Gesten, Streite – alles bestätigte und entkräftete meine Theorie gleichzeitig. Verdammt! Außerdem musste ich daran denken, wie schnell der Ripper zugestimmt hatte, dass mein Assistent ›mitspielen‹ durfte.

Schließlich stellte ich mich in einen der Vorgärten hinter eine Mülltonne und zog das Handy aus der Tasche. Nach wie vor war es vollkommen ruhig in der Straße, weshalb ich lediglich eine SMS tippte. Damit würde ich etwaige Mörder nicht gleich in die Flucht schlagen ...

Kali, einen Gefallen noch. Ich weiß, ich überstrapaziere deine Herzensgüte allmählich. Du kennst meinen Assistenten Jonas?

Ich hielt im Tippen inne und atmete tief durch. Es kam mir vor wie ein Verrat. Ich beruhigte mich mit der Tatsache, dass er es nie erfahren würde.

Kannst du mir seinen Aufenthaltsort schicken und mich informieren, falls er diesen verlässt?

Ein weiteres Mal atmete ich durch, dann sendete ich die Nachricht ab. Verdächtigte ich wirklich Jonas? Ich hatte ja schon die Vermutung gehabt, die schlechteste Chefin und Freundin auf der Welt zu sein, aber damit machte ich es offiziell.

Ich wartete unbewegt hinter der Mülltonne, das Handy in der Hand, alle Sinne auf die Umgebung gerichtet. Als mein Telefon vibrierte, zuckte ich zusammen. Hastig öffnete ich Kalis Antwort.

Vertrauen ist etwas, das sich Leute wie du nicht leisten können. Er ist in Islington. Gebe Bescheid, wenn sich sein Standort ändert.

Ich sandte ein kurzes ›Danke‹ zurück und steckte das Handy in die Innentasche meines Trenchcoats, wo ich das Vibrieren spüren würde, wenn eine neue Nachricht einging. Dann verließ ich den dunklen Vorgarten und schlich weiter.

All die Fragen, die Hoffnung, meine Verfehlungen wiedergutmachen zu können, und das dringende Verlangen nach einem Drink machten es mir schwer, mich auf das Hier und Jetzt zu konzentrieren. Ich fragte mich sowieso, ob mein Gespür noch richtig funktionierte, denn ich fühlte absolut nichts in dieser Gegend.

Inzwischen war ich die Straße drei Mal hoch und wieder runter gegangen, ohne etwas Ungewöhnliches zu bemerken. Eben kam ich an einem Reihenhäuschen vorbei, da hörte ich ein leises Schaben. Abrupt hielt ich inne, streckte meine mentalen Fühler aus, konnte allerdings keine dämonische Präsenz spüren.

Ich duckte mich hinter die Mauer, die zwei Reihenhäuschen voneinander trennte, und lauschte. Da war ... ein Schmatzen und Reißen ... wie wenn jemand blutiges Gedärm aus einem Körper zerrte. Mein Herzschlag beschleunigte sich. Geduckt schlich ich zum Eingangstor, öffnete dieses langsam und betrat den Vorgarten. Hinter dem Blumenkübel, da war eine Bewegung. Ich konnte sie im schwachen Lichtkegel der Straßenbeleuchtung sehen.

Vorsichtig zog ich die Elektroschockpistole aus der Manteltasche, pirschte mich an. Das Geräusch wurde lauter, Schatten bewegten sich. Und urplötzlich flog etwas mit einem Fauchen an mir vorbei.

Erschrocken wich ich zur Seite und schaute der Katze nach, die ich bei ihrem Mitternachtssnack gestört hatte. Mit der Taschenlampe meines Handys leuchtete ich in die Ecke hinter dem Blumenkübel und sah die zerfetzten Überreste einer Maus.

Ich atmete tief durch, legte eine Hand auf mein rasendes Herz und verließ den Vorgarten. Seit wann war ich ein so ängstliches Nervenbündel? Ich hatte mich vom Ripper zu jemandem machen lassen, den ich nicht leiden und kaum noch respektieren konnte. Das hörte sofort auf, das schwor ich mir. Wie sollte ich gegen diesen Mistkerl bestehen, wenn ich selbst nicht an mich glaubte?

Zielsicher setzte ich zu einer neuen Runde an, als ich etwas im Fahrradunterstand des Sportstudios sah. Ich drückte mich gegen die Hauswand und beobachtete den dunklen Schemen, der sich ganz langsam vom Unterstand in Richtung Straße bewegte – und damit in den Lichtkegel einer Laterne.

Ich konnte nicht fassen, was ich vor mir sah. Da stand Jack the Ripper. So wie ihn sich alle Welt vorstellte: in einen langen nachtschwarzen Mantel gehüllt und mit einem hohen Zylinder auf dem Kopf. Allerdings war jener Ripper – wie einfach alles in dieser Straße – durch und durch menschlich.

Er drehte sich wie zufällig in meine Richtung, da sah ich etwas Silbernes in seinen Fingern aufblitzen. Ein Messer? Instinktiv machte ich einen Satz nach vorn, schubste ihn zur Wand, drückte ihm den Unterarm gegen seine Kehle und hielt gleichzeitig sein Handgelenk fest.

»Bitte.« Er japste. »Ich hab kein Geld oder so.«

Ich schob die Brauen zusammen. »Wer bist du? Und was machst du hier?«

Seine Augen waren in der düsteren Umgebung lediglich zwei dunkle Löcher, aber ich spürte, wie panisch er mich anstarrte. »J-Jimmy. I-ich soll hier was abliefern.«

Ich ließ von ihm ab, trat einen Schritt zurück und musterte ihn. Der Kerl war um die Dreißig, recht groß und schlaksig und er machte sich vor Angst beinahe in die Hosen. Allerdings entspannte er sich ein wenig, nachdem er feststellte, dass ich eine Frau war. Idiot.

»Wieso bist du als Jack the Ripper verkleidet?«

»Das ist meine Arbeitsuniform. Sozusagen.« Jimmy zupfte am Mantelkragen und straffte die Schultern. »Ich mache Ripper-Touren in Whitechapel.«

Ich konnte mir ein Stöhnen nicht verkneifen. »Du bist Ripperologe. Na wunderbar.«

Er antwortete mit einer Mischung aus Nicken und Achselzucken.

Diese Typen konnte ich vielleicht leiden … schlugen Profit aus dem Elend anderer Leute. Schon früher fuhren die reichen Ladys und Gentlemen mit ihren Kutschen durch Whitechapel, um die Armut im Arbeiterviertel und die Tatorte des Rippers zu sehen und sich am Leid der Minderbemittelten zu weiden. Einfach widerlich.

»Und die Meute fotografierender Touristen ist dir abhandengekommen?«

»Ähm, nein.« Er schob den Zylinder auf seinem Kopf zurecht und blickte mich unter der Krempe hervor skeptisch an. »Sind Sie Maxine Atwood? So ein Typ hat mich dafür bezahlt, hier in meiner Uniform auf Sie zu warten und Ihnen was zu geben.«

Mein Herz setzte einen Schlag aus, als er mir einen silbernen Brief entgegenstreckte. Das war dann wohl das vermeintliche Messer, das vorhin in seiner Hand aufblitzte. Auf dem Umschlag standen in krakeligen, kaum lesbaren Buchstaben *Maxine Atwood* und *Überraschung*!

Zögerlich nahm ich das Schreiben an mich. »Ja. Der ist für mich.«

»Na, dann ... viel Spaß damit.«

Der falsche Ripper wollte sich schon umdrehen, da packte ich ihn am Arm. »Wer hat dir diesen Brief gegeben, Jimmy?« Da er mich bloß irritiert anblinzelte, schüttelte ich ihn. »Wie sah der Typ aus? Hat er einen Namen genannt?« Der Kerl machte den Anschein, als könnte er die Worte, die aus meinem Mund kamen, nicht sinnvoll zusammensetzen. »Jetzt sag schon, Mann, das ist kein Scherz. Hier geht es um Menschenleben.«

Er wurde blass und seine Stimme war kaum mehr als ein Flüstern. »Ich weiß es nicht.«

»Was soll das heißen? Du wirst wohl wissen, wer dir den Umschlag gegeben hat.«

»Nein, ich ... i-ich weiß es nicht.« Jimmy runzelte die Stirn und blinzelte mich derart irritiert an, dass ich ihm das Gestammel sogar abnahm. »Ich kann ... e-es ist ... irgendwie ist es weg.«

»Wie weg? Die Erinnerung? Wie kann die einfach weg sein?«

»Ich weiß es nicht«, wiederholte er bloß und sein Blick huschte, eine Erklärung für all das suchend, durch die Gegend. Er sagte anscheinend die Wahrheit.

»Ich war in meiner Wohnung, das war gegen acht, und dann ... Auf einmal war ich hier, in meinem Ripper-Kostüm.«

Ich hielt ihm den Briefumschlag unter die Nase. »Ist das deine Schrift?«

Er blinzelte die Buchstaben so vorsichtig an, als sprängen sie gleich vom Papier und bissen ihn. »J-ja.«

»Und du erinnerst dich nicht, das geschrieben zu haben?«

»Nein.« Er wirkte allmählich verzweifelt. Verständlich. Es musste ziemlich verstörend sein, wenn einem plötzlich einige Stunden des Tages fehlten.

»Verschwinde.« Ich ließ seinen Arm los und scheuchte ihn mit einer Handbewegung davon. Der Kerl war nutzlos für mich. Zumindest für den Moment. Wenn mir später etwas einfallen sollte, wie ich an sein vergessenes Wissen kam, wusste ich ja, wo ich ihn als Ripperologen finden konnte.

Sichtlich erleichtert marschierte er die Straße entlang, wobei er immer wieder über seine Schulter nach hinten schielte. Ich schaute ihm nach bis die Dunkelheit ihn verschluckte, dann blickte ich auf den Brief.

Konnte der Ripper den Leuten wirklich die Erinnerung nehmen? In meiner Heimat waren die mächtigsten Männer nicht zu so etwas fähig und ich kannte auch keinen Dämon, der so stark war. Also was zur Hölle war der Kerl dann?

Ich hätte nie gedacht, dass dieser Fall noch undurchsichtiger werden würde. Allerdings erklärte das endlich, wieso von jeher jeder Brief in einer anderen Handschrift verfasst worden war. Irgendwie brachte er die Leute dazu, seine Nachrichten zu schreiben und Botengänge zu machen, und danach ließ er sie alles vergessen. Wie gelang ihm das? Aber die wichtigere Frage war im Moment: Wieso schickte er mir eine Nachricht, wo ich doch eigentlich eine Leiche erwartete?

Fahrig riss ich den Umschlag auf, zog das Papier heraus und rollte mit den Augen. Es war Ripper-Briefpapier. In der oberen rechten Ecke befand sich eine Figur in Mantel und Zylinder, in der Hand ein Messer und über ihr eine altertümliche Straßenlaterne.

Ich fluchte unterdrückt. Das und der Kerl im Ripper-Kostüm mussten ihn in flammende Begeisterung versetzt haben. Die ersten Worte seines Schreibens gaben mir recht.

Haha! Hahahahahahahahahaha!
Saucy Jacky hat dich erwischt!
Meine liebe Spielkameradin,
Du bist den Hinweisen gefolgt und hast es bis nach Buck's Row geschafft – gratuliere. Nicht übel für jemanden, der

*vergangene Woche noch in seinem eigenen Erbrochenen ge-
schlafen hat.*
*Du hast die Testrunde bestanden, liebste Maxine. Nun bin
ich zuversichtlich, dass wir unser Spiel alsbald fortsetzen
können. Ich brenne vor Erwartung.*
Hochachtungsvoll, Dein Jack (the Ripper)

*P.S.: Dein schnieker Chief Superintendent macht sich gut
im Fernsehen, findest Du nicht auch? Er ist ein cleverer Bursche. Ich werde ihn im Auge behalten.*

Wut staute sich in mir, ich hatte das Gefühl zu platzen. Mit einem frustrierten Aufschrei knüllte ich den
Brief zusammen und warf ihn auf den Boden. Befriedi-
gender wäre es gewesen, Jacks Kopf auf den Asphalt
knallen zu sehen.

Einige Sekunden lang schloss ich die Augen, atmete
tief ein und wieder aus und versuchte, mich zu beruhigen. Dann hob ich die Papierkugel auf, steckte sie in
meine Manteltasche und stapfte fluchend zu Jonas'
Wagen.

***

Langsam trat ich in den Flur und schloss vorsichtig
die Tür hinter mir. Ich hatte kaum Mantel und Mütze
abgelegt, da stürmte Jonas auf mich zu. Sein Gesicht
war kreidebleich, seine Augen geweitet – das exakte
Gegenteil davon, wie ich mir einen seelenlosen Killer
vorstellte. Dennoch konnte ich nicht anders, als ihn
misstrauisch zu beäugen.

»Was ist passiert, Max? Hast du ihn erwischt? Nein, oder? Gibt es ein neues Opfer? Oh mein Gott, bitte sag mir, dass es kein neues Opfer gibt.«

Er hätte wohl auf ewig weitergeplappert, hätte ich ihn nicht mit einer resoluten Handbewegung zum Schweigen gebracht. Ich blickte ihm durchdringend in die Augen, versuchte einen Hinweis darauf zu finden, dass er bereits wusste, was vorgefallen war. Spielte er mir in Wahrheit nur etwas vor?

Er blinzelte verwirrt. »Was ist? Wieso siehst du mich so an? Herrgott, jetzt sag doch endlich was!«

»Ich habe ihn nicht erwischt und es gibt kein neues Opfer.« Ich verengte die Augen zu schmalen Schlitzen, während ich seine aufgelöste Miene weiterhin musterte. »Wieso siehst du aus, als würdest du gleich umkippen? Was war hier los?«

»Was hier ...?« Er deutete mit dem Zeigefinger in Richtung Wohnzimmer. »Das werde ich dir zeigen. Schau.«

Er ging voraus und ich folgte ihm, ohne seinen Hinterkopf aus den Augen zu lassen. Daher wurde ich erst auf das Päckchen auf dem Couchtisch aufmerksam, nachdem er darauf gezeigt hatte. Mit gelöster Schnur und aufgerissenem Papier lag es in einer klebrig wirkenden roten Lache.

»Ist das die angekündigte Niere? Melissa Stratmans Niere?« Ich ging zum Tisch und warf einen Blick in das Paket. Zu sehen war lediglich ein fleischiger, blutiger Klumpen, hinter dem eine Postkarte steckte. Vorsichtig zog ich das Schreiben heraus, konnte jedoch nicht verhindern, dabei in Blut zu fassen und Abdrücke auf der Karte zu hinterlassen. Was für eine Schweinerei.

»Das weiß ich nicht, Max«, sagte Jonas mit sarkastischem Unterton. »Ich bin schließlich kein Arzt.« Er schüttelte sich mit einem angewiderten Geräusch. »Ich habe dieses Ding nur geöffnet, da kam mir ein Schwall Blut entgegen.«

»Das hat er vermutlich so präpariert.« Ich warf einen zweiten Blick in das Päckchen und sah, dass die Niere einmal in einer Art Folie eingewickelt gewesen war, die beim Lösen der Schnur wohl aufgegangen sein musste. Das Blut schien er als kleines Ekel-Extra beigepackt zu haben.

»Wer tut sowas? Ich meine ...« Jonas hielt sich die Faust vor den Mund, schluckte und wandte den Blick ab.

Verhielt sich so jemand, der Frauen aufschlitzte und ihnen die Innereien herausriss? Oder lieferte Jonas nur eine verdammt gute Show ab? Tief durchatmend massierte ich mir die Stirn – mit der sauberen Hand. Ich konnte mir einfach nicht vorstellen, dass mein Assistent, den ich immer für einen der Guten gehalten hatte, ein derart grausames Zweitleben führte. Aber sicher war ich mir nicht. Ich musste mir dringend etwas einfallen lassen, wie ich ihn testen konnte.

»Was steht auf der Karte?«, fragte er aus einem Sicherheitsabstand von ungefähr zwei Metern.

Ich las vor:

»Nur ein paar wenige Zeilen heute, ich schreibe Dir bald ausführlicher, liebste Maxine. Anbei die Niere von Eddowes II. Dein Jack.

P.S.: Die Coppers sagen, die beiden Morde könnten nicht von ein- und derselben Person verübt worden sein. Haha. Sie werden es nie lernen.«

Schnaubend warf ich die Postkarte, auf deren Vorderseite sich ein völlig unpassendes Foto eines roten Busses befand, zurück auf den Tisch, dann ging ich ins Badezimmer, um mir die Hände zu waschen.

Jonas war mir überraschenderweise gefolgt und deutete wieder mit dem Finger in Richtung Wohnzimmer. »Wenn du das nicht mehr brauchst ... würdest du dann ... könntest du das bitte entsorgen?« Er schluckte einige Male.

»Wird dir etwa schlecht?«

Ich hatte kaum meinen Satz beendet, da warf er sich vor die Toilette und übergab sich. Jacks Geschenke hatten diesen Effekt, das wusste ich nur zu gut, beim ersten Mal war mir auch noch schlecht geworden. Aber man gewöhnte sich an alles ... irgendwie.

Ich schenkte meinem Assistenten ein wenig Privatsphäre, verließ das Badezimmer und machte mich daran, die blutigen Spuren verschwinden zu lassen. Während ich die Einweghandschuhe überstreifte, die Niere in einen schwarzen Plastiksack packte und das Blut aufwischte, war ich insgeheim froh über Jonas' Reaktion. Sie war so normal, so menschlich, so ... wenig ripperisch.

Er war etwas grün um die Nase, als er aus dem Bad zurückkam, und sein sonst so perfekt frisiertes Haar war zerzaust, aber er schien sich beruhigt zu haben.

Nach einem Blick auf den inzwischen sauberen Couchtisch setzte er sich auf meinen Bürostuhl. »Also, was ist heute passiert?«

»Er hat mich verarscht.« Ich ließ mich auf der Couch nieder und legte die Füße auf den Tisch, was mir einen angewiderten Blick von Jonas einbrachte. Vermutlich würde er sich ab jetzt von diesem Möbelstück fernhalten. »Auch dieses Mal hat er wieder mit einem Hinweis gelogen: mit dem Opfer.«

Ich fasste meine Erlebnisse des Abends kurz zusammen, wobei Jonas die Stirn runzelte. Er konnte sich anscheinend ebenfalls nicht erklären, wie der Ripper den Menschen die Erinnerung nahm.

»Ist dir irgendein Dämon bekannt, der solcherlei Fähigkeiten besitzt?«, fragte ich. Dämonologie war nicht gerade mein Fachgebiet, aber ich war mir fast sicher, was er gleich sagen würde.

Er zuckte mit den Schultern. »Höchstens ein mächtiger Dämonenlord. Aber die haben keinen Grund, um in die Menschenwelt zu kommen, ich meine, die Unterwelt gehört ihnen.«

»Und wenn es irgendeine Fehde zwischen den Dämonenlords gab und doch mal einer flüchten musste?«

»Unwahrscheinlich.« Er verzog grüblerisch die Lippen und tippte mit den Fingern auf sein Knie. »Und wenn er solche Macht hat, wer sollte ihn von dort vertreiben können?«

»Tja, wie es aussieht, ist es so gekommen.« Ich griff in meine Hosentasche, zog ein Toffee heraus, wickelte es aus der Verpackung und steckte es mir in den Mund. Das süße Zeug half, um die Gedanken an Alkohol zu verdrängen, aber allmählich hatte ich das Gefühl, meine Sucht lediglich zu verlagern. »Wir haben es mit einem Kerl zu tun, der die Menschen irgendwie dazu bringt, Briefe für ihn zu schreiben und dann alles zu vergessen. Das hat er sicherlich schon damals mit den Zeugen gemacht, weshalb jeder glaubte, einen anderen Mann gesehen zu haben – er hat ihre Erinnerungen manipuliert.«

Jonas nickte mit gerunzelter Stirn. »Klingt plausibel. Aber ... ein Dämonenlord? Der sich seit über hundert Jahren in dieser Welt versteckt? Das ergibt keinen Sinn.«

»Ergibt hier überhaupt irgendetwas Sinn?« Ich erhob mich, ging zur Garderobe und zog meine Zigaretten aus der Jackentasche. Gierig zündete ich mir eine an, bevor ich mich wieder aufs Sofa setzte. Der Rauch hatte etwas Klärendes und Kühles an sich. Vielleicht bildete ich mir das aber auch nur ein. »Er muss kein Gestaltwandler sein, wenn er sich unsichtbar machen kann, indem er den Leuten die Erinnerungen nimmt. Das ist genial.«

Jonas hob die Brauen. »Bist du jetzt ein Fan von ihm?«

Ich schenkte seiner Frage keine Antwort und zog stattdessen an meiner Zigarette. »Nehmen wir also an, der Ripper ist ein Dämonenlord. Wie kann es sein, dass sich jemand mit einer solch mächtigen Präsenz so lange verstecken kann? Verdammt, ich kenne mich einfach zu wenig mit Dämonen aus. Habt ihr eine Art Blockiersystem?«

»Ich zumindest nicht.« Er unterdrückte ein Gähnen. »Ich habe mich weitestgehend von meinen Artgenossen ferngehalten, seit ich hier bin. Ich schätze, ich bin dir, was Dämonen angeht, keine große Hilfe.«

»Sagt der Dämon.« Ich beäugte ihn abwägend. Wusste er wirklich nichts oder wollte er es mir bloß nicht sagen? Oder war er vielleicht nur völlig erschöpft, weil er vorhin diese blutige Begegnung gehabt hatte und es inzwischen fast drei Uhr morgens war?

In Ermangelung eines Aschenbechers – ich glaube, ich hatte nie einen besessen – drückte ich meine Zigarette in einem Teller mit Brotkrümeln aus. Dann stand ich auf und ging zur Küchenzeile, um mir eine Flasche Wasser aus dem Schrank zu holen.

»Wir sollten uns eine Weile hinlegen. Etwas Schlaf wird uns guttun.« Außerdem wollte ich mich nicht weiter mit jemandem besprechen, der sich unter Umständen als der Ripper entpuppen konnte.

»Max?«

Mit meiner Wasserflasche in der Hand hielt ich inne und schaute ihn an. Er lächelte.

»Ich kann sie sehen. Die Frau, die du einmal gewesen bist, meine ich. Noch nie habe ich dich derart stark und lebendig erlebt wie heute. Das ist Hoffnung, Max. Bevor der Ripper auftauchte, warst du hoffnungslos.«

Ich hob eine Braue. »Nur schade, dass es dazu einen geisteskranken Irren gebraucht hat.« Damit ließ ich ihn sitzen und verschwand ins Schlafzimmer.

6. Wenig bis gar nichts

Whitechapel 1888

»Sie war absolut nüchtern«, sagt Amelia und glättet einmal mehr ihren Rock. Sie wirkt nervös, aber ich glaube nicht, dass sie mich anlügt. »Annie hat gesagt, dass se sich krank fühlt, zu krank, um was zu machen.«

Ich nicke mit mitfühlender Miene. Annie Chapman, das inzwischen dritte Opfer des Whitechapel-Mörders, ist ihre Freundin gewesen. »Und da hast du sie zum letzten Mal lebend gesehen?«

»Nee, ich bin dann weggegangen und zehn Minuten später wiedergekommen, da stand se noch am gleichen Fleck.« Sie zuckt mit den Schultern. »Hat gemeint, es würde keinen Sinn machen, wegzugehen. Sie müsste irgendwo Geld auftreiben, damit sie ihre Unterkunft bezahlen kann. Der Vorsteher von da, wo sie wohnt, war schon ziemlich böse, weil sie das Übernachtungsgeld nich berappen konnt.« In dem Moment fällt ihr wohl auf, was sie gesagt hat. Sie reißt die Augen auf und rudert panisch mit den Armen. »Nich, dass ich denk, der Mister Donovan wars! Das wollt ich damit nich sagen!«

»Ist schon gut, Amelia, ich glaube nicht, dass es bei dem Mord um Geld ging.«

»Um was, glauben se, ging's denn?«

Ich sehe sie an und atme tief durch. Wenn ich darauf nur eine Antwort wüsste.

Wieder denke ich an diesen merkwürdigen Brief, den ich erhalten habe. Jack the Ripper hat sich der Mörder darin genannt. Ich bin mir nach wie vor nicht sicher, ob ich das ernstnehmen soll. Obwohl er in seinem zweiten Schreiben, einer Postkarte, darauf hingewiesen hat, dass sein ›Spiel‹ am Achten, Annies Todestag, weitergehen würde. Dass dies zutraf, kann jedoch auch ein Zufall sein.

Es war für mich schwer vorstellbar, dass ein Mensch in der Lage ist, diese schrecklichen Morde als ein Spiel oder einen Sport anzusehen, etwas, das ihm Vergnügen bereitet. Laut seinem Schreiben hat er diese arme Frau zerfleischt und wie ein Stück Vieh im Hinterhof liegen lassen, um mir sein Können zu präsentieren. Das ist schlicht unverständlich für mich. Und mir wird schlecht bei dem Gedanken, darin könnte ein Fünkchen Wahrheit stecken.

»Das versuche ich herauszufinden«, antworte ich schließlich. »Gab es denn Leute, die Annie nicht mochten?«

»Nee, gar nich.« Amelia schüttelt vehement den Kopf. »Sie tat doch keinem was. War doch eh so krank.«

Ich runzle die Stirn und erinnere mich an etwas, das sie am Anfang unseres Gesprächs gesagt hat. »Aber du sagtest, es müsse jemand gewesen sein, der sie kannte. Wie kommst du darauf?«

»Na, die Annie war nich blöd, wissen Sie. Immer hat se uns gesagt, wir sollen bloß nich mit Fremden mitgehen. Nee, nee, da war sie ganz streng. Wieso hätt' sie's dann machen soll'n? Mit irgendeinem Kerl, den se nich kennt, in nen dunklen Hinterhof verschwinden?«

»Vielleicht hat ihr der Mörder einen höheren Betrag geboten?«

»Nee, nee, da wär sie stutzig geworden. Ihren Wert kannte se schon.«

Ich nickte. »Hm.«

Keines der Opfer wies Kampfspuren auf, was den Verdacht nahelegt, dass sie ihren Mörder kannten. Ob er ein Stammkunde der Frauen war? Sie waren schließlich alle untereinander bekannt. Ich beschließe, der Spur weiter nachzugehen.

»Danke, dass du mir meine Fragen beantwortet hast.« Ich tippe an die Krempe meiner Melone. »Pass auf dich auf, Amelia.«

»Ich hoffe, Sie finden den. Gehängt werden soll er für das. Mindestens.«

Ich kann ihr nur zustimmen. Nach einem weiteren Wort des Abschieds gehe ich davon, werfe aber noch einen schnellen Blick über die Schulter zur Spitalfields Church, vor der wir uns getroffen haben. Mit dem hohen gotischen Turm und den wuchtigen Säulen ist die Kirche ein imposantes Bauwerk – für ein von seinem Gott so verlassenes Viertel ...

Wie aus alter Gewohnheit schlage ich den Weg durch die Commercial Street in Richtung Leman Street ein. Ich will an der kleinen Polizeiwache vorbeischauen, vor der sich bestimmt wieder einige Reporter auf der Jagd nach Sensationen tummeln. Inzwischen gehört der Weg zu meiner üblichen Runde. Jeden Tag hoffe ich, dort irgendetwas Brauchbares aufzuschnappen.

Gerade werde ich der Wache ansichtig, da kann ich auch schon beobachten, wie eine Kutsche vorfährt. Es ist ein Gefangenentransport. Zwei Polizisten öffnen den Käfig und zerren einen dicken Mann mit Knollennase vom Wagen.

»Ich war's nicht«, schreit er immer wieder und heult Rotz und Wasser.

Ich erkenne ihn – es ist der, den sie ›Lederschürze‹ nennen. Ein Schuhmacher, Schläger und Raubein. Dass der Mann in Verbindung mit Annie Chapmans Mord gesucht wurde, wusste ich. Wenn ich ihn mir jetzt so anschaue, muss ich jedoch gestehen, dass er wenig eindrucksvoll erscheint für jemanden, der sich selbst ›the Ripper‹ nennt. Nein, er ist kein Mörder. Das sehe ich auf den ersten Blick.

Ein streng dreinschauender Mann mit Melone und Schnauzer tritt aus der Wache und geht schnurstracks auf die lauernden Reporter zu. Mit einigen harschen Worten und drohenden Gebärden scheucht er die Schmierfinken fort.

Ich will mich ebenfalls davonmachen, da spricht er mich plötzlich an.

»He, Sie da! Sir!«

Neugierig drehe ich mich um und blicke in das grimmige Gesicht von Inspector Abberline, dem leitenden Ermittler im Fall des Whitechapel-Mörders. Ich lasse mir nicht anmerken, dass ich ihn erkannt habe.

»Sie wünschen?«

»Einige Antworten. Für den Anfang.«

Ich lächle unverbindlich. »Ich denke nicht, dass ich in der Lage bin, Antworten zu geben, die Sie interessieren könnten, Mister ...«

»Inspector«, verbessert er mich. »Inspector Frederick Abberline, Metropolitan Police.« Sein messerscharfer Blick schneidet sich förmlich in meine Augen. »Ihr Name würde mich interessieren. Nun, Sie werden in der Lage sein, mir diese Antwort zu geben.«

Ich nicke ihm höflich zu. »Maximilian Atwood.«

»Dürfte ich erfahren, warum Sie in den vergangenen Tagen immer wieder um die Wache geschlichen sind?« Er beäugt meinen feinen Mantel. »Sie werden kaum in der Gegend leben.«

»Das tue ich, Sir, in der Tat. Meine Unterkunft befindet sich unweit von hier, ein schlichtes, aber respektables Haus in der Boyd Street.«

Er sieht mich an, als glaube er mir kein Wort.

»Fragen Sie den alten Remy, den Verwalter. Ich bin dort bekannt.« Ich blicke auf die Kutsche. »Als Bürger interessiere ich mich selbstverständlich für die jüngsten Ereignisse. Und wenn Sie mich fragen, ist dieses heulende Häufchen Elend, das Sie soeben in Gewahrsam genommen haben, nicht zu solch bestialischen Taten fähig.«

Der Inspector mustert mich skeptisch. Er vermutet wohl dasselbe und wundert sich über meine Menschenkenntnis. Grimmig zielt er mit einem Finger auf mich. »Sie sind einer von der ganz schlauen Sorte, was? Ein Bürger, dass ich nicht lache! Für mich sehen Sie aus wie einer von der Presse.«

Ich schmunzle. Soll er doch denken, was er will. Solange er mich für einen Reporter hält, verdächtigt er mich wenigstens nicht.

»Wegen euch Schmierfinken und euren hanebüchenen Geschichten bricht hier allmählich die Lynchjustiz aus.« Er macht einen Schritt auf mich zu, wohl um mich einzuschüchtern. »Lassen Sie sich nicht mehr hier blicken, verstanden? Ich kann ziemlich ungemütlich werden.«

»Wie man hört. Inspector.« Ich tippe mir an den Hut, drehe mich um und lasse ihn stehen.

Vermutlich wäre es unauffälliger, wenn ich meine Beobachtungen als Frau weiterführe. So sehr es mich ärgert, als solche nicht ernstgenommen zu werden, hat es in wenigen Fällen doch etwas für sich, unterschätzt oder schlicht übersehen zu werden. Vielleicht komme ich so auch eher an einen Kontaktmann. Bisher habe ich es nicht geschafft, einen Draht zur Met zu finden.

Auf dem Weg zu meiner Unterkunft überlege ich, ob es überhaupt Sinn ergibt, die Polizei anzuzapfen. Es erscheint mir einbringlicher, mich auf die Leute im Viertel zu konzentrieren. Immerhin glaube ich, dass der Ripper einer von ihnen ist – oder zumindest jemand, der oft hierherkommt. Sonst könnten die Opfer ihren Mörder kaum gekannt haben.

Vielleicht sollte ich mich meines feinen Mantels entledigen und mich als einer der ihren unters Volk mischen. Denn mit einem Gentleman, wie ich ihn derzeit gebe, redet keiner der einfachen Leute gern.

Ich bin derart in meine Gedanken vertieft, dass ich beinahe grußlos am alten Remy vorbeigehe, nachdem ich das Wohnhaus betreten habe.

»He, Mister Atwood, Sir.« Er winkt mir zu. »Da is was angekommen.«

»Guten Tag, Remy.« Mich fröstelt, als ich mich zu ihm umdrehe, obwohl er sein übliches, zahnlückiges Lächeln zeigt. Zu gern würde ich glauben, dass es eine

Nachricht aus meiner Heimat ist, die für mich angekommen ist, doch eine böse Vorahnung packt mich. »Was ist es denn?«

»Ein Paket, Sir. Hab's Ihnen vor die Türe gelegt. War vorsichtig gewesen dabei, Mister Atwood.« Der Mann sieht aus, als erwarte er einen Orden für seine Leistung.

»Danke, Remy.« Ich nicke ihm zu, runzle jedoch gleichzeitig die Stirn. Ich habe noch nie ein Paket erhalten, seit ich in dieser Welt bin.

Nachrichten aus der Oberwelt, Glühfelssteine, die Sprache speichern und sie bei Hitze wieder abgeben, werden mir für gewöhnlich in kleinen Ledersäckchen von speziellen Boten überbracht. Ansonsten bekomme ich hier keine Post. Außer eben von demjenigen, der sich Jack the Ripper nennt. Ein eisiger Schauer gleitet über meinen Rücken.

»Sagen Sie, wann kommt denn die Dame mal wieder, die Sie öfter mal besucht?«

Erst als er mich anspricht, merke ich, dass ich immer noch vor Remy stehe und den alten Mann anstarre. Verwirrt mustere ich seine amüsierte Miene. »Welche Dame?«

»Na, die mit den schwarzen Locken.« Er grinst wie ein Schuljunge. »Kam da letztens aus Ihrem Zimmer marschiert wie 'ne Amazone. Sie wissen schon.«

»Ach.« Ich bin unvorsichtig geworden, weswegen Remy mich in meiner wahren Gestalt aus dem Zimmer kommen sah. Nun, wenigstens schöpft er keinen Verdacht, dass wir dieselbe Person sein könnten. »Das war ... meine Schwester. Sie besucht mich ab und an.«

»Jaja, die Schwester.« Er zwinkert mir zu. »Einverstanden, Mister Atwood, Sir. Jedenfalls is das Paket für sie, denk ich. Steht ein weiblicher Name drauf.«

Ich schlucke. »Guten Abend, Remy.« Abrupt drehe ich mich um und eile die Treppe zu meinem Zimmer hinauf.

»Schön’ Abend«, ruft er mir nach und ich höre ihn leise lachen. »Die Schwester ... jaja ...«

Ich höre sein Kichern noch, als ich vor meiner Tür ankomme. Zu meinen Füßen entdecke ich ein unscheinbares kleines Päckchen, in graues Papier eingewickelt und mit brauner Schnur verknotet. In fein säuberlicher Schrift steht ›Maxine‹ darauf geschrieben und in der oberen rechten Ecke das Wort ›Überraschung!‹.

Ich weiß instinktiv, dass es von ihm ist. Bereits in seinem ersten Schreiben hat er mich bei meinem echten Namen genannt. Ich frage mich, woher er ihn kennt, denn seit Jahren trete ich in der Öffentlichkeit nun schon als Mann auf. Woher weiß er, wer ich bin? Und wenn er mich kennt, könnte es dann sein, dass auch ich ihn kenne?

Vorsichtig nehme ich das Paket hoch, gehe in mein Zimmer und setze mich auf den Holzstuhl. Ich lege meine Fracht auf den Tisch vor mir, entferne die Schnur und reiße das Papier auf. Im nächsten Moment trifft mich eine übelkeitserregende Wolke aus Metall und Alkohol. Als ich genauer hinschaue, erkenne ich den Grund: In dem Päckchen liegt eine Metallbox, die ein blutiges, klumpiges, fleischiges Etwas enthält, eingelegt in Alkohol.

Mir dreht sich der Magen um. Ich presse eine Hand auf meinen Mund und atme flach, um der Übelkeit

Herr zu werden. Der Geruch hat sich bereits derart in meine Nase geätzt, dass ich ihn noch wahrnehme, nachdem ich aufgesprungen bin, mein Fenster aufgerissen und den Kopf nach draußen gestreckt habe.

Tief atme ich ein und aus, bis ich den Schock einigermaßen überwunden habe und zum Tisch zurückgehe. Dabei ziehe ich ein Tuch aus der Schublade meiner Kommode und halte es mir vor die Nase. Was für ein Streich! Dieses Paket muss mir direkt aus der Hölle gesandt worden sein.

Ich werfe einen zweiten Blick auf den blutigen Klumpen und sehe daneben ein Stück Papier, einen Brief vermutlich. Vorsichtig ziehe ich ihn heraus, falte ihn auf und lese.

Meine liebe Spielkameradin,
Um Dir jeglichen Zweifel zu nehmen – oh, lass mich bitte vorher kurz erklären: Ich finde, wir haben einen Punkt in unserer Beziehung erreicht, an dem wir anfangen sollten, uns zu duzen. Ist es nicht vertraulich, nahezu intim, was wir geschaffen haben, liebste Maxine?
Nun, um Dir also jeglichen Zweifel an meiner Person und Aufrichtigkeit zu nehmen, übersende ich Dir heute einen unwiderlegbaren Beweis. Ich nehme es Dir nicht übel, dass Du mich angezweifelt hast, keine Sorge, ich hätte an Deiner Stelle wohl dasselbe getan. Daher nimm nun den Uterus der Nutte Chapman an und sieh ihn als Geschenk, als Zeichen des Vertrauens.
Lange genug sind wir umeinander herumgetänzelt, liebste Maxine. Du kannst damit aufhören, Freunde und Verwandte der Opfer zu befragen und die Narren in der Leman Street zu beobachten – sie können Dir nicht helfen. Das ist

unser Spiel. Und um es für Dich ein wenig interessanter zu machen, gebe ich Dir von heute an Hinweise. Ob sie wahr sind oder falsch, das musst du selbst herausfinden. Saucy Jacky ist manchmal sehr unartig, haha.
Merke Dir also: Das nächste Opfer wird wieder eine Nutte sein. Ich werde sie am Dreißigsten töten, in einem Innenhof. Und dieses Mal suche ich mir eine Goldhaarige aus.
Haha, fang mich, Maxine. Fang mich, wenn Du kannst.
Hochachtungsvoll, Dein Jack the Ripper
P.S.: Ich fasse es als Beleidigung auf, wen die Coppers an meiner statt in Gewahrsam genommen haben. Dieser Kretin soll meine Arbeit vollbracht haben? Pah!
P.P.S.: Ich werde ein eigenes kleines Spielchen mit Scotland Yard und der Presse beginnen. Zeit, ein paar hübsche Briefe zu verfassen. Das wird ein Spaß!

Von einem plötzlichen Schwindel gepackt, lasse ich den Brief fallen und keuche. In diesem Moment wird mir klar, dass ich es mit einem vollkommen Wahnsinnigen zu tun habe.

***

»Als du gesagt hast, du lädst mich zum Essen ein, hatte ich mir ehrlich gesagt etwas anderes vorgestellt.« Brian beäugte die Papiertüte, die ich ihm in die Hand gedrückt hatte.

Gewöhnlich gab es Gin zum Hauptgang und mich zum Nachtisch, wenn ich ihn anrief, und das wäre mir momentan ebenfalls lieber gewesen als Fish and Chips vom Straßenstand. Vor allem der Hauptgang, um bei der Wahrheit zu bleiben. Doch wie hätte ich meinem

Liebhaber meinen neuen Mitbewohner erklären sollen? Und wie meinem Mitbewohner, dass ich meinen Kontaktmann von der Met nicht in seiner Hörweite aushorchen wollte?

»Das war anders geplant gewesen, aber leider habe ich einen Schädling in der Wohnung.« Ich deutete auf eine öffentliche Sitzbank, auf der wir uns daraufhin niederließen. »Dann müssen wir den Stress eben durch gutes altes Reden abbauen und alles Weitere verschieben.«

Er blinzelte mich ungläubig an, als wäre es das erste Mal, dass wir uns miteinander unterhielten. Gut, für gewöhnlich beschränkten wir uns auf Post-Sex-Gespräche – meine Bezahlung in Form von Informationen – und ich lallte dabei. Dass ich mich an kein nüchternes Gespräch mit ihm erinnern konnte und seine merkwürdige Reaktion trieben mir vor Scham die Hitze in die Wangen.

»Woher weißt du, dass ich gestresst bin?«, hakte er nach und erlöste mich von der Peinlichkeit, über unsere seltsame, verkorkste Beziehung nachdenken zu müssen.

Ich zuckte mit den Schultern. »Du bist an den Whitechapel-Morden dran. Und ich habe dich im Fernsehen gesehen.«

»Diese elenden Geier.« Er schnaubte. »Die Presse lässt uns aussehen wie Vollidioten.«

»Tja, das konnten sie immer schon sehr gut ...«

Ich steckte mir einen Chip in den Mund und schaute kauend auf die Tower Bridge, die sich vor uns erhob. Dafür, dass ich ihn angeblich treffen wollte, um ihn aufzumuntern, machte ich meine Sache ziemlich schlecht.

Ich wollte unbedingt wissen, was der Chief Superintendent und sein Team über den Ripper herausgefunden hatten, zumal ich heute bei meinen dämonischen Kontakten nicht weitergekommen war. Ich hatte eine ganze Reihe Informanten abgeklappert, aber niemand wusste von einem Dämonenlord, selbst Kali konnte sich keinen Reim darauf machen.

Ich fühlte mich, als stünde ich in einem dunklen Raum und entdeckte den Lichtschalter nicht. Alles, was ich herausfand, ließ den Fall nur noch absurder erscheinen und brachte mich keinen Schritt weiter. Dazu kam, dass meine zurückkehrenden Erinnerungen alte Hinweise mit einstreuten, die ich ebenfalls neu bedenken musste. Vor allem beschäftigte mich derzeit die Frage, wieso der Ripper mich von Anfang an kannte. Mich – nicht den Kerl, den ich mimte.

Im Augenwinkel sah ich, wie Brian mich musterte, und ein Schauder glitt über meinen Körper. Der Ripper hatte gesagt, er wollte ihn im Blick behalten. Das gefiel mir ganz und gar nicht. Aber ich konnte ihn nicht warnen, was hätte ich sagen sollen? Ich wusste ja nicht einmal, wie ich ihn zu seinem Fall ausfragen sollte. Eigenartigerweise hatte ich das Gefühl, mir stünden solcherlei Informationen ohne Gegenleistung nicht zu.

»Was ist mit dir?«, fragte er unvermittelt.

Ich wandte mich ihm zu und musterte ihn. Dabei fiel mir auf, dass er an den Seiten allmählich schütteres Haar bekam. Außerdem bemerkte ich erst jetzt seine hübschen braunen Augen, die eine tiefe Ruhe und

Freundlichkeit ausstrahlten. Es war fast, als sähe ich ihn zum ersten Mal.

»Was meinst du?«

»Du wirkst verändert.« Er ließ den Blick über mich wandern und nickte. »Ruhiger. Geerdet. Nüchtern.«

Ich musste wirklich ein Wrack gewesen sein, wenn man mir meine Abstinenz sofort ansah. Zugegeben, selbst mir waren heute Morgen im Spiegel die Veränderungen aufgefallen – meine Haut war nicht mehr so fahl, die Ringe unter den Augen waren zu leichten Schatten verblasst und mein Blick wirkte sehr viel klarer. Allein das Zittern meiner Hände, das mich ab und an überkam, verriet meine Sucht. Da hatte mein von Natur aus starker Oberwelt-Körper ganze Arbeit geleistet. So war ich wenigstens physisch wieder fast die Alte.

»Meine Tage als Partygirl sind gezählt, fürchte ich.« Vorsichtig schaute ich zu ihm auf. »Tut mir leid.«

Er lachte auf. »Max, ich habe es dir hundert Mal gesagt: Ich würde dir helfen, wenn du dich dafür entscheidest, vom Alkohol loszukommen. Es tut manchmal gut, den ganzen Scheiß darin zu ertränken und sich gemeinsam fallenzulassen, aber deswegen bin ich nicht mit dir zusammen.«

Zusammen? Ich hob die Brauen. Hatte ich etwas verpasst? »Das hast du mir also angeboten, ja?«

Anscheinend hatte ich nicht nur die alten Erinnerungen und Gefühle mit Gin überschwemmt. Um ehrlich zu sein, wusste ich nicht, was ich für Brian empfand oder er für mich – bisher hatte ich angenommen, wir tauschten lediglich Sex gegen Informationen.

»Na ja, es wurde haarig, was den Job angeht«, erklärte ich und schmunzelte ob der maßlosen Untertreibung. »Besser, ich reiße mich eine Weile zusammen.«

»Du siehst gut aus, ehrlich.« Er lächelte mich offen an. »Wenn du bis Ende des Monats durchhältst, lade ich dich zu diesem Franzosen ein, dessen Namen ich nicht aussprechen kann.«

»Das französische Nobelrestaurant in Notting Hill?« Ich blinzelte ihn ungläubig an. Von ein paar zwielichtigen Kneipen abgesehen, hatten wir uns nie zusammen in der Öffentlichkeit blicken lassen. Ob er mich vielleicht wirklich mochte, sich bisher aber für mich geschämt hatte? Überraschenderweise spürte ich einen Stich im Herzen. »Wie komme ich zu der Ehre?«

»Sagen wir mal so: Ich habe gute Chancen auf eine Beförderung im nächsten Monat.« Er grinste.

»An welche Bedingung ist sie geknüpft?« Wenn seine Chefs ihn dafür befördern wollten, den aktuellen Fall gelöst zu haben, sah ich eher schwarz für Brian. Um meinen Pessimismus zu überspielen, aß ich ein paar Happen meines Fischs.

»Ich weiß, was du denkst, aber es hat nichts mit den Whitechapel-Morden zu tun.« Mit einem Mal wirkte er niedergeschlagen. »Es gibt vielleicht kranke Typen auf dieser Welt ...«

»Kannst du laut sagen.« Ich steckte mir ein paar Chips in den Mund und fragte wie beiläufig: »Habt ihr schon eine Spur?«

Er schwieg, den Blick auf die Themse gerichtet, und schüttelte lediglich den Kopf.

»Scheiße, das ist bitter. Gibt es ein Profil? Wenn ich weiß, worauf ich achten muss, kann ich mich ein bisschen umhören.« Als er mir einen unwilligen Blick zuwarf, fügte ich hinzu: »Ich werde nicht selbst ermitteln, Brian, das ist definitiv eine Nummer zu groß für mich. Aber ich kann zumindest Augen und Ohren offenhalten. Ich bin vorsichtig, versprochen, ich möchte nur deine Arbeit unterstützen, ein kleiner Teil dieser wichtigen Sache sein.«

Ich bedachte ihn mit diesem Blick, dem er nie widerstehen konnte – einer Mischung aus Unbedarftheit, Verehrung und Actionhunger. Er stand darauf, wenn ich ihm das Gefühl gab, der heldenhafte Polizist zu sein, das wusste ich.

»Na ja, das ist es eben.« Er schaute sich um, prüfte, ob jemand in Hörweite war. »Es gibt kein einheitliches Profil, weil wir nicht glauben, dass es nur ein Täter gewesen ist. Die Tatwaffen, die Krafteinwirkung – die gesamte Vorgehensweise passt nicht zusammen. Der erste Mord wurde von jemandem verübt, der mindestens einen Meter achtzig groß und sehr muskulös ist. Beim zweiten Mord war es entweder ein kleinerer, schwächerer Mann oder ihm ist die Puste ausgegangen.«

Ich nickte. Damals waren die Ermittler ebenfalls auf derlei Unstimmigkeiten gestoßen. Was, wenn ich mich die ganze Zeit geirrt hatte, und es nicht nur einen Ripper gab? War die größte Lüge in seinen Nachrichten an mich, dass er der alleinige Täter war? Hatte er schlussendlich eine Handvoll Verbündeter?

Nein. Irgendetwas sagte mir, dass es nur ihn gab. Diesen einen verrückten Killer.

»Vermutlich existiert auch keine Verbindung zwischen den Opfern?« Ich kannte die Antwort bereits. Jonas hatte den ganzen Tag Nachforschungen betrieben und Freunde, Verwandte sowie Kundschaft der beiden Damen überprüft. Erfolglos. Sie hatten rein gar nichts miteinander zu tun.

Allerdings hatte ich bei der Escort-Firma, bei der Melissa Stratman tätig gewesen war, herausgefunden, mit wem sie sich in der Nacht getroffen hatte. Ich machte mir nicht viele Hoffnungen, aber dem Mann, einem Investmentbanker aus der City, würde ich noch auf den Zahn fühlen.

»Nein, nichts. Wir haben vom Freundeskreis über Ärzte bis hin zum Frisör eine Überschneidung geprüft.«

»Und wie ist es mit Kampfspuren?«, hakte ich nach. »Kannten sich Opfer und Täter, was meinst du?«

Er zuckte mit den Schultern. »Kampfspuren gab es zumindest keine. Kann also sein.«

»Den Frauen wurden Organe entnommen.« Ich verdrängte die Erinnerung an das Herz und die Niere, die er mir geschickt hatte, und versuchte mich an einem sachlichen Gesichtsausdruck. »Wie hat sich der Täter oder wie haben sich die Täter dabei angestellt?«

Er verengte die Augen zu schmalen Schlitzen und musterte mich mit schiefgelegtem Kopf. »Die Info ging nie raus. Woher weißt du das?«

Ich wischte mir betont unbeschwert einige Krümel von der Hose. »Der Bericht des Gerichtsmediziners. Du hast ihn mir geschickt, weißt du noch?«

Seine Brauen schoben sich so weit zusammen, dass sie beinahe zu einem dunklen Strich über seinen Augen wurden. »Du steckst die Nase schon viel zu tief in diese Sache, Max. Mir gefällt das nicht.«

Ich zuckte mit den Schultern. »Ich bin nur neugierig.«

»Wir glauben, dass er lediglich theoretische Kenntnisse besitzt.« Brian schüttelte angewidert den Kopf und ließ den Fisch, den er gerade in die Finger genommen hatte, wieder in die Tüte fallen. »Können wir jetzt über etwas anderes reden?«

»Okay.«

Wir blickten gleichzeitig nach vorn und aßen schweigend weiter. Beim besten Willen, ich wusste nicht, worüber ich sonst mit ihm reden sollte. Und Brian schien es genauso zu gehen.

»Nur eines noch.« Ich konnte es eben nicht lassen. Nach einem vorsichtigen Blick über die Schulter beugte ich mich so nah wie möglich zu ihm hinüber. »Habt ihr daran gedacht, dass es ein Nachahmer von Jack the Ripper sein könnte?«

»Natürlich. Aber lass das bloß keinen von der Presse hören.« Er brummte. »Jedes Mal, wenn in dieser Stadt eine Frau ermordet wird, graben sie diesen Irren wieder aus. Wir bekommen schon Briefe von irgendwelchen Scherzkeksen, die behaupten, er zu sein.«

Ich verschluckte mich an meinem Fisch, hustete und rang nach Luft. Das hatte ich befürchtet. Was Brian nicht wusste, war, dass die meisten dieser Briefe vermutlich echt waren. Der Ripper liebte die Aufmerksamkeit und wartete bestimmt schon darauf, wieder in den Zeitungen erwähnt zu werden. »Hätte dem guten alten Jack sicher gefallen. Die Leute machen ihn unsterblich.«

»Ich lasse das Vorbild dieser Schweine nicht wiederaufleben, darauf können sie lange warten. Damit hätten wir nicht nur eine panische Bevölkerung, verrückte Briefeschreiber und sensationsgeile Reporter, sondern auch jede Menge selbsternannte Inspektoren Abberline, die sich in die Ermittlungen einmischen.« Er schüttelte schnaubend den Kopf. »Jack the Ripper ... Dieser Fall ist derart undurchsichtig, könnte sogar sein, dieser Hund ist aus seinem Grab gekrochen und macht da weiter, wo er aufgehört hat.«

Ich lachte. Etwas zu laut und zu hysterisch nach Brians Blick zu urteilen. »Zombie-Ripper. Was für eine alberne Vorstellung.« Für den Bruchteil einer Sekunde dachte ich darüber nach, ob das möglich sein konnte.

Er räusperte sich und knüllte seine leere Tüte zusammen. »Ich sollte zurück zur Wache.«

Ich nickte. Mehr würde ich aus Brian heute nicht rauskriegen, allerdings glaubte ich auch, dass er gar nicht viel mehr wusste. Die Polizei tappte genau wie ich im Dunkeln. Für sie empfand ich das als positiv. Wenn Brians Männer ihm nicht zu nahekamen, konnte der Ripper schon nicht wütend werden.

Er sollte sich lieber auf unser ›Spiel‹ konzentrieren und Brian außen vor lassen.

Unvermittelt griff der Chief Superintendent nach meiner Hand und drückte diese auffordernd. »Versprich mir, dass du nichts unternehmen wirst, um den oder die Mörder ausfindig zu machen.« Ich öffnete den Mund, aber er ließ mich nicht zu Wort kommen. »Das ist mein Ernst, Maxine. Wenn ich mitbekomme, dass du auf eigene Faust ermittelst, lasse ich dich einsperren.«

»Weswegen?«

»Da fällt mir schon etwas ein.«

Noch nie zuvor hatte ich ihn derart streng erlebt. Sein sorgenvoller Blick schnitt mir geradezu ins Herz. Dabei war er es, der sich lieber heraushalten sollte. Aber das konnte ich ihm schlecht erzählen ...

»Ich verrate dir das nicht alles, um dich zur Mithilfe zu motivieren«, erklärte er. »Ich will, dass du verstehst, wie gefährlich die Sache ist. Für Frauen ... wie dich. Mach nicht auf dich aufmerksam.«

Tja, zu spät ...

Bis auf die Tatsache, dass ich keine Prostituierte oder Escort-Dame war, passte ich ins Opferprofil, keine Frage. Es war nicht ganz abwegig, dass er sich sorgte. Daher lächelte ich ihm vertrauensvoll zu und tätschelte sein Knie.

»Ich halte mich raus, versprochen«, log ich.

***

Ich betrat meine Wohnung neuerdings sehr vorsichtig. Im einen Moment fühlte ich geradezu, wie das Böse hier lauerte, im anderen schalt ich mich für mein Misstrauen Jonas gegenüber. Mir war immer noch nicht eingefallen, wie ich ihn testen konnte, ohne meinen Verdacht zu offensichtlich zu machen. Außerdem war ich etwas abgelenkt, denn da gab es nebenher ja ein paar Morde aufzuklären ...

Ich legte Mantel und Mütze ab und ging ins Wohnzimmer, wo Jonas an meinem wackligen Schreibtisch saß und telefonierte.

»Ja, vielen Dank«, sagte er höflich, rollte jedoch gleichzeitig mit den Augen. »Sie haben mir sehr weitergeholfen. Ja. Wiederhören.«

Ich ließ mich auf die Couch fallen, steckte mir eine Zigarette an und musterte ihn. »Wer war das?«

»Eine Angestellte vom Post Office Whitechapel.« Seufzend fuhr er sich mit den Händen übers Gesicht. »Sie haben eine Kamera, wollen uns das Band allerdings nicht überlassen.«

Ich runzelte die Stirn. Jonas schaffte es für gewöhnlich immer irgendwie, das zu beschaffen, was wir brauchten. Deshalb hatte ich ihn darauf angesetzt. »Ist dir dein Charme abhandengekommen?« Oder torpedierst du meine Ermittlungen, fügte ich in Gedanken hinzu.

Er warf mir einen tadelnden Blick zu. »Er wirkt am Telefon lediglich nicht wie in natura. Aber die Angestellte ließ sich erweichen, mir eine Beschreibung des Mannes zu geben, der unser Paket abgegeben hat. Sie konnte sich zufällig an ihn erinnern.«

»Weswegen?«

»Sie meinte – und ich zitiere – der Kerl sah aus wie ein Mitglied der IRA und als dann auch noch das Wort ›Überraschung‹ auf dem Päckchen stand, hielt sie es für eine Bombe.«

Ich konnte mir ein leises Lachen nicht verkneifen. »Und wie sieht so ein typisches Mitglied der IRA ihrer Meinung nach aus?«

Jonas verschränkte die Arme vor der Brust und ein Schmunzeln formte sich auf seinen Lippen. »Es soll ein normal großer, normal gebauter bis schmächtiger

Mann Anfang zwanzig gewesen sein. Ein heller, sommersprossiger Typ mit rotem Haar.«

»Aha. Der Klischee-Ire.«

»Ich frage mich, wie sie sich seiner Haarfarbe derart sicher gewesen sein kann, denn er trug ihrer Aussage nach eine Baseballkappe. Außerdem hatte er eine böse Aura, meinte sie.«

Ich zog an der Zigarette und blies den Rauch nachdenklich in die Luft. Menschen konnten nichts Dämonisches erspüren, das war schlicht nicht möglich. Das Gefühl, eine bestimmte Aura umgebe einen anderen, ließ sich lediglich auf den chemischen Prozess zurückführen, der stattfand, wenn man sich traf und entweder ›riechen‹ oder ›nicht riechen‹ konnte.

Die Angestellte des Post Office in Whitechapel konnte den Ripper also nicht gut riechen. Das war eine Information, die nun wirklich einen eigenen Post-it an der Pinnwand verdient hatte ...

Ich seufzte. »Manchmal hasse ich meinen Job. Nicht weil ich stundenlang in der Kälte stehe und Fenster anstarre, irgendwelchen betrügerischen Schwachköpfen folge, erfolglos in der Weltgeschichte herumtelefoniere oder so gut wie immer auf irgendetwas warte, nein, es sind die Leute, mit denen ich zu tun habe. Ahnungslose, Heimlichtuer und Wichtigmacher, die dann auch noch einen Orden für ihren Nonsens erwarten.«

»Du hast es dir selbst ausgesucht«, war Jonas' mitfühlende Antwort.

»Die Ergebnisse des heutigen Tages bedeuten damit wenig bis gar nichts. Selbst wenn die Beschreibung stimmt, muss es schließlich nicht sein, dass der Ripper das Paket abgegeben hat. Er könnte jemanden gezwungen haben – wie bei seinen Briefen.« Ich zog noch einmal an der Zigarette. »Es braucht einiges an Kraft, um eine Frau derart ... auszuweiden, wie er es tut. Ich glaube, dass unser Killer eher muskulös sein muss. Weshalb ich mich frage, ob unser IRA-Mitglied überhaupt körperlich in der Lage wäre, diese Morde zu begehen.«

»Fraglich«, stimmte mir Jonas zu. »Wie bringt er die Leute nur dazu, für ihn Briefe zu schreiben und Botengänge zu machen? Ich verstehe es nicht.«

»Jeder Mensch hat seinen Preis.« Ich erhob mich, ging um die Couch herum und stellte mich vor die Pinnwand, auf der kaum noch freie Fläche zu sehen war. Sogar unter Marys Namen hing inzwischen eine Fotografie. Glücklicherweise zeigte sie nur die Außenaufnahme des Tatorts, eine schmutzige Hausfassade mit rostiger Regenrinne und zwei dunklen Fenstern. Hatte sich Jonas etwa die Akte angesehen?

»Und gibt es einen ausreichenden Preis dafür, Leute umzubringen?« Jonas legte nachdenklich einen Finger ans Kinn. »Was, wenn er die Menschen nicht nur zwingt, Briefe und Päckchen zu verschicken, sondern auch die Morde zu begehen? Kannst du dir das vorstellen?«

»Klänge es nicht derart unlogisch, würde es Sinn ergeben.« Ich ließ meinen Blick über die Pinnwand schweifen. Wäre der Ripper tatsächlich in der Lage, seine heißgeliebte ›Arbeit‹ zu delegieren? Wie ich ihn kennengelernt hatte, ernährte er sich von der körperlichen Qual, die er anderen zufügte. Aber der Gedanke, dass er nicht allein arbeitete, drängte sich mir immer häufiger auf.

Gab es eine Möglichkeit für ihn, die Morde durchzuführen, ohne sie selbst zu begehen? Ich schüttelte den Kopf. In was für unsinnige Überlegungen mich die Verzweiflung trieb!

»War nur ein Gedanke.« Er seufzte. »Was hast du heute herausgefunden? Du hast dich mit Brian getroffen, oder nicht?«

Mich schauderte. »Er weiß rein gar nichts«, sagte ich etwas schärfer als nötig. Ich drehte mich zu ihm um und blickte meinem Assistenten durchdringend in die haselnussbraunen Augen. »Die Polizei hat nicht die kleinste Spur und wird dem Ripper sicherlich nicht zum Problem werden.«

Jonas hob ergebend die Hände. »Okay, friss mich nicht. Dafür kann ich nichts.«

»Entschuldige. Ich bin nur etwas ... überspannt.«

»Kann ich dir nicht verübeln. Schließlich haben wir nichts, rein gar nichts, und dieser Irre könnte jeden Moment wieder zuschlagen.«

Ich zog eine Grimasse. »Ja, danke für die Erinnerung. Ich hatte den Druck, unter dem ich stehe, fast vergessen.«

Grummelnd lehnte ich mich gegen den Rücken der Couch und starrte auf die Pinnwand, in der Hoffnung, die Lösung würde mich anspringen, wenn ich das Rätsel nur lange genug ansah. Tat sie nicht, mir kam jedoch eine andere Idee.

»Weißt du, was mich am meisten ärgert? Der Ripper weiß, wer ich bin, wusste es schon immer. Aber er selbst versteckt sich vor mir wie ein feiges Häschen in seinem Bau. Vermutlich ist er in Wahrheit ein ziemlich jämmerlicher Waschlappen, der ahnt, dass er in einem fairen Kampf gegen mich verlieren würde.« Ich zwang mich zu einem breiten Grinsen und hoffte, meine kleine Provokation löste nicht gleich einen Wutanfall aus. »Er scheint mir nur ein ängstlicher Junge zu sein, der nach Aufmerksamkeit giert. Ein Versager, der nichts vorzuweisen hat und dessen Lebenssinn darin besteht, sich einer fremden Frau, mir, aufzudrängen und ihr seine Perversionen zu präsentieren – das Einzige, was ihn glauben lässt, eine gewisse Form von Macht zu besitzen. Das ist erbärmlich, findest du nicht?«

Jonas, der offensichtlich keine Ahnung hatte, was ich da gerade erzählte, blinzelte mich irritiert an. Ich versuchte, irgendeinen Funken von Wut in seiner Miene oder seinen Augen abzulesen, aber da war nichts als Verwirrung.

Das Klingeln meines Telefons riss mich jäh aus meiner Beobachtung.

Ich marschierte zur Garderobe, zog das Handy aus dem Trenchcoat und sah die Nachricht eines anonymen Absenders auf dem Display aufleuchten. Er war es. Und er hatte mich gehört.

Meine liebe Spielkameradin,
wie mir scheint, war ich zu freundlich und es wird Zeit,
dass das Häschen endlich wieder seinen Bau verlässt.
Glaub nicht, nur weil Saucy Jacky ein lustiger Zeitgenosse
ist, verzeihe er Deine Respektlosigkeiten. Du kannst mir
nichts vormachen, ich weiß, Du hast es erkannt. Du hast

Dich soeben selbst verraten. Sieh Dich lieber vor, Maxine, treib es nicht zu weit.

Ich sog scharf Luft ein und wirbelte zu Jonas herum, der nach wie vor auf meinem Schreibtischstuhl saß und mich fragend musterte.

»Was? Ist er es? Geht es weiter?«

Mein Assistent konnte diese Nachricht nicht geschrieben haben – offensichtlich. Wie kam der Ripper also an seine Informationen? Hatte er irgendwann meine Wohnung verwanzt, während ich im Delirium lag? Nein. *Du hast es erkannt.* Würde er mich abhören, hätte er geschrieben: *Du hast sie gefunden.*

Einen Scheiß hatte ich erkannt, aber das musste er nicht wissen. Und Jonas ebenfalls nicht.

Bereit oder nicht, wir gehen in eine neue Runde. Und auch wenn Du Dir das Privileg eines Hinweises heute nicht verdient hast, sollst du einen bekommen: Sieh Dir noch einmal die Begebenheiten des Tatorts Stride genauer an. Unterschätze mich nicht, ich werde mich zurückhalten. Ich weiß, welcher Mord an der Reihe ist und ich werde nichts daran ändern. Denn ich bin kein dummer, triebgesteuerter Junge, der lediglich eine wilde Perversion auslebt.

Anscheinend hatte ich damit tatsächlich einen Nerv getroffen. Ich wusste nur noch nicht, ob das gut oder schlecht für mich war. Er klang jedenfalls sehr viel weniger amüsiert als sonst, wenn nicht gar verärgert.

Ich freue mich nicht gerade darauf, meine schlechteste Arbeit zu wiederholen, daher lass es uns schnell hinter uns bringen. Die nächste wird dafür umso schöner.
Anstatt große Reden zu schwingen, solltest Du deinen Worten lieber Taten folgen lassen und mich schnappen. Ach, Du kannst nicht? Weil Du mich nicht findest? Hat der Gin Dir den Verstand weggeschwemmt? Wer von uns beiden ist denn nun erbärmlich, Maxine?
Hochachtungsvoll, Dein Jack (the Ripper)

Seufzend ließ ich das Handy sinken. Hatte ich meine Meinung zu ihm vorher nie laut ausgesprochen oder hatte er sie schlichtweg nicht gehört? Was glaubte er denn, wie ich über ihn dachte? Und wieso interessierte es ihn überhaupt?

Ich wollte den Mantel vom Haken nehmen, da klingelte mein Handy erneut.

P.S.: Die Finger zittern mir, das will ich Dir nicht verheimlichen. Respektlosigkeit muss bestraft werden, Maxine.

Eine weitere Nachricht kam nur Sekunden später an.

P.P.S.: Du und der Chief Superintendent seid ein wirklich hübsches Paar. Dabei dachte ich, Du wärst verheiratet? Nun ja, Treue war für euch Frauen schließlich immer schon ein dehnbarer Begriff.

Mein Herz beschleunigte augenblicklich seinen Takt. Das war die zweite Andeutung in Brians Richtung und allmählich bekam ich es mit der Angst zu tun. Was, wenn er ihm etwas antat, nur um mich zu bestrafen?

Und woher zum Teufel wusste er, dass ich verheiratet war?

»Max? Max! Würdest du endlich mit mir reden?« Jonas war in den Flur gekommen und rüttelte an meinem Ellbogen. »Sag mir, was los ist.«

Ich konnte ihn momentan nicht um mich haben. Nicht, wenn ich nicht wusste, was hier los war. Wortlos griff ich nach Mantel und Mütze, wirbelte herum und stürmte aus der Wohnung.

7. Hab ich dich

Kam es mir nur so vor oder schaute mich der Barmann seltsam an, als er mir das bestellte Glas Mineralwasser reichte? Ohne eine Miene zu verziehen, bezahlte ich den Kerl und setzte mich daraufhin mit meinem eigenartigen Drink an einen kleinen Tisch, der teilweise von einem dicken Holzbalken verdeckt wurde. Ein Bier wäre mir ebenfalls lieber gewesen, aber ich brauchte jetzt einen klaren Kopf wie nie zuvor.

Wie war es möglich, dass dieser Mistkerl mich gehört hatte? Ich konnte mir einfach keinen Reim darauf machen. Ich schloss Abhörgeräte in meiner Wohnung aus, das passte schlichtweg nicht, denn sonst hätte er bereits weitaus mehr erfahren und gegen mich verwendet.

Es musste mit Jonas zu tun haben. Wieso hätte der Ripper sonst sofort einverstanden sein sollen, dass mein Assistent bei mir blieb? Auf welche Art und Weise die Informationen auch immer zum Ripper gelangten, Jonas war sein Kontaktmann.

Alles in mir sträubte sich gegen den Gedanken, doch instinktiv wusste ich, dass ich richtiglag. Herrgott, dieser Kerl hatte seiner Verlobten heute Morgen am Telefon erklärt, welche Primeln sie kaufen und wo sie diese anpflanzen sollte. Er kümmerte sich um den einäugigen Kater seiner Nachbarin, weil die demenzkranke

Frau ständig vergaß, das Tier zu füttern. Er konnte keiner Fliege etwas zuleide tun. Außerdem war er mein Freund. Mein einziger. Dachte ich zumindest ...

Konnte ich mich in ihm derart getäuscht haben? Oder benutzte ihn der Ripper ohne sein Wissen? Die Verwirrung in Jonas' Miene, die Panik, als ich ihm nicht geantwortet hatte, schienen echt gewesen zu sein. Ich hoffte, dass dies die Lösung war. Wenn es auch leider nichts daran änderte, dass ich nicht mehr mit ihm arbeiten, ihm nicht mehr vertrauen konnte. Wie sollte ich ihm das bloß klarmachen? Meine Unfähigkeit, was Vertrauen im Allgemeinen anging, verletzte ihn ohnehin schon.

Ich versuchte mich zu erinnern, was ich in Jonas' Beisein bisher alles preisgegeben hatte, aber mein Gedächtnis schien erst seit wenigen Tagen wieder Ereignisse aufzuzeichnen. Sicherlich lachte sich der Ripper halb tot darüber, dass ich selbst ihn mit Informationen versorgt hatte.

Nun, es war ein Leichtes, jemandem voraus zu sein, den man rund um die Uhr beobachtete. Aber das endete nun. Ich arbeitete ab jetzt allein und würde ebenso undurchschaubar und unsichtbar werden, wie er es war. Mal sehen, ob er in diesem Spiel dann immer noch die Nase vorn hatte.

Ich zog mein Handy aus dem Mantel, ignorierte die ungefähr tausend unbeantworteten Anrufe von Jonas und öffnete das Internet. Über die Begebenheiten des Tatorts Stride wusste ich bestens Bescheid und hatte bereits eine Idee, was er geplant haben könnte. Long Liz wurde damals im Dutfield's Yard beim Berner Street

Club gefunden. Im Club fand eine Versammlung radikaler Sozialisten statt, bei der gesungen und getanzt wurde – daher hatte niemand etwas gehört.

Ich klickte mich durch verschiedene Seiten und fand schließlich den Hinweis auf einen Festabend im jüdischen Begegnungshaus in Whitechapel. Das passte nicht nur deshalb, weil man nach Strides Tod kurzzeitig von einem jüdischen Täter ausgegangen war, sondern auch weil sich der Veranstaltungsort in der Henriques Street befand. Ehemals Berner Street. Er hatte diesen Mord definitiv für heute geplant, es war einfach perfekt. Allerdings quäkte eine leise Stimme in mir, dass es vielleicht zu perfekt war.

Ich schob die Gedanken beiseite und nippte an meinem Wasser. Er war eben zu arrogant und dadurch leichtsinnig geworden. Der Mord würde dort stattfinden und ich heute Nacht endlich auf den Ripper treffen.

Die Tür des Pubs schwang auf, ich spürte es an dem kalten Luftzug, der um meine Füße wirbelte. Ich schielte am Holzbalken vorbei und musterte die vier Anzugträger, die eben hereingekommen waren und die ziemlich deplatziert wirkten inmitten des dunklen Holzes, den bunten Fensterscheiben und dem kitschigen Nippes an den Wänden. Aber der Pub lag nun einmal direkt neben der Bank, in der die Männer vermutlich allesamt arbeiteten. Sie waren der Grund, weshalb ich mir ausgerechnet dieses Lokal ausgesucht hatte.

Ich erhob mich und ging langsam auf die Gruppe zu. Sie hatten sich an die Bar gestellt und warteten nun darauf, vom Schankkellner beachtet zu werden.

»Ronan Crawford«, sagte ich, als kannte ich den Angesprochenen.

Sie drehten sich alle um, doch nur einer von ihnen zog die Brauen zusammen und blinzelte nervös. Ein gutaussehender Mittvierziger mit grauen Schläfen und schlanker Statur, der ein wenig zu klein geraten war für meinen Geschmack.

»Dürfte ich Sie einen Moment sprechen? Ich habe Informationen, die Sie interessieren werden.«

»Ähm, worum geht es?«

Ich lächelte vielsagend. »Das besprechen wir besser unter vier Augen.«

Er war anscheinend ein Mann mit Geheimnissen, denn er nickte sogleich und ließ sich von mir zu meinem Tischchen führen. Dabei blickte er immer wieder unsicher über die Schulter zu seinen Arbeitskollegen.

»Bitte setzen Sie sich.« Ich deutete auf einen Stuhl und ließ mich gleichzeitig gegenüber von ihm nieder.

»Worum geht es?«, fragte er noch einmal.

»Melissa Stratman.«

Der Name veranlasste ihn endlich dazu, den Stuhl zurückzuziehen und sich hinzusetzen. »Sind Sie eine ... Kollegin von ihr?«

Ich legte den Kopf schief. »Sehe ich so aus?«

Darauf wusste er wohl keine rechte Antwort, er räusperte sich lediglich. »Was sind das für Informationen?«

»Ich möchte nicht lange um den heißen Brei herumreden, wie man so schön sagt. Die Polizei hat vor, Sie erneut zu vernehmen, denn es gab einige Unstimmigkeiten in Ihrer Aussage.« Ich schaute ihm felsenfest in die Augen, während ich ihn anlog. »Die Met denkt, Sie seien der Täter, Ronan.«

Er wurde kreidebleich und schnappte nach Luft. Erschrocken wie er war, stellte er mich keine Sekunde lang infrage, wollte nicht einmal wissen, wer ich war. Ich glaubte nicht, dass er etwas mit dem Mord zu tun hatte, doch irgendetwas verheimlichte er. »Aber ... n-nein, ich hatte doch ein Alibi ... h-habe ein Alibi. Meine Frau ...«

»Sie waren die gesamte Nacht mit Ihrer Frau zusammen?«, nahm ich an. Wie redselig die Leute plötzlich waren, wenn sie unter Druck gesetzt wurden.

Schweiß trat auf seine Stirn. »Ja.«

Es war offensichtlich, dass er log. Vermutlich war seine Vorstellung auf der Wache besser gewesen, sonst hätten sie ihn niemals gehenlassen.

»Das ist nicht wahr, Ronan, das wissen wir beide. Sie haben sich in dieser Nacht mit Melissa getroffen.«

»Ja, schon, aber ich war längst zu Hause, als sie ... Sie wissen schon.«

Herrje, er konnte nicht einmal das Wort Mord aussprechen. »Hören Sie, Ronan, ich glaube Ihnen. Deshalb bin ich hier. Ich bin Detektivin und wurde beauftragt, den wahren Killer zu finden – das sind nicht Sie, da bin ich sicher.«

Er atmete hörbar aus. Zuerst der Schock, dann das erleichternde Gefühl, eine Verbündete zu haben – das hatte noch jeden Normalbürger schwindlig genug gemacht.

»Ich helfe Ihnen, wenn Sie mir helfen.« Ich stützte die Unterarme auf den Tisch und beugte mich zu ihm hinüber. »Ich kann Ihnen aber nur helfen, wenn Sie mir die ganze Wahrheit sagen. Wieso haben Sie gelogen und was ist wirklich geschehen?«

Er schüttelte den Kopf. »Ich weiß es nicht.«

»Ronan ...«

»Hören Sie, ich würde ja kooperieren, wirklich, denn ich war es nicht. Aber ich kann Ihnen nicht sagen, was passiert ist, weil ich es nicht weiß.«

Mein Herz setzte einen Schlag aus. »Sie können sich nicht erinnern.«

Ertappt starrte er auf den Tisch. »Ich habe gelogen, weil es wie eine Ausrede klingt. Aber das ist es nicht, es ist ... es ist einfach ...«

»Weg, ja. Ob Sie es glauben oder nicht, das habe ich schon einmal gehört.«

Ich ließ mich gegen die Rückenlehne meines Stuhls fallen, entließ die Luft in einem Schwall aus meinen Lungen und musterte den blassen, schwitzenden Mann vor mir. Das war nicht gut. Überhaupt nicht gut.

***

Agatha lehnte mit verschränkten Armen an der Arbeitsplatte in der Küche und starrte das Messer an. Sie hatte es in dem Schneidebrett stecken lassen – als Erinnerung und Warnung, wie böse Henry werden konnte, wenn er trank.

Sie erinnerte sich schmerzhaft genau an jede Sekunde dieses einschneidenden Erlebnisses. Als er das Messer herabsausen ließ, da hatte sie geschrien und die Augen zusammengekniffen und für einen Moment hatte Agatha geglaubt, er würde sie töten. Und wer wusste es schon, vielleicht stach er nächstes Mal auf sie ein statt auf das Holzbrett.

Sie seufzte. Heute war er wieder im Pub. Und sie traute sich einfach nicht, ins Bett zu gehen.

Vielleicht sollte sie zu Hugh fahren. Sie hatten zwar vereinbart, ihre Affäre ein wenig abkühlen zu lassen, weil Henry ihnen auf die Schliche gekommen war, aber dieser besoffene alte Esel würde heute ohnehin nicht mehr merken, dass sie fort war. Vermutlich wäre es besser, sie würde gleich ganz bei Hugh bleiben.

Das Geräusch der sich öffnenden Tür fuhr in all ihre Nervenenden und Agatha zuckte zusammen. Mist, er war früher zurück als erwartet.

»Liebling«, rief er vom Flur aus. »Mir kam eben eine grandiose Idee.«

Agatha hob die Brauen. Hatte Henry sie jemals zuvor Liebling genannt? Zögerlich trat sie einen Schritt vor und straffte die Schultern. »Welche denn?«

Rotbackig, aber mit einem Lächeln auf den Lippen marschierte er in die Küche. Er warf einen Blick auf das Messer und ein wehmütiger Ausdruck huschte über seine Züge.

»Ich habe dich erschreckt«, sagte er. »Ich weiß, ich weiß. Das tut mir leid. Lass es mich wiedergutmachen. Komm.«

Er griff nach ihrem Ellbogen und wollte sie mit sich ziehen, doch Agatha riss sich los. »Was soll denn das? Es ist mitten in der Nacht.«

Sein Lächeln war seltsam schief und seine Augen ungewöhnlich starr, aber sein Tonfall klang umso heiterer. »Na, los, komm schon. Es ist eine Überraschung.«

Agatha konnte sich an keine liebevolle Geste mehr erinnern seit ihrem ersten Hochzeitstag. Sie musste zugeben, dass sie trotz seines Alkoholpegels und des nervösen Grummelns in ihrem Magen neugierig war, was ihr

Mann für sie geplant hatte. Wahrscheinlich hatte er erkannt, dass er zu weit gegangen war und wollte ihr zeigen, dass er sich ändern konnte. Dieser Gedanke erweichte sie schließlich.

Wortlos ging sie zur Garderobe, um sich einen Mantel überzuziehen. Dass Henry das Messer hinter ihrem Rücken aus dem Schneidebrett zog, bemerkte sie nicht.

***

Ich stand in der Henriques Street inmitten einer Gruppe von Rauchern und schielte auf das Schulgebäude, das genau dort errichtet worden war, wo die Leiche von Liz Stride 1888 gelegen hatte. Inzwischen inhalierte ich die zehnte Zigarette, grob geschätzt. Schließlich brauchte ich einen Vorwand, um mit den Rauchern, die sich stetig abwechselten, vor der Tür stehen zu können und nicht nach oben gehen zu müssen, wo die Feier stattfand.

Aus dem zweiten Stock drangen Musik und Gelächter zu uns herunter. Die Stimmung war ausgelassen und einige der Besucher wirkten angeheitert. Daher fragte sich wohl auch keiner, woher diese fremde Frau im Trenchcoat kam, die seit Ewigkeiten vor ihrer Tür herumlungerte. Einer der Männer unterhielt sich sogar mit mir, aber ich war viel zu angespannt, um mich auf dieses Geplänkel zu konzentrieren, daher lächelte und nickte ich bloß immer wieder. Ronans Worte gingen mir derweil einfach nicht aus dem Kopf.

Mir drängte sich dabei ein Verdacht auf, den ich schlicht nicht wahrhaben wollte. Das konnte, das durfte nicht sein! Daher weigerte ich mich krampfhaft, den Gedanken auszuformulieren. Als würde das alles erst wahr werden, wenn ich es akzeptierte.

»... muss doch kalt sein«, sagte der Mann neben mir und legte einen Arm um mich. Die Berührung riss mich jäh aus meinen Grübeleien.

»Was? Nein.« Ich löste mich aus seinem Griff und machte einen Schritt rückwärts.

Er hob ergebend die Hände. »Gut, dann nicht. Ich hab dich noch nie hier gesehen ...«

Glücklicherweise kam in diesem Moment eine Gruppe Frauen nach unten und ich gesellte mich zu ihnen, als hätte ich die ganze Zeit auf sie gewartet. Allmählich wurde meine Anwesenheit hier unten wohl doch zu auffällig.

Ich überlegte gerade, ob ich mich von der Feier wegbewegen und woanders warten sollte, da sah ich zwei undeutliche Schemen in die Straße einbiegen. Nur langsam kamen sie näher, aber ich erkannte schon von weitem, dass die größere Person den Arm um die Schultern der kleineren gelegt hatte. Sie sahen vertraut und einträchtig aus. Dennoch beschleunigte mein Herz seinen Takt und all meine Sinne schärften sich instinktiv.

Es waren zwei Menschen, die die Straße entlangschlenderten, aber irgendetwas kam mir seltsam an ihnen vor. Vor dem dunklen Eingang zur Schule, schräg gegenüber von uns, hielt der Größere an und zog den Kleineren zu sich heran. Sie sahen aus wie ein knutschendes Pärchen, irgendetwas stimmte an dem Bild jedoch nicht. Würde er denn wirklich hier ... vor all diesen Leuten ...

Ich löste mich aus dem Pulk von Rauchern, ging langsam auf das Paar zu. Plötzlich blitzte etwas im schummrigen Licht auf und mein Herz setzte einen Schlag aus. Ich wollte losrennen, aber jemand hielt von hinten meinen Arm fest. Es war der Kerl, der sich vorhin mit mir unterhalten hatte.

»Hey, was hast du denn?«

Ich schubste ihn ohne ein weiteres Wort von mir, dann rannte ich zu dem Pärchen hinüber. Als ich ein schmatzendes Gurgeln hörte, wusste ich, dass ich zu spät kam. Die Frau war bereits bewusstlos zu Boden gesackt.

Ich packte den Mann am Kragen, zog ihn von seinem Opfer weg und trat ihm gegen das Handgelenk, damit er das Messer fallen ließ. Dann griff ich nach seinem Arm, wollte ihn fixieren, doch als er den Kopf drehte und mich ansah, erstarrte ich.

Er grinste breit und seine Augen funkelten förmlich vor Vergnügen. Dann – urplötzlich – schüttelte er den Kopf, blinzelte, als würde er eben aus einem Traum erwachen.

»Was geht hier vor? Was wollen Sie von mir?« Er riss sich von mir los und schaute sich irritiert um. »Wie bin ich ... Was ...«

»Sie haben gerade eine Frau getötet.« Ich wunderte mich selbst darüber, wie sachlich ich klang.

Er sah mich an, als hätte ich den Verstand verloren und kurzzeitig fühlte ich mich auch so. Offensichtlich hatte er nicht die geringste Ahnung, wovon ich sprach.

Ich trat einen Schritt zurück und deutete auf seine Hand, in der er das Messer gehalten hatte. Seine Finger sowie sein Ärmel waren blutverschmiert. Der Mann starrte auf seinen Arm, schüttelte den Kopf.

»Was ist denn da drüben los?«, erklang es aus Richtung der Raucher auf der anderen Straßenseite. »Ist etwas passiert?«

»Was ... was ...«, stotterte der Mann, dann fiel sein Blick auf die Frau, die zu seinen Füßen lag. Sie war schon tot.

Selbst im schwachen Licht waren der tiefe Schnitt in ihrem Hals und die große, dunkle Blutlache deutlich zu erkennen. Die Wunde klaffte derart auf, er musste ihr mit einem kraftvollen Schnitt die Hauptschlagadern sowie die Luftröhre durchtrennt haben. Die Frau hatte keine Chance gehabt.

»Du meine Güte! Agatha!« Er warf sich auf die Knie, nahm ihr Gesicht zwischen die Hände und japste nach Luft.

Ich stand ziemlich belämmert neben der Szene und wusste schlichtweg nicht, was ich tun sollte. Dieser Mann war allem Anschein nach nicht er selbst gewesen, als er das Messer geführt hatte. Ich hatte es geahnt und es war wahr geworden, ob ich es nun akzeptierte oder nicht. Der Ripper konnte tatsächlich einen Mord durchführen, ohne ihn eigenhändig zu begehen. Denn er war dazu fähig, sich eines fremden Körpers zu bemächtigen.

Diese Erkenntnis traf mich wie ein Hammerschlag. Alles um mich herum wurde mit einem Mal unklar, neblig und dumpf. Ich bekam kaum mit, wie die Leute von gegenüber zu uns herantraten, wie sich Fassungslosigkeit ausbreitete, wie wild durcheinandergeredet und telefoniert wurde.

»Was haben Sie mit ihr gemacht? Was haben Sie mit ihr gemacht?«, hörte ich den Mann immer wieder wie durch Watte brüllen. Er sah mich vorwurfsvoll an, anklagend, als hätte ich das Messer geführt. Für ihn musste es wie in einem umgedrehten Albtraum sein – er war in einem aufgewacht.

»Ist alles in Ordnung mit dir?« Eine Frau nahm mich bei den Schultern und blickte mir in die Augen.

»Ja, alles prima«, murmelte ich, löste mich von ihr und lehnte mich gegen die Wand. Ich konnte nur noch an die Miene des Mannes denken, bevor er wieder zu sich gekommen war. Diese perfide Freude in seinen Zügen ... Es war das falsche Gesicht, aber ich hatte das Gefühl, den Ausdruck darin schon einmal gesehen zu haben.

Es dauerte nicht lange, da hörte ich die Sirenen mehrerer Polizeiautos. Einer der Raucher musste die Met gerufen haben. Seufzend schüttelte ich den Kopf. Sie würden den Mann verhaften und verurteilen – obwohl er unschuldig war. Und ich konnte nichts dagegen tun. Es gab zu viele Beweise, zu viele Zeugen. Hatte er das so geplant? Bereitete dieses Chaos ihm irgendeine Art von perverser Befriedigung?

Noch bevor die Polizeiwagen am Tatort eintrafen, wusste ich, dass Brian dabei sein würde. Ein Mord in Whitechapel musste ihn als leitenden Ermittler im Fall ›Jack the Ripper Reloaded‹ hellhörig machen. Und ich hatte recht. Nachdem einige Streifenpolizisten vor Ort angekommen waren, die aufgewühlten Leute in Schach gehalten, den Tatort abgesperrt und den Täter in Handschellen gelegt hatten, fuhr auch der Detective Chief Superintendent vor.

Inzwischen hatte es angefangen zu nieseln und die feinen Tropfen verfingen sich trotz des Schilds meiner

Schiebermütze in meinen Wimpern. Ich musste heftig blinzeln, um einen klaren Blick zu behalten. Denn sonst hätte ich meinen können, ich befände mich erneut im Jahr 1888.

»Ich war es nicht, das müssen Sie mir glauben«, rief der falsche Ripper unter Tränen, als er von zwei Beamten in einen Wagen bugsiert wurde. Er erinnerte mich dabei an ›Lederschürze‹, den Schuhmacher, den sie nach dem Mord an Annie Chapman fälschlicherweise verhaftet hatten.

Es wiederholte sich. Auf jeder Ebene ...

Brian schaute dem Häufchen Elend nach, bis sein Blick den meinen streifte. Er stutzte, dann kam er mit irritierter Miene auf mich zu.

»Was machst du hier?«

»Zufall«, antwortete ich. Etwas zu rasch, wie mir selbst auffiel.

Brians Miene verdüsterte sich. Er nahm mich beim Ellbogen und führte mich einige Meter von der Szenerie weg. »Du hast versprochen, dich rauszuhalten. Du wolltest nicht ermitteln.«

»Das tue ich ni...«

»Was machst du hier, Maxine?« Sein strenger Blick bohrte sich förmlich in meine Augen.

»Ich war auf einer Party.« Das Gegenteil sollte er mir erst einmal beweisen. Ich deutete auf die Schaulustigen, mit denen sich die Polizisten herumärgern mussten. Einige von ihnen schossen tatsächlich Fotos mit ihren Handys. Ich unterdrückte ein wütendes Schnauben. Es war nur eine Frage der Zeit, bis diese Bilder in irgendeinem Zeitungs- oder Fernsehbericht auftauchten.

»Du kommst mit auf die Wache und erklärst mir das«, befahl Brian und deutete auf den Wagen, mit dem er hergefahren war.

»Da gibt es nichts zu erklären. Ich stand da drüben und habe eine Zigarette geraucht, ich habe kaum etwas gesehen.«

»Sie war eine richtige Heldin«, sagte plötzlich jemand hinter uns.

Na wunderbar, es war der Kerl, der sich vorhin unbedingt mit mir hatte unterhalten wollen.

»Es war, als hätte sie gespürt, was da drüben abgeht«, erzählte er in einem Tonfall, der pure Bewunderung ausdrückte. »Auf einmal springt sie los, zieht den Kerl von der Frau weg und schlägt ihm das Messer aus der Hand. Das ging blitzschnell.«

Ich schloss für einen Moment die Augen und atmete durch. Er hatte es bestimmt nur gut gemeint, dennoch wünschte ich, er hätte den Mund gehalten.

Brian sah mich mit erhobenen Brauen an. »Steig in den Wagen, Partygirl.«

Ich nickte. Widerstand war ohnehin zwecklos.

***

Da mich die halbe Gesellschaft des jüdischen Begegnungshauses mehrmals über den Abend hinweg gesehen hatte, war Brian gezwungen, meine Aussage, ich hätte das Fest besucht, so hinzunehmen. Er glaubte mir nicht – warum auch, ich war nicht einmal Jüdin. Aber er konnte eben nicht beweisen, dass ich log. Dementsprechend wütend war er und sorgte dafür, dass ich zwei Stunden lang im Verhörraum schmorte, wo ich verschiedenen Leuten an die fünfhundert Mal erzählen musste, wie ich intuitiv losgelaufen war, weil ich etwas Silbernes im Licht der Straßenlaterne hatte aufblitzen sehen.

Dass ich jetzt Fans im jüdischen Begegnungshaus hatte, die bei ihren Aussagen nicht müde wurden, meine ›mutige Aktion‹ in den buntesten Farben auszumalen, stimmte Brian nicht unbedingt milder. Doch irgendwann hatte er wohl die Nase voll von mir und ließ mir von einem seiner Constables ausrichten, dass ich nach Hause gehen dürfte.

Und so stapfte ich um drei Uhr morgens durch die regennassen Straßen und verfluchte den Detective Chief Superintendent, weil er mich nicht mit Jonas' Wagen hatte fahren lassen. Jener stand noch in der Boyd Street.

Es war leichter, darüber nachzudenken und wegen meines nassen Mantels zu fluchen als über die Erkenntnis, dass der Ripper tatsächlich ein Phantom war. Wie konnte ich so jemanden jemals schnappen? Meine Chancen sanken mit einem Schlag gen null, es war aussichtslos, regelrecht sinnlos, es zu versuchen. Ich befand mich an einem verzweifelten Tiefpunkt und wusste schlichtweg nicht, wie ich da wieder herauskommen sollte. Ich dachte darüber nach, einfach aufzugeben. Ich dachte darüber nach, ob ich überhaupt eine andere Wahl hatte, als aufzugeben.

Auf dem Heimweg kaufte ich aus alter Gewohnheit eine Flasche Gin. Ich presste sie wie einen wertvollen Schatz an die Brust, bis ich an meinem Wohnhaus nahe der Angel Station ankam. Ich blickte nach oben, sah, dass in einem meiner Fenster Licht brannte und fühlte mich dem, was dort auf mich wartete, nicht gewachsen. Ich wollte mich am liebsten verkriechen, mit meiner Flasche unterm Bett verstecken und nie mehr hervorkommen. Allerdings stand mein Bett ebenfalls dort oben.

Tief durchatmend betrat ich das Haus, schlurfte die Treppe hinauf zu meiner Wohnung und öffnete vorsichtig die Tür. Ich war mir bewusst, dass der Feind alles, was ich jetzt sagen würde, mithörte.

Anders als erwartet kam Jonas nicht sofort auf mich zu und löcherte mich mit Millionen von Fragen. Er gab mir eine Schonfrist und ich ließ mir übertrieben viel Zeit, um den nassen Mantel, Mütze und Schuhe auszuziehen und alles ordentlich an ihre Plätze zu räumen. Dann nahm ich meine Flasche und ging ins Wohnzimmer.

Mein Assistent saß auf dem Schreibtischstuhl, eine Tasse Tee in den Händen und den grimmigen Blick auf mich gerichtet. Als er die Ginflasche sah, rollte er lediglich mit den Augen. Im Fernseher lief der Nachrichtenkanal, wo eine Reporterin, die aussah, als wäre sie eben erst aus dem Bett geschubst worden, vor der Polizeiabsperrung in der Henriques Street stand und von einer weiteren ermordeten Frau in Whitechapel berichtete.

Ich ließ mich auf der Armlehne der Couch nieder, damit ich Jonas gegenübersaß und stellte den Gin vorsichtig auf dem Tisch ab. Eine Weile lang sahen wir uns nur an. Er, weil er vermutlich stocksauer war, ich, weil ich versuchte, in seinen Augen zu erkennen, ob sich der Ripper gerade in seinem Kopf befand. Bis auf die Kränkung und den Zorn wirkte Jonas jedoch wie immer.

»Du bist raus aus dem Fall«, sagte ich schließlich und hob die Hand, um seinen empörten Widerspruch abzuwehren. »Bitte sag nichts, ich kann es dir ohnehin nicht erklären.« Ich überlegte, wie ich mich nun strategisch am besten verhielt. Dieser Mistkerl hörte alles mit, verdammt! Allein dafür, dass er mich zwang, meinen einzigen Freund und Verbündeten wie einen Verräter zu behandeln, wollte ich ihn am liebsten vierteilen.

Jonas stellte seine Teetasse auf dem Schreibtisch ab und verschränkte die Arme vor der Brust. »Und wie stellst du dir das vor? Ich habe Hausarrest. In deiner Wohnung. Schon vergessen?«

Ich seufzte. »Ich weiß, ich …« Ihn so behandeln zu müssen, brach mir fast das Herz. »Es tut mir …«

»Schenk dir das.« Er schnaubte. »Das war immer dein Problem, Max. Du kannst nicht vertrauen und nichts tut dir leid, weil dich nichts interessiert. Du bist ein kalter, gefühlloser Klotz und benutzt die Leute um dich herum lediglich. Und wenn du sie nicht mehr brauchst, wirfst du sie einfach weg.«

Seine Worte fühlten sich an wie Nadelstiche in meinem Herzen. »Den Eindruck hast du also.« Wie hatte ich es nur angestellt, ihm dieses Gefühl zu vermitteln? Der Alkohol, beantwortete ich mir meine Frage selbst. Ich hatte getrunken, damit mir alles gleichgültig wurde. Jetzt brauchte ich mich nicht zu wundern, warum ich genauso rübergekommen war.

»Du hast mir nie vertraut, mich nie an dich herangelassen. Herrgott, ich weiß ja nicht einmal, warum du in dieser Welt bist. Du hast jeglichen Versuch abgeblockt, eine zwischenmenschliche Beziehung aufzubauen.«

»Das ist nicht wa…«

»Sieben Jahre, Max. Wir haben sieben Jahre lang zusammengearbeitet und ich habe dich währenddessen mindestens einmal im Monat gebeten, dass du zu uns zum Essen kommst. Ich wollte dir etwas zurückgeben für das, was du für mich getan hast. Ich stehe in deiner Schuld.«

»Tust du nicht.« Ich schüttelte langsam den Kopf.

»Du hast mir ein Leben hier ermöglicht.« Jonas räusperte sich. »Aber du selbst vegetierst nur vor dich hin, wartest auf deinen Tod. Und nichts und niemand war dir jemals gut genug, um etwas daran zu ändern.« Er holte bebend Luft. »Du hast mir nicht einmal den Gefallen getan, Bridget kennenzulernen, hast sie nicht einmal gesehen. Dabei wusstest du, wie wichtig mir das war.«

Sollte ich ihm sagen, dass ich Bridget doch kennengelernt hatte? Dass sie vorbeigekommen war, als Jonas gerade eine Erledigung getätigt hatte – und dass sie mir unmissverständlich klargemacht hatte, dass ich in ihrem Haus nicht willkommen war? Diese Frau verabscheute mich und hielt mich von Anfang an für Jonas' Untergang. Vielleicht nicht ganz zu Unrecht.

»Es war mir nicht egal und es tut mir leid«, stellte ich klar. »Ich rede nicht über meine Vergangenheit, weil es mich fast umbringt, nichts daran ändern zu können, verstehst du?«

»Nein, das verstehe ich nicht. Du hast doch nur Angst, dass dir jemand nahekommen und sehen könnte, wie verkorkst du wirklich bist.«

»Wahrscheinlich hast du recht damit, wütend auf mich zu sein, aber dieses Mal habe ich einen guten Grund, warum ich nicht mit dir rede.« Ich blickte ihm eindringlich in die Augen und nickte. Einen Teil der Wahrheit musste ich ihm erzählen, allein schon, weil ich es nicht über mich brachte, ihn derart vor vollendete Tatsachen zu stellen. Das hatte er nicht verdient. Und der Ripper wusste ohnehin, was ich inzwischen herausgefunden hatte. »Er beobachtet uns. Durch dich.«

Jonas legte den Kopf schief und blinzelte mich irritiert an.

»Er besitzt die Fähigkeit, sich in die Köpfe der Leute einzunisten und ihre Körper zu steuern. Der Mann, den sie heute verhaftet haben, ist unschuldig. Er hat es getan, ja, aber nicht freiwillig. Ich habe mit eigenen Augen gesehen, wie der arme Hund ahnungslos in einem Albtraum erwacht ist.«

»Der Mensch war nicht Herr seiner Sinne.« Jonas` Stimme senkte sich zu einem heiseren Raunen. »Aber ... wie?«

Ich zuckte ratlos mit den Schultern und schwieg. Nicht, weil ich es ihm verheimlichen wollte, ich wusste es schlichtweg nicht. Nur eines hatte ich inzwischen verstanden: Der Ripper war kein Dämon, er war ein Gefallener.

Er hatte mich von Anfang an gekannt und er wusste, dass ich verheiratet war – niemand in dieser Welt wusste das. Wenn mir nur einfallen würde, wo ich diese hässliche Fratze schon einmal gesehen hatte ...

»Die verschiedenen Handschriften, Spuren, Zeugenaussagen ...« Jonas schüttelte fassungslos den Kopf und schluckte. Er war leichenblass, aber wenigstens schien er seine Wut auf mich kurzzeitig vergessen zu haben.

»Es sah so aus, als hätte die Morde jedes Mal ein anderer verübt, weil es genau so gewesen ist.«

»Richtig. Wir suchen nach einem Monster, das sich niemals zeigen muss, um zu morden.«

»Grundgütiger.« Er ließ sich in die Stuhllehne zurückfallen, schoss jedoch sogleich wieder vor. »Woher willst du wissen, dass er in meinen Kopf eindringt und nicht in deinen?«

Ich konnte mir ein Schmunzeln nicht verkneifen. »Hätte er schon einmal meine Gedanken gelesen, wäre er nicht derart überrascht gewesen, was ich von ihm halte. Er wäre niemals derart sauer geworden.«

Vielleicht konnte er nur in die Köpfe ›niederer‹ Wesen blicken – wie Menschen und einfache Dämonen – nicht aber in diejenigen, die ihm von physischer und psychischer Stärke gleichgestellt waren – wie Engel und Dämonenlords. Es könnte eine Erklärung dafür sein.

Jonas schob die Brauen zusammen und schüttelte den Kopf. Ich konnte ihm ansehen, dass er mir widersprechen, dass er nach einer anderen Erklärung suchen wollte.

»Glaub mir, es ist so, wie ich sage.« Ich ergriff seine Hand und drückte sie freundschaftlich. »Gern würde ich dir alles erklären, mich mit dir beraten, aber es geht nicht. Vertrau mir in der Sache.«

»Ich soll dir vertrauen, aha.« Er entzog mir seine Hand und blickte streng auf mich herab. »Dann nenn mir nur einen Grund, weshalb ich das tun sollte. Du hast mich nicht einmal in den gesamten Fall eingeweiht. Unter Mary Jane Kellys Namen steht ein dickes, fettes Fragezeichen.«

»Mary ist nicht rele...«

»Mary ist das relevanteste Opfer von allen.«

Ich wich zurück, so unvermittelt hatte er seine Stimme erhoben.

»Irgendetwas ist damals passiert, was den Ripper dazu gezwungen hat, aufzuhören, aber du weigerst dich, darüber nachzudenken. Und wieso?« Er deutete auf die Ginflasche auf dem Couchtisch. »Weil du ein selbstbezogenes Arschloch bist, das sich lieber volllaufen lässt, als ein paar schmerzliche Erinnerungen wieder hervorzuholen. Ist es das wert? Sollen noch mehr Frauen sterben, nur weil du zu schwach bist, um nüchtern zu bleiben?«

»Das ist nicht fair. Du hast keine Ahnung, was damals vorgefallen ist.«

Er erhob sich und warf frustriert die Arme in die Luft. »Woher denn auch? Aber du! Du hast eine Ahnung, was vorgefallen ist. Wieso kommst du also nicht endlich in die Puschen und befasst dich damit?«

»Weil es nichts ändert.« Ich erhob mich ebenfalls und deutete auf die Pinnwand. »Es ist aussichtslos, nach jemandem zu suchen, der die Menschen fernsteuern kann! Wir haben verloren, Jonas.« Erst nachdem ich es ausgesprochen hatte, erinnerte ich mich, dass ich das nicht hatte zugeben wollen. Seufzend massierte ich mir die Stirn. »Scheiße.«

»Wenn er wirklich mithört, weiß er sowieso schon, dass du aufgegeben hast.« Jonas schaute verächtlich an mir vorbei auf den Fußboden und wedelte mit der Hand in Richtung Couchtisch. »Na, los. Genehmige dir einen. Blas die letzte Hoffnung in den Wind und mach dem Ripper die Bahn frei.« Damit marschierte er ins Badezimmer und schlug die Tür hinter sich zu.

Ich schloss für einen Moment die Augen und atmete tief durch, dann setzte ich mich auf die Couch. Ich fühlte mich furchtbar. Wie hatte ich es geschafft, in einer einzigen Nacht Brian und Jonas gegen mich aufzubringen und gleichzeitig jegliche Hoffnung zu verlieren? Fehlte nur noch …

»… von der beherzten Aktion einer Frau«, sagte die Nachrichtensprecherin gerade, »die als Maxine Atwood identifiziert wurde. Die Privatdetektivin aus Islington hat geschafft, was die Polizei bisher nicht vermochte: Sie hat den Frauenmörder in Whitechapel auf frischer Tat ertappt und dingfest gemacht.«

Ich vergrub das Gesicht in den Händen, als ein verschwommenes Foto von mir, eindeutig ein Handyfoto eines meiner Fans der heutigen Nacht, am oberen rechten Bildschirmrand erschien.

Mit einem frustrierten Stöhnen trat ich die Flasche vom Tisch. Sie knallte gegen den Fernseherunterschrank und zerbrach mit einem lauten Scheppern.

***

Whitechapel 1888

»Darf ich mich setzen?«

Ich blicke über die Zeitung, in die ich vertieft war, in das hübsche Gesicht einer jungen Frau mit goldblonden Locken. Für einen winzigen Moment glaube ich, meine Catherine vor mir zu sehen und mein Herz vollführt einen Salto in meiner Brust. Dann erkenne ich, dass die Augen die falsche Farbe haben und die Lippen einen Hauch zu schmal sind. Dennoch habe ich das merkwürdige Gefühl, diese Frau zu kennen.

»Selbstverständlich.« Ich weise auf den Stuhl zu meiner Rechten. »Bitte, nehmen Sie Platz.«

Sie lächelt mich offen an, als sie sich neben mir niederlässt und mustert mich neugierig. In ihrer Miene erkenne ich Freundlichkeit und Eleganz ebenso wie Selbstvertrauen – eine Mischung, der man im East End äußerst selten begegnet. Vor allem in Zeiten wie diesen.

»Was treibt einen Gentleman wie Sie in einen Pub wie diesen?« Sie schaut sich schmunzelnd in der dunklen Kneipe um und beäugt einige rotnasige Trinker, die an der Theke sitzen und sich mit schweren Zungen unterhalten.

Ich bemerke den Schmutz und das Elend kaum noch, so sehr habe ich mich an diese Gegend gewöhnt. Inzwischen habe ich auch meinen Kleidungsstil dem der hiesigen Bevölkerung angepasst – wie kommt die junge Frau also darauf, sie könne es mit einem feinen Gentleman zu tun haben?

»Recherchen«, antworte ich knapp. Was ist es nur, das mir dieses Gefühl von Vertrautheit zwischen uns vermittelt?

Sie nickt ernst. »Das Monster von Whitechapel. Ich habe viel darüber gehört. Man könnte sagen, ich bin seinetwegen hier.«

Ich falte die Zeitung zusammen, lege sie auf den Tisch und bedenke die Frau mit einem fragenden Blick.

»Vielleicht könnte man sogar sagen, ich bin hier, um Ihnen zu helfen, Max.«

Nicht, dass sie meinen Namen kennt – der Unterton ist es, der mich stutzig macht. Sie klingt nicht mehr spielerisch und freundlich, sondern vielmehr ernst und entschlossen wie ein ... Soldat. Und da packt mich die Erkenntnis: Sie ist eine von unseren Leuten, eine Gefallene.

Schon seit mehreren Tagen fühle ich diese wohlvertraute Präsenz, habe mir allerdings nicht erlaubt, mir Hoffnungen zu machen. Nun, da sie vor mir sitzt, wirbeln mit einem Mal tausende von Fragen in meinem Kopf herum. Aber nur eine findet den Weg über meine Lippen: »Wie?«

Sie schüttelt den Kopf. »Nicht hier, nicht jetzt.«

Erneut setzt sie das zwanglose Lächeln auf und wirft ihr goldblondes Haar über die Schulter. Anscheinend will sie den Eindruck erwecken, eine Frau für gewisse Dienstleistungen zu sein – dazu sieht sie allerdings nicht unglücklich genug aus. Unauffällig greift sie in ihre Rockfalten und zieht ein Stück Papier hervor, dann legt sie ihre Hände auf meine, wobei sie mir den Zettel zuschiebt.

»Sie sind ja ein ganz spezieller, Mister Atwood«, raunt sie und zwinkert mir zu, in dem Moment, in dem ein neuer Gast den Pub betritt und an uns vorbeischlendert. »Treffen Sie mich dort zur angegebenen Zeit.« Sie wirft einen Blick auf meine Hand, in der ich den Zettel versteckt halte, ehe sie mich loslässt und sich erhebt.

Ich kann es nicht fassen. Diese Frau kommt aus meiner Heimat, sie kennt mich und mehr noch, will mich bei der Jagd auf Jack the Ripper unterstützen! Ob sie Nachrichten aus der Oberwelt für mich hat? Von König Edwin? Und vielleicht sogar von Cat und Charles?

Ich bin überwältigt, mein Herz rast und meine Handflächen werden feucht. Am liebsten hätte ich die Frau mit den goldenen Locken umarmt, so erleichtert bin ich, von zu Hause zu hören. Doch sie hat sicher recht damit, sich unauffällig zu verhalten, daher stecke ich lediglich den Zettel in die Jackentasche und nicke ihr zu.

»Nach wem soll ich fragen, wenn ich dort bin?«

»Mary.« Sie lächelt. »Mein Name ist Mary Jane Kelly.«

8. Die Seiten des Ruhms

Schweißgebadet wachte ich auf, keuchte, massierte mir die Stelle, unter der sich mein Herz schmerzhaft verkrampfte. Ich hatte Marys Gesicht nach all der Zeit noch immer glasklar vor Augen. Glücklicherweise blieb sie mir schön, jung und lebend in Erinnerung.

Jonas lag nicht ganz richtig mit seiner Einschätzung. Ich hatte die Erinnerung nicht nur deshalb verdrängt, weil der Gedanke an ihren Tod schmerzte, sondern vor allem, weil es sich wie ein Verrat an Mary und damit auch an Cat anfühlte, so lange nicht an sie gedacht zu haben. Ich hatte ihren Mord weder aufklären noch rächen können. Das war es, was mich letztlich am meisten zermürbte.

Ich griff nach meinem Handy auf dem Nachttisch und warf einen Blick aufs Display. Es war halb zehn und ich hatte anscheinend so tief geschlafen, dass ich zwei Anrufe von Brian und drei Nachrichten eines anonymen Senders verpasst hatte. Ich atmete tief durch, ehe ich die SMS' öffnete.

Hahahahahahahahahahahahahahahahahahahahaha-
hahahahahahahahahahaha-
hahahahahahahahahahahahahahahahahahahahahaha
hahahahahahahahahahahahahahahahahahahahaha-
hahahahahahahahahahahahahahahahahahahahaha

Ich knirschte mit den Zähnen, während ich mich durch sein virtuelles Lachen scrollte. Dass er seine Freude an Schmerz und Elend anderer hatte, war das Grausamste an ihm.

Herzlichen Glückwunsch! Du bist berühmt, liebste Maxine. Genieße den Rausch des Ruhms, solange er währt. Dies wird er ohnehin nur bis zu meiner nächsten Arbeit, nach der man hoffentlich meinen Namen endlich wieder öffentlich nennt. Presse und Polizei halten die Briefe, die ich ihnen schrieb, wohl für Scherze und jene deshalb geheim. Vermutlich muss ich deutlicher werden. Aber Du, sonne Dich ruhig in Deinem Ruhm, es sei Dir gegönnt. Hochachtungsvoll, Dein Jack (the Ripper)

P. S.: Du hast gute Arbeit geleistet vergangene Nacht. Ich bin zuversichtlich, dass wir alsbald in eine neue Runde gehen können.

P. P. S.: Das bedeutet nicht, dass ich Dir nicht mehr böse bin, Maxine.

Stirnrunzelnd las ich die Nachrichten ein zweites Mal. Trotz seines ausufernden Lachens klang er nicht mehr so amüsiert wie zu Beginn seines ›Spiels‹. Es schien ihn zu ärgern, dass ich es ins Fernsehen geschafft hatte und er nicht. Auf einmal kam er mir vor wie ein trotziger kleiner Junge. Auch wenn er versuchte, die Kränkung hinter Heiterkeit zu verstecken, konnte ich ihn vor meinem geistigen Auge schmollend mit dem Fuß aufstampfen sehen.

Außerdem nahm er mir immer noch mächtig übel, was ich über ihn gesagt hatte. Wieso? Was sah er bloß in mir?

Ich hatte das Gefühl, ihn kennen zu müssen, aber ich kam schlichtweg nicht darauf, wo ich diese diabolische Miene schon einmal gesehen hatte. Mich schauderte bei der Erinnerung daran, wie er sich mir letzte Nacht gezeigt hatte.

Ich richtete mich auf, setzte mich an den Bettrand und fuhr mit den Händen über mein Gesicht. Ich hatte in der vergangenen Nacht geschwankt, aber nicht aufgegeben. Und der Ripper wusste das, daher hatte er kein Wort über mein Gespräch mit Jonas verloren. Zumal er sicherlich nicht zugelassen hätte, dass ich einfach aufgab. Das Spiel war zu Ende, wenn er es sagte, nicht vorher. Und wie er es hasste, wenn etwas nicht nach seiner Nase lief, konnte ich nun auch wieder an seinen verschnupften Nachrichten sehen.

Wenn sie ihn nicht bald ins Licht der Öffentlichkeit stellten, würde er einen seiner Wutanfälle bekommen. Aber vielleicht war es genau das, zu was ich ihn reizen musste. Ich schien nur dann eine Chance zu haben, wenn er die Kontrolle verlor. So wie es bei Mary passiert war. Was auch immer damals geschehen war …

Seufzend erhob ich mich und schlüpfte in Jeans und Pullover, die ich auf dem Stuhl in der Ecke abgelegt hatte. Es blieb mir wohl nichts anderes übrig, als mich zu erinnern, aus der Defensive zu kriechen und in den Angriff überzugehen. Und ungefähr das gleiche Prinzip musste ich endlich bei Jonas anwenden, wenn ich ihn nicht als Freund verlieren wollte.

Nach einem Abstecher im Bad, um mich zu waschen und die Zähne zu putzen, ging ich ins Wohnzimmer, wo mein Assistent auf der Couch saß und den Nachrichtenkanal verfolgte. Ich war wenig überrascht, erneut mein Bild im Fernsehen zu sehen. Die Presse würde die Sache in den nächsten Tagen gehörig aufbauschen, mich als Heldin und die Polizei als unfähige Idioten hinstellen – darin waren sie immer schon besonders gut gewesen. Daher wartete ich lieber noch, bevor ich Brian zurückrief.

»Die müssen ziemlich verzweifelt sein, wenn ich das spannendste Thema des Tages bin«, witzelte ich, als ich zur Küchenzeile ging und mich an dem Kaffee bediente, den Jonas aufgebrüht hatte.

Da er nicht antwortete, stellte ich mich vor die Pinnwand, nippte an dem lauwarmen Getränk und schaute mir die neuen Notizen unter dem Namen Elizabeth Stride an, die in Jonas' Handschrift verfasst waren. Der Name des Opfers lautete Agatha Miller, sie war 42 Jahre alt, polizeibekannt wegen Trunkenheit und von Beruf Hausfrau.

Ich runzelte die Stirn. Gingen ihm die Prostituierten aus oder war es Absicht gewesen?

Der Täter war laut Jonas' Notizen der Ehemann Henry Miller und sein Motiv war Ehebruch. Mich schauderte. Hatte der Ripper in seiner Ankündigung des Mordes nicht etwas über die Treue der Frauen philosophiert? Vermutlich sah er auch in der Untreue eine Art von Hurerei.

»Die Polizei glaubt nicht, dass Miller der Mörder aller Frauen ist«, brach Jonas das Schweigen mit ernster

Stimme. »Sie denken, er habe die Gunst der Stunde genutzt, um dem wahren Täter den Mord an seiner Frau anzuhängen. Das sagt zumindest mein Kontaktmann bei der Met.«

Ich drehte mich um und musterte ihn skeptisch. Er saß nach wie vor mit verschränkten Armen auf der Couch und starrte in den Fernseher.

»Das heißt, die Polizei glaubt inzwischen doch an einen Serienkiller«, murmelte ich mehr zu mir selbst.

»Das war's.« Jonas hob ergebend die Arme, schaute mich jedoch immer noch nicht an. »Meine letzte Handlung in diesem Fall, ab jetzt bin ich raus.«

Seufzend setzte ich mich neben ihn und stellte meine Tasse auf dem Couchtisch ab. Ich wollte ihm sagen, dass es mir leidtat, aber das glaubte er mir vermutlich nicht. »Mir sind die Hände gebunden.«

»Ich weiß.« Endlich erwiderte er meinen Blick, allerdings sah er todunglücklich aus. »Das habe ich verstanden, ehrlich.« Tief durchatmend schüttelte er den Kopf. »Ich kann es einfach nicht fassen, dass ich die Ratte war, ohne es zu merken.«

»Gib dir nicht die Schuld, wir sind alle Opfer seines Wahnsinns.«

Er nickte, niedergeschlagen zwar und angewidert von der Tatsache an sich, doch er schien zu akzeptieren, dass er sich heraushalten musste. Dennoch spürte ich, wie etwas zwischen uns gebrochen war.

Ich stand auf, um meine Zigaretten und die Tüte mit Toffees zu holen. Als ich wieder auf der Couch saß, steckte ich mir eine der Süßigkeiten in den Mund und zündete mir eine Zigarette an – Prokrastination, ehe ich mit der unausweichlichen, schwierigen Aufgabe beginnen musste, Jonas' Vertrauen wiederzugewinnen. Das große Geheimnis war: Man erhielt es nur, wenn man es gleichermaßen schenkte. Das hatte ich immer gewusst, doch nie befolgt.

»Früher, in meinem anderen Leben, war ich Soldatin.« Ich zog den kratzigen Rauch der Zigarette an dem süßen Karamell vorbei und setzte mich wieder auf die Couch.

Jonas antwortete nicht, er saß ruhig neben mir und starrte nach vorn.

»Nicht irgendeine, ich war der General des königlichen Heers und des Königs militärische Beraterin.« Ich zögerte, überlegte kurz, was ich erzählen konnte, ohne dem Ripper zu viel zu verraten. Doch meine Lebensgeschichte dürfte er kennen, wenn er aus meiner Welt stammte, denn dort war ich beileibe keine Unbekannte gewesen. »Ich hätte am Hof leben können, aber ich zog die Natur vor. Ich war mit einem Fischer verheiratet. Charles. Wir lebten in einem Blockhaus an einem See, der so klar war, dass sich die Sonne in den Steinen am Grund spiegelte.«

Ich holte Luft, um den reißenden Schmerz in meiner Brust und den Kloß in meiner Kehle zu vertreiben. So lange hatte ich mir nicht gestattet, an zu Hause zu denken, dass mich die Erinnerung vor Sehnsucht beinahe zerriss. Und es wurde noch schlimmer, als ich an mein kleines Mädchen dachte.

»Wir hatten eine Tochter. Catherine. Sie ist ... Sie sah genauso aus, wie sich die Menschen einen Engel vorstellen – goldblonde Locken, glasklare blaugrüne Augen und eine Haut wie Porzellan. Ihr Lachen war eine so fröhliche Melodie, dass jeder, der sie hörte, darin einstimmen musste. Sie war das Schönste, Reinste und Beste, was ich im Leben hatte.«

Jonas schwieg, aber ich spürte seinen Blick auf mir.

»Cat war zwölf, als ich sie zum letzten Mal gesehen habe.« Ich schüttelte den Kopf, um die Bilder zu vertreiben, wie sie bitterlich geweint hatte, als ich von ihr fortgerissen wurde. »Ich habe dir das alles nie erzählt, weil es nach fast einhundertfünfzig Jahren noch schmerzt wie am ersten Tag. Ich wollte nicht darüber reden, weil ich es kaum ertrage, daran zu denken, nicht, weil ich dir nicht vertraue.«

»Ich verstehe.« Er tätschelte mir freundschaftlich den Schenkel. » Aber was ist passiert, Max? Wieso musstest du deine Heimat verlassen?«

»Da muss ich ein wenig ausholen.« Ich seufzte und überlegte, wo ich anfangen sollte. »Unser König war zeugungsunfähig, daher erwählte er einen Thronfolger. Und zwar den Sohn des Kanzlers, der gleichzeitig sein bester Freund und engster Berater war. Aaron Bell hieß der Bursche.« Ich schüttelte angewidert den Kopf, als ich mich an den Jungen erinnerte. »Ein merkwürdiges Kind, blass und kränklich, vor dem jedes Tier instinktiv davonrannte. Er war als König völlig ungeeignet und ich stand wohl nicht allein mit meiner Meinung, denn irgendjemand stieß dem Thronfolger ein Schwert ins Herz.« Ich erwiderte Jonas' Blick vorsichtig. »Wer immer es gewesen ist, wollte, dass ich dafür bestraft werde, denn er versteckte die Tatwaffe in meinem Haus. Eines Morgens kamen meine eigenen Soldaten, um mich abzuführen.«

»Vor deiner Familie?«, hakte er nach und schnaubte, als ich nickte.

Es war der wohl schrecklichste Moment meines Lebens gewesen, aber ich hatte nach wie vor Hoffnung, die Sache klären und bald zu Charles und Cat zurückkehren zu können. Auf Befehl meines Königs sperrten mich meine Soldaten tagelang ein und hungerten mich derart aus, dass ich kaum noch aufrecht stehen konnte. Ich erinnerte mich, wie ich von meiner Zelle aus die Fanfaren des Trauermarsches für Aaron gehört hatte und wie in diesem Moment jeglicher Rest Hoffnung in mir erstickt wurde. In den Augen des Volkes hatte ich die königliche Familie verraten und ihren künftigen König getötet.

»König Edwin glaubte mir, das konnte ich ihm ansehen. Aber er durfte mich nicht begnadigen, nicht, wenn seine Untertanen einstimmig nach meinem Kopf verlangten. Er milderte meine Strafe jedoch in Verbannung und versprach mir eine Begnadigung, wenn ich mich jener als würdig erweisen sollte. Ich bekam die Aufgabe, als eine Art Hüterin in der Menschenwelt zu fungieren und so meine Redlichkeit unter Beweis zu stellen. Was auch der Grund ist, weshalb ich mich als Detektivin ausgebe, seit ich 1870 hergekommen bin.«

Jonas blinzelte mich fragend an. »Ist es üblich, dass die Oberwelt ihre Leute herschickt, um die Menschen zu beschützen?«

»Nein. Es gibt einige Portale, über die Wach- und Beobachtungsposten zeitweise hier anreisen, um die Lage zu sondieren. Aber für gewöhnlich werden lediglich Verbrecher in die Menschenwelt verbannt.« Ich zuckte mit den Schultern. »Anders als ihr wollen wir nicht aus unserer Heimat fliehen. Für uns ist es eine Strafe, hier zu sein.«

Jonas stammte aus einer Welt, deren Struktur wohl am ehesten mit einer Militärdiktatur zu vergleichen war. Das Volk der Unterwelt wurde autoritär geführt, streng überwacht und für Nichtigkeiten hart bestraft. Unsere Welt war das genaue Gegenteil – sie war gerecht. Wenn man nicht gerade unschuldig verurteilt wurde. Nun ja, welches System war schon perfekt?

»Du kamst demnach mit der Aussicht hierher, nach einer gewissen Zeit zurück nach Hause zu dürfen«, fasste Jonas zusammen. »Wieso wurdest du nie begnadigt?«

Ich deutete auf die Pinnwand hinter uns. »Nach dem Mord an Catherine Eddowes bekam ich eine Nachricht aus der Heimat. König Edwin teilte mir mit, er sei sehr beeindruckt von meinem Einsatz in der Menschenwelt und er habe meine Begnadigung vorbereitet. Allerdings hatte er sie beim Rat nur durchgebracht, indem er sie an eine Bedingung knüpfte: die Vernichtung des Monsters von Whitechapel.«

»Scheiße«, murmelte Jonas.

»Tja, das Monster verschwand und ich hörte nie wieder vom König.« Ich zog an der Zigarette und blickte kopfschüttelnd zu Boden. »Ich habe versagt, habe meinen König, den Rat und meine Familie enttäuscht.«

»Weil du den Ripper nicht geschnappt hast?« Er blinzelte mich ungläubig an. »Keiner hat das geschafft. Ich meine, deshalb anzunehmen, du seist ...«

»Wieso hat sich seit hundertdreißig Jahren niemand mehr bei mir gemeldet, wenn nicht aus dem Grund, dass sie mich wegen meines Versagens aufgegeben haben?«

Darauf fiel ihm offenbar keine Antwort ein. Zähneknirschend wandte er sich ab.

Engel und Dämonen waren grundverschieden. Wir besaßen ein angeborenes Loyalitäts- und Ehrgefühl gegenüber unserer Heimat und unserem Herrscher. Ich verstand sogar, dass der König von mir enttäuscht war und sich abwandte. Immerhin hatte er in mir seine fähigste Soldatin gesehen und ich ließ mich in dieser Welt von einem kranken Irren vorführen.

»Wieso war ausgerechnet das die Bedingung?« Für Jonas mussten die Gepflogenheiten meiner Welt unverständlich sein.

»An irgendeine Bedingung musste er meine Begnadigung schließlich knüpfen, sonst hätte er sie niemals durchgebracht.«

»Und da du diese Bedingung nicht erfüllen konntest, hast du dich letztlich aufgegeben und dem Gin verschrieben.«

»So ungefähr.«

Jonas lachte humorlos auf und verschränkte die Arme vor der Brust. »Zu Unrecht verbannt, landest du ausgerechnet an dem Ort, wo der rätselhafteste Serienkiller aller Zeiten wütete ... Warst du immer ein Pechvogel?«

Es rührte mich, dass er nicht eine Sekunde lang daran dachte, ich könnte schuldig sein. Anscheinend kannte er mich doch besser, als ich geglaubt hatte.

Ob Catherine ebenfalls von meiner Unschuld überzeugt war? Dachte sie überhaupt an mich? Oder hatte sie ihre gescheiterte Mutter aus ihren Gedanken verbannt? Zu gern würde ich mit ihr und Charles sprechen, nur ein einziges Mal. Trotz der reißenden Angst, sie könnten mich vergessen haben.

Ich räusperte mich, drückte die Zigarette im Untersetzer einer benutzten Teetasse aus und steckte mir ein weiteres Toffee in den Mund, das ich fast unzerkaut hinunterschluckte. »Jetzt kennst du die Geschichte. Das war alles.«

Jonas nickte mit mitfühlender Miene. »Sie erklärt so einiges, Max. Hättest du mir diese Dinge nur früher erzählt, dann hätte ich dich nie ...« Er raufte sich die Haare. »Was ich dir im Laufe der Zeit alles an den Kopf geworfen habe!«

Ich tätschelte ihm freundschaftlich das Knie. »Du hattest nie unrecht. Ich war ein selbstsüchtiges Arschloch. Der Grund dafür ist irrelevant.« Damit erhob ich mich, ging zur Garderobe und zog mich an.

»Was hast du jetzt vor?«, hakte Jonas nach.

»Ich kaufe mir eines dieser verdammten Ripperologie-Bücher«, brummte ich. »Zwar glaube ich nicht, dass etwas Verwertbares drinsteht, aber ich kann jede Hilfe gebrauchen, die ich kriegen kann, nicht wahr? Vor allem jetzt, nachdem ich dich verloren habe.«

»Ich bleibe dir als moralische Stütze, Sandwichbeleger und Teekocher erhalten.« Seine Stimme wurde sanft. »Danke, dass du mir das alles erzählt hast.«

Ich schielte um die Ecke ins Wohnzimmer und nickte ihm zu, dann verließ ich die Wohnung. Was ich im Moment am dringendsten brauchte, waren Abstand und frische Luft.

»Sie sind doch diese ... diese Dings ... aus der Zeitung!«
Der ältere Herr war vor mir stehengeblieben und zielte
mit seinem Zeigefinger auf mich.

»Sie verwechseln mich, Sir. Passiert mir häufiger in
letzter Zeit.« Hastig schlüpfte ich an ihm vorbei und ignorierte seine Bitte, stehenzubleiben und das Gespräch
fortzusetzen.

Es war zum aus der Haut fahren. Nicht nur im Fernsehen zeigten sie ununterbrochen mein Gesicht, auch
die ersten Zeitungen hatten sich das Foto gesichert. Ich
wüsste zu gern, was der Hobbyfotograf für das Bild und
seine Story bekommen hatte. Ich fand, mindestens die
Hälfte müsste mir gehören – für all die Unannehmlich-
keiten, die mir nun bevorstanden.

Es war nicht das Lästigste, dass ich auf dem Weg zum
Waterstones Buchladen und zurück drei Mal auf meine
Heldentat angesprochen worden war, mich ärgerte die
Bekanntheit an sich. Ich war Detektivin, verdammt
nochmal, Unsichtbarkeit gehörte zu meinem Berufs-
bild. Vor allem wenn ich einen Typen jagte, der auf der
Suche nach meinem Namen oder meinem Gesicht lediglich von Kopf zu Kopf hüpfen musste. Dieser Mist
machte es dem Ripper noch leichter, mich zu beobachten. Wäre er nicht derart verärgert wegen meiner fünf
Minuten Ruhm, hätte man beinahe glauben können, er
hatte das so geplant.

Ich zog den Schild meiner Schiebermütze tiefer in die
Stirn und hastete, das Ripperologie-Buch fest unter den
Arm geklemmt, in Richtung Bahnstation. Wie hatte ich
nur denken können, es wäre eine gute Idee, das Auto

stehenzulassen und mich zu Fuß in den Strom der Leute am Piccadilly Circus einzureihen? Nun ja, wie hatte ich überhaupt denken können, es wäre eine gute Idee, rauszugehen, um ein Ripperologie-Buch zu kaufen?

Geschlagene dreißig Minuten hatte ich vor dem Ripper-Regal in der Buchhandlung gestanden und überlegt, welches wohl am meisten Fakten und am wenigsten Fiktion bot. Am Ende entschied ich mich für das Buch zweier deutscher Autoren, das mir einigermaßen nüchtern und wertfrei erschien. Obwohl es im Grunde gleichgültig war, denn keiner, der nicht dabei gewesen war, konnte mir etwas Neues über die Morde erzählen. Ich brauchte das Buch nicht, hatte es aber zu einem bestimmten Zweck gekauft: den Ripper zu täuschen.

Ich musste die Tatsache, dass er mich zu jeder Zeit beobachtete, für mich nutzen. Zunächst wollte ich ihm weismachen, kaum noch Erinnerungen an die Vergangenheit zu haben und völlig überfordert zu sein. Besonders glaubwürdig schauspielern musste ich dafür nicht, denn bisher war mein Plan unausgereift und mögliche Spuren dürftig. Allerdings wuchs die Vorahnung in mir heran, den Ripper von irgendwoher kennen zu müssen. Es war wie dieses Gefühl, das einen befiel, wenn man versuchte, sich an einen Namen oder einen Ausdruck zu erinnern – es lag einem auf der Zunge, man kam aber einfach nicht drauf … Ich wusste, irgendwann würde die Erkenntnis wie ein Blitz in mich einschlagen.

In der U-Bahn ergatterte ich einen Sitzplatz und da ich mich seltsam beobachtet fühlte, schlug ich das Buch auf und blätterte zu Marys Mordfall vor. Dabei fiel mir auf, dass Fotografien darin enthalten waren, aber zum Glück waren diese nur schwarz-weiß und derart verschwommen, dass man kaum etwas erkennen konnte.

»Den finalen Höhepunkt der Mordserie setzte Jack the Ripper in den frühen Morgenstunden des 9. Novembers 1888 mit Mary Jane Kelly, auch Marie Jeanette Kelly genannt«, las ich und schauderte. Ich fühlte geradezu, wie sich die verschiedenen Puzzleteile in mir zusammensetzten und plötzlich überschwemmte mich die Erinnerung wie eine Flutwelle.

***

Whitechapel 1888

»Komm schnell herein«, flüstert Mary und zieht mich am Ärmel in den Raum.

Sie lebt in einem Zimmer zu einem Hinterhof von 26 Dorset Street, Miller's Court Nr. 13, im Erdgeschoss. Der Raum misst nur etwa zehn Quadratmeter und ist mit einem einfachen Holzbett, einem Tisch mit Stühlen und einem Waschtisch spärlich eingerichtet. Wenigstens gibt es einen Kamin, über dem einige Bilder hängen, was dem tristen Raum zumindest ein wenig Wärme verleiht.

Durch die zwei Fenster sehe ich in den Hof, auf dem sich eine Wasserpumpe, eine Toilette und ein Mülleimer befinden. Es ist nicht gerade gemütlich, aber im Vergleich zu den Armenhäusern und Pennen fast schon luxuriös. Es erschreckt mich immer wieder, wie viele Menschen für den Platz auf einem Seil bezahlen, auf dem sie hängend schlafen, und das am Morgen schlicht abgeschnitten wird, um sie aufzuwecken.

An manchen Tagen sind Armut und Elend in diesem Viertel kaum zu ertragen. Und zuweilen erwische ich mich sogar bei dem Gedanken, der Ripper könne so viel Mitgefühl besitzen, dass er in einem verdrehten Anfall der Barmherzigkeit den Unglücklichsten unter ihnen weitere Qualen ersparen will. Wie man hört, waren sowohl Annie Chapman als auch Catherine Eddowes schwer krank gewesen und die anderen Frauen hatten nicht weniger unter ihren Lebensumständen gelitten. Doch im Grunde weiß ich, dass dies nur der verzweifelte Versuch meines Verstandes ist, das Monster zu verstehen und ihm einen Rest Menschlichkeit zu verleihen. Denn zu wissen, dass er all diese grauenhaften Morde aus Spaß am Spiel begeht, bricht mir das Herz.

Ich lasse mich von Mary zu einem Stuhl führen, setze mich und nehme den Hut sowie den falschen Schnurrbart ab. Vor ihr muss ich mein Schauspiel nicht aufrechterhalten. Sie weiß, wer ich bin, wo ich herkomme – ich bin nach wie vor sprachlos deswegen. So viele Fragen wirbeln durch meinen Kopf, doch keine einzige findet den Weg über meine Lippen.

»Darf ich dir Tee anbieten?« Mary deutet zur Tür. »Ich könnte welchen für uns holen.«

»Nein, danke.« Ich weise auf den Stuhl zu meiner Rechten. »Setz dich und erzähl. Es gibt sicherlich viel zu berichten aus der Heimat. Hat König Edwin dich geschickt? Geht es um meine Begnadigung? Und ist meine Familie wohlauf?«

Lächelnd legt sie mir eine Hand auf den Arm, da merke ich erst, dass ich mich vor Aufregung wieder erhoben habe. Ich räuspere mich und setze mich erneut auf den Stuhl.

Ihre blauen Augen mustern mich sanft, aber ernst. »Ich habe nicht die Zeit, um dir alles zu erklären, Maxine. Nur so viel für jetzt: Es war Catherine, die mich geschickt hat. Ihr und Charles geht es gut.«

Ihre Namen zu hören, treibt mir brennende Tränen in die Augen. Ich muss tief durchatmen, um Herr über meine Gefühle zu bleiben und nicht zu schluchzen. Erst, als ich mich etwas gefangen habe, begreife ich, was sie gesagt hat.

»Catherine hat dich geschickt? Wieso?«

»Sie ist meine Freundin. Und sie konnte bisher nicht selbst herkommen.«

Ich runzle die Stirn, doch bevor ich weitere Fragen stellen kann, greift Mary nach meinem Handgelenk, bedenkt mich mit durchdringendem Blick und fährt fort.

»Wir haben später noch Gelegenheit genug, um diese Dinge zu besprechen, aber zuerst müssen wir das Monster vernichten.« Die Dringlichkeit in ihrer Stimme stellt mir alle Nackenhaare auf. Irgendetwas verheimlicht sie mir. »Vermutlich ahnt er bereits, dass ich hier bin, daher dürfen wir uns nicht zusammen sehen lassen. Er soll nicht wissen, dass wir uns kennen und gemeinsame Sache machen.« Sie schielt aus dem Fenster, als im Hof etwas klappert, dann spricht sie mit Flüsterstimme weiter: »Es ist ein Wagnis, aber ich werde den Köder spielen. Du musst bereit sein, Maxine.«

»Bereit sein für was? Und wann?« Ich flüstere ebenfalls und schaue mich unbehaglich um. Ich habe das Gefühl, ein gewaltiger Brocken an Information fehlt mir. »Wenn du mich nicht einweihst, wie soll ich dann vorgehen?«

»Alles zu seiner Zeit. Ich bin dabei, mir einen bestimmten Ruf zu erarbeiten, sodass er auf mich aufmerksam wird. Bleib du nur unauffällig an mir dran.«

Mir kommt dieser Plan unausgereift und gefährlich vor, aber Mary scheint zu wissen, was sie tut. Ich entscheide mich dafür, ihr und ihrem Urteil zu vertrauen.

»Du bist Soldatin, habe ich recht?« Ich mustere sie von ihrem entschlossenen Blick bis zum vorgereckten Kiefer.

»Das bin ich. In deinem Regiment. John Strath hat es während deiner Abwesenheit übernommen.«

Ich nicke. »Guter Mann. Einer der besten unter meiner Führung. Und er hat dich allein auf diese Mission gehen lassen?«

Ihr Blick huscht erneut zum Fenster und zurück. »Ich werde dir Nachrichten zukommen lassen. Aber bitte unternimm nichts, bevor ich dir nicht ein Zeichen gebe. Wir müssen unbedingt den rechten Zeitpunkt abwarten. Er muss toben vor Zorn, wenn er im Begriff ist, das nächste Mal zu morden, sonst haben wir keine Chance, ihn zu erwischen.«

Ich werde aus ihrer Argumentation nicht schlau, vielleicht auch deswegen, weil ich mich so sehr darüber wundere, dass sie meine Frage ignoriert hat. Dennoch nicke ich. Was bleibt mir anderes übrig?

»Für den Fall, dass mir etwas zustößt«, sie geht zum Bett, kniet sich davor nieder und zieht einen kleinen Lederbeutel und ein Stück Papier darunter hervor. Sie presst beides an ihre Brust und blickt mir streng in die Augen. »Und nur für diesen Fall, verstehst du? Die Botschaft ist für dich bestimmt, aber ich übermittle sie dir nur unter der Bedingung, dass du sie ungesehen versteckst, bis entweder der Spuk vorbei ist oder ich getötet wurde.«

Ihre Worte bescheren mir eine eisige Gänsehaut. Sie scheint sich mit beiden Optionen bereits abgefunden zu haben. Da ich zu irritiert bin, um eine Antwort zu finden, greift sie nach meinem Arm und schüttelt mich.

»Schwöre es, Maxine. Ich verspreche dir, ich handle nur in bester Absicht für Cat.« Der Blick aus ihren blauen Augen wird so sanft beim Namen meiner Tochter, da begreife ich plötzlich, welche Art Freundin sie ihr ist. »Nimm die Botschaft entgegen, aber vergiss für den Moment, dass du sie bei dir trägst.«

»Ich schwöre es.« Trotz meiner Neugier werde ich Marys Rat befolgen, denn es ist deutlich, auf wessen Seite sie steht. Und wenn es gilt, Cat zu beschützen, stelle ich mich noch vor sie.

Ich nehme Beutel und Papier entgegen und stecke beides in meine Manteltasche.

»Du solltest jetzt gehen.« Sie fährt sich mit beiden Händen durch das goldblonde Haar, was sie zum ersten Mal aufgewühlt erscheinen lässt. Vermutlich hofft sie schlicht, mir die Botschaft nicht zu früh übermittelt zu haben. »Du warst schon zu lange hier.«

Ich nicke, setze meinen Bowler auf und schiebe einige lose Haarsträhnen darunter, ehe ich mir mit Marys

Hilfe den falschen Schnurrbart wieder anklebe. »Hast du denn keine Nachricht vom König?«

»Nein.« Sie schießt das Wort förmlich auf mich ab. »Versuche nicht, mit ihm in Kontakt zu treten.«

Alarmiert blinzle ich sie an. Da stimmt doch etwas nicht. »Was ist geschehen?«

»Alles zu seiner Zeit, Mister Atwood.« Sie zieht mich am Arm hoch und schiebt mich auf die Tür zu. »Konzentrieren wir uns auf unsere Mission – alles andere ist momentan zweitrangig.«

Bevor ich noch etwas sagen kann, öffnet sie die Tür und bugsiert mich nach draußen.

»Komm bald wieder, Schatz«, sagt sie etwas lauter als nötig und lacht rau auf.

Hervorragend – sie nimmt sich meinen Ruf gleich mit vor. Verlegen ziehe ich den Hut in die Stirn, nicke ihr zum Abschied zu und marschiere durch die Schwaden üblen Fäkaliengestanks, der über den Hof wabert. Niemand scheint hier zu sein, aber die Stelle ist von den Wohnungen auf allen Seiten gut einsehbar, weshalb ich annehme, dass ich sehr wohl beobachtet werde.

Schleunigst schlage ich den Weg zu meiner Unterkunft ein. Ich will die Botschaft sicher versteckt wissen und in Ruhe über das nachdenken, was Mary gesagt hat. Und viel mehr noch über das, was sie mir verschwiegen hat.

Wieso verheimlicht sie mir, was in unserer Welt vorgefallen ist? Woher weiß sie so genau von den Vorfällen in London? Und wieso hat ausgerechnet meine Cat sie geschickt?

Trotz all der offenen Fragen bin ich erleichtert, jemanden aus der Heimat an meiner Seite zu wissen. Vor allem jetzt, nachdem der Ripper mir die Zügel in die Hand gegeben hat. Es könnte eine Chance sein, ihn reinzulegen.

Ich habe es im Gefühl: Etwas Weittragendes wird bald geschehen. Ich hoffe nur, dass dieses Etwas gut für uns ausgeht.

***

Glücklicherweise rempelte mich jemand derart heftig an, dass mir das Buch vom Schoß fiel, sonst hätte ich meine Haltestelle verpasst. Ich stieg an der King's Cross St. Pancras aus und ging die restliche Meile zu Fuß, um meinen rauchenden Kopf in der kalten Herbstluft zu kühlen. Auf der Petonville Road waren immerhin wenige Passanten unterwegs, sodass mich nicht ständig jemand aufhalten würde, weil ihm meine Nase bekannt vorkam.

Jedes Mal, wenn ich Marys Gesicht in meiner Erinnerung sah, musste ich an Catherine denken. Und daran, dass sie meinetwegen eine Freundin, wenn nicht gar ihre Freundin, verloren hatte. Auch jetzt blutete mir das Herz deswegen. Doch ich versuchte, das schlechte Gewissen wegzuschieben und mich auf die Fakten zu konzentrieren. Denn irgendwo in dieser Erinnerung lag die Antwort verborgen.

Der Plan, den Ripper wütend zu machen, stammte ursprünglich von Mary, das war mir wieder eingefallen. Nur wenn er vor Zorn tobte, hatten wir eine Chance, ihn zu erwischen – das hatte sie gesagt. Und wenn ich daran dachte, wie er war, dämmerte mir auch allmählich, wieso.

Der gute Jack gab sich stets so viel Mühe, fröhlich und abgeklärt zu wirken, als hätte er alles unter Kontrolle. Aber ich war eine gute Beobachterin und Menschenkennerin – so unheimlich es war, ich konnte ihn inzwischen einschätzen. Sein wahrer Charakter hatte in jedem seiner Briefe durchgeschimmert und wenige Male hatte er ihn sogar deutlich gezeigt. Ich wusste auch schon, wie ich meinen Verdacht von ihm selbst bestätigt bekam.

Nun, Mister the Ripper, würde der Spieß umgedreht werden. Der Mistkerl ahnte nicht, dass er mir mit dem Wissen um seine Fähigkeit eine mächtige Waffe in die Hand gelegt hatte. Dazu war er schlicht zu arrogant.

Das Ripperologie-Buch fest unter den Arm geklemmt, steckte ich die Hände in die Manteltaschen und warf einen Blick zum wolkenbedeckten, grauen Himmel hinauf. Zwei weitere Dinge waren mir eingefallen, die ich lange Zeit verdrängt hatte. Da waren Marys ausweichende Antworten auf meine Fragen zur Oberwelt gewesen. Was war in meiner Heimat geschehen? Gab es vielleicht andere Gründe, warum sie mich hier unten vergessen hatten?

Und viel wichtiger: Wo zur Hölle hatte ich diese ominöse Botschaft versteckt? Ich hatte sie tatsächlich vergessen, so wie ich es versprochen hatte, nur etwas länger als abgemacht. Nach Marys Tod war ich derart von Schuldgefühlen zerfressen worden, dass ich an nichts anderes mehr hatte denken können. Dennoch war ich mir sicher, dass der Beutel und das Stück Papier noch irgendwo in meinem Besitz waren. Ich würde meine gesamte Wohnung auf den Kopf stellen müssen.

Seufzend bog ich schließlich in die Islington High Street ab, ignorierte den Zeitungsstand gegenüber meines Wohnhauses und betrat das Gebäude. Allerdings blieb ich ruckartig stehen, als ich eine wohlbekannte Stimme hörte.

»Mach schon auf, Atwood«, brüllte Bond durchs ganze Haus. Den hatte ich über die Aufregung völlig vergessen. »Ich hab den Schlüsseldienst dabei.«

»Scheiße«, murmelte ich. Das war einfach nicht meine Woche.

9. Über Kunst lässt sich streiten

»Wir kommen gleich rein und dann setze ich deinen knochigen Arsch höchstpersönlich vor die Tür!« Bond hämmerte gegen das Holz, sodass es im gesamten Treppenhaus widerhallte.

Ich machte bereits einen Schritt rückwärts, da hörte ich Jonas' Stimme.

»Verraten Sie mir mal, was das soll?«

»Wer sind Sie?«, blaffte Bond.

»Ich bin der Mieter dieses Appartements und Sie?«

Brummend verzog ich das Gesicht. Wollte er den Koloss wirklich mit einer solch lahmen Geschichte besänftigen? Mir blieb wohl nichts anderes übrig, als hochzugehen und mich dem Vermieter zu stellen. Das hätte ich längst tun sollen, aber der Alkohol hatte mich scheinbar in mehr als einer Hinsicht feige gemacht.

»Ich bin hier!« Ich stapfte nach oben und überlegte, wie lange ich meine Miete nun nicht bezahlt hatte. Das Honorar meiner letzten zahlenden Kundin, von der Jonas das Geld eingetrieben hatte, würde dafür jedenfalls nicht ausreichen.

Die drei Männer vor meiner Wohnungstür blickten mir erwartungsvoll entgegen, während Bond dazu säuerlich, Jonas verwirrt und der Mann vom Schlüsseldienst amüsiert aussah.

Beschwichtigend legte ich meine Handflächen aneinander und schaute meinen Vermieter so reumütig wie möglich an. Hier würde wohl nur noch die Mitleidstour helfen. »Ob Sie es glauben oder nicht, Mister Bond, ich war eben auf dem Weg zu Ihnen, um eine Anzahlung zu leisten.« Ich warf Jonas einen auffordernden Blick zu und stellte mich dicht neben ihn, in der Hoffnung, er würde den Wink verstehen und mir ein paar Scheine in die Tasche stecken. Er verzog sich zumindest nach drinnen.

»Ich habe dich gewarnt, Atwood!« Bond zielte mit einem seiner fleischigen Finger auf mich. »Du hattest genügend Zeit, um das Geld aufzutreiben. Inzwischen bist du drei Monate hintendran, da reicht keine Anzahlung mehr, kapierst du das? Ich will mein Geld oder du gehst. Sofort.«

»Es sieht gerade schlecht aus in der Kasse, aber ich bin dabei, mich wieder hochzurappeln.« Ich spürte, wie Jonas mir von hinten etwas in die Manteltasche steckte, und ich zog die Scheine mit einem triumphierenden Lächeln heraus und hielt sie meinem Vermieter unter die Nase. Allerdings bekam mein Lächeln einen Knick, als ich erkannte, dass es gerade mal einhundert Pfund waren.

Jonas zuckte entschuldigend mit den Schultern. Anscheinend war das alles, was noch da war.

Bond riss mir das Geld aus den Fingern und lachte wiehernd auf.

»Hören Sie, ich weiß, Sie haben jedes Recht dazu, mich rauszuwerfen, aber ich bitte Sie nur um einen kleinen Aufschub. Ich arbeite gerade an einem kniffligen Fall ...«

»Ach, du meinst, weil du neuerdings im Fernsehen bist, hast du den Prominenten-Bonus?« Er verneigte sich ironisch grinsend vor mir. »Tut mir leid, Eure Majestät, damit wird Euch die Miete selbstverständlich erlassen.«

Ich atmete tief durch, um ihm nicht einen Fausthieb zu verpassen. Dort draußen rannte ein wahnsinniger Irrer frei herum, den ich fangen sollte, aber stattdessen diskutierte ich mit diesem Fettwanst über ein paar lausige Kröten, die er auf seinem Bankkonto nicht einmal bemerkte. Das war das übliche Dilemma dieser Welt.

»Du packst sofort deine Sachen und verschwindest.« Er verschränkte die Arme vor der massigen Brust. »Ich warte hier.«

Ich blinzelte ihn ungläubig an und überlegte fieberhaft, wie ich aus der Sache herauskam. Wenn er mich jetzt rauswarf, wie sollte ich Cats Botschaft wiederfinden? »Geben Sie mir wenigstens Zeit bis morgen früh, dann kann ich ...«

Er unterbrach mich, indem er mich grob am Arm packte.

»Fassen Sie mich nicht an!« Schnaubend riss ich mich von ihm los und stieß ihn mit einer Hand von mir. Etwas zu fest, wie ich daraufhin bemerkte, denn er knallte mit Rücken und Hinterkopf gegen die Wand.

Wütend verdrehte er die Augen. Ich erkannte, dass er auf mich losgehen wollte, seine Hand schnellte bereits zu mir vor, da ließ ihn eine strenge Stimme innehalten.

»Was geht hier vor sich?«

Auch das noch! Brian stand in seiner achtungsgebietenden Polizeiuniform im Flur und schaute uns abwechselnd in die Gesichter.

Bond straffte seine ohnehin schon enorme Gestalt. »Diese Frau schuldet mir die Miete, Sir! 3.441 Pfund. Ich bin nur hier, um mein Geld einzufordern.«

Brian hob die Brauen und blickte von meinem Vermieter zu mir.

»3.341 Pfund«, berichtigte ich.

Seufzend trat er näher und reichte Bond eine Hand, die dieser verdutzt ergriff. Aber Brian schüttelte sie nicht, er zog den Vermieter daran ruckartig zu sich heran und blickte ihm streng in die Augen. »Detective Chief Superintendent Hutchinson. Geben Sie der Frau ausreichend Zeit zum Packen, dann habe ich die Handgreiflichkeiten eben nicht gesehen.«

»Gut.« Bond nickte. In Anwesenheit des Polizisten wirkte er plötzlich lammfromm. »Zwei Tage. Sind zwei Tage ausreichend?«

Ich seufzte. Diesen Mist hatte ich mir selbst eingebrockt und nicht einmal Brian konnte in diesem Fall etwas für mich tun, das wusste ich. Mir blieb nichts übrig, als meine Sachen zu packen, die Botschaft zu finden, Jonas sicher irgendwo unterzubringen und eine neue Unterkunft zu beziehen, die im besten Fall kostenlos war – und das alles innerhalb von zwei Tagen. Als klebte mir nicht schon genügend Scheiße am Schuh ...

»Wenn sich alle einig sind, hole ich wohl meinen Koffer vom Schrank.« Ich warf die Hände in die Luft, wobei ich erst bemerkte, dass ich noch immer das Ripperologie-Buch umklammerte.

Unglücklicherweise registrierte Brian es ebenfalls. Mit einem zunächst fragenden, dann missbilligenden Blick nahm er es mir ab. Allerdings kam er nicht dazu, irgendetwas zu sagen, da sich in diesem Moment eine weitere Person zu unserer kleinen Zusammenkunft in den Flur gesellte.

»Was ist heute nur los?«, murmelte ich. »Sollen wir die Presse auch noch herbitten?«

Der junge Mann, der gelassen auf uns zuschlenderte, trug eine dicke Fliegerjacke und eine Umhängetasche, auf der das Emblem eines Kurierdienstes aufgeklebt war. Unter seiner Baseballmütze lugten rote Haarspitzen hervor und aus seinem Gesicht stach ein wachsamer Blick. Eine Armlänge von mir entfernt blieb er stehen und streckte mir kaugummikauend einen Brief entgegen, den er in der Hand hielt.

»Einschreiben für Sie, Ma'am.« Er schaute kurz zu Brian, ehe er wieder mich ansah.

Irgendwoher kannte ich diesen Kerl, ich kam nur nicht darauf, woher. Ich musterte ihn von seinen grünen Augen über die schlanke Statur bis hin zu seinen ausgelatschten Turnschuhen. Ich schätzte ihn auf Ende zwanzig und seinem Dialekt nach zu urteilen war er hier in der Gegend aufgewachsen. Doch irgendetwas an seinem Anblick ließ mich frösteln. Vermutlich war es der Brief in seiner Hand, auf dessen rechter oberer Ecke das Wort ›Überraschung‹ stand.

»Was is jetzt?« Er hob die Mütze hoch, um sich am Kopf zu kratzen, dann schaute er mich mit erhobenen Brauen an. »Hab nich den ganzen Tag Zeit.«

»Wer hat Sie beauftragt, diesen Brief zu überbringen?«

»Weiß ich nich, Ma'am, ich mach nur meine Arbeit.«

Ich nahm ihm das Schreiben ab und drückte es Jonas in die Finger, der ein Gesicht machte, als hätte ich ihm eine Handvoll Regenwürmer überreicht. Dennoch kam er meiner stummen Aufforderung nach, es in der Wohnung abzulegen, während ich für den Erhalt unterschrieb.

»Werden solcherlei Briefe persönlich in Ihrer Geschäftsstelle abgegeben?« Als der Kurier verwundert die Lippen verzog, fügte ich mit einem Lächeln hinzu: »Ich bin nur neugierig.«

»Nee, nich immer. Wir haben 'nen Einwurf.« Er deutete mit dem Daumen über die Schulter. »Muss jetz echt weiter, Ma'am.«

»In Ordnung, haben Sie vielen Dank.«

Er tippte zum Abschied an den Schild seiner Mütze, was mir ziemlich altmodisch vorkam für einen so jungen Burschen, dann machte er auf dem Absatz kehrt und schlurfte davon. Ich schaute ihm nach, bis er um die Ecke gebogen war und ich bemerkte, dass die vier Männer mich fragend beäugten.

»Ich kenne diesen Kerl irgendwoher«, erklärte ich und zermarterte mir das Hirn danach, wer er sein könnte. Bei meinem Lebenswandel wäre es nicht verwunderlich, wenn er eine flüchtige Barbekanntschaft war. Mein verfluchtes Gedächtnis wollte nach wie vor nicht richtig funktionieren.

»Wenn dann alles geklärt ist ...« Brian ließ den Satz in der Luft hängen, die Anwesenden verstanden ihn dennoch.

Bond und der Mann vom Schlüsseldienst verabschiedeten sich knapp und ich wollte in meine Wohnung gehen und die Tür schließen, aber Brian klemmte seinen Fuß dazwischen. Alles andere hätte mich gewundert.

Ich deutete mit dem Kinn nach drinnen und gab Jonas damit zu verstehen, im Appartement alles wegzuräumen, was nicht für menschliche Augen bestimmt war, dann drängte ich Brian zurück auf den Flur und trat selbst ebenfalls hinaus.

Bevor er mich fragen konnte, was das sollte, begann ich zu reden. »Es tut mir leid, dass ich noch nicht zurückgerufen habe, aber ich habe derzeit eine Menge um die Ohren, wie du eben gesehen hast.« Ich deutete zur Erklärung auf das Treppenhaus, in dem Bond und der Mann vom Schlüsseldienst verschwunden waren. »Nun, da ist der Rückruf auf meiner To-do-Liste etwas nach hinten gerutscht. Ich hätte aber noch angerufen, gleich nach ...«

»Nach der Recherche zu Jack the Ripper?« Er hielt das Buch wie einen wichtigen Beweis vor meine Nase. »Was hat das zu bedeuten, Maxine? Ermittelst du in meinem Fall? Und wer ist überhaupt der Kerl in deiner Wohnung?«

Ich deutete mit dem Daumen über meine Schulter. »Das ist Jonas. Mein Assistent.«

Er legte den Kopf schief. »Du hast keinen Fall, aber einen Assistenten?« Resolut schob er mich zur Seite und ging an mir vorbei in meine Wohnung.

Ich wehrte mich nicht, den Kampf hatte ich ohnehin schon verloren. Seufzend folgte ich ihm ins Wohnzimmer, wo Jonas dabei war, die Pinnwand wegzuschleppen. Als er uns bemerkte, hielt er inne und riss die Augen auf.

Ich schaute mich kurz um. Wenigstens hatte er es geschafft, die alten Akten verschwinden zu lassen. Allerdings lag der neueste Brief noch auf meinem Schreibtisch und grinste mir von dort förmlich entgegen.

»Was soll das sein?« Brian marschierte zur Pinnwand und beäugte die Notizen und Fotos. »Seid ihr beiden wahnsinnig? Was treibt ihr hier nur?«

Ich wusste darauf keine rechte Antwort. »Hör zu, Brian, ich wollte nur …«

»Was? Inspector Abberline spielen?« Er wandte sich zu mir um und stemmte die Fäuste in die Hüfte. »Du hast mir dein Wort gegeben, dich nicht aktiv in den Fall einzubringen.«

Ich winkte betont unbekümmert ab. »Das sind nur ein paar Zettel. Ich sammle Informationen, nichts weiter. Ich dachte …« Mit treuseligen Rehaugen blickte ich zu dem stolzen Polizisten auf. »Wenn ich irgendetwas finde, das euch weiterhelfen könnte, den Mörder zu schnappen, dann …« Ich ließ den Satz absichtlich in der Luft hängen, um glaubwürdiger zu wirken.

Brian löste seine strenge Haltung und sein Blick wurde sanfter – ich hingegen stöhnte innerlich auf. Dieses hilflose, nach Anerkennung bettelnde Mädchen zu spielen, widerte mich an. Wie hatte ich das nur so lange ausgehalten?

Ich schaute kurz zu Jonas, der mich abfällig musterte. Ihm ging wohl gerade auf, wie ich bisher an meine Informationen gelangt war.

»Dein Engagement in allen Ehren, Süße, aber ich habe sehr fähige Leute in meiner Abteilung.« Er lächelte mich gönnerhaft an. »Mir wäre wohler, du überließest es uns, dieses Monster zu jagen.«

Dasselbe wollte ich ihm auch gern sagen, doch ich biss mir auf die Lippen und nickte. Dann wies ich mit einer Handbewegung durch den Raum. »Ich sollte anfangen zu packen und mir eine neue Bleibe suchen. Also ... ich melde mich bei dir, wenn sich das Chaos etwas gelegt hat.«

Es war sicher besser, mich in naher Zukunft von Brian fernzuhalten, um ihn vom Radar des Rippers zu entfernen. Ich hatte den Gedanken noch nicht ganz zu Ende formuliert, da legte mir Brian eine Hand auf den Arm und bedachte mich mit einem seltsam zärtlichen Blick.

»Du kannst fürs Erste bei mir unterkommen«, meinte er.

Ich unterdrückte ein vehementes Kopfschütteln. »Das ... nein. Es ist lieb von dir, mir das anzubieten, aber ...«

»Ich sehe doch, was du hier tust, Max.«

Das bezweifelte ich. Energisch. Dennoch forderte ich ihn mit fragender Miene dazu auf, fortzufahren.

»Du versuchst, dein Leben in den Griff zu bekommen«, nahm er an und lächelte dabei. »Du trinkst nicht mehr, du interessierst dich für mich und meine Arbeit, du nimmst wieder aktiv am Alltag teil. Das ist toll und ich möchte dich dabei unterstützen.«

Dazu fiel mir schlicht keine Erwiderung ein. Verdammt! Wie sagte man einem Menschen, dass er sich von einem fernhalten sollte, weil ein geisteskranker Gefallener mit Superkräften sonst auf ihn aufmerksam wurde?

»Das weiß ich sehr zu schätzen ...« Wenn ich jetzt ein Aber dahintersetzte, machte ich mich selbst zu einem unvorstellbar undankbaren Arschloch, daher ließ ich es sein. Mir würde schon noch eine Lösung für dieses Problem einfallen.

»Außerdem kann ich dich dann ein wenig im Auge behalten.« Er zwinkerte mir zu, ehe er Jonas einen skeptischen Blick zuwarf. »Und ich denke, Sie brauchen wir nun nicht mehr.«

»Was? Ich ...« Mein Assistent schaute hilfesuchend zu mir. »Max?«

»Ähm, doch. Jonas hilft mir beim Packen.« Ich tätschelte Brian freundschaftlich den Arm. »Ich habe noch zwei Tage. Die werde ich brauchen, um alles zu regeln.«

Er nickte und setzte zum Gehen an, da fiel ihm anscheinend ein, weswegen er überhaupt hergekommen war. »Die Presse wird ab jetzt vermutlich über dich herfallen – ich vertraue in dieser Sache auf deine Verschwiegenheit.«

Das Angebot, bei ihm zu wohnen, war demnach nicht vollkommen uneigennützig. Er dachte wohl, bei meinen Geldproblemen könnte ich einknicken und einem großzügigen Reporter Details über den Fall und vielleicht sogar meine Quelle verraten. Deshalb wollte er ein Auge auf mich haben.

»Verlass dich darauf.«

Zum Abschied hauchte er mir einen Kuss auf die Wange, dann verschwand er endlich aus der Wohnung. Mein Ripperologie-Buch befand sich zwar nach wie vor in seiner Hand, aber ich hielt ihn deswegen nicht auf. Es gab momentan bedeutend Wichtigeres als die Analysen zweier Hobbykommissare.

Ich verstand Brian in diesem Punkt vollkommen. Niemand wollte, dass sich Laien in seine Arbeit einmischten und die Ermittlungen gefährdeten. Doch wahrscheinlich war es nur noch eine Frage der Zeit, bis der Name Jack the Ripper in den Medien auftauchte und genau diese Art von selbsternannten Helden auf den Plan rief, wie Brian eben auch einen in mir gesehen hatte. Er glaubte, ich wollte in die Fußstapfen von Frederick Abberline oder Donald Swanson treten, dabei war er es, der dies zwangsläufig tat.

Er versteckte es unter dem üblich aufrechten Stolz, dennoch hatte ich die Erschöpfung in seiner Miene, die Verzweiflung in seinen Augen, gesehen. Die Polizei hatte anscheinend nichts zu den Morden vorzuweisen und alle Spuren verliefen im Sande. Trotz neuester Technik und den schlauen Erkenntnissen aus jahrzehntelanger Erfahrung war es ihnen nicht möglich, den Ripper zu fassen. Und sie wussten das. Es war Brian deutlich anzusehen gewesen. Verständlich, dass er in dieser Lage am allerwenigsten einem Presseskandal ausgesetzt werden wollte.

»Bitte sag mir, dass du eine Lösung für diese alberne Situation hast.« Jonas stand, die Hände in die Hüfte gestemmt, wie ein altes Waschweib vor mir. »Du weißt, ich kann hier nicht weg!«

»Ich werde mir etwas einfallen lassen.« Seufzend massierte ich mir die Stirn, hinter der es bedrohlich pochte. Wieso kam es mir so vor, als hätten sich gerade alle Welten gegen mich verschworen? »Aber zuerst müssen wir nach etwas suchen.« Ich ging zum Wohnzimmerschrank und machte eine Handbewegung, die das gesamte Appartement miteinschloss. »Irgendwo hier müsste ein kleiner Beutel sein, ein hellbrauner Lederbeutel, um genau zu sein. Wir müssen dieses Ding dringend finden.«

»Was ist mit dem Brief?«, Jonas deutete zum Schreibtisch hinüber.

»Ich weiß, was drinsteht.« Ich zuckte mit den Schultern, öffnete die Schranktür und begann den ganzen Kram auf den Boden zu werfen. »Haha, ich bin so großartig und ihr so unfähig, blablabla, das nächste Opfer kommt bald, blablabla, irgendetwas Fieses über die leichte Manipulierbarkeit der Menschen, blabla und Hochachtungsvoll, ein krankes Arschloch.« Ich öffnete eine alte, hölzerne Schatulle, in der sich zu meiner Überraschung Strickutensilien befanden. »P.S.: Ich bin so feige, dass ich mir auf der Couch gemütlich einen runterhole, während ich andere die Arbeit machen lasse und die Morde steuere wie in einem ...« Vor Schreck fiel mir die Schatulle aus der Hand. Das Geräusch des splitternden Holzes fuhr mir förmlich in die Eingeweide. »... Videospiel. Scheiße.«

»Was ist?« Jonas kam an meine Seite, legte seine Finger auf meinen Arm und musterte mich besorgt.

Anscheinend sah ich aus, wie ich mich fühlte: Als hätte ich einen Geist gesehen. Allerdings sollte der Ripper nichts von meiner plötzlichen Eingebung erfahren, daher tat ich so, als ärgerte ich mich über die zertrümmerte Schatulle und gab Jonas mit einer Handbewegung zu verstehen, dass er nicht auf die Bruchstücke treten durfte.

»Such du im Schlafzimmer«, sagte ich. »Schau auch nach, ob irgendwelche Bodendielen lose sind, wer weiß schon, wo ich meine Sachen im Suff verstecke.« Als er losmarschierte, hielt ich ihn noch einmal am Arm fest und blickte ihn durchdringend an. »Und öffne den Beutel nicht, wenn du ihn gefunden hast, verstanden?«

Er nickte, dann verließ er den Raum und schloss glücklicherweise die Tür hinter sich. Jonas kannte mich gut genug, um zu wissen, was eben geschehen war – ich konnte nur hoffen, dass es dem Ripper nicht aufgefallen war.

Ich ließ mich auf der Couch nieder, schloss die Augen und atmete tief durch. Es war schlicht unfassbar, welche Puzzleteile sich eben in meinem Kopf zusammengesetzt hatten. Gewaltsam drängte ich die Wut über mich selbst fort und versuchte stattdessen, die Gedanken ordentlich auszuformulieren.

Im Hintergrund brabbelte die leise Stimme einer Nachrichtensprecherin aus den Boxen des Fernsehers, der in meiner Wohnung neuerdings ununterbrochen lief. »Wie ein Sprecher des Metropolitan Police Service heute Vormittag bekanntgab, können die Morde nicht eindeutig nur einem Täter zugeordnet werden. Der neueste Mordfall wird damit als einzelne Tat behandelt und was die anderen betrifft, wird, wie die Met verlauten ließ, nach wie vor in verschiedene Richtungen ermittelt. Es scheint, meine Damen und Herren, als picke die Polizei wie ein blindes Huhn nach jedem Korn ...«

Ich griff nach der Fernbedienung und schaltete den Fernseher aus. Dann langte ich in die Tasche meines Trenchcoats, den ich immer noch trug und zog mein Handy heraus. Wieder einmal wählte ich Kalis Kontakt an und schickte ihr eine Nachricht.

Ich legte das Handy auf den Couchtisch, stützte die Ellbogen auf die Knie und vergrub das Gesicht in den Händen. Am liebsten hätte ich mich geohrfeigt, weil ich nicht darauf gekommen war. Nun lachte sich dieser dreiste Mistkerl wohl ins Fäustchen, weil er mir frech ins Gesicht grinsen und seinen Brief eigenhändig überreichen konnte, während ich wie eine ahnungslose Vollidiotin dagestanden hatte. Ich war das blinde Huhn gewesen.

Durch den Entzug und den Schock, das Monster zurück zu wissen, waren mir seine Fehler nicht aufgefallen. Dabei machte er Unmengen davon, so viele, dass es mir schon vorkam, als wären sie Absicht. Als wünschte er sich im tiefsten Inneren, jemand würde ihn endlich für seine Missetaten bestrafen.

Er musste gewusst haben, dass Kali ihn ausfindig gemacht hatte, aber er hatte mich an der Nase herumgeführt, indem er zeitgleich einen Mord geschehen ließ. Genau zu jener Zeit, als ich ihn beobachtete.

Ich erinnerte mich, wie ich mich in dem ordentlichen Wohnzimmer umgesehen hatte, wie der Mann mit dem Rücken zu mir auf der Couch gesessen hatte, die Füße überschlagen und eine Tüte Chips auf dem Schoß. Nun fiel mir auch wieder ein, dass das Videospiel pausiert hatte und dass ich von meinem Beobachtungsposten von der Straße aus kein flackerndes Licht wie von einem laufenden Fernseher sehen konnte. Es war die ganze Zeit über konstant geblieben. Wieso sollte jemand stundenlang auf das Standbild im Fernseher starren, wenn er nicht gedanklich mit etwas völlig anderem beschäftigt war?

Das war vermutlich auch der Grund, weshalb er mich nicht gleich bemerkt hatte. Er hatte mich in meinem damaligen Zustand schlicht unterschätzt und musste sich dann auf die Schnelle etwas einfallen lassen, um mich zu vertreiben. Da kam die andere Person ins Spiel. Er hatte nach einer Rita gerufen. Die aber nie gekommen war.

Ich erinnerte mich außerdem an sein Profil. Beim Rufen nach seiner nicht existenten Freundin hatte er leicht den Kopf gedreht, sodass ich – von seinem roten Haar abgesehen – den grünlichen Schimmer eines Auges und die Kieferform erkennen konnte. Dazu passte der Klischee-Ire, wie ihn die Angestellte des Whitechapel Post Office beschrieb.

Ich hatte also Details von ihm gesehen, seine Beschreibung an anderer Stelle gehört und ich wusste, wie sich seine seltsame, verwaschene Signatur anfühlte. Das hatte gereicht, um mir ein Gefühl des Wiedererkennens zu vermitteln, als Jack the Ripper schließlich mit der Umhängetasche eines Kurierdienstes vor mir stand. Wenn ich mich jetzt an das Glänzen in seinen Augen erinnerte, fuhr ein eiskalter Schauder über meinen Rücken.

Es wunderte mich kaum, dass er frech und arrogant genug war, um sich direkt vor die Nase seiner Jägerin zu stellen. Vermutlich war es für ihn eine besonders schöne Zugabe gewesen, dass auch ein Vertreter der Met, sogar der leitende Ermittler seines Falles, zugegen gewesen war. Wenn ich daran dachte, dass ich ihm gerade in meinem Flur gegenübergestanden hatte, dass ich nur ausholen und ihn k. o. hätte schlagen müssen, um den Horror zu beenden, hämmerte mein Herz schmerzhaft gegen meine Rippen und das Blut kochte in meinen Venen.

Wie konnte mir nicht auffallen, dass er nicht einmal nach meinem Namen gefragt hatte? Er hielt mir schlicht diesen Brief unter die Nase, weil er ganz genau wusste, wer ich war. Außerdem hatte er sich nicht verhalten wie ein normaler, unbescholtener Mensch, der auf einen hochrangigen Polizisten traf. Selbst Bond war nervös geworden und hatte Brian respektvoll behandelt. Dem Kurier waren die Männer allesamt gleichgültig gewesen, er hatte seine Aufmerksamkeit ausschließlich auf mich gerichtet. Und dann dieses Tippen gegen seine Mütze zum Abschied – wenn das kein Hinweis auf die Zeiten gewesen war, in denen die Gentlemen noch Zylinder oder Melonen getragen hatten.

Mir waren all diese Kleinigkeiten entgangen, weil ich zu viel im Kopf und zu viel Chaos um mich herum gehabt hatte. Aber ich würde wetten, der gute Jack hatte sich derart verhalten, damit mir früher oder später die Erkenntnis kam. Er wollte spielen, und er wollte mich ärgern – das war der Saucy Jacky in ihm. Der beherrschte, gut gelaunte und hervorragend organisierte Mörder. Genau der, mit dem ich nicht weiterspielen wollte. Es wurde Zeit, Angry Jack zur Partie zu bitten. Wenn sich mein Verdacht als richtig erwies, hatte ich nur dann eine Chance, wenn der Ripper die Kontrolle über sich verlor. Aber diesen Verdacht musste ich zuerst bestätigt wissen.

Mir wurde etwas flau im Magen, als ich mich erhob und zum Schreibtisch hinüberging, um das Schreiben zu öffnen. Ich nahm nicht den schwertförmigen Brieföffner, ich riss den Umschlag einfach auf und zog das Papier heraus.

Meine liebe Spielkameradin,
ich applaudiere Dir von meinem Ehrenplatz in der Loge aus. Obwohl ich es Dir einigermaßen leicht gemacht habe mit meinen Hinweisen und dem schwerfälligen Gentleman, den ich für die schlechteste meiner Arbeiten auserwählt habe.

Ich rollte mit den Augen. Der Brief war exakt aufgebaut wie die anderen auch und las sich genauso, wie ich zu Jonas gesagt hatte. Kannte man einen, kannte man alle. Viel Blablabla eines kranken Arschlochs.

Wobei ich ihn nicht unbedingt als Gentleman bezeichnen würde, was Du verstündest, würfest Du einen Blick in seinen Kopf. Die Menschen, liebste Maxine, sind derart verderbt, dass es mich wundert, wie sie bereits über so lange Zeit koexistieren. Du glaubst vielleicht, ich hätte sie vollständig in meiner Gewalt, doch täusche Dich nicht. Meist gebe ich ihnen lediglich einen kleinen Schubs und sie tun das, was längst in ihrem Inneren schwelte. Es braucht nicht viel Überzeugungskraft, um einen Menschen dazu zu bringen, einen anderen seiner Gattung umzubringen. Sie sind Tiere, Maxine. Maden im Vergleich zu uns.

Ein eiskalter Schauder rann über meinen Rücken. Er
hatte uns tatsächlich zu den perfekten Wesen erhoben,
die die Menschen in unserer Welt vermuteten. Das bestätigte einmal mehr die forensische Theorie, dass Serienmörder, die sich selbst Namen gaben und Nachrichten an diejenigen schrieben, die sie jagten, schlicht grö-
ßenwahnsinnig waren.

Ich runzelte die Stirn, las die beiden Absätze ein zweites Mal und versuchte, jene Worte dem jungen Kurier
in den Mund zu legen. Es wollte mir nicht recht gelin-
gen. Irgendetwas passte hier nach wie vor nicht zusammen.

Ich dachte an unsere Begegnung im Flur und sog jedes noch so winzige Detail aus meiner Erinnerung auf.
Der Kerl mit der durchscheinenden Haut und den roten Haaren hatte ausgesehen und sogar so geklungen
wie ein ganz normaler Londoner – und was noch wichtiger war: Er hatte sich weitgehend menschlich ange-
fühlt. Zuerst vermutete ich, dass alles Dämonische im
Flur Jonas' Richtung entsprang, wenn ich jetzt jedoch
zurückdachte, hatte auch er etwas davon an sich gehabt. Und auch eine leicht oberweltliche Signatur
spürte ich nachträglich erst, sehr dezent und gut versteckt.

Wie war das möglich? Hatte er den Körper des Ku-
riers ebenfalls bloß in Besitz genommen? Nein, dann
wäre keine der anderen Signaturen spürbar gewesen.

Vielleicht verschleierte er seine wahre Ausstrahlung mit einem dämonischen Zauber, das würde die Unstimmigkeiten am ehesten erklären. Und vielleicht hatte er auf diese Weise auch sein Äußeres verändert, denn er kam mir zwar bekannt vor, doch ich war sicher, dieses Gesicht in der Oberwelt noch nie gesehen zu haben. Dabei vermutete ich stark, dass er mich nicht nur als General der königlichen Armee kannte, sondern wir uns mindestens einmal persönlich begegnet waren. Er hätte mich sonst nicht derart gezielt für seine Spielchen ausgesucht.

Wenn er in die Köpfe der Leute eindringen konnte, musste er ohnehin einen mächtigen Dämonenlord an seiner Seite haben, der ihm diese Fähigkeit ermöglichte. Das war zumindest die einzige Lösung, die mir einfiel, aber sie war unlogisch, denn der Ripper vollbrachte sein ›Werk‹ definitiv allein. Es passte nicht zu ihm, Ruhm und Anerkennung zu teilen. Jedoch passte all das auch nicht zu dem Milchbubengesicht, mit dem er mich vorhin angesehen hatte.

Nach wie vor lagen einige Schleier um seine Identität, doch ich kam ihm allmählich näher. Ich hoffte nur, Kali fand ihn wieder.

Ich las die beiden Absätze noch einmal, ehe ich mit dem Rest des Briefes fortfuhr.

Ich bin froh, dass wir inzwischen diesen wichtigen Punkt unseres Spiels erreicht haben. Zum einen, weil ich nicht mehr so tun muss, als sei ich eine dieser Maden, zum anderen, weil ich mich auf meine nächste Arbeit besonders freue. Annie Chapman, mein drittes Werk, war ein Meisterstück. Kannst Du Dich noch ebenso gut an sie erinnern wie ich,

liebste Maxine? Ich hatte zwei Werkzeuge dabei, ein Messer und eine Säge, die nicht mehr die neueste war, wie ich zugeben muss. Daher schaffte ich es auch nicht, den ganzen Hals zu durchtrennen, so sehr ich es versucht habe. Ich hätte ihren Kopf so gern auf die Stufen gestellt, damit die Hure das gesamte Werk an sich und die komödiantische Vorstellung der Polizei mitansehen kann.
Ich scheiterte leider an der Wirbelsäule, doch das machte mich nicht zornig, nein, nur etwas traurig. Dafür konzentrierte ich mich mehr auf den Bauchraum, aus dem ich den Dünndarm herauszog und in einem künstlerischen Bogen über der rechten Schulter drapierte. Den entfernten Bauchlappen legte ich über die linke. Das entstandene Bild gefiel mir so gut, dass ich beschloss, diese Form der Kunst beizubehalten und die Innereien stärker in Szene zu setzen.

Ich schüttelte mich und schluckte mehrmals, um die Übelkeit zu vertreiben. Über Kunst ließ sich tatsächlich streiten.

Dies wird meine nächste Arbeit sein und ich kann es kaum erwarten. Doch wir müssen uns beide noch etwas gedulden, liebste Maxine, denn mir kam eine hervorragende Idee zu einer kleinen Regeländerung, die es für uns beide spannender machen wird, die ich jedoch detaillierter ausarbeiten muss, ehe wir beginnen. Du weißt, es war nie meine Intention, die Regeln zu ändern, aber Du ließest mir keine andere Wahl.
Denn Respektlosigkeit muss bestraft werden.
Gib mir ein paar Tage, um alles durchzudenken, ich verspreche, das ist es wert. Zu gegebener Zeit werde ich mich wieder bei dir melden.

Der kalte Schweiß trat auf meine Stirn. Was mir bei den Worten Regeländerung und Ehebruch einfiel, gefiel mir nicht, ganz und gar nicht. Ebenso wenig wie seine Wortwahl. Wenn er Fäkalsprache benutzte, plante er für gewöhnlich einen besonders fiesen Zug.

Sofort dachte ich an Brian und dass der Ripper es auf ihn abgesehen hatte, um mich zu bestrafen. Allerdings hatte es auch etwas Gutes, wenn ich das Monster wütend machte und im Voraus wusste, wer das Ziel war. Im Grunde war es genau das, was ich geplant hatte, nur hatte ich eben keinen menschlichen, unwissenden Köder gewollt. Wenn mein Plan nicht aufging, wenn irgendetwas verkehrt lief, dann ging der nächste Mord auf mein Konto. Wie damals bei Mary.

Doch ich hatte keine andere Wahl. Cats Freundin hatte das 1888 schon erkannt und ihr Leben gelassen, weil ich nicht bereit gewesen, weil ich zu spät gekommen war. Dieses Mal musste ich einfach schneller sein, cleverer vorgehen. Und das schaffte ich am besten, wenn ich ihn kalt erwischte – jetzt, da er einen Umbruch anstrebte und seine heißgeliebten Regeln änderte. Dass ich ihn dabei störte, würde seinen Zorn vermutlich noch weiter anheizen.

Ich atmete tief durch, ehe ich zum Schlafzimmer marschierte und die Tür aufriss. Jonas hörte auf, auf die Bodendielen zu klopfen, und blinzelte mich überrascht an, als ich ihm den neuen Brief in die Finger drückte und ihm bedeutete, das Geschriebene zu lesen. An seinem Gesichtsausdruck konnte ich genau erkennen, an welcher Stelle er gerade war.

»Weißt du, was mir nicht passt?« Mit verschränkten Armen lehnte ich mich an den Türrahmen. »Wie kommt er darauf, die Morde als seine Arbeit zu bezeichnen?«

Jonas hob die Brauen, schwieg aber.

»Ich habe eine Frage.« Ich zielte mit einem Finger auf sein Gesicht, blickte jedoch in diesem Moment nicht meinen Assistenten an, sondern das Monster in dessen Kopf. »Und wenn ich du wäre, Jack, würde ich jetzt auf den richtigen Kanal schalten und gut zuhören, denn ich schätze, du willst mir diese Frage nur zu gern beantworten.«

Jonas zog eine unwillige Grimasse. »Ist es nicht schlimm genug, ein Mietmaul zu sein, musst du mich auch noch als solches benutzen?«

»Tut mir leid, Jonas, aber ich habe herausgefunden, dass wir einem Betrüger auf den Leim gegangen sind.« Ich zuckte mit den Schultern und seufzte gespielt enttäuscht. »Ich dachte, ich jage einen Mann, der die grauenhaftesten Morde begeht, die die Menschenwelt je gesehen hat, dabei ...«, ich lachte auf, obwohl mir beileibe nicht danach war, »... dabei ist er nur ein gewöhnlicher Puppenspieler. Er könnte genauso gut mit einer ›Punch and Judy‹-Bude durchs Land ziehen und die Kinder mit seinen Aufführungen unterhalten.«

Ich lachte so echt wie möglich und war erstaunt, dass Jonas' Mundwinkel amüsiert zuckten.

»Du hast recht«, sagte er. »Im Grunde ist er nur ein Gamer.«

»Da redet er von seinen Meisterwerken und wie ach so toll diese oder jene Arbeit geworden ist, aber er hat nie selbst einen Finger gerührt. Was glaubst du, woran das liegt?«

Jonas schob die Brille auf seiner Nase zurecht und verzog grübelnd die Lippen. Anscheinend begriff er, was ich vorhatte. »Ist er vielleicht zu schwach?«

»Kann sein.« Ich nickte langsam. »Entweder er schafft es körperlich oder psychisch nicht, die Morde selbst zu begehen. Jedenfalls ist er ein Lügner und Betrüger, wenn er das, was andere schaffen, als seine Kunst bezeichnet. Wie nennt man das noch in der Szene? Ein Plagiat?« Ich stieß mich vom Türrahmen ab, stellte mich vor Jonas auf und blickte ihm felsenfest in die Augen. »Ich bin bisher davon ausgegangen, Jack the Ripper sei mein Gegenspieler, doch er ist in Wahrheit ein Nichts. Dieser Feigling hat mich reingelegt. Das nennt man dann wohl Vorspiegelung falscher Tatsachen. Unter diesen Umständen ist es mein gutes Recht, auszusteigen, findest du nicht?«

Jonas riss die Augen auf. »Nun ja, ich denke schon. Das war eine grobe Verletzung allgemeiner zwischenmenschlicher Regeln und eine Sache des Respekts, würde ich sagen.«

»Respekt.« Ich nickte bedeutungsvoll. »Genau genommen fehlt er mir, seit wir dieses Spiel begonnen haben. Und dennoch willst du einfordern, was du niemals gibst, Jack.« Ich ignorierte Jonas' tadelnden Gesichtsausdruck, straffte die Schultern, verschränkte die Arme vor der Brust und hob herausfordernd das Kinn. »Ab jetzt spielen nur noch wir beide, hast du verstanden, Ripper? Du gegen mich. Sonst bist du deine Gegenspielerin los.«

Ich hielt den Blick felsenfest auf Jonas' Augen gerichtet, obwohl mein Herz wie wild klopfte, weil ich glaubte, in den eichenholzfarbenen Tiefen ein bösartiges Funkeln zu erkennen. Noch nie zuvor hatte ich Forderungen gestellt. Ich hatte getan, was er wollte, war seinem Plan hinterhergerannt, hatte seine Regeln befolgt, weil ich ihn besänftigen, den Psychopathen ja nicht aufregen wollte – doch wie es aussah, war das völlig verkehrt gewesen. Denn so hatte er es geschafft, mir die ganze Zeit über auf der Nase herumzutanzen.

Jonas blinzelte. »Hat er das gehört?«

Gute Frage. Mit einem Mal kam ich mir etwas albern vor, wie ich so vor meinem Assistenten stand und auf eine Antwort wartete, die jener mir nicht geben konnte. Ich zuckte mit den Schultern.

»Noch keine Spur von dem Beutel?«, wechselte ich das Thema.

»Bisher nicht.«

»Es könnte sein, dass ich eine andere Lösung gefunden habe.« Zumindest, wenn er mich soeben gehört hatte, wenn er wütend genug geworden war, wenn er den Köder schluckte, den er eigentlich mir hingeworfen hatte und wenn er zur Abwechslung einmal meinem Plan hinterherrannte. Das waren bedeutend zu viele Wenns für meinen Geschmack. »Es könnte aber auch sein, dass mir diese Lösung um die Ohren fliegt, daher brauche ich unbedingt diesen Beutel, zur Absicherung.« *Obwohl sich alles in mir dagegen sträubt, dessen Inhalt zu benutzen,* fügte ich in Gedanken hinzu. Ich wusste nicht genau, was drin war, hatte aber eine ungefähre Ahnung. »Du musst ihn finden, Jonas.«

»Und was machst du?«

Ich legte den Kopf schief und blickte ihn entschuldigend an. Das konnte ich dem Mietmaul des Rippers, wie er sich selbst so schön bezeichnet hatte, nun wirklich nicht sagen.

Seufzend nickte er, dann machte er sich wieder an den Bodendielen zu schaffen.

Ich zog derweil eine Reisetasche aus dem Schrank und begann, Kleidung und Hygieneartikel für ein paar Tage zusammenzupacken. Am besten nahm ich Brians Angebot früher an und wich ihm in nächster Zeit nicht von der Seite.

Als ich meine Zahnbürste in die Tasche warf, kündigte mein Handy eine neue Nachricht an. Es war mein üblicher Klingelton, doch mit einem Mal wirkte er drängender und unheilvoller als sonst. Meine Vorahnungen schienen wieder einwandfrei zu funktionieren, denn selbstverständlich war es eine Botschaft des Rippers.

Vielleicht wird es Zeit, dass ich Dir etwas erzähle, Maxine. Es geht um Deine Freundin Mary und darum, was passiert, wenn du mich verärgerst. Von wegen ein Nchts! Ich beherrsche ds Lebn!

Kein Gruß, keine Einleitung. Ich konnte sein bösartiges Raunen förmlich zwischen den Zeilen heraushören. Außerdem vertippte er sich in seinem Zorn wieder.

Ich habe das Goldlöckchen höchstpersönlich aufgeschlitzt – keine Beeinflussung, keine halbherzige Amateurarbeit, nein, ich habe es mit meinen eigenen Händen getan und diese Hure dabei eine Furcht gelehrt, die ihresgleichen sucht. Es war herrlich.
Kannst Du Dich an ihre Augen erinnern? Sie waren blau wie der Himmel über einer Karibikinsel und stolz wie die einer Kämpferin vor der Schlacht, nicht wahr? Von ihrem Glanz und ihrem Stolz war nichts mehr übrig, als diese Augen sahen, was ich bin. Voller Panik starrten sie mich an, flehentlich, bettelten um ein Erbarmen, von dem sie wussten, es existiert nicht in mir.
Hast Du schon einmal den Schrei einer Frau gehört, die bei lebendigem Leib aufgeschlitzt wird? Es klingt entmenscht, rau und grell zugleich. Deine hübsche Freundin Mary klang wie eine quiekende Sau, als sie starb. Wie ene quiekend Sau!
Ich erinnere mich an jeden einzelnen Schnitt, das Gefühl, als das Messer ihr weißes Fleisch zerteilte, den süßen Duft des Todes, als das Blut aus ihrem Körper strömte und die weißen Laken durchtränkte. Im flackernden Licht des Feuers war es umwerfend schön, Maxine.
Ich ließ mir Zeit, tauchte die Hände tief in ihren Körper, ließ die Gedärme durch meine Finger gleiten, ehe ich Gebärmutter, Niere, Leber und Milz herausnahm, um sie kunstvoll anzurichten. Danach schnitt ich ihre schönen, schneeweißen Brüste ab, einfach nur, um noch einmal das reißende Geräusch ihres Fleisches zu hören.

Ich presste eine Hand vor den Mund, um mich nicht zu übergeben. Für einen Moment musste ich das Handy weglegen und mich am Waschbecken festhalten, sonst wäre ich auf den Boden gesackt. Ich war mir vollkommen darüber im Klaren, dass er mir mit dieser Nachricht das Herz herausreißen, mich schwächen, vielleicht sogar bestrafen wollte.

Er erzählte mir all diese Details, weil er wusste, dass ich seit hundertdreißig Jahren versuchte, Marys Anblick zu vergessen. Er glaubte, wenn er mich an meine Schuld erinnerte, machte er mich gefügig. Aber das würde nicht geschehen. Hier und jetzt würde ich mit der Vergangenheit abschließen, mich nicht weiter von ihr lenken lassen, sondern diesen Mistkerl zur Rechenschaft ziehen für das, was er uns angetan hatte. Und ich würde dafür sorgen, dass es nicht noch einmal geschah.

*Maxine. Deine Wut und Deine Verzweiflung darüber,
dass Du sie nicht retten konntest, mussten niederschmetternd gewesen sein. Auch jetzt, in diesem Moment, würde
ich zu gern vor Dir stehen und Dir ins Gesicht sehen. Denn
Dein Zorn ist mein Antrieb, Dein Schmerz meine Ambrosia.*
*Das ist der Grund, warum ich mir diese Zeilen für den Moment aufgehoben habe, da wir uns endlich gegenüberstehen, doch Du musstest unbedingt einen Beweis meiner
Fertigkeiten einfordern. Nun, hier hast Du ihn.*
*Du hast mich sehr enttäuscht, Maxine, und Du wirst Dir
noch wünschen, Du hättest diese Forderung niemals gestellt. Ich mache die Regeln, mek Dir ds, ich entscheide und
bestimme, denn es ist mein Spiel! Und ich habe entschieden, dass ich Dich jetzt leiden sehen will.*
Fang mich oder lass es bleiben – das ist Dir überlassen.
Wisse jedoch, dass einer Deiner Freunde sterben wird.
Wann? Das wirst du sehen.
Du wirst mich nicht noch einmal infrage stellen.

Mit zitternden Fingern legte ich das Telefon weg,
dann setzte ich mich auf den Toilettendeckel und konzentrierte mich darauf zu atmen. Die Bilder von Marys
zerfetztem Körper, die mir blitzartig durch den Kopf
schossen, versuchte ich auszublenden.

Es dauerte eine Weile bis die Übelkeit und der
Schwindel nachließen und ich darüber nachdenken
konnte, welche Informationen mir seine Nachricht tatsächlich lieferte.

Zunächst brachte sie die Gewissheit, dass sich der Ripper Brian vornehmen wollte, um mich leiden zu sehen.

Die Anspielungen auf unsere Beziehung und den Ehebruch waren in seinen letzten Schreiben deutlich hervorgetreten – für ihn war Brian der Liebhaber einer Hure, was vermutlich noch schlimmer war als die Hure selbst. Damit wurde der Chief Superintendent zu einer Mary II. Ihn als Köder zu benutzen bereitete mir zwar Bauchschmerzen, war aber wohl meine einzige Chance, das Monster endlich zu fangen.

Zum anderen bestätigte seine verschnupfte Antwort meine Vermutung, dass er Marys Mord selbst begangen hatte. Die Tat war anders gewesen als die anderen, das hatte ich immer gewusst. Brutaler, leidenschaftlicher, gehässiger und völlig aus der Reihe. Wenn ich jetzt darüber nachdachte, war es offensichtlich, dass der andere Jack, Angry Jack, es getan hatte. Und seiner SMS nach zu urteilen, war er kurz davor, wieder zu diesem Monster zu werden. Gut, denn nur so konnte ich auch wirklich ihn schnappen, nicht eine seiner Marionetten.

Obwohl sich alles in mir sträubte, zwang ich mich, den Brief erneut durchzulesen, die persönlichen Gefühle außen vor zu lassen und ihn lediglich auf die Fakten zu prüfen.

Er schrieb: *Das Einzige, was sich noch besser anfühlte als dieses Meisterwerk an sich, war die Vorstellung, wie es Dich zerstörte.* Die Vorstellung. Das musste bedeuten, dass er nicht selbst gesehen hatte, wie es mich zerstörte, sondern er war nur davon ausgegangen. Das und die Tatsache, dass er mir Marys Herz nicht mehr schicken konnte, ließen vermuten, er war kurz nach der Tat bereits gezwungen gewesen, abzutauchen.

Ich wusste also, dass er nach dem einzigen Mord, den er eigenhändig begangen und der ihm mehr Befriedigung verschafft hatte als jeder andere zuvor, pausieren musste. Hatte Jonas am Ende recht? War er körperlich oder geistig zu schwach, um die Verbrechen selbst zu begehen? Immerhin nutzte er heute noch seine mentale Fähigkeit, um die Frauen töten zu lassen.

Warum, wenn es ihm doch so viel Spaß machte, die eigenen Hände anzulegen? Ich kam einfach nicht auf die Lösung.

Auch der Satz ›*Denn Dein Zorn ist mein Antrieb, Dein Schmerz meine Ambrosia*‹ gab mir Rätsel auf. Wieso interessierte ihn mein Zorn oder mein Schmerz? Was zur Hölle hatte ich ihm getan, dass er mich so quälen wollte? Das konnte kein Zufall mehr sein.

Ich warf einen Blick auf die Uhr am Handy: Es war halb fünf am Abend. Allmählich wurde es Zeit, dass ich mich auf den Weg machte.

Ich stand auf, zog den Reißverschluss meiner Reisetasche zu und verließ das Bad in Richtung Schlafzimmer, wo Jonas nach wie vor wie ein Drogenspürhund nach meinem Beutel suchte.

»Ich muss los. Stell du bloß weiter die Wohnung auf den Kopf.«

Er blinzelte mich mit großen Augen an. »Wo willst du hin? Wann kommst du wieder?«

Ich ging auf ihn zu und legte ihm sanft eine Hand auf den Arm. »Du bist hier vollkommen sicher.« Nachdem ich es ausgesprochen hatte, fragte ich mich, wie ich auf den Gedanken kam, irgendjemand wäre noch sicher. Trotz des Kribbelns in meiner Magengegend lächelte ich ihn zuversichtlich an. »Schließ die Tür ab und verschanz dich hier, dann kann dir nichts passieren.«

Ich schickte ein Stoßgebet an einen Gott, der nicht existierte, dass ich mich nicht irrte. Bisher hatte ich keine Sekunde daran gedacht, Jonas könnte im Fadenkreuz des Monsters stehen, und der Ripper hatte auch nichts angedeutet. Aber so unwahrscheinlich es sich für mich anfühlte, wer wusste schon, worauf dieser kranke Irre noch alles kam.

»Behalte das Handy bei dir«, sagte ich streng. »Mach niemandem die Tür auf und wenn dir irgendetwas komisch vorkommt, ruf sofort an. Am besten schickst du mir jede halbe Stunde eine Nachricht.«

Jonas nickte und nestelte nervös am Bund seines Pullovers. »In Ordnung.«

Auf einmal kam es mir fahrlässig vor, ihn alleinzulassen, Brian schien mir jedoch der logischere Kandidat zu sein. Und obwohl der Ripper vorhatte, die Regeln zu ändern, glaubte ich nicht, dass er plötzlich zum Einbrecher mutierte. Daher verabschiedete ich mich mit einem Schulterklopfen von meinem Assistenten und verließ einigermaßen zuversichtlich die Wohnung.

Bereits auf dem Weg durchs Treppenhaus befiel mich eine merkwürdige Vorahnung. Was sie bedeutete, erfuhr ich jedoch erst, als ich auf die Straße trat, mir eine Kamera vor die Nase gehalten wurde und rasch aufeinanderfolgende Blitze meine Augen blendeten.

»Miss Atwood, stimmt es, dass Sie im Fall des Whitechapel-Mörders ermitteln?«, rief mir eine viel zu hohe, männliche Stimme zu. »Unterstützen Sie die Polizei oder arbeiten Sie für einen privaten Auftraggeber?«

Ich drängte mich an dem Fotografen vorbei, dessen Gesicht ich hinter der Kamera nicht sehen konnte, und murrte ein paar Flüche vor mich hin.

»Möchten Sie sich lieber über ihre Beziehung zu Detective Chief Superintendent Hutchinson äußern?« Der Reporter war ein hochgewachsener Mann mit stechenden Augen und arroganter Miene, der sein Telefon wie ein Aufnahmegerät an meine Lippen hielt.

Ich warf zuerst ihm, dann dem Fotografen einen verständnislosen Blick zu. »Wer?«

Der Reporter fuhr mit den Fingern über seine dunklen Brauen und lachte auf. »Ach, kommen Sie schon, Maxine. Wir wissen beide, wer erst kürzlich dieses Haus verlassen hat.«

Kopfschüttelnd ging ich weiter und tat vollkommen ahnungslos. Diese Presseleute waren lästig wie Schmeißfliegen – merkten die nicht, dass sie mit ihrer reißerischen Berichterstattung nur Panik und Zwietracht in der Bevölkerung säten? Wieso glaubten sie, es machte irgendetwas besser, Ermittler von ihren Jobs abzuhalten oder Untersuchungsergebnisse zu verraten? Das hatte ich mich immer gefragt.

Ich war fast an Jonas' Wagen angekommen, da griff der Reporter nach meinem Ärmel. »Dann reden wir doch ein wenig über Jack the Ripper, wie würde Ihnen das gefallen?«

Ich wirbelte herum und bevor ich mich versah, hatte ich den Mann geschubst. Leicht nur, aber sein überheblicher Gesichtsausdruck besagte, dass er diesen ›Angriff‹ sehr wohl gegen mich verwenden würde, wenn ich nicht kooperierte. Er konnte ja nicht ahnen, wie gleichgültig mir mein Ruf war.

»Ich kann es nicht leiden, betatscht zu werden«, stellte ich klar. »Wo grabt ihr Schmierfinken nur immer diesen uralten Scheiß aus?«

»Tja, dieser Scheiß findet vielmehr uns.« Er grinste. »Was ist dran an den Briefen? Und versuchen Sie nicht, mir weiszumachen, Sie wüssten nicht, wovon ich spreche.«

Bald würden die Zeitungen seine Briefe abdrucken, woraufhin Jack nicht länger im Schatten seiner Jäger stand. Ich schüttelte schnaubend den Kopf. Unfassbar, wie wenig sich die Menschenwelt in all den Jahren weiterentwickelt hatte, sodass sich heutzutage alles wiederholen konnte.

Ich zielte warnend mit einem Finger auf ihn. »Lassen Sie mich gefälligst in Frieden.« Damit drehte ich mich um und stieg in Jonas' Wagen.

10. Bestrafung

Nachdem ich mich vergewissert hatte, dass Brian noch in seinem Büro saß, wo er momentan am besten aufgehoben war, ließ ich Jonas' Wagen vor Scotland Yard stehen und fuhr mit der U-Bahn weiter. So fiel es vielleicht weniger auf, wenn ich die Wache später vom Auto aus beobachtete, denn vermutlich hatte bis dahin längst ein gewissenhafter Constable überprüft, ob sich jemand darin befand, da es so günstig an der Straße parkte. Außerdem war der Verkehr mal wieder furchtbar und meine Nerven lagen derart blank, dass ich während der Fahrt ununterbrochen über die anderen Verkehrsteilnehmer geschimpft hatte.

Ich schaute mich mehrmals gründlich um, ehe ich Kalis schrulligen, kleinen Hexenladen betrat, denn ich fühlte mich beobachtet. Nicht nur der Ripper folgte mir durch fremde Augen, jetzt musste ich mich auch noch vor Reportern in Acht nehmen. Das und die Tatsachen, dass Jonas und ich aus meiner Wohnung flogen und mich Brian im Blick behalten wollte, setzten mich zunehmend unter Druck. Ich konnte nur hoffen, dass das Monster bald zuschlug und mein Plan funktionierte.

Im Laden roch es wie immer nach Räucherstäbchen und das Licht war so schummrig, dass ich die alte Ida am Tresen kaum erkannte. Ihr Blick war wie eh und je auf das kleine Fernsehgerät gerichtet, während sie mir mit einer arthritischen Hand zuwinkte.

Ich schlenderte zu ihr hin, stützte den Unterarm auf die Theke und warf einen Blick in den Fernseher. Erwartet hatte ich den Nachrichtenkanal, aber es lief eine Sendung über Tiere, die ein neues Zuhause suchten. Mit erhobenen Brauen schaute ich in Idas faltiges, altersfleckiges Gesicht.

»Hast genug vom Weltgeschehen, was?«, nahm ich an.

Sie winkte mit gerümpfter Nase ab. »Mord und Totschlag überall. Da schau ich mir lieber flauschige Katzenbabys an.«

Ich nickte. Würde ich vermutlich ebenso handhaben, wenn ich könnte.

»Ist schlimm, was in unserer Stadt wieder los ist«, fuhr sie fort und seufzte. »Wenn du so alt wirst wie ich, hast du irgendwann genug Leid gesehen, das kannst du mir glauben. Dann willst du das nicht mehr.«

Ich schmunzelte. »Kann ich mir vorstellen.«

»Drum geh ich zu meiner Enkelin. Die wohnt in der Nähe von Canterbury auf dem Land.« Sie blickte mich mit dem friedvollen Ausdruck einer Rentnerin an. »Hab's mir verdient, die Beine hochzulegen und andere für mich arbeiten zu lassen. Und da gibt's keine Überfälle oder Leute, die andere Leute aufschneiden, ach.« Sie legte eine Hand auf den Mund und schüttelte den Kopf. »Nein, nein, den Rest meines Lebens will ich in friedlicher Stille verbringen.« Ihr Blick glitt zurück zum Fernseher. »Vielleicht leg ich mir dann ne Katze zu. Aber eine alte, die zu faul ist zum Mäusejagen.«

»Klingt gut.« Ich drückte ihr vorsichtig die knochige Schulter. »Das mache ich vielleicht auch, wenn mich dieser Fall nicht vorher ins Grab bringt.«

»Solltest dir mal ne Pause gönnen«, meinte sie und tätschelte mir die Wange. »Siehst ganz gestresst aus. Kannst mich und die Katze ja bald besuchen kommen.«

Ich hätte am liebsten gelacht, so unwirklich klang diese Option für mich. »Danke für das Angebot.«

Ida wies mit dem Kinn auf den Perlenvorhang. »Ist jemand drin. Macht dir ja aber nichts.« Damit wandte sie sich wieder der Sendung über heimatlose Tiere zu.

Ich klopfte zum Dank auf die Theke und ging zum Hinterzimmer. Schon komisch, wie gut Ida und Kali mich kannten und wie hilfsbereit sie stets waren. Ich wunderte mich immer wieder, wagte jedoch nicht, sie jemals darauf anzusprechen. Denn ich hatte die alberne Befürchtung, sie damit erst auf eine Freundlichkeit aufmerksam zu machen, die ich nicht verdiente, und die ich daraufhin verlieren könnte.

Wie üblich verhedderte ich mich im Vorhang beim Eintreten und fluchte. »Kannst du mir mal verraten, was du gegen Türen hast?«

Nachdem ich eine widerspenstige Perlenschnur aus meinen Haaren gezupft hatte, schaute ich zuerst Kali, dann die Frau neben ihr an. Beide sahen aus, als planten sie gerade eine Beerdigung.

»Hast du einen Moment?«

Ich wollte schon auf den Putzraum zugehen, da hielt Kali mich überraschenderweise auf.

»Maxine, wie gut, dass du meinen mentalen Ruf gehört und dich sofort auf den Weg hierher gemacht hast.«

Ich zog die Brauen zusammen, vor allem, weil sie mich ansah, als würde sie mich am liebsten rauswerfen. »Könnte auch das Resultat dessen gewesen sein, dass du mich nicht zurückgerufen hast.«

Sie ignorierte meinen Einwurf und deutete stattdessen auf die dunkelhaarige Frau neben sich. »Das ist Samantha Atwood, Maxine Atwoods Schwester. Du weißt schon …« Nach einem bedeutungsvollen Blickwechsel mit ihrem Gast wies sie mit einer Hand auf mich. »Dies ist die Frau, von der ich Ihnen erzählt habe. Maxine Atwood. Die Privatdetektivin, die sich der Suche nach dem Mörder Ihrer Schwester verschrieben hat.«

Ich verschränkte die Arme vor der Brust und holte Luft, wusste jedoch nicht, was ich sagen sollte, daher schloss ich den Mund wieder.

»Sie sehen ihr ähnlich«, konstatierte Samantha. »Sollten Sie nicht aufpassen, dass Sie nicht selbst in sein Radar geraten?«

»Zu spät«, murmelte ich, dann ging ich zum Tisch und hob bittend die Hände. »Miss Atwood, Ihr Verlust tut mir sehr leid und ich verstehe, dass Sie hier eine Form von … Trost suchen … oder was auch immer. Aber ich brauche einen winzigen Moment mit Kali allein, denn ich habe eine Spur, die …«

»Sie wird Ihnen nichts nützen, diese Spur. Das Monster können Sie nicht fangen.«

Verwirrt schaute ich zu Kali, die vielsagend die Augen aufriss, aber leider hatte ich keine Ahnung, was sie mir damit deutlich machen wollte. Daher wandte ich mich wieder Samantha zu. »Wie meinen Sie das?«

»Diese Hexe will es mir nicht verraten.« Sie klang so abfällig, dass ich automatisch zurückwich. »Ich habe mich eigens an diesen gottlosen Ort begeben, um Klarheit zu erlangen, aber sie will mir nicht helfen.«

»Ich habe Ihnen erklärt, dass ich nicht …«

»Unsinn!«, fuhr sie Kali an, ehe sie mich zornig anfunkelte. »Sagen Sie mir die Wahrheit!«

Was hatte ich verpasst? Ratlos stand ich vor dem Tisch und blinzelte die Frau verwirrt an. »Die Wahrheit worüber?«

»Es ist Jack the Ripper.« Als ich das Gesicht verzog, sprang sie von ihrem Stuhl auf und zielte mit einem Finger auf mich. »Das Monster ist aus der Hölle gestiegen und sucht London ein weiteres Mal heim! Ich habe recht, das weiß ich.«

Beschwichtigend hob ich die Hände. »Sagen Sie diesen Namen bitte nicht.«

Jetzt schaute sie mich irritiert an. »Warum um Himmels willen?«

Weil Sie ihn damit nur auf uns aufmerksam machen, lag mir auf der Zunge, doch ich schluckte die Bemerkung hinunter. »Weil es völliger Blödsinn ist und die Leute grundlos nervös macht. Bevor wir es uns versehen, haben wir einen ganzen Haufen Irrer in Halloween-Ripper-Kostümen auf den Straßen und auf der anderen Seite die selbsternannten Rächer, die jeden Mann mit Hut verprügeln. Wollen Sie das?«

»Sie können mich nicht täuschen.« Sie schlug die Handflächen auf den Tisch und beugte sich zu mir herüber. »Was über uns kam, ist ein Ding der Hölle!«

Ich schmunzelte über den Gedanken, was die christliche Fanatikerin wohl sagen würde, wenn sie erfuhr, dass ein sogenannter Engel zum zweiten Mal in Whitechapel wütete. Sie würde wortwörtlich vom Glauben abfallen. »Ich kann Ihnen versichern, dass er das nicht ist. Kein Ding der Hölle. Versprochen.«

Sie legte den Kopf schief und musterte mich mit zusammengekniffenen Lippen. Anscheinend erkannte sie, dass ich die Wahrheit sagte, auch wenn ihr das nicht zu gefallen schien. War es ihr wirklich lieber, London würde von einem Dämon heimgesucht werden, als dass ein menschlicher Serienmörder hier sein Unwesen trieb?

»Nun, ich werde kooperativere Quellen finden.« Sie schnappte sich ihre Handtasche vom Stuhl und stürmte grußlos aus dem Raum.

Während ich ihr verwundert hinterherschaute, hörte ich, wie Kali aufatmete.

»Was war das denn, zur Hölle?«

»Derzeit bin ich ein Magnet für alle Fanatiker und Verschwörungstheoretiker Londons. Das sind nicht wenige, so viel kann ich dir verraten.« Sie ließ sich gegen die Lehne des Stuhls fallen und rubbelte mit den Fingern über ihr Gesicht, sodass ihr zu starkes Makeup verschmierte. »Gestern war einer da, der beim Verbinden der Tatorte ein umgedrehtes Pentagramm gesehen haben will.«

Ich ließ mich auf dem Platz nieder, auf dem eben noch Samantha Atwood gesessen hatte. »Wenn ich zwei Tatorte miteinander verbinde, sehe ich eine Linie, aber okay, jeder wie es ihm gefällt ...«

»Was ist da draußen los, Max? Du solltest ihn allmählich schnappen, bevor die Menschen durchdrehen.«

»Es ist nicht so, als würde ich Däumchen drehen.«

Wir stierten uns einen Moment lang mit unnachgiebigen Mienen an, dann seufzte Kali erneut. »Sie alle haben Briefe erhalten, wusstest du das? Kirchen, Bürgerwehren, private Organisationen ...«

»Er will nicht länger ungenannt bleiben, dieser pressegeile Mistkerl.«

Sie nickte. Es überraschte mich nicht, dass Kali genau wusste, mit wem wir es zu tun hatten. »Er hat abgewartet, bis die Angst vor weiteren Morden durchs Viertel kroch, ehe er seine Briefe geschrieben hat. Natürlich denken die meisten Leute an einen makabren Scherz, aber es gibt auch welche, die verunsichert sind.« Sie deutete auf den Perlenvorhang, durch den Samantha eben gerauscht war. »Nimm diese Wahnsinnige – sie ist Vorstand in einer christlichen Organisation in Whitechapel und will eine Bürgerwehr organisieren, die des Nachts durch die Straßen patrouilliert. Würde mich nicht wundern, wenn sie sich in naher Zukunft irgendwo im East End auf eine Kiste stellt und den Leuten etwas über einen dämonischen Killer predigt. Das kann gefährliche Ausmaße annehmen.«

»Ich weiß.« Ich tippte mit den Fingern auf den Tisch. »Darauf legt er es an, denn er ernährt sich förmlich von Angst und Panik. Dass damals eine regelrechte Lynchjustiz ausbrach und Männer auf offener Straße angegriffen wurden, wenn sie eine Frau nur schief angesehen haben, hat ihn befriedigt.«

»Die Zeiten ändern sich nicht, wenn es um Ängste geht. Es ist denkbar, dass erneut Panik ausbricht.«

Ich nickte, dann legte ich den Hut ab, hielt ihn aber weiterhin in den Händen, die mir so unbeschäftigt vorkamen. »Warst du schon hier beim ersten Mal? Hast du es miterlebt?«

Kali schüttelte den Kopf. »Dieser Schrecken blieb mir erspart.«

Ich musste ihrem Blick ausweichen, so viel Bedauern sprach daraus. Aber ich wollte nicht bemitleidet werden, das hatte ich lange genug selbst getan. Es war an der Zeit für Zorn und Kampfgeist.

»Andererseits haben die Morde damals auf die Missstände und das Elend im East End aufmerksam gemacht und es wurde endlich etwas dagegen unternommen.« Kali nickte, um ihre Worte zu bekräftigen.

Ebenso wie meiner es einst getan hatte, versuchte auch ihr Verstand, irgendetwas Positives an dem Grauen zu finden, damit die Tode dieser armen Frauen nicht vollkommen sinnlos gewesen waren. So waren die Guten, Leute wie Kali – sie konnten nicht nachvollziehen, dass jemand ausnahmslos bösartig war und keinen Funken Menschlichkeit besaß.

»Ich kann an seinem teuflischen ›Werk‹ nichts Positives finden.« Ich schnaubte.

»Er ist kein Dämon.« Auf meinen fragenden Blick hin erklärte sie: »Nur die Niederen unserer Spezies kommen hierher, und die wollen unauffällig bleiben. Wieso die Leute für alles Böse uns die Schuld in die Schuhe schieben und wie alles Dämonische zu Schimpfwörtern wurde, habe ich nie verstanden.«

»So müssen sie die Schuld nicht bei sich selbst suchen.« Ich erinnerte mich an die Worte des Rippers, der meinte, er müsste den Menschen lediglich einen

Schubs geben, damit sie das tun, was längst in ihrem Inneren schwelte. Vielleicht hatte er nicht ganz unrecht. »Nichtsdestotrotz ... ist er einer meiner Leute.«

Kali beugte sich vor und machte ein ungläubiges Gesicht. »Grundgütiger! Bist du sicher? Ich dachte, es sei der Mann, den ich für dich aufgespürt hatte!«

»Ist er auch.« Ich zuckte mit den Schultern. »Es ist schwer zu erklären, weil ich schlicht keine Erklärung dafür *habe*. Er verschleiert seine Signatur, fühlt sich an wie ein Mensch mit dämonischen Vorfahren oder etwas in der Art.«

Sie legte die Finger an die Lippen und blinzelte mich nachdenklich an.

»Gibt es eine Art dämonischen Zauber, der so etwas vermag?«

Es war vermutlich das erste Mal, dass ich sah, wie Kali mit den Schultern zuckte. Sie war ratlos. Das war vor diesem Fall beileibe nicht oft vorgekommen.

»Wo ist er, Kali?«

»Das kann ich dir nicht sagen. Er ist sozusagen von meinem Radar verschwunden.«

Ich schlug mit der Handfläche auf den Tisch. »Das darf doch nicht wahr sein!«

»Ich schätze, er hat sich absichtlich von mir finden lassen, um dich an der Nase herumzuführen.« Sie schüttelte resigniert den Kopf. »Jedes Mal wenn ich ihn gespürt habe, war er im East End.«

»Dieser Kerl geht mir wirklich auf die Nerven.« Ich schaute auf die Uhr an meinem Handy, dann erhob ich mich und legte Kali eine Hand auf die Schulter. »Würdest du mich benachrichtigen, wenn er irgendwo auftaucht?«

»Ich halte die Fühler ausgestreckt.« Sie lächelte mich aufmunternd an. »Du kannst ihn fassen, Max. Das spüre ich.«

»Hoffentlich irrst du dich seltener als ich.«

Wir verabschiedeten uns voneinander, dann verließ ich das Hinterzimmer. Auf dem Weg nach draußen winkte ich Ida zu.

»Gruß an die Katze«, sagte ich, was sie mit einem rauen Kichern quittierte.

Daraufhin trat ich auf die Straße hinaus, wo eiskalter Regen in langen Schnüren vom Himmel fiel. Brummend setzte ich meine Mütze auf und ging eng an der Hausfassade entlang, jedoch nicht, ohne die Passanten zu beäugen, die mit ihren Schirmen an mir vorbeihetzten. Keiner schien mich zu beachten, dennoch musterte ich ihre Gesichter. Ich konnte schließlich nicht wissen, aus welchem mir der Ripper entgegenstarrte.

***

Whitechapel 1888

Maxine, hast Du geglaubt, ihr könntt mch für dumm ver-
kafn?

Mitten auf der Straße bleibe ich stehen und starre die Worte auf dem Zettel an, den ich eben aus der Manteltasche gezogen habe. Wer hat ihn mir zugesteckt? Und wann? Mich fröstelt, als mir der Gedanke kommt, dass der Ripper mir derart nah gewesen sein könnte.

*Die Zeiten der Höflichkeit sind vorbei. Und Du bist selbst
schuld. Du bst schud!*
*Ich habe Dich gewarnt. Es gibt Regeln, Maxine, Regeln, die
in jedem Spiel und im Leben befolgt werden müssen, aber
Du hast geschummelt. Ich dulde diesen groben Verstoß
nicht! Er mss bestraft werdn!*
*Angry Jack wird Dich bestrafen. Er ist bereits unterwegs.
gezeichnet JtR*
*P.S.: Dies ist keine Warnung. In just diesem Augenblick bin
ich dabei, Deiner Freundin Mary das Herz herauszuschnei-
den. Ich schicke es Dir bald – als Erinnerung für die Zukunft.*

Mein Blut rauscht so laut in meinen Ohren, dass ich
das Lärmen der Passanten auf der nächtlichen Straße
kaum höre. Betrunken und auf der Suche nach etwas
Zerstreuung in ihrem beklagenswerten Alltag ziehen
Männer und Frauen gleichermaßen an mir vorbei,
während ich versuche, mich aus meiner Schockstarre
zu lösen.

»Mary«, flüstere ich. Das Wort schafft es kaum an
meine Ohren, doch ihr Name bricht den Stillstand in
mir.

Hat sie den entscheidenden Schritt in unserem Plan
getan und es ist an mir vorbeigegangen? Wo ist ihre
Nachricht? Habe ich sie verpasst? Hastig greife ich in
die Taschen meines Mantels, bis ich einen zweiten Zettel finde.

Es ist soweit. Halte Dich bereit, steht darauf geschrieben.

Mein Herz rast und Schwindel packt mich. Wann hat Mary mir den Zettel zustecken lassen? Und wann kam der des Rippers dazu? In dem Trubel des Pubs, in dem ich mich bis vor wenigen Minuten befand, weil ich Mary gefolgt bin, habe ich die Nachrichten nicht bemerkt.

Nun ist es soweit, der Plan kommt zur Vollendung. Ich laufe los, hetze durch die engen, düsteren Gassen Whitechapels zu Marys Zimmer. Das ist unser Plan – sie lotst den Ripper zu sich, ich komme ihr zu Hilfe. Ich hoffe nur, ich habe die Nachrichten nicht zu spät gefunden. Ich hoffe nur, die Frau, dieser Engel, der mir geschickt wurde, wird es nicht bereuen ...

Endlich sehe ich den Miller's Court vor mir. Ich beschleunige meine Schritte, da schlittere ich über etwas Glattes und falle auf die Knie. Stöhnend verziehe ich das Gesicht, taste im schummrigen Licht der Straßenlaterne nach dem Gegenstand, über den ich gestolpert bin, etwas Kaltes, Klebriges ...

Es ist ein Messer, das fühle ich an der Form. Und es ist blutgetränkt.

Erschrocken werfe ich es fort, springe auf, wische die schmierigen Hände an meinen Hosen ab. Das Blut geht nicht ab, es will nicht abgehen. Bin ich zu spät gekommen? Oh, bitte nicht!

Ich haste in den Innenhof und weiter zu Marys Zimmer, vor dem ich einen Moment stehenbleibe. Im Inneren brennt ein Feuer, das sehe ich, weil die Tür einen Spalt offensteht.

Panik kriecht in all meine Nervenenden, lässt meinen Körper beben. Ich strecke eine zitternde Hand nach der

Tür aus, schiebe sie auf, schlucke und mache einen Schritt vorwärts.

Es ist gespenstisch still im Raum, nur das Knacken des Feuers ist zu hören. Zuerst bemerke ich den metallischen Gestank des Todes, denn was meine Augen in diesem Zimmer erblicken, kann mein Verstand nicht gleich erfassen.

»Mary«, flüstere ich, ohne eine Antwort von dem leblosen Stück Fleisch zu erwarten, das dort auf dem Bett liegt.

Ich weiß nur deshalb, wo ihr Kopf sein müsste, weil ich das blutverkrustete, goldblonde Haar sehen kann. Von ihrem Gesicht ist nichts mehr übrig als eine klumpige, in Fetzen gerissene Silhouette. Das Schlimmste daran sind ihre Augen, diese panisch aufgerissenen, blauen Augen ... Sie scheinen mich anzuklagen, zu fragen, wo ich gewesen bin, wieso ich ihr nicht geholfen habe.

Mein Magen dreht sich um. Ich presse die Faust gegen meinen Mund und atme flach, um mich nicht zu übergeben, während ich den verstümmelten Leib, die Lache unter ihrem Bett und die blutgetränkten Laken und Kissen anstarre. Sie ist es, daran besteht kein Zweifel, glauben kann ich es trotzdem nicht. Wie konnte aus dieser schönen Frau, dieser tapferen Soldatin das da werden?

Wie? Indem ich zu spät kam. Sie hat sich als Köder angeboten, hat mir vertraut, und ich habe sie im Stich gelassen. Es ist meine Schuld. Die Erkenntnis schneidet sich wie ein Messer in mein Herz.

Ich lasse den Blick durch den Raum schweifen. Überall hat er Marys Überreste verteilt – blutige Klumpen liegen über ihren Schultern, zwischen ihren Beinen, auf dem Nachttisch und dem Tisch auf der anderen Seite des Zimmers. Er hat sich Zeit gelassen, sein blutiges ›Kunstwerk‹ über den gesamten Raum verteilt. Angry Jack hat ganze Arbeit geleistet.

Ich würge. Ich kann nicht mehr, kann diesen Anblick nicht mehr ertragen. Keuchend stolpere ich nach draußen, torkle über den Hof und sauge die Luft tief in meine Lungen. Sie brennt wie Feuer und ich habe das Gefühl, der Gestank des Todes hat sich in mir eingenistet.

Ich weiß mit bitterer Sicherheit, dass ich diesen Anblick niemals vergessen werde, er brennt sich geradezu in meine Gedanken. Was mit Mary geschehen ist, war das Werk eines Teufels.

***

Ich hatte vermutet, dass Brian irgendwann von der Wache nach Hause fahren würde, aber er machte in dieser Nacht offenbar Überstunden. Es war mir ganz recht so, denn einerseits war er bei Scotland Yard sicher, andererseits musste ich mich nicht anbiedern, um bei ihm bleiben zu können.

Die Kehrseite davon war, dass ich, während ich wartete und beobachtete, eine Menge Zeit zum Nachdenken hatte. Durch den letzten Brief des Rippers waren alle Erinnerungen wieder hochgekommen und hatten jedes noch so brutale Bild aus meinem Gedächtnis befreit. Dadurch ist auch endlich etwas geschehen, das ich ebenfalls nie zugelassen hatte: Ich hatte um Mary geweint.

Auf dem Beifahrersitz lag fast eine ganze Packung zerknüllter Taschentücher, die längst überfällig gewesen waren. Denn letztlich konnte ich akzeptieren, dass mich keine Schuld an ihrem Tod traf – er war es gewesen. Und niemand sonst. Ich hatte nur versagt und er war mir stets einen Schritt voraus gewesen, weil er mich ununterbrochen beobachtet hatte.

Für jemanden, der so viel Wert auf Regeln legte, eine ziemlich unfaire Spielweise. Für mein Verständnis hatte der Ripper von Anfang an geschummelt. Und es war höchste Zeit, dass ich ihm im Gegenzug nun ›Angry Max‹ vorstellte.

Mein Handy vibrierte und zeigte eine neue Nachricht von Jonas an. Er hatte sich bisher daran gehalten, mir halbstündlich zu schreiben.

AiO, stand in seiner Mitteilung. Alles in Ordnung.

Stirnrunzelnd blickte ich auf die Uhr. Es war inzwischen morgens um vier und vom Ripper keine Spur. Jonas hatte nichts Auffälliges bemerkt und das Licht in Brians Büro leuchtete nach wie vor. Dass ich nicht wusste, wann dieser Mistkerl zuschlagen würde, machte mich mürbe.

Ich hasste es, Brian als Köder zu benutzen, aber ich hatte nur eine einzige andere Möglichkeit – und diese anzuwenden, gefiel mir weitaus weniger. So wenig, dass ich nicht einmal daran denken wollte. Allerdings musste ich das auch nicht, solange Jonas den Lederbeutel nicht gefunden hatte.

Mein Herz setzte einen Schlag aus, als das Licht in Brians Büro ausging. Ich sank so tief wie möglich in den Sitz und beobachtete den Haupteingang der Wache. Ich wusste, er würde Scotland Yard durch diese Tür verlassen, denn ich konnte seinen Wagen ein paar Meter entfernt parken sehen.

Jener war es auch, auf den er zusteuerte, als er mit einem Kollegen das Gebäude verließ. Anscheinend hatte er noch nicht Feierabend, sondern musste wieder auf die Straße.

Eine Ripper-Spur? Eine falsche Fährte? Oder doch ein ganz anderer Fall?

Ich drehte den Schlüssel in dem Moment, als Brian den Motor seines Wagens startete. Dann folgte ich den Polizisten in unauffälligem Tempo.

***

Kali schob die Geldkassette zurück in die Registrierkasse, warf das Kassenbuch in die Schublade und fuhr sich seufzend mit den Händen übers Gesicht. Sie war für gewöhnlich nicht mitten in der Nacht im Laden, aber sie konnte nicht schlafen – die momentanen Geschehnisse beunruhigten sie viel zu sehr. Daher versuchte sie, sich mit Buchhaltung abzulenken, was eher schlecht als recht funktionierte. Kali war einfach nicht besonders gut mit Zahlen. Oder irgendeiner anderen trockenen Form menschlicher Bürokratie.

Deshalb hatte sie die hochintelligente Ida eingestellt. Damals, in 1958, als die Menschenfrau dringend Geld gebraucht hatte, um von ihrem gewalttätigen Verlobten loszukommen, mit dem ihre Eltern sie verheiraten wollten.

Ida war eine Perle, schon immer gewesen. Ohne sie wäre Kali wohl längst bankrott und müsste zu ihrem eigenen prügelnden Gatten zurückkehren. Worüber sie nie gesprochen hatten. Genauso wenig über den Grund, warum Kali sehr viel langsamer alterte als Ida. Diese hatte auch nie gefragt. Sie war nie eine dieser Frauen gewesen, die sich in die Angelegenheiten anderer einmischten, obwohl ihrem wachsamen Blick mehr auffiel, als sie zugab.

Kali war stets froh über die Zurückhaltung ihrer Freundin und Angestellten gewesen. Denn ansonsten hätte sie ihr erzählen müssen, dass sie buchstäblich durch die Hölle gegangen war, bevor sie nach London kam.

Kali war die älteste Cousine eines Dämonenlords und diesem damit laut Gesetz versprochen. Sie hatte ihren Mann erst am Tag der Hochzeit kennen- und sogleich verabscheuen gelernt, denn er war der wohl boshafteste und widerlichste Dämon, dem sie je begegnet war. Sie blieb ein Jahr bei ihm, ließ Prügel über sich ergehen, fügte sich seinen brutalen sexuellen Begierden und spann die ganze Zeit über einen Fluchtplan. Bei der Umsetzung desselben ertrank sie beinahe im Fluss, der neben ihrem Anwesen verlief, doch diese Gefahr hatte sie gekannt und in Kauf genommen – sie hatte lieber sterben wollen, als eine Sekunde länger bei diesem Scheusal zu bleiben.

Niemand in der Menschenwelt ahnte, dass sie ein höherer Dämon war und deshalb all diese Dinge wusste und ihresgleichen derart zielsicher aufspüren konnte. Aber was brachte das schon, wenn sie bei einer wirklichen Bedrohung außerstande war, zu helfen?

Sie hatte den Ripper nicht kommen sehen, ihr war nichts Außergewöhnliches aufgefallen, dabei hatte sie

Londons dämonische Aktivitäten im Blick, seit sie 1951 hergekommen war. Noch heute fürchtete sie sich davor, ihr Mann könnte nach ihr suchen und sie zurückholen, daher überprüfte sie jeden Dämon, der in die Stadt kam. Aber dieses Monster – dieser Frauenmörder – war ihrem Radar entgangen. Vermutlich weil er ein Gefallener war ...

Das ergab für Kali erst recht keinen Sinn. Wieso sollte ein Mann – ein Mensch – die Signaturen von Dämonen und Engeln gleichzeitig in sich tragen? Und wieso zum Teufel konnte sie ihn nicht mehr finden? Wie machte er das nur? Diese Frage trieb Kali in den Wahnsinn. Und auch der Umstand, dass sie Max einfach nicht unterstützen konnte.

Sie gab stets vor, genervt von der Detektivin zu sein, und drängte auf das Geld, das diese ihr noch schuldete. Doch die Wahrheit war, dass Kali ihr immer helfen würde, egal, worum sie sie bat. Denn sie wusste, dass Maxine im Grunde ihres Herzens eine der Guten war. Die Gefallene hatte es bloß für eine verdammt lange Weile vergessen.

Kali war der Schmerz in ihrem Blick bei ihrer ersten Begegnung aufgefallen. Er zeugte von einem Ereignis, das Maxines Herz nicht nur gebrochen, sondern es in tausend winzige Splitter zerschlagen hatte, sodass sie alles, einschließlich sich selbst, aufgab. Ein Moment der Schwäche, der nachvollziehbar, schlicht menschlich war. Doch nebst all ihrem Kummer und dem Hass auf die Menschenwelt setzte sie sich nach wie vor für die Schwachen und Unglücklichen ein.

Kali dachte an Jonas, den armen Dämon, der mit seiner gebrechlichen Mutter über die Grenze geflüchtet und mit nichts nach London gekommen war. Max hatte sich seiner angenommen, wie sie sich den Menschen annahm, die die Detektivin um Hilfe baten. Nicht ohne Murren und sie versuchte, ihr Herz vor all diesen Leuten zu verschließen, doch sie half. So sehr manche Schicksale sie auch schmerzten. Denn das war ihr Naturell, das war der ehemalige Engel, die beherzte Soldatin – sie konnte nicht anders, als zu beschützen.

Sie verriet es Max nicht, aber Kali wusste ganz genau, mit welchem Schlag Frau sie es zu tun hatte. Und deshalb stand sie ihr zur Seite. Vor allem jetzt, nachdem Max' Seele anfing zu heilen, nachdem ihr Leben endlich wieder einen Sinn bekam. Wenn jener auch negativ war, hatte er die Gefallene aus ihrem tiefen Loch des Selbstmitleids herausgezogen. Und vermutlich war sie nun die Einzige, die überhaupt den Hauch einer Chance hatte, den Ripper zu fangen.

Seufzend bog Kali um die Theke, löschte das Licht im Ladenraum und ging durch den Perlenvorhang ins Hinterzimmer. Da sie nun schon einmal hier war, konnte sie auch die Räucherstäbchen austauschen und die alten Tarotkarten ordnen.

Sie schlug die Zierdecke zurück und öffnete eben die Schublade der Kommode, da hörte sie das Glöckchen über der Ladentür. Ihr Herz setzte einen Schlag aus. Hatte sie tatsächlich den Eingang offengelassen? Nein, sie konnte sich erinnern, dass sie den Schlüssel herumgedreht hatte.

Kali wollte nach vorn gehen und nachsehen, da spürte sie es plötzlich. Erschrocken ließ sie die Tarotkarten fallen, die sich wie ein Fächer über den Boden verteilten. Sie wusste genau, wer in den Laden gekommen war, noch bevor derjenige durch den Perlenvorhang schlüpfte. Eine bittere Erkenntnis machte ihr Herz schwer wie Stein und sie musste sich an der Kommode abstützen, um nicht in die Knie zu sinken. Der Umstand, dass sie nun sterben würde, sterben musste, um eine geliebte Freundin zu schützen.

Die Perlen klimperten und schlurfende Schritte erklangen hinter ihr. Kali atmete tief durch, dann zwang sie sich, sich umzudrehen. Wie erwartet schaute sie in ein vertrautes Gesicht, doch es war nicht die Person, die sie kannte, etwas anderes, etwas zutiefst Boshaftes hatte Besitz von ihr ergriffen. Die Augen ihres Gegenübers flackerten förmlich und das Grinsen war so breit, dass es unzählige Furchen in die schlaffe Haut grub.

»Guten Abend, Kali«, sagte das Monster mit Idas rauer Stimme. »Wie ich sehe, erkennst du, mit wem du es zu tun hast.«

Eine Träne rann über Kalis Wange, ehe sie leise zu weinen begann. Sie konnte sich auf einmal nicht mehr bewegen, wollte es allerdings auch nicht. Denn was hätte sie schon tun können? Es war noch immer Ida, die vor ihr stand.

»Och, sei nicht traurig, du wirst ein Meisterwerk werden, das verspreche ich dir.« Das Monster hob Idas knochige Hand, in der es ein Messer hielt, dessen Schärfe an den Schleifspuren an der Schneide zu erahnen war.

»Wieso tust du das?«, flüsterte Kali. »Wieso tust du das nur?«

Das Monster legte Idas Kopf schief und schmunzelte, als amüsierte es sich über die Frage. »Siehst du es nicht?

Ich schreibe Geschichte. Jeder in den drei Welten kennt meinen Namen – und wird ihn niemals vergessen.«

»Jeder in den drei Welten kennt deinen Namen, ja, aber jeder hasst ihn«, spie Kali ihm entgegen und ballte die Hände zu Fäusten.

Das Grinsen fiel ihm förmlich aus dem Gesicht und machte purem Zorn Platz. Das Monster schob die Brauen zusammen, mahlte mit dem Kiefer und kam langsam auf Kali zu. »Das ist falsch und das weißt du, Dämonin. Keiner hasst meinen Namen – alle fürchten ihn.« Das Grinsen kehrte zurück, als Kali einen Schritt nach hinten machte und dabei gegen die Kommode stieß. »Genauso wie du im Moment.«

Das Monster musterte ihr Gesicht – ihre geweiteten Augen, die geöffneten Lippen – mit perverser Freude und sog tief Luft in seine Lungen, als nährte es sich von der Angst, die sich im Raum ausgebreitet hatte. Mit einem zufriedenen Raunen hob es das Messer. »Ich kann es kaum erwarten, ihren Schmerz zu sehen …«

***

»Henry Miller wird am späten Vormittag in Wood Green dem Haftrichter vorgeführt. Da die Beweise im Fall des Mordes an seiner Frau Agatha für den Fünfundvierzigjährigen höchst belastend sind, wird er danach wohl sofort nach …«

Ich schaltete den Motor des Fords aus, wodurch auch das Radio verstummte. Es war nicht schwer zu erraten, wie die Berichterstattung enden würde: Henry Miller landete für eine Tat im Gefängnis, die er nicht begangen hatte, nicht freiwillig zumindest. Als unschuldig

Verurteilte verstand ich seine Verzweiflung besser als jeder andere, doch helfen konnte ich ihm nicht, so gern ich wollte. Genauso wenig wie diesen armen Irren, die sich dort vor mir auf der Straße die Köpfe einschlugen.

Ich hatte mit einigem Abstand zu den Polizeiwagen angehalten und beobachtete nun aus der Ferne – wie andere Schaulustige – den Tumult in der Whitechapel Road. Wie es aussah, war eine deutlich angetrunkene Gruppe Ripper-Fans in Mänteln und Zylinder auf eine Art Bürgerwehr gestoßen und die Situation eskalierte.

Ich sah einen Mann mit einer Platzwunde am Kopf, ein anderer humpelte und wieder ein anderer blutete aus der Nase. Die Polizisten versuchten, der Lage Herr zu werden und die randalierenden Männer auseinanderzubringen.

»Wir werden uns nichts vorschreiben lassen«, hörte ich einen der Ripper rufen, als ich das Autofenster herunterließ. »Das hier ist unser Viertel.«

»Raus mit dem dreckigen Gesindel!«, brüllte ein anderer mit erhobener Faust und einer seiner Kollegen filmte die Szene mit seinem Handy.

Ich schüttelte schnaubend den Kopf. War diesen betrunkenen Arschlöchern überhaupt klar, dass ihr Viertel von einem verrückten Irren mit einem Messer heimgesucht wurde? Wie konnte ein Serienkiller Fans haben? Das wollte nicht in meinen Kopf gehen. In Brians ebenfalls nicht, nach dem zu urteilen, wie er dreinschaute.

Der DCS stand, die Fäuste in die Seiten gestemmt, kopfschüttelnd am Straßenrand. Seine Miene drückte Zorn und Fassungslosigkeit zugleich aus. Damit war er nicht der Einzige, wie ich feststellte, als ich die Gesichter seiner Kollegen musterte. Was war das nur für eine kranke Welt, in der wir leben mussten?

Ich dachte daran, wie diebisch sich der echte Ripper über diese Ausschreitungen freuen musste. Er hatte genau das erreicht, was er gewollt hatte: Chaos, Angst, Aufmerksamkeit. Die Menschen gaben ihm bereitwillig das, wovon er sich gierig nährte, und machten ihn dadurch immer stärker.

Mein Handy vibrierte. Als ich es aus der Manteltasche zog, sah ich, dass es Jonas war, und Adrenalin pumpte durch meinen Körper.

»Was ist passiert?«, fragte ich statt einer Begrüßung, nachdem ich seinen Anruf angenommen hatte.

»Es ist alles soweit in Ordnung hier, aber ...«, er zögerte, räusperte sich, »... da steht ein Päckchen vor deiner Wohnungstür.«

»Was ist drin?«

»Glaubst du ernsthaft, ich öffne diese Tür und sehe nach?« Er versuchte offenbar, leise zu sprechen, doch die Aufregung ließ ihn quietschen. »Komm nach Hause und mach es selbst.«

Ich warf einen Blick auf die Uhr. Es war halb sechs am Morgen und Brian und seine Kollegen wären hier wohl noch eine Weile beschäftigt. Damit hatte der Ripper die Nacht ungenutzt verstreichen lassen.

Ich spürte ein merkwürdiges Ziehen in meiner Magengegend bei dem Gedanken, ignorierte es jedoch. Er hatte kein Opfer je nach sechs Uhr morgens getötet, wodurch ich Brian und Jonas als in Sicherheit empfand.

»Gut, ich mache mich auf den Heimweg.«

Ich wollte das Gespräch gerade beenden, da fiel ihm noch etwas ein.

»Und Max? Ich habe den Beutel gefunden.«

Mein Herz machte einen Satz. Diese Nachricht rief Gefühle in mir hervor, die ich längst totgeglaubt hatte, jedoch ebenso eine Furcht, die ihresgleichen suchte. Das war die beste und die schlimmste Nachricht, seit ich in dieser Welt lebte.

Ich schluckte die Emotionen herunter, nickte und startete den Wagen. »Bis gleich.« Das Handy warf ich auf den Beifahrersitz, dann fuhr ich los.

Die Sonne schob sich langsam über die Häuser und färbte den Himmel in einer Mischung aus Orange und Rosarot. Eine gelungene Abwechslung zu dem Dauergrau und dem Regen der letzten Tage, doch der friedliche Anblick konnte nicht über das Grauen hinwegtäuschen, das in dieser Stadt vor sich ging.

Es war noch nicht viel los auf den Straßen, daher kam ich knapp zwanzig Minuten nach Jonas' Anruf an meinem Wohnhaus an. Während ich den Wagen parkte und zu meinem Appartement ging, dachte ich über das Paket nach. Was er mir wohl geschickt hatte?

Als nächstes stand die Nachstellung des Mordes an Annie Chapman an, der Frau, die er wie ein Stück Vieh in einem Hinterhof abgelegt hatte. Damals hatte er ihr den Uterus entfernt und mir geschickt.

Ich blieb abrupt stehen und runzelte die Stirn. Hätte er Brian töten wollen, dann wäre er gezwungen gewesen, seine gesamte Vorgehensweise zu ändern, denn die Organe, die er Annie entnommen hatte, besaß jener nicht. Ich hatte mich derart auf seine Ankündigung einer Bestrafung konzentriert, dass mir nicht aufgefallen war, wie stark er von der damaligen Tat abweichen musste, wenn er sich stattdessen einen Mann vornahm. Hätte er das gewollt? Nein, dafür war er viel zu detailversessen und strukturiert.

Plötzlich hatte ich das Gefühl, einen gefährlichen Denkfehler in meiner Rechnung entdeckt zu haben. Mir wurde heiß und kalt zugleich. Hastig, immer zwei Stufen auf einmal nehmend, stürmte ich zu meiner Wohnung hinauf. Schon von weitem sah ich das unscheinbare graue Paket mit der braunen Schnur. Ich nahm es in die Hände, ehe ich die Tür öffnete und es vorsichtig hineintrug.

Überraschenderweise wartete Jonas bereits an der Garderobe auf mich und schloss die Tür hinter mir ab, sobald ich über der Schwelle war. Sein Gesicht war kreidebleich und dunkle Schatten lagen unter seinen Augen. Vermutlich würde er nie mehr richtig schlafen.

»Er war hier«, sagte er leise und schüttelte sich. »Ich habe gehört, wie er den Flur entlangkam, das Ding da abstellte und wieder davonging. Und nicht nur das, Max, ich habe ihn gespürt.«

Ich drückte ihm freundschaftlich den Arm, versuchte jedoch gar nicht erst, meinen Schreck zu überspielen. Der Ripper durfte auf keinen Fall wissen, dass ich mit dem Lederbeutel einen Trumpf in der Hinterhand hatte. Jenen sah ich auf meinem Schreibtisch liegen. Ich marschierte darauf zu, steckte ihn in die Hosentasche, ohne ein weiteres Wort darüber zu verlieren, nahm dann die Schere und schnitt die Paketschnur auf. Bereits beim Aufreißen des Papiers schlich sich der beißende, metallische Gestank in meine Nase.

»Nein, das kann nicht sein«, murmelte ich und rupfte fieberhaft das Paket auf, während ich zu verstehen versuchte, was hier vor sich ging. Hatte es heute Nacht doch ein Opfer gegeben? Aber er sagte, einer meiner Freunde würde sterben. War es eine Lüge gewesen? Ich hatte schließlich keinen einzigen weiblichen ...

In dem Moment, als ich die Metallbox im Inneren des Pakets sah, fiel es mir wie Schuppen von den Augen. In meiner Brust tobte ein wildes Tier und ich musste mich an der Schreibtischkante festhalten, um das Behältnis nicht durch das geschlossene Wohnzimmerfenster zu werfen.

Es war kein Schreiben dabei, aber das war auch nicht nötig, denn ich wusste mit einem Mal, wem das Organ gehörte, das er heute Morgen vor meiner Tür abgestellt hatte. Ich atmete tief ein und aus, um mich zu beruhigen.

»Max?« Jonas stand mit gequälter Miene neben mir. »Was ... wer ist es? Was kann ich tun?«

Ich schüttelte den Kopf, hielt die Tränen mit aller Macht zurück und spiegelte meinen gesamten Zorn in meiner Miene, ehe ich Jonas ansah. »Ich werde diesen verfluchten Mistkerl töten, und wenn es das Letzte ist, was ich tue, das schwöre ich.«

11. Blutige Leidenschaft

Ich parkte halbwegs auf dem Bürgersteig und ließ die Fahrertür offen, aber das war mir in diesem Moment egal. Wie eine Wahnsinnige war ich durch Londons frühmorgendliche Straßen gerauscht, um so schnell wie möglich zu Kalis kleinem Hexenladen zu gelangen. Obwohl ich ahnte – nein, wusste – dass es schon zu spät war ...

Mit wild klopfendem Herzen hielt ich vor der Ladentür an. So eilig es mir war, hierherzukommen, jetzt scheute ich mich davor, hineinzugehen. Nach einer gefühlten Ewigkeit streckte ich meine Hand aus, schob die Tür auf und zwang mich, den Laden zu betreten. Im Inneren war es dunkel und meine Augen brauchten einen Moment, um sich an die Lichtverhältnisse zu gewöhnen.

Zum ersten Mal war der Fernseher hinter der Theke ausgeschaltet, obwohl Ida dort saß. Sie schnaufte, als wäre sie einen Marathon gelaufen, und schien nicht einmal die Kraft zu haben, zu mir aufzublicken.

»Ida?« Meine Stimme klang merkwürdig hohl in der drückenden Atmosphäre des Raums. Langsam ging ich auf die alte Frau zu, beobachtete ihre Mimik, versuchte, ihren Blick einzufangen. Mir schwante Böses ...

Sie machte ein hohes Geräusch, als hätte sie Schmerzen, dann hob sie endlich das Kinn und sah mich an. Es waren ihre Augen, die auf mich gerichtet waren, dennoch wollte sich keine Erleichterung in mir einstellen.

»Ida?«, wiederholte ich und streckte besänftigend die Hände aus. »Ist etwas geschehen?«

Sie atmete so schwer, dass sie wohl nicht fähig war, zu sprechen. Daher ging ich um die Theke herum zu ihr nach hinten, damit sie es mir zuflüstern konnte. Allerdings hielt ich abrupt an, als ich ihren Aufzug bemerkte. Die alte Frau trug lediglich ein Nachthemd und Pantoffeln, aber das war es nicht, was mir einen kalten Schauder den Rücken hinabjagte. Von dem weißen Stoff war kaum noch etwas zu sehen, denn sie war über und über mit Blut besudelt.

Mein Herz stolperte in meiner Brust. »Ida, was ist passiert?«

Sie kiekste, dann presste sie die Worte heraus: »Weiß ... es nicht. Warum ... hier?«

Die Frau hatte keine Ahnung – anscheinend war sie hier draußen zu sich gekommen und wunderte sich seither, wieso sie nicht im Bett lag. Und womit sie sich derart überanstrengt hatte.

Ich schluckte. Dann ging ich zum Perlenvorhang hinüber und zog diesen vorsichtig zur Seite. Es brannten lediglich ein paar Kerzen im Hinterzimmer, doch ich konnte den toten Körper am Boden deutlich erkennen. Nach einem Blick zu Ida schlüpfte ich in den Raum und trat zu Kalis sterblichen Überresten, vorsichtig darauf bedacht, nicht in Blut zu treten. Allerdings hatte Ida das, wie es aussah, bereits getan. Verdammt!

Als Erstes fiel mir Kalis Blick auf, er war nicht voller Angst wie Marys damals, sondern vielmehr verzweifelt und von Trauer erfüllt. Der Ripper hatte ihr die Wahl gelassen: Sie hätte sich gegen Ida wehren können, aber sie starb, damit ihre Freundin weiterleben konnte.

Ich ging neben ihrem Kopf in die Hocke, schluckte die Übelkeit herunter und zwang mich, meine Informantin genauer anzusehen. Ihre Zunge war geschwollen, ragte zwischen ihren Schneidezähnen heraus, und ihre Lippen waren blau – wie hatte die alte Frau es nur geschafft, die korpulente Kali zu ersticken? Allerdings war es wohl nötig gewesen, damit sie sich im weiteren Verlauf nicht wehrte.

Der Schnitt am Hals sah tief aus, die Haut wirkte ausgefranst. Es musste Idas Körper einiges abverlangt haben, Kali diese Wunden zuzuführen. Ich legte eine Hand auf den Mund und atmete so flach wie möglich, während ich meinen Blick über ihren Leichnam gleiten ließ. Der Bauch war aufgeschnitten, Teile des Darms herausgezogen und um die rechte Schulter drapiert worden. Ein fleischiges Stück, das ich nicht identifizieren konnte, und eine große Blutmenge befanden sich über der linken Schulter.

Ich erhob mich, wankte, schloss für einen Moment die Augen, um mich zu sammeln. Mein erster Gedanke war, wieder versagt zu haben. Ich hatte nicht an Kali gedacht. Wieso zur Hölle hatte ich nicht an sie gedacht?

Resolut schob ich die Selbstvorwürfe fort, für sie war hier kein Platz. Dieser Mord verriet mir, dass ich den Ripper nicht wütend genug gemacht hatte, um selbst Hand anzulegen. Er war nach wie vor zu beherrscht. Ich spürte den Lederbeutel in meiner Hosentasche mit einem Mal überdeutlich und wusste, es führte kein Weg daran vorbei, den Inhalt zu verwenden. So gern ich darauf verzichtet hätte. Aber zuerst musste ich Ida hier fortschaffen.

Ich suchte nach dem Schalter und knipste das Licht im Hinterzimmer an. Grell beleuchtet verlor das Bild vor mir nichts an seinem Schrecken, doch ich versuchte, meine persönlichen Gefühle wegzuschieben und mich auf die Tatsachen zu konzentrieren.

Abdrücke von Idas Pantoffeln waren in der großen Blutlache neben Kalis Mitte zu sehen, außerdem lag das lange Filetiermesser noch auf dem Tisch. Idas Spuren im Laden waren irrelevant, schließlich arbeitete sie hier, und auf der Haut einer Leiche konnten keine Fingerabdrücke festgestellt werden. Ich musste also einzig die Fußspuren und das Messer verschwinden lassen. Zusammen mit Ida. Ich würde nicht zulassen, dass die Frau im Gefängnis landete, wo sie den Rest ihres Lebens verbrachte.

Ich nahm das Messer und verließ den Raum. Die Waffe drückte ich der verdutzt dreinblickenden Ida in die Hand, dann leerte ich die Taschen meines Mantels, zog Handy und Schlüssel heraus und stopfte sie in die Hosentaschen. Die Elektroschockpistole, die ich immer bei mir trug, legte ich in eine Schublade unter der Kasse.

»Was ist hier los, Maxine?« Idas Atmung hatte sich ein wenig beruhigt, dafür war sie inzwischen weiß wie die Wand hinter ihr.

»Du hörst mir jetzt genau zu.« Ich bedeutete ihr, aufzustehen, nahm ihr das Messer ab, schob es in die Tasche meines Trenchcoats und legte ihr diesen um. Ida versank geradezu in dem Kleidungsstück, doch zumindest verdeckte es das Blut. »Du gehst jetzt auf direktem

Weg nach Hause. Dort angekommen rufst du hier an und lässt es drei Mal klingeln. Danach verbrennst du dein Nachthemd, die Pantoffeln und meinen Mantel, schrubbst das Messer sauber und nimmst eine ausgiebige Dusche. Du legst dich ins Bett und wenn jemand fragt, bist du die gesamte Nacht und den Morgen über dort gewesen, weil du dich nicht wohl gefühlt hast, verstanden?«

»Aber wieso ... was ...?« Sie blinzelte mich verständnislos an.

»Denk nicht darüber nach. Fang an zu packen, leg das Messer ganz unten in einen Karton und gib deiner Enkelin in der Nähe von Canterbury Bescheid, dass du jetzt bereit bist, zu ihr zu ziehen.« Ich wickelte sie wie ein Neugeborenes in den Mantel und zog das Band vor ihrem Bauch zu.

Sie beobachtete meine Bewegungen mit gerunzelter Stirn. »Ich verstehe das alles nicht. Was ist hier los?«

»Wenn die Polizei auftaucht, sagst du denen, dass du heute deinen letzten Arbeitstag gehabt hättest, bevor du umziehst, dich aber krankmelden wolltest. Keiner ist ans Telefon gegangen, was ungewöhnlich ist. Hast du das alles verstanden, Ida?«

»Wieso sollte die Polizei zu mir kommen?«

Ich schaute ihr in die ängstlich aufgerissenen Augen und brachte es einfach nicht über mich, ihr die Wahrheit zu sagen. Sie stand so sehr unter Schock, dass ihr das Blut auf ihrem Nachthemd offensichtlich nicht einmal aufgefallen war.

Ich versuchte mich an einem aufmunternden Lächeln, das vermutlich eher wie eine Grimasse aussah. Wenn ich ihr verschwieg, was passiert war, wären ihre

Überraschung und die Trauer, sobald die Polizisten die Nachricht überbrachten, wenigstens echt und damit glaubwürdig. Ich konnte nur hoffen, dass sie niemals darauf kam, was sie heute Nacht getan hatte.

»Fahr aufs Land, Ida, leg dir eine Katze zu und genieße dein restliches Leben. Versprichst du mir das?« Es war nicht nur so, dass ich mir das für die alte Frau wünschte. Ich schuldete es Kali, ihre Freundin in Sicherheit zu bringen.

»Gut, ja, es ... war eh der Plan.« Sie runzelte die Stirn und schaute sich im Laden um, als müsste sie sich alles genau einprägen. Als wäre sie die vergangenen sechs Jahrzehnte nicht schon hier gewesen.

Ich ging zum Eingang, schob die Jalousie mit den Fingern auseinander und blickte nach draußen. Inzwischen waren einige Passanten unterwegs, potenzielle Zeugen, die Ida später identifizieren konnten.

»Gibt es einen Hinterausgang?«

Ida schüttelte den Kopf.

Tief durchatmend schaute ich mich im Raum um, bis ich an der Tür zur Toilette hängenblieb. Wenn ich mich richtig erinnerte, gab es dort ein Fenster in Richtung Seitengasse. Ich nahm Ida mit mir und war froh, mich nicht getäuscht zu haben. Die Öffnung war schmal, aber eine schlanke Frau passte allemal hindurch.

Ich stellte den Mülleimer unter das Fenster, kletterte nach draußen und half dann Ida, wobei ich das Fliegengewicht mehr oder weniger heraushob. Sie war zu sehr geschwächt, um selbst hinauszukommen.

»Du gehst auf direktem Weg nach Hause.« Ich setzte ihr meine Mütze auf den Kopf und zog jene tief in die Stirn. »Sprich mit niemandem, sieh am besten nicht einmal auf.« Ich wartete, bis sie nickte. »Und was machst du dann?«

Sie wiederholte flüsternd, was ich ihr zuvor aufgetragen hatte. Daraufhin schlang sie plötzlich die knochigen Arme um mich und drückte sich an mich.

»Danke, Maxine. Und vergiss bitte nie wieder, wer du wirklich bist.«

Mich fröstelte, als ich ihr den Rücken tätschelte. Ida konnte sich kaum vorstellen, was hier vor sich ging, aber sie ahnte wohl, dass ich gerade ihren Kopf aus der Schlinge zog.

Wir verabschiedeten uns mit einem Nicken, ehe sie davonschlurfte und ich zurück in den Toilettenraum des Ladens stieg, wo ich das Fenster schloss und den Mülleimer wieder an Ort und Stelle positionierte. Kurz dachte ich darüber nach, meine Fingerabdrücke abzuwischen, doch ich ging seit Jahren in diesem Laden ein und aus – wie tausende andere Leute auch – das war also nicht nötig.

Ich setzte mich hinter die Theke und wartete aufrecht wie eine Statue. Bis das Telefon klingelte und ich Ida in ihrer Wohnung wusste, würde ich mich nicht rühren. Es dauerte eine Ewigkeit und eine zweite gleich hinterher, schließlich schellte jedoch das grelle Geräusch des Telefons durch den Laden. Drei Mal, dann verstummte es.

Mir graute davor, noch einmal ins Hinterzimmer zu gehen, aber ich musste Idas Fußspuren entfernen. Und leider fiel mir nur eine einzige Lösung dafür ein.

Ich schlüpfte durch den Perlenvorhang, blieb vor Kali stehen und schaute seufzend in das Gesicht der Dämonin.

»Es tut mir so leid. Alles, was geschehen ist.« Ich schüttelte den Kopf und legte eine Hand auf die Brust. »Er wird dafür bezahlen, Kali.«

Tief durchatmend machte ich ein paar Schritte zurück, dann holte ich Schwung, lief auf die größte der Blutlachen zu, schlitterte und ließ mich auf den Hintern fallen. Stöhnend sah ich mich um. Damit dürften die Spuren, die Ida eindeutig als Mörderin überführen konnten, von meinen überdeckt worden sein.

Vorsichtig rappelte ich mich hoch, zog das Handy aus der Hosentasche und wählte Brians Nummer. Es klingelte nur ein einziges Mal, ehe er abhob.

»Max? Was gibt es?«

»Das wird dir nicht gefallen.« Ich holte zitternd Luft. »Ich bin gerade über eine Leiche gestolpert. Und ich meine wirklich gestolpert. Ich glaube, er war es. Oh Gott, Brian, du musst sofort herkommen.« Um die panische Zeugin zu spielen, reichte mein schauspielerisches Talent noch aus, wie ich soeben feststellte. »Er hat sie getötet. Sie ist tot.«

»Bleib ganz ruhig, Max. Erzähl mir alles, langsam und von vorne.« Brian sprach in dem Tonfall zu mir, den Polizisten für Opfer von Gewaltverbrechen reservierten, allerdings hörte ich die Anspannung in ihm deutlich heraus.

»Ich wollte zu meiner Informantin, Kali. Die Tür ihres Ladens war offen, also ging ich einfach rein. Und dann ... lag sie dort ... in dieser riesigen Blutlache ...«

»Wo bist du genau?«

Ich gab Brian die Adresse durch, versicherte ihm, dass ich auf ihn warten würde, und beendete das Gespräch.

Erschöpft ließ ich mich auf einen Stuhl fallen und starrte auf die bunten Perlen des Vorhangs.

Ich dachte daran, wie Kali sich gefühlt haben musste, als Ida mit dem Messer vor ihr gestanden hatte. Als sie sich hatte entscheiden müssen, ob sie ihrer Freundin wehtat oder dem Monster in ihr nachgab. Unwillkürlich liefen Tränen über meine Wangen.

Wie musste es wohl sein, einen geliebten Menschen kaum wiedererkennen, nicht erreichen zu können? Wie hilflos und verzweifelt hatte sie sich gefühlt, als sie diese boshaft funkelnden Augen, diese irre verzogenen Lippen gesehen hatte? In einem Gesicht, das ihr derart vertraut war? Ich starrte auf das viele Blut, die Gedärme, die sich wie eine überdimensionale Nabelschnur aus Kalis mächtigem Bauch bis über ihre Schulter wanden, und versuchte, mir Henry Millers Miene in Idas Gesicht vorzustellen. Da spürte ich einen gewaltigen Stich im Herzen.

Die Erkenntnis schlug wie ein Blitz in mich ein. Und plötzlich wusste ich, wo ich dieses Bild und die diabolische Fratze schon einmal gesehen hatte.

***

Oberwelt 1858

»Wir werden über die Berge kommen, Eure Majestät. Es erscheint im ersten Moment wahnsinnig, aber es ist unser Gebiet, wir kennen jede Felsspalte dort.« Ich deute mit einer Hand auf die entsprechende Gegend auf der Karte. »Sie werden denken, dass wir uns zurückziehen. Und bevor sie merken, was wir geplant haben, haben wir den Feind bereits eingekreist.«

König Edwin nickt und zwirbelt seinen langen Kinnbart. »Eine kluge Strategie, mein General. Wann wirst du zu deinen Truppen stoßen?«

»Ich mache mich morgen bei Tagesanbruch mit der Verstärkung auf den Weg.« Ich rücke das Schwert an meinem Gürtel zurecht, straffe meine Gestalt und sehe meinen König ernst an. »Weiter werden sie nicht ins Land vordringen. Diese Schlacht haben sie bereits verloren.«

Er legt mir väterlich eine Hand auf die Schulter und lächelt mich an. »Und sie hielten mich für närrisch, weil ich das Amt des Generals einem Jungspund wie dir anvertraut habe.« Er lacht leise. »Ohne dich, Maxine, wäre Garold bereits Herrscher über dieses Land. Doch so sind die Leute nicht einmal verängstigt des Krieges wegen.« Er wirft einen Blick aus dem Fenster, vor dem sich der blühende Garten des Hofes erstreckt. »Stattdessen planen sie Feste, knüpfen Blumenkränze und freuen sich auf die Bekanntgabe ihres Thronfolgers.«

Ich schaue ihm in sein sonst so sonniges Gesicht, in dem sich tiefe Furchen in die Haut graben. Warum ist er besorgt – nach allem, was er gerade gesagt hat? Oder ist es die Trauer, weil er nie einen eigenen Thronerben in die Welt setzen konnte?

»Danke, mein König«, sage ich etwas unsicher, irgendetwas muss ich schließlich auf das Kompliment erwidern. »Wenn Ihr erlaubt, gehe ich jetzt zu meiner Familie. Ich möchte mich verabschieden, bevor ich morgen meine Reise antrete.«

Er blinzelt, als erwacht er aus einem Traum. Dann lächelt er. »Es wäre mir nach wie vor eine außerordentliche Freude, deine Familie hier am Hof begrüßen zu dürfen.« Er weist durch das Zimmer mit seinen schweren, dunklen Möbeln und den prachtvollen Behängen. »Ihr seid hier immer willkommen.«

»Das weiß ich zu schätzen«, erwidere ich. »Aber wir lieben unser abgeschiedenes Leben am See, es ist ruhig und friedlich.«

Er schmunzelt. »Und das ist es im Palast nicht?« Als ich mich winde, lacht er und klopft mir auf die Schulter. »Ich kenne die Antwort, du musst nichts sagen. Der Hof mit all seinen Albernheiten geht auch mir von Zeit zu Zeit ...«

»Mein König!« Ein Kammerdiener platzt in den Raum. Seine Wangen sind gerötet, die Augen aufgerissen. »Er hat es wieder getan. Ihr sagtet, ich solle Euch rufen.«

Stirnrunzelnd schaue ich zwischen dem erregten Diener und dem erschrockenen König hin und her, lege kampfbereit eine Hand an den Griff meines Schwertes.

»Was ist geschehen?«, verlange ich vom Kammerdiener zu erfahren. »Was ist der Grund für diesen Aufruhr? Ist jemand ins Schloss eingedrungen?«

»Nein, nein«, antwortet der König und wendet sich dann an seinen Diener. »Wo ist er?«

»Beim Hasenstall, mein König.« Er schielt kurz zu mir. »Der Kanzler ist bereits auf dem Weg. Sollen wir ... alles bereinigen, bevor Ihr dazustoßt? Es ist fürwahr kein schöner Anblick.«

Der König legt eine Hand an die Stirn, sodass ich seine Augen nicht sehen kann, mit der anderen wedelt er in

Richtung des Dieners. »Geh. Halte die Schaulustigen fern.« Nachdem sein Untertan fort ist, fügt er murmelnd hinzu: »Sehen will ich davon nichts mehr.«

»Benötigt Ihr meine Hilfe, mein König? Was kann ich tun?«

Ich mache einen Schritt auf ihn zu, da schüttelt er den Kopf und setzt ein warmes Lächeln auf. »Geh zu deiner Familie, Maxine. Sie wartet sicherlich auf dich. Die Gräuel des Hofes sollen deine Sorgen nicht sein.«

Ich schiebe die Brauen zusammen, nicke jedoch. Auf dem Weg nach draußen werfe ich einen Blick über die Schulter und sehe, dass sich der König mit gequälter Miene auf seiner Ottomane niederlässt. Was immer gerade geschehen ist, es scheint ihm mehr zuzusetzen, als er zugibt.

Ich weiß, ich sollte nicht neugierig sein und lieber rasch zu Charles und Cat nach Hause gehen, doch ich bringe es nicht über mich. Wenn etwas meinen König derart quält, will ich sehen, ob ich ihm helfen kann, daher schlage ich den Weg zum Hasenstall ein.

Bereits im Garten übertüncht der Gestank nach Blut und Tod die süßen Gerüche der akkurat gepflanzten Blumen. Meine Schritte beschleunigen sich unwillkürlich, immer weiter vorwärts in Richtung der Stallungen, wo neben den Pferden auch die Hasen und Hühner des Königs untergebracht sind.

Schon von weitem sehe ich einige aufgeregte Diener, die sich flüsternd unterhalten und auf eine Stelle neben einem hölzernen Gehege deuten. Ich ziehe meine Waffe, gehe langsam darauf zu und bin einen Moment lang wie erstarrt, als ich um die Ecke blicke.

In einer Lache aus Blut, Fleischstücken und Fellresten sitzt ein Kind. Die schmächtige Gestalt arbeitseifrig über sein tierisches Opfer gebeugt, zieht es die Gedärme aus dem toten Leib und lässt sie durch seine pummeligen Fingerchen gleiten.

Ich mache ein ersticktes Geräusch, da blickt der Junge zu mir auf. Sein blasses Gesichtchen ist blutverschmiert, seine Augen funkeln vor leidenschaftlicher Gier und ein breites Grinsen entstellt seine kindlichen Züge. Um den Jungen herum segeln vereinzelte Strähnen des Fells, das er von dem Hasen gezupft hat, und neben ihm liegt ein kleines blutiges Jagdmesser.

Sprachlos starre ich den Jungen an, unseren Thronfolger – gerade einmal fünf Jahre alt. Und ich erinnere mich an die Worte des Kammerdieners: *Er hat es wieder getan.* Wieder.

Ich räuspere mich, stecke das Schwert zurück in die Scheide und gehe in die Hocke, um auf Augenhöhe mit ihm zu sein. Ich will ihn anschreien, reiße mich jedoch zusammen, versuche, ruhig zu bleiben. »Was machst du denn da, kleiner Mann?«

Sein Grinsen wird breiter und in seinen Augen blitzt die pure Erregung auf. »Ich beherrsche das Leben.«

Seine Worte jagen einen eiskalten Schauder über meinen Rücken. »Warum musste der Hase sterben? Er hat dir nichts getan, also wieso hast du ihn getötet?«

»So schön«, antwortet der Junge und zieht einen weiteren blutigen Teil des Darms aus dem armen Hasen. »Ich mag es, wie sie mich ansehen, kurz vorher.« Ein Beben durchläuft seinen Körper. »Sie wissen genau, dass ich alles mit ihnen tun kann. Sie erkennen, wie mächtig ich bin.«

Vor Schreck bleibt mir der Mund offenstehen. Ich kann nicht fassen, was dieser Junge da von sich gibt, zumal er dabei ganz und gar nicht kindlich klingt. Unwillkürlich denke ich an die bevorstehende Zeremonie, in der der Thronfolger offiziell vom Volk akzeptiert wird. Soll dies hier wirklich unser zukünftiger König sein?

Ich weiß schlichtweg nicht, was ich erwidern soll, kann den Jungen lediglich anstarren, während er mit verklärtem Blick die Hände in dem toten Hasen vergräbt. Es ist das wohl Abartigste, was ich je mitansehen musste, dabei kämpfte ich in mehreren Kriegen.

Glücklicherweise verschont mich die Ankunft der Eltern davor, mich weiter mit dem Thronfolger befassen zu müssen. George Bell, der Kanzler, und seine Frau Lynett treten zu uns heran.

Ich kenne George als loyalen, ernsten und pflichtbewussten Mann, der eher zurückhaltend und bedacht ist. Seine Frau habe ich bisher nicht oft gesehen. Sie soll einmal schön gewesen sein, doch ihre dunklen Locken wirken heute stumpf, ihre Haut teigig und aufgequollen. Man sagt, sie habe die Geburt ihres Sohnes nicht gut überstanden, vielmehr habe er seine Mutter buchstäblich zerrissen, wie man hört. Aus der einst geselligen Dame wurde danach eine gleichgültige, kalte Frau, die teilweise in Lethargie versinkt, Trost am Grund eines Weinkelchs findet, kaum noch spricht, und jeden um sich herum zu verabscheuen scheint. Bei dem missfälligen Blick, den sie mir schenkt, kann ich mir das vorstellen.

George kommt mit nervöser Miene auf mich zu, statt sich mit seinem Sohn zu befassen. »Er ist ein Kind. Er weiß nicht, was er da tut.«

Er scheint das Gefühl zu haben, sich vor mir rechtfertigen zu müssen. Zum einen ist das unnötig, zum anderen nehme ich ihm seine Worte nicht ab. Dennoch nicke ich, bis ein dumpfer Knall meine Aufmerksamkeit erregt.

Verwundert beobachte ich, wie die sonst so gleichgültige Lynett ihrem Sohn mehrere Ohrfeigen verpasst. »Du bist eine Ausgeburt des Teufels! Die Pest! Die Pest, hörst du, Aaron?! Wir hätten dich nach deiner Geburt in einen Sack stecken und im Fluss ertränken sollen.«

Mehr noch als ihre heftige Reaktion überrascht mich die des Jungen. Er grinst nicht mehr, sondern lächelt selig und mit sanftem Blick. Er genießt seine Bestrafung. Vermutlich ist es die einzige Form von Zuwendung, die er überhaupt von seiner Mutter erhält, und dieser kleine Tierquäler labt sich an der Aufmerksamkeit.

Lynett holt ein weiteres Mal aus, da stürme ich auf sie zu und packe ihr Handgelenk. »Seht Ihr nicht, was Ihr da tut? Ihr bestärkt ihn noch in seinem blutigen Handeln.«

Sie reißt sich von mir los, strafft ihre Gestalt und hebt ihr Kinn. Mit einem Blick, der Lava gefrieren könnte, schaut sie auf ihren Sohn herab. »Ich bin mit dir fertig, du kleines Monster.« Damit dreht sie sich um und schreitet davon.

Ich sehe ihr stirnrunzelnd nach, bis ich Aarons Blick auf mir spüre. Der Thronfolger schießt förmlich mit seinem wütenden Hass auf mich, so intensiv, dass mein Gesicht zu glühen beginnt.

»Aaron, lass den Hasen los und geh dich waschen«, befiehlt George seinem Sohn, der dem widerstrebend nachkommt. Dann wendet er sich mir zu und lächelt gekünstelt. »Nun, er ist ein neugieriger Bursche. Wissbegierig und strebsam, ständig … öffnet er Dinge, um nachzusehen, was sich darin befindet. Wir werden ihn bei den besten Ärzten des Hofes ausbilden lassen, damit er seine … Talente einmal … zum Wohle aller einsetzen kann.«

Ich hebe eine Braue. Vielmehr als ein Studium bei einem zu absolvieren, glaube ich, dass den Jungen einmal ein Arzt ansehen sollte. Und seine Mutter gleich mit. »Es ist vermutlich kein Fehler, eine Riege Ärzte um den Jungen zu scharen.«

George räuspert sich unbehaglich, dann legt er freundschaftlich eine Hand auf meinen Arm und dreht mich von der blutigen Szenerie weg. »Ich vertraue auf Eure Verschwiegenheit, General. Als Kanzler des Königs weiß ich genau, wie ich mit Umständen wie diesen zu verfahren habe, vertraut mir.«

Ich überlege, ob ich ihn darauf aufmerksam machen soll, dass er seinen eigenen Sohn als Umstand bezeichnet, entscheide mich jedoch dagegen. George ist der Kanzler, ich der General – die Vorfälle am Hof gehen ihn an, die in der Schlacht mich.

»Wenn Ihr nun erlaubt …«, sage ich deshalb.

»Selbstverständlich.« Er macht eine übertrieben ausladende Geste, um mich zu entlassen.

Ich nicke ihm zum Abschied zu, ehe ich mich umdrehe und gehe, wobei ich mich zwinge, nicht zurückzusehen. Ich muss darauf vertrauen, dass der König und der Kanzler wissen, was sie tun. Wobei es mich fröstelt, wenn ich an die Zeremonie denke. Bei den Worten ›Mein Volk, begrüßt Euren künftigen König!‹ werde ich sicherlich dieses irre Grinsen und all das Blut im Kopf haben.

Auf dem Weg nach Hause versuche ich die Gedanken abzuschütteln. Der Junge wusste es nicht besser, sage ich mir. Er giert lediglich nach Aufmerksamkeit. Es wird sich legen, wenn er erwachsen wird.

An diesem Tag halte ich mein Baby, meine kleine Cat, länger als sonst in meinen Armen. Ich will, dass sie spürt, wie sehr sie geliebt und geschätzt wird. Niemals soll sie das Gefühl bekommen, nach Aufmerksamkeit betteln zu müssen.

***

Keuchend vergrub ich das Gesicht in den Händen. Einfach alles ergab damit Sinn! Vor allem der Hass auf dunkelhaarige Alkoholikerinnen und Prostituierte im Allgemeinen und auf mich im Besonderen. Meinem Eingreifen an jenem Tag hatte es der fünfjährige Aaron zu verdanken, dass seine Mutter endgültig aufgab, den Hof und ihre Familie verließ und schließlich aus trunkenheitsbedingtem Geldmangel in einem Bordell Zuflucht suchte. Außerdem erklärte es die theoretischen Kenntnisse des Rippers in Medizin, denn der Thronfolger absolvierte ein ausgiebiges Studium bei verschiedenen Ärzten des Hofes.

Allerdings war da der nicht unerhebliche Fakt, dass Aaron Bell tot war. Ich hatte seine aufgebahrte Leiche gesehen, den Trauerzug von meiner Zelle aus gehört.

Wie konnte es sein, dass er in dieser Welt weilte, in einem Körper, der nicht sein eigener zu sein schien? Denn wenn ich an den Jungen zurückdachte, sah ich rabenschwarzes Haar und beinahe ebenso dunkle Augen. Doch die Miene, diese perverse Leidenschaft, war exakt dieselbe.

Ich massierte mir die Stirn. War es noch recht, an einen Zufall zu glauben, dass ich hier in dieser Welt und in dieser Stadt gelandet war? Einmal mehr spürte ich den Lederbeutel in meiner Hosentasche, er schien förmlich zu glühen. Damit blieb mir nichts anderes mehr übrig, als dessen Inhalt zu aktivieren. Doch ich musste es schlau angehen, musste den Ripper auf eine falsche Fährte locken, sonst verlor ich das, was mir am allerwichtigsten war.

Das Geräusch des Glöckchens über der Ladentür riss mich jäh aus meinen Gedanken. Ich sprang vom Stuhl auf und als Brian durch den Perlenvorhang trat, musste ich meinen Schmerz, die Fassungslosigkeit und Verwirrung nicht einmal spielen. Er schaute zuerst mich an, dann Kalis leblosen Körper und die Spur im Blut, die ich gezogen hatte. Schließlich kam er auf mich zu und nahm mich in die Arme, trotz des Blutes an meiner Kleidung und obwohl seine Kollegen hinter ihm in den Raum drangen.

»Es tut mir leid, dass du das erleben musstest, Max«, flüsterte er in meine Locken.

»Mir auch«, murmelte ich, dann löste ich mich von ihm und schüttelte meine Hände aus, die tatsächlich etwas zitterten. »Was ist, kann ich jetzt von hier verschwinden?«

Er musterte mich und entschied daraufhin wohl, dass ich gerädert genug aussah, um mich als Verdächtige auszuschließen. Sanft legte er eine Hand an mein Kreuz, hielt den Perlenvorhang auf und schob mich in den Verkaufsraum.

Ich warf einen letzten Blick über die Schulter auf Kalis Gesicht und versprach ihr still, mich dieses Mal nicht zu verkriechen, sondern für Gerechtigkeit zu sorgen.

»Was hast du so früh hier gemacht?«, hakte Brian nach.

Ich wischte eine schweißnasse Strähne aus meiner Stirn. »Ich komme ab und an vor Ladenöffnung hierher, um mich mit Kali auszutauschen.« Das Gegenteil sollte er mir erst einmal beweisen. »Sie ist meine wichtigste Kontaktperson in der Stadt. Sie hört Dinge ... hörte, meine ich natürlich.«

Ich hielt gewaltsam die Tränen zurück, die sich in meinen Augen sammelten. Erst jetzt spürte ich, wie sehr ich die Dämonin wirklich gemocht hatte. Der Ripper hatte das anscheinend vor mir gewusst.

»Inspector Grant wird dich zur Wache mitnehmen.« Als ich Brian entgeistert ansah, erklärte er: »Er wird nur kurz deine Aussage aufnehmen, dann darfst du gehen. Am besten fährst du danach zu meiner Wohnung und ruhst dich dort ein wenig aus – ich komme später nach und ...« Vermutlich hatte er so etwas sagen wollen wie ›tröste dich‹, ›halte Händchen‹ oder einen anderen rührseligen Nonsens, stattdessen zog er einen Schlüsselbund aus der Tasche, entfernte einen kleinen silbernen Schlüssel und reichte ihn mir. »Du solltest jetzt nicht allein sein.«

Ich nickte. Für diese Geste war ich tatsächlich dankbar, denn ich konnte ein wenig Ruhe und eine Portion Schlaf gut gebrauchen. »Danke, Brian.« Ich schaute in seine warmen braunen Augen und versuchte mich an einem Lächeln. »Du bist einer der Guten.«

»Dafür werde ich bezahlt«, scherzte er, dann winkte er seinem Kollegen und schob mich auf die Ladentür zu. Als wir nach draußen traten, empfing uns ein Blitzlichtgewitter.

»Haben Sie die Leiche gefunden, Miss Atwood?«, rief irgendjemand und Brian knurrte förmlich neben mir.

»Was sagen Sie dazu, dass Ihre Leute den neuen Ripper nicht aufhalten können, Chief Superintendant Hutchinson?«

Inspector Grant packte meinen Arm und gemeinsam marschierten wir auf dessen Dienstwagen zu. Als wir losfuhren, hatte Brian den Geiern von der Presse bereits den Rücken gekehrt und ging zurück zum Tatort.

Während der Fahrt schlief ich beinahe ein – die Müdigkeit der vergangenen Tage machte sich bemerkbar. Glücklicherweise dauerte es nicht lange, meine Aussage zu machen. Vermutlich, weil ich so aussah, wie ich mich fühlte und der Inspector die Sache deshalb nicht unnötig in die Länge ziehen wollte.

Nachdem ich mich versichert hatte, dass Jonas wohlauf war – ich hatte ihn aufgeweckt, auch ihm saß die letzte Nacht in den Knochen –, fuhr ich zu Brians Wohnung, nahm eine heiße Dusche und legte mich ins Bett. Eine ripper- und pressefreie Zone war die pure Erholung. Ich schlief rasch ein, doch nach drei Stunden war ich wieder wach und konnte meinen Verstand beim besten Willen nicht mehr zur Ruhe bringen. Ich musste das Rätsel um Aaron endlich lösen und diesen verfluchten Mistkerl aufhalten.

Brian war noch nicht aufgetaucht – hätte mich auch gewundert, nachdem er die inzwischen vierte Leiche aufzusammeln gezwungen war. Die nicht einmal in Whitechapel, sondern sehr viel weiter westlich ermordet wurde. Ich hoffte nur, dass ich Idas Spuren gänzlich beseitigt hatte.

Ich rieb mir das Gesicht, ehe ich mich erhob und zu meinen Kleidern hinüberging, die ich über einen Stuhl im Schlafzimmer gelegt hatte. Nach dem Duschen hatte ich mir ein Shirt von Brian sowie eine seiner engen Shorts aus dem Schrank genommen.

Ich kramte in meiner Jeanstasche, zog den Beutel heraus und setzte mich damit aufs Bett. Bisher hatte ich es nicht gewagt, hineinzusehen, doch jetzt löste ich die Schnur, drehte den Beutel um und ließ den Inhalt auf meine Handfläche fallen. Es war ein schneeweißer Stein. Ich hatte noch nie so einen gesehen, ahnte jedoch, was das war: Meine letzte Hoffnung und die einzige Chance, dem Ripper eine Falle zu stellen.

Vorsichtig packte ich den Stein wieder ein, dann zog ich mich an und traf einige Vorbereitungen für meinen ersten Spielzug in der Angriffsposition.

12. Keine Höflichkeiten mehr

Ich musste mich erneut durch einen Pulk von Presseleuten kämpfen, als ich vor meinem Wohnhaus ankam. Woher wussten diese Leute nur, wo ich lebte? Und wieso konnten sie statt mir nicht irgendeinem C-Promi auf die Nerven fallen, die genossen den Rummel wenigstens. Doch so lästig die Reporter auch waren, sie ließen sich hervorragend in meinen Plan integrieren.

Immer zwei Stufen auf einmal nehmend, eilte ich zu meiner Wohnung. Vor der Tür hielt ich an, ging in die Hocke und stellte die Papiertüte, die ich wie einen Schatz umklammert hatte, auf den Boden. Dann packte ich aus: einen feuerfesten Teller, eine Handvoll Holzstäbe, einen Kaminanzünder und Streichhölzer. Nachdem ich mich vorsichtshalber noch einmal umgesehen hatte, entzündete ich vor meiner Wohnungstür ein kleines Lagerfeuer. Als es einigermaßen stabil brannte, zog ich den Lederbeutel aus der Hosentasche und ließ den Stein ins Feuer fallen.

In meiner Heimat gab es sogenannte Glühfelssteine, mit denen wir Nachrichten übermittelten. Sie speicherten die Sprache in sich und gaben sie wieder ab, wenn sie mit Feuer in Berührung kamen. Sie waren schwarz und glatt, exakt gegenteilig zu dem Stein, den ich von Mary erhalten hatte. Dennoch sagte mir eine innere Stimme, er würde auf die gleiche Weise funktionieren. Mir blieb nur zu hoffen, dass sie recht behielt.

Ich ließ das Feuer brennen, schloss die Tür auf und trat in den Flur.

»Jonas?«, rief ich, noch bevor ich ins Wohnzimmer kam.

Er erhob sich vom Sofa und schaute mich an, als platzte er vor Neugier, aber er verkniff es sich offenbar, mich auszufragen. Er wusste, ich konnte ihm ohnehin nichts erzählen.

»Geht es dir gut?«, hakte er nach und musterte mich vorsichtig.

»Er hat Kali getötet.« Ich fuhr mit den Händen über mein Gesicht, versuchte, meine Wut nicht durchschimmern zu lassen. Der Ripper sollte lediglich meine Verzweiflung sehen, sollte glauben, dass ich kurz davor war, erneut zusammenzubrechen. »Ich weiß einfach nicht ...«

Ich ließ den Satz in der Luft hängen und blinzelte Jonas an, als würde ich mich jetzt erst wieder erinnern, dass das Monster alles, was ich sagte, mithören konnte.

Mein Assistent schüttelte entsetzt den Kopf, ehe er mich unvermittelt in die Arme zog und an sich drückte. Er musste nichts weiter sagen, ich spürte, was er dachte. Einen Moment lang ließ ich mich in die liebevolle Umarmung sinken, dann löste ich mich von Jonas und schaute mich in der Wohnung um.

Wie es aussah, hatte er mein Hab und Gut in alle Taschen und Kartons, die er finden konnte, eingepackt. Ein Lächeln formte sich auf meinen Lippen, ich wusste selbst nicht, wieso. Denn ich realisierte in diesem Augenblick, dass ich all diesen Kram nicht mehr brauchte. Bei dem, was ich vorhatte, würde ich den Ripper entweder töten und in meine Heimat zurückkehren oder sterben. Alles oder nichts. Eine andere Option gab es nicht mehr.

»Wo hast du die Fallakten hineingepackt?«, fragte ich.

Jonas deutete er auf eine Kiste neben dem Schreibtisch.

»Gut, vergiss den ganzen Scheiß hier. Wir nehmen nur mit, was nicht für menschliche Augen bestimmt ist, mit dem Rest kann Bond machen, was er will.«

Er schob die Brauen zusammen. »Im Ernst? Du willst dein gesamtes Leben hier lassen?«

»Welches Leben?« Ich ging zu der Kiste hinüber und kramte die Ripper-Akten raus. »Du kommst mit zu Brian, hier kannst du nicht bleiben.«

»Aber ich darf die Wohnung nicht ...«

»Regeländerung, Jonas.« Ich schoss einen zornigen Blick auf ihn ab, der für das Monster in seinem Kopf bestimmt war. »Wenn er auf die Regeln scheißt, tun wir das auch. Hier kannst du nicht bleiben, Bond wirft dich spätestens morgen früh raus.«

Er verschränkte die Arme vor der Brust. Mein Vorschlag schien ihm nicht zu gefallen, was ich ihm kaum verdenken konnte. Im Gegensatz zu mir war er sich schließlich nicht absolut sicher, dass der Ripper niemals einen Mann töten und damit von seinem sorgfältig geplanten Comeback abweichen würde. Im Grunde hätte ich Jonas nach Hause schicken können, aber ich musste den Schein wahren.

»Was willst du Brian sagen, weshalb du deinen Assistenten zu ihm eingeladen hast?«

»Brian muss sich jetzt für eine vierte Leiche rechtfertigen, er wird kaum merken, dass du da bist.« Ich zuckte mit den Schultern. »Und wenn doch, fällt mir schon irgendetwas ein.« Das war momentan definitiv nicht meine größte Sorge.

Ich klemmte die Akten unter meinen Arm und blickte mich noch einmal um.

»Das kann ja heiter werden.« Jonas deutete in Richtung Tür. »Sollen wir dann gehen?«

»Ja, sofort«, murmelte ich und starrte auf einen Fleck auf dem Flurteppich, als würde ich angestrengt nachdenken. Ich wartete auf ein Klingeln oder Klopfen, seit ich hereingekommen war, aber vor der Tür tat sich nichts. Hatte der Stein nicht funktioniert?

Schweiß trat auf meine Stirn und mein Herz klopfte schneller. Ich wusste nicht, was schlimmer war – wenn es klappte oder wenn nicht. Irgendwie musste ich Zeit schinden, bis ich Gewissheit hatte.

Ich ließ den Blick über die Taschen und Kartons schweifen. »Vielleicht sollte ich noch einmal nachsehen, ob ...« Ein schmerzhafter Stich fuhr in meine Brust, brachte mich zum Stocken – und plötzlich fühlte ich eine Präsenz. Einen Augenblick später klopfte es an der Tür.

Mein Herz raste und meine Handflächen wurden feucht. Ich brauchte volle drei Sekunden, um meine Beine dazu zu bringen, sich vorwärts zu bewegen. Sie war wirklich gekommen. Sie war hier, bei mir.

Jonas sagte irgendetwas, doch seine Worte drangen nicht zu meinen Verstand vor. Langsam öffnete ich die Wohnungstür, blickte der jungen Frau in die saphirblauen Augen und legte eine Hand auf meine Brust, um mein stolperndes Herz zu beruhigen.

Ein strahlendes Lächeln formte sich auf ihren Lippen und erhellte ihr engelsgleiches Gesicht. Sie trug eine beigefarbene Tunika, einen breiten Gürtel um ihre Taille und eine Hose aus rauem Leder – damit wirkte sie wie eine kriegerische Elfe aus den Tolkien-Romanen.

»Cat«, flüsterte ich, streckte die Finger nach ihr aus und berührte sanft ihre Wange. Sie war echt. Und sie war hier.

Unvermittelt zog ich sie in meine Arme, streichelte über ihr samtenes Haar und atmete ihren Duft ein. Sie roch nach Milch und Honig, sanft, rein und heimelig.

»Meine Cat«, flüsterte ich wieder und spürte, wie ihr zierlicher Körper bebte, als sie sich an mich drückte.

»Cat?« Jonas' Stimme erklang neben mir. »Etwa die Cat?«

Ich atmete einmal tief durch und schloss die Augen. Ich versank kurzzeitig in dem Moment, ehe ich mich dazu zwang, meinen Plan durchzuziehen. So gern ich meine Tochter einfach nur in den Armen gehalten hätte, sie war aus einem bestimmten Grund hier.

Daher tat ich so, als erinnerte ich mich wieder daran, dass der Ripper unser Wiedersehen miterleben konnte. Mit panisch geweiteten Augen ließ ich von Cat ab, schubste Jonas gegen die Wand und hielt ihm den Mund zu. »Sag nichts, denk nicht einmal etwas, ich bitte dich.«

»Mom?«, hakte Cat verwirrt nach und spielte mir damit perfekt in die Karten.

Ich zog eine gequälte Grimasse, ehe ich Cat am Arm in die Wohnung zog und die Tür hinter ihr schloss. Allerdings konnte ich sie danach nicht loslassen. Es war überwältigend, dass sie wirklich hier war und ich musste sie berühren, mich in jeder Sekunde davon überzeugen, nicht zu träumen.

»Geh bitte ins Schlafzimmer«, sagte ich zu Jonas. »Ich muss mit meiner ... Klientin unter vier Augen sprechen.«

Er nickte und tat wie ihm geheißen. Nachdem er die Tür geschlossen hatte, legte ich einen Finger an die Lippen und zog Cat mit mir, ganz nah ans Schlafzimmer. Ich wollte, dass der Ripper alles, was wir sagten, mithörte, jedoch glaubte, wir beabsichtigten das Gegenteil.

Ich fuhr meiner Tochter durch die blonden Locken und sog ihren Anblick tief in mich ein. Sie war erwachsen geworden, aber sie hatte noch so viele Züge des kleinen Mädchens an sich, dass mir vor Glück und Trauer zugleich die Tränen in die Augen stiegen. Sie beantwortete meine liebevolle Geste mit einem Lächeln und nahm meine Hände in ihre.

»Ich fasse es nicht, dass du wirklich hier bist«, flüsterte ich. Noch weniger fasste ich es, dass das die gesamte Zeit über ihr Plan gewesen sein musste. Weshalb hätte sie mir sonst den Stein geben, warum sich sofort vor Jonas zu erkennen geben sollen?

Sie holte Luft, doch ich schüttelte den Kopf. Ich griff mit einer Hand in meine hintere Hosentasche, zog den Brief heraus, den ich bei Brian geschrieben hatte, und steckte ihn ihr vorsichtig zu, damit nichts verdächtig raschelte. Ich hatte den Plan für sie aufgeschrieben und um Verzeihung gebeten, weil ich sie in die Sache mit hineinzog. Ich verabscheute mich selbst dafür, meine eigene Tochter als Köder zu benutzen, doch ich war am

Ende meiner Weisheit angelangt. Mir fiel keine andere Möglichkeit mehr ein.

»Du solltest nicht hier sein«, sagte ich etwas lauter. »Geh zurück in die Oberwelt, es ist hier nicht sicher für dich.«

»Dort ebenfalls nicht.« Auf mein Stirnrunzeln hin fügte sie erklärend hinzu: »Ich weiß zu viel.«

»Über Aaron?«

Das schien sie zu überraschen. Fragend legte sie den Kopf schief.

»Wie kann das sein, Cat? Er ist ermordet worden.«

»Sein Körper ist tot, aber seine Seele nicht.« Sie massierte sich die Stirn. Eine Angewohnheit, die ich immer schon gehabt, und scheinbar auf sie übertragen hatte. Ich konnte nicht anders, als zu lächeln, bis sie fortfuhr: »Er ist von Anfang an ein kränkliches Kind gewesen, dabei sollte er den Thron besteigen. Also griff sein Vater auf eine sehr unkonventionelle Medizin zurück: das Blut eines Dämonenlords. Es hat Aaron stark gemacht und ihm gewisse Fähigkeiten verliehen, weshalb sein machtbesessener Vater ihm immer mehr verabreichte. Aber der Junge wurde wahnsinnig davon, sein Geist konnte mit dem Fremdartigen nicht umgehen. Irgendwann entschieden der Kanzler und der König, dass ihr Experiment fehlgeschlagen und der Thronfolger unzumutbar für das Reich ist, deshalb musste er sterben. Allerdings erkannten sie, dass sie seine mit Dämonenblut verseuchte Seele nicht vernichten konnten und verbannten diese deshalb in die Menschenwelt.«

Ich blinzelte sie ungläubig an. »Als wäre hier der Müllabladeplatz der Oberwelt ...« Einen Augenblick lang ließ ich ihre Worte auf mich wirken, dann schüttelte ich keuchend den Kopf. »Das bedeutet, sie haben mir den Mord angehängt. Sie haben mich hierhergeschickt, um Aaron aufzuhalten, sollte er sich eines Körpers bemächtigen … Deshalb war ihnen die Vernichtung des Rippers so wichtig. Der König wollte mich von Anfang an nur begnadigen, wenn ich es schaffe, Aarons Seele zu vernichten.«

Eine wahre Tirade an Flüchen lief in meinem Kopf ab. Endlich hatten auch die letzten Puzzleteile ihren Platz eingenommen, allerdings gefiel mir das Bild, das sie ergaben, ganz und gar nicht.

»Der König wollte dich immer begnadigen«, widersprach Cat. »Doch er starb, bevor er das Dokument unterzeichnen konnte. Ich bin sicher, König George hat seinen Vorgänger ermordet.«

»Der ehemalige Kanzler sitzt jetzt auf dem Thron?« Meine Stimme hatte sich überschlagen. Ich starrte in Cats ernst dreinblickende Augen und versuchte, das alles zu verarbeiten.

George Bell hatte seinen eigenen Sohn zu einem Monster gemacht und auf die Menschenwelt losgelassen – und dafür saß er nun auch noch auf dem Thron? Ich schüttelte den Kopf.

»Wieso hat Mary mir das nicht erzählt?«

»Sie dachte, es wäre besser für dich, du wüsstest so wenig wie möglich. Erst nach eurem … Scheitern«, sie räusperte sich, »nahmen die Dinge, die sich längst in der Oberwelt ankündigten, ihren Lauf.«

Ich drückte ihr mitfühlend den Arm. »Es tut mir leid, was mit Mary geschehen ist.«

Sie nickte. »Ich weiß. Es ist nicht deine Schuld.« Seufzend wandte sie den Blick ab. »Mom ... da ist noch etwas ...«

Am liebsten hätte ich mich hingesetzt. Meine Knie wurden so weich, dass ich glaubte, bald einzuknicken.

»Ich gab Mary den Wanderstein, damit ich nachfolgen und euch unterstützen kann. Ihr war es möglich, durch ein offizielles Portal im Schloss zu gehen, ich brauchte aber einen anderen Weg, denn ich wurde stets beobachtet. Das war, weil ... Dad ...« Es fiel ihr sichtlich schwer, Worte zu finden, daher stützte ich sie an den Schultern, so wacklig ich selbst war. »Er wollte eine Revolte anzetteln, weil er an deine Unschuld und eine Verschwörung des Königshauses glaubte. Und da haben sie ihn gefangen genommen und ... hinrichten lassen.«

Ich keuchte. »Wann?«

»In dieser Welt schrieben sie das Jahr 1889.«

Nun konnten mich meine Knie tatsächlich nicht mehr tragen. Ich sank zu Boden und lehnte mich gegen den Türrahmen des Schlafzimmers. Fast hundertdreißig Jahre. Mein Charles war schon so lange tot und ich hatte es nicht gewusst. Nicht geahnt!

Mein Herz krampfte. George, dieser machtbesessene Lügner, hatte alles zerstört, was mir je etwas bedeutet hatte. Er hatte mich aus meiner Heimat verbannen lassen, seinen Sohn auf mich gehetzt, meinen Mann getötet ... Aber Cat war mir noch geblieben.

Meine Tochter setzte sich neben mich auf den Boden und nahm meine Hand. »Es tut mir so leid, Mom.« Tränen glitzerten in ihren Augen, weshalb ich ihr unwillkürlich die Wange streichelte.

»Wieso haben sie dir nichts getan?«

»Ich gab vor, nicht Bescheid zu wissen. Ich gab vor«, sie schloss die Augen und verzog die Lippen, »dich zu hassen für das, was du getan haben sollst. Mir blieb nichts anderes übrig, ich musste mich unauffällig verhalten.«

Ich nickte und tätschelte ihr das Knie. »Du hast das Richtige getan.«

»König George ließ dich sowie seinen Sohn aus allen Aufzeichnungen streichen. Es ist bei Strafe verboten, über euch beide zu sprechen.«

»Das glaube ich gern.« Ich lachte auf, obwohl mir beileibe nicht danach war. »Lügen, Intrigen ... Das ist nicht das Königshaus, das ich kenne. Nicht die Heimat, die ich kenne.« Mit dem Kinn deutete ich zur Tür, um zu zeigen, dass ich ab jetzt für die Ohren eines anderen sprach. »Selbst wenn wir den Ripper erledigen, Aarons Seele vernichten, kann ich nie zurück in die Oberwelt.«

Cat schüttelte den Kopf, machte eine kreisende Geste über ihrem Herzen und zog dann einen Wanderstein aus ihrer Hosentasche. Ich wusste, was sie mir sagen wollte: Meine Soldaten waren mir gegenüber nach wie vor loyal. Wenn ich zurückkam, würden sie mir helfen, den König zu stürzen. Ich konnte mir ohnehin nicht vorstellen, dass George ein Mann war, den das Volk gern auf dem Thron sah.

»Dennoch müssen wir es versuchen«, antwortete sie schließlich.

»Ich habe eine Idee.« Ich senkte die Stimme. »Es gibt hier einen Dämon, der Waffen aus der Unterwelt verkauft. Ich schätze, damit müsste ich Aarons Seele vernichten können.« Ich machte einige Handbewegungen, die darauf hinweisen sollten, dass ich einen Plan hatte, den ich ihr noch mitteilen würde, woraufhin Cat lediglich nickte. »Aber du musst mir versprechen, dass du dich heraushältst. Du solltest überhaupt nicht hier sein, Cat. Wenn er nun wieder zornig wird und mit dir das Gleiche macht wie damals mit Mary ... Es würde mich umbringen.« Das war die reine Wahrheit, sollte ihn jedoch auch reizen. »Ich hoffe nur, er hat noch nicht gemerkt, dass du hier bist.«

Ich glaubte nicht wirklich daran, immerhin konnte ein Gefallener einen anderen zu jeder Zeit spüren, egal wo auf dieser Welt er sich aufhielt.

Sie drückte meine Hand und bedachte mich mit einem intensiven Blick aus ihren saphirblauen Augen. »Einverstanden. Ich werde mich verstecken, wenn du darauf bestehst. Meine Absicht war es, dir zu helfen, Mom, aber ich sehe, ich kann nichts tun. Er ist zu mächtig.«

Ich spürte, wie es um meine Mundwinkel zuckte. Es war Cat anzusehen, dass sie mehr als bereit war, sich diesem Monster zu stellen – sie hatte den gleichen Blick wie ich, bevor ich in eine Schlacht zog. Meine Tochter war mutig, kriegerisch, tapfer. Ich hätte nicht stolzer auf sie sein können.

In diesem Moment überkam es mich, sodass ich ihr Gesicht zwischen die Hände nahm, sie auf die Wange küsste und meine Stirn gegen ihre legte. »Ich habe geglaubt, ich sehe dich nie mehr wieder«, flüsterte ich. Am liebsten hätte ich ihr gesagt, wie leid mir alles tat und dass ich es kaum ertrug, sie in Gefahr zu wissen. Aber das musste ich nicht, sie spürte wohl, was ich dachte.

»Alles wird gut, Mom«, sagte sie so leise, dass selbst ich es kaum hören konnte.

»Ich habe die Schlüssel zu einem Reihenhaus, das momentan unbewohnt ist.« Ich hatte es nur mieten können, weil ich Brians Kreditkartennummer angegeben hatte. Natürlich fühlte ich mich schmutzig deswegen, aber Cat brauchte eine geeignete Unterkunft, einen Ort, der wirklich so aussah, als würde sie sich dort verstecken. »Der Kühlschrank ist gefüllt. Bleib dort und verhalte dich ruhig. Öffne niemandem die Tür, du weißt nicht, in wem er stecken könnte. Außerdem kennst du seine neue Erscheinung nicht.«

Sie deutete zwischen sich und mir hin und her und machte ein fragendes Gesicht – wie übermittelte ich ihr Nachrichten? Ich zog das Handy aus meiner Hosentasche und deutete damit auf den Couchtisch. Sie verstand es wohl als Hinweis, dass ich ein solches Gerät für sie im Haus platziert hatte, denn sie nickte.

»Gut, dann mache ich mich jetzt besser auf den Weg«, sagte sie.

Wir erhoben uns und gingen gemeinsam in den Flur, wo ich ihr etwas Geld sowie Schlüssel und einen Zettel mit der Adresse des Reihenhauses gab, dann flüsterte ich ihr ein letztes Detail ins Ohr.

»Ich hoffe, wir sehen uns bald wieder«, sagte sie daraufhin laut und drückte mich kurz an sich, ehe sie das Appartement verließ.

Eine Weile lang starrte ich die Tür an, mein Magen schlug Saltos und ich bat einen Gott, an den ich nicht glaubte, meinen Plan funktionieren zu lassen. Alles wiederholte sich haargenau wie vor hundertdreißig Jahren, aber scheitern durfte ich nicht wieder. Dieses

Mal würde ich nicht zu spät kommen, das war schlicht keine Option. Denn endlich hatte ich meine Familie wieder, zumindest einen Teil davon.

Es brach mir das Herz, zu wissen, wie sich mein Charles für mich eingesetzt hatte und dafür gestorben war, während ich in Whitechapel gesessen und Gin und Ingwerbier in mich hineingeschüttet hatte. Ich hatte mich und die beiden aufgegeben, aber sie niemals mich.

Tränen stiegen in meine Augen und rollten über meine Wangen, als ich an meinen Mann dachte. Das Bild des stattlichen Fischers mit seinem von der Sonne geküssten Teint, den blonden Locken und den seeblauen Augen formte sich in meinem Kopf. Ich hatte ihn so sehr geliebt. Und George hatte ihn getötet.

Machte ihn die Erschaffung eines Monsters nicht selbst zum Monster? Ich hatte immer geglaubt, dass George Bell ein anständiger Mann und König Edwins Freund und Vertrauter gewesen war. Da hatte ich mich wohl geirrt. Er war in Wahrheit ebenso machtbesessen und berechnend wie die meisten Leute am Hof. Sie waren der Hauptgrund, weshalb ich niemals dort leben, weshalb ich Catherine dem niemals aussetzen wollte.

George wünschte sich, dass ein besonders großer und mächtiger König aus seinem Sohn würde. Stattdessen war er schwächlich und kränklich geboren worden. Er wollte ihn stärken, das konnte ich nachvollziehen, jedoch nicht Experimente mit Dämonenblut. Er hatte seinen eigenen Sohn zu einer Tötungsmaschine gemacht.

Ich erinnerte mich, dass ich Aaron Bell schon als Kind bemitleidet und mich gleichzeitig vor ihm geekelt hatte. Von seiner Mutter verachtet und seinem Vater als Machtobjekt benutzt, hatte er ein lebensunwertes Dasein geführt. Ich wunderte mich nicht, dass aus dem seelisch misshandelten Burschen ein verwirrter Mann geworden war.

Er suchte sich dunkelhaarige Frauen aus, die tranken und freigiebig waren wie seine Mutter. Er zerriss sie förmlich, wie er seine Mutter bei der Geburt zerrissen haben sollte, weshalb er vermutlich derart fixiert auf den Unterleib war, diesen aufschnitt und Geschlechtsorgane entfernte. Er verstümmelte die Gesichter seiner Opfer, weil diese Morde persönlich für ihn waren. Und er wollte Aufmerksamkeit für seine Taten, wollte, dass man ihn endlich ›sah‹, wie er von seinen Eltern nie gesehen worden war. Denn dies war seine Auffassung von Liebe, etwas anderes kannte er nicht.

Ich schüttelte schnaubend den Kopf. Hatte ich tatsächlich Verständnis für diesen kranken Perversen? Nach allem, was er getan, nach dem, wie er Mary ausgeweidet hatte? Diesen Mord hatte er selbst begangen und es musste ihn unheimlich angestrengt haben.

Ich war achtzehn Jahre in dieser Welt gewesen, bevor Aaron in Erscheinung getreten war. Bedeutete das, seine Seele hatte achtzehn Jahre gebraucht, um sich eines Wirts zu bemächtigen? Es musste für einen menschlichen Körper schwierig sein, die dämonisierte Seele eines Engels in sich zu tragen – und andersherum. Aaron kostete es bestimmt einiges an Kraft, mit seiner Hülle verbunden zu bleiben.

Das war der Grund, weshalb er die Morde nicht selbst ausführte. Jonas hatte recht gehabt, der Ripper war nicht stark genug. Die Tat an sich sowie der überwältigende Rausch, den er dabei verspürte, mussten dazu führen, dass sein menschlicher Körper seine kranke Seele einfach ausgespuckt hatte. So war es wohl bei Mary gewesen. Danach war er derart geschwächt gewesen, dass es über ein Jahrhundert gedauert hatte, bis er sich wieder erfolgreich in einen Menschen einnisten konnte.

Ich war mir sicher, dass nach Marys Mord irgendwo in Whitechapel die Leiche eines Mannes gefunden wurde, der nicht mit den Morden in Verbindung gebracht worden war. Todesursache ein einfacher Herzinfarkt oder etwas in der Art.

Jetzt wusste ich endlich, wie ich ihn besiegen konnte. Der Ripper war nicht unsterblich – sein Körper war schwach wie der eines Menschen. Und seine Seele würde ich zurück in die Hölle befördern.

Ich sah das kindliche Gesicht Aarons vor meinem inneren Auge, blutverschmiert und mit einem verschlagenen Grinsen, und meine Nackenhaare stellten sich auf. Seine Mutter hatte recht gehabt – er war ein widernatürliches Ding, das man im Fluss hätte ertränken müssen.

Ich marschierte zurück ins Wohnzimmer und schaute zur Tür, hinter der Jonas nach wie vor mucksmäuschenstill verweilte. Merkwürdig. Wieso war er nicht längst rausgekommen?

Vorsichtig ging ich darauf zu, trat ins Zimmer und musterte meinen Assistenten. Er saß kerzengerade auf dem Bett, rührte sich nicht, blinzelte nicht einmal.

»Jonas?«

Unvermittelt sprang er auf und stürmte an mir vorbei aus dem Raum und in Richtung Küchenzeile.

Irritiert schaute ich ihm nach. »Was ist mit dir?«

Er antwortete nicht, öffnete lediglich eine Schublade nach der anderen.

»Was suchst du?« Ich ging im hinterher, blieb jedoch abrupt neben der Couch stehen, als er sich schließlich umdrehte. Mein Küchenmesser hielt er fest in der rechten Hand.

In seinen Augen loderte ein Feuer, das aus purem Hass zu bestehen schien.

»Jonas, leg das Messer weg.« Ich hob beschwichtigend die Hände. »Ich weiß, du bist noch irgendwo da drin, wirf ihn aus deinem Kopf.«

Er fixierte mich mit einer Intensität, die mir Gänsehaut bereitete. Derjenige, der da vor mir stand, war nicht mehr mein herzensguter Assistent, er war vielmehr Fleisch gewordener Zorn.

»Du wirst mich nicht töten, Aaron.« Ich ließ die Hände sinken. Zum ersten Mal bekam ich die Gelegenheit, mit dem Ripper persönlich zu sprechen und mir fiel nicht das Geringste ein.

»Ich habe dich gewarnt, Maxine.« Es war Jonas' Stimme, aber sie klang verzerrt und rau. »Ich habe dir prophezeit, was geschieht, wenn du mich erneut verärgerst.«

Überraschenderweise machte er einen Satz auf mich zu und stach mit dem Messer nach mir. Ich konnte gerade noch ausweichen, dennoch erwischte er mich am Arm und hinterließ dort einen brennenden Kratzer.

»Du wirst es bereuen, mich und meine Regeln infrage gestellt zu haben. Du warst sehr unartig, Maxine. Unartigkeit muss bestraft werden.«

Der hat doch wirklich nicht mehr alle Tassen im Schrank, dachte ich, biss mir jedoch auf die Lippen. Ich hatte ihn fast dort, wo ich ihn haben wollte.

»Das ist eine Sache zwischen dir und mir. Wieso kommst du nicht her und wir bringen es endlich zu Ende?«

»Oh, ein Ende wird es schon bald geben. Deines.« Seine Augen blitzten auf. »Ich werde dich zerstören, so wie du alles zerstört hast, Maxine. Was du liebst, wird zugrunde gehen. Und du wirst weiterleben und leiden.«

Ich machte einen Schritt zurück und hob die Hände. »Deine Familie war schon kaputt, bevor ich mich eingemischt habe.«

»Und deine wird es bald sein.« Ein breites Grinsen formte sich auf Jonas' Gesicht. »Ich werde es genießen, deiner Tochter das Leben aus dem Leib zu reißen.«

Mit einem Knurren stürmte ich los und schlug ihm das Messer aus der Hand. Dann schubste ich ihn rücklings gegen die Wand. »Du lässt deine blutbesudelten Finger von Cat, verstanden?«

Er grinste nach wie vor, daher packte ich ihn am Kragen und donnerte ihn gleich noch einmal gegen die Wand. Ich konnte nicht anders, es war wie ein Reflex.

»Du kannst diesem Körper jeden Schaden zufügen, den du willst. Ich spüre es nicht.« Er lachte, als ich mich von ihm löste. »Wollen wir ein wenig spielen? Du, Mister Forbes und ich?«

Er machte einen Satz auf das Messer zu, hob es auf und ging auf mich los. Ich konnte gerade noch zurückweichen, doch er ließ mir keine Zeit, um mir einen Ausweg zu überlegen. Sofort hetzte er erneut auf mich zu.

Ich hatte keine andere Wahl, als ihn zu schlagen, ich musste mich verteidigen.

Jonas' Lippe platzte dabei, Blut troff über sein Kinn und der Ripper lachte. Nicht etwa amüsiert, vielmehr gehässig.

Jetzt verstand ich, was Kali durchgemacht haben musste, als Ida auf sie losgegangen war.

Das Monster stürmte wieder auf mich zu. Ich erwischte Jonas am Handgelenk, wirbelte ihn herum, sodass er mit dem Rücken zu mir stand, und donnerte seinen Unterarm auf mein Knie. Das musste wehgetan haben, doch ohne jeglichen Schmerzenslaut ließ er das Messer fallen. Ich schlang einen Arm um seine Kehle und hielt ihn fest.

Jonas war stärker, als er aussah. Er wehrte sich, rammte mir seine Ellbogen in die Rippen, dass mir die Luft wegblieb. Schließlich traf er mich mit seinem Hinterkopf an der Stirn. Ich ließ ihn los, taumelte, rang nach Atem.

Er stürzte auf das Messer zu, ich auf das Paketband, das auf meinem Schreibtisch lag. Ich musste ihn fesseln, sonst würde einer von uns noch verletzt werden.

Der Ripper blieb stehen, schaute mich an und legte den Kopf schief. Sein Grinsen wurde eine Spur breiter, so wie das des kleinen Jungen vor dem Hasen. »Du kannst sie nicht alle retten, Maxine. Ich beherrsche das Leben.«

»Das werden wir sehen.«

Ich machte einen Satz auf ihn zu, doch er war schneller. Mit voller Wucht rammte er das Messer in Jonas' Seite.

»Nein!«, schrie ich.

Mein Assistent sank zu Boden. Ich lief zu ihm, warf mich neben ihm auf die Knie, hielt seinen Kopf. Er keuchte und grinste gleichzeitig.

»Vergiss die Regeln, du hast sie nicht verdient«, sagte der Ripper. »Keine Höflichkeiten mehr. Das Spiel ist vorbei, der Ernst beginnt.«

Er hustete und quälend langsam kehrte die Wärme in Jonas' Augen zurück. Allerdings auch eine Verwirrtheit, auf die unsäglicher Schmerz folgte. Als er an sich hinabblickte und das Blut sah, schnappte er panisch nach Luft.

»Ganz ruhig«, sagte ich und strich ihm das zerzauste Haar aus der Stirn. »Streng dich nicht an.« Vorsichtig zog ich das Handy aus der Hosentasche, dann wählte ich den Notruf und gab der Dame in der Leitstelle die Adresse durch.

»Du ... solltest gehen«, flüsterte Jonas. »Was ... willst du ... sagen?«

Das war eine hervorragende Frage, auf die ich keine Antwort wusste. Ich musste verschwinden, aber ich konnte ihn einfach nicht allein hier liegen lassen.

»Bleib ganz ruhig. Und sieh mich an, nicht die Augen zumachen, ja?«

Ich spürte einen schmerzhaften Stich im Herzen. Das Monster drohte, jeden, der mir etwas bedeutete, zu verletzen, um mich zu zerstören. Und ich bezweifelte keinen Moment lang, dass es den Plan durchziehen würde.

Aber dieses Mal wartete ich nicht, bis der Ripper handelte. Es war mein Zug. Und ich setzte alles auf diese eine Karte.

13. Ohne Regeln

»Den Rest bekommst du, wenn du deine Aussage widerrufst.« Ich drückte der jungen Frau den Stapel Hundert-Pfund-Noten in die Hand und wartete, bis sie nickte, ehe ich das Geld losließ. Diese Scheine stammten ebenfalls von Brians Konto und wenn er wüsste, was ich damit gerade in die Wege leitete, würde er mich nicht nur verabscheuen, sondern auch lebenslang einsperren. Zu Recht. Doch im Moment galt es, die Leute, die mir etwas bedeuteten, in Sicherheit zu bringen – so schnell wie möglich und egal auf welche Weise. Das hatte oberste Priorität.

Glücklicherweise hatte sich das bei Jonas durch den Angriff des Rippers quasi von selbst erledigt. Ich war abgehauen, als ich die Sirenen des Krankenwagens hörte, und hatte mich erst später versichert, dass es ihm gutging. Es war nichts Lebenswichtiges verletzt worden und er wurde bald wieder gesund. Selbstverständlich glaubte kein Mensch, dass mein Assistent in meiner Wohnung mit dem Messer in der Hand gestolpert war, zumal er Spuren einer Prügelei aufwies. Außerdem – und das war wohl der Hauptgrund – hatte ich bei der Met angerufen und behauptet, ich würde ins Krankenhaus kommen und dort weitermachen, wo ich aufgehört hatte.

Damit hatte ich erreicht, dass stets zwei Polizisten um Jonas herumschlichen und auf meinen besten Freund aufpassten. Dass sie mir den Angriff früher oder später in die Schuhe schieben würden, war zweitrangig. Ich hatte ohnehin vor, entweder zu sterben oder in die Oberwelt zurückzugehen. Die Frage war nur noch, wie groß das Chaos sein würde, das ich hinterließ.

»Scheiße. Und du bist sicher, dass ich keinen Ärger kriege?«, fragte Delia mit ihrem starken osteuropäischen Akzent und starrte auf das Geld. »Wenn die mich nachher einsperren ...«

»Werden sie nicht«, fuhr ich dazwischen, obwohl ich mir deswegen nicht ganz sicher war. Aber ich konnte schlichtweg keine Rücksicht mehr nehmen, es ging hier schließlich um Leben und Tod. »Du machst eine Falschaussage bei der Polizei, das reicht, um Brian ein paar Tage in Untersuchungshaft zu nehmen. Bis der Fall vor Gericht kommt, hast du deine Angaben längst korrigiert und den Irrtum aufgeklärt.«

Sie blinzelte mich eine Weile an, dann nickte sie. Ich konnte froh sein, dass die Rumänin so dringend Geld brauchte und deshalb über den moralischen Aspekt dieser Aktion hinwegsah. Mit dem Hinweis, den hochrangigen Polizisten in Wahrheit schützen zu wollen, hatte sie sich zufriedengegeben.

Ich konnte nur hoffen, dass die falsche Beschuldigung, Brian hätte eine Frau vergewaltigt, keine Auswirkungen auf seine Karriere hatte, sobald die Aussage zurückgenommen wurde. Doch selbst dann – es war besser, gekündigt als aufgeschlitzt zu werden.

»Geh jetzt ohne Umwege zu Scotland Yard und erledige den Job.« Ich drückte ihr aufmunternd die Schulter, daraufhin zog ich die Kapuze des schwarzen Hoodies, den ich mir vorhin gekauft hatte, über den Kopf und marschierte durch die dunkle Gasse, die nach Abfall und Urin stank.

Die Tarnung war nur für Presse und Polizei, denn ich war mir sicher, dass der Ripper haargenau wusste, wo ich mich aufhielt. Ich *und* Cat. Er würde uns abwechselnd im Auge behalten, um den richtigen Moment abzupassen. Dass ich meine Freunde in Sicherheit brachte und vor allem, dass er nichts dagegen tun konnte, musste ihn gehörig ärgern. Gut. Denn so kam er genau an den Punkt, an dem ich ihn haben wollte. Ich würde diesen Mistkerl fuchsteufelswild machen, sodass er seine verdammte Beherrschung endlich und ein für alle Mal verlor. Zunächst würde ich ihm allerdings noch einen kleinen Sieg gönnen – zumindest tat ich so.

Als Cat davon gesprochen hatte, dass es nicht der menschliche Körper, sondern Aarons Seele war, die vernichtet werden musste, wusste ich sofort, wie ich vorzugehen hatte.

Einmal hatten wir einen Fall, bei dem unsere Klientin felsenfest davon überzeugt gewesen war, sie hätte einen Dämonenlord beschworen. Im Endeffekt war das merkwürdige Wesen, das sie gesehen hatte, ihr Nachbar gewesen, der sie in der Dunkelheit durchs Fenster beobachtete. Nichtsdestotrotz hatte mir Jonas in diesem Zuge von einem Bekannten erzählt, der sich selbst als Dämonenjäger bezeichnete und Waffen verkaufte, die in der Unterwelt geschmiedet wurden. Wenn eine höllische Seele vernichtet werden konnte, dann sicherlich mit einem solchen Instrument.

Ich hatte dem Ripper bereits einen Tipp gegeben, indem ich Cat von dem Dämonenjäger erzählte. Jetzt musste ich nur noch so tun, als scheiterte mein Vorhaben, während ich die Waffe in Wahrheit klaute. Das war weniger kompliziert, als es klang, wenn man wusste, wie die Sache gleich ablaufen würde. Hoffte ich zumindest ...

Ich wollte eben die Treppe zur U-Bahn-Station hinabgehen, da klingelte mein Handy. Brummend zog ich es aus der Hosentasche und warf einen Blick aufs Display: Es war Brian.

Tief durchatmend überlegte ich, ob ich den Anruf ignorieren sollte. Allerdings wäre es wohl das letzte Mal, dass ich mit ihm sprechen würde, wie auch immer es mit mir ausging. Daher drückte ich auf den grünen Hörer.

»Hi«, sagte ich schlicht.

»Hi? Das ist alles?«

»Was willst du hören?« Ich machte einem älteren Herrn Platz, der sich die Treppe mit einem Stock hinaufhievte, und stellte mich an die Ecke, wo ich niemandem im Weg war.

»Du könntest mir erzählen, warum in deiner Gegenwart ständig Menschen sterben oder verletzt werden.« Er versuchte, beherrscht zu klingen, doch das Beben in seiner Stimme war deutlich zu hören. Er hatte einen Verdacht, der ihn erschütterte. »Zuerst dein Interesse an diesem Fall, deine ständigen Fragen, dann schlitterst du buchstäblich über eines der Opfer und als Nächstes wird deinem Assistenten in deiner Wohnung ein Messer in den Bauch gerammt. Hast du irgendeine Erklärung dafür, Maxine?«

Ich seufzte. »Ich fürchte, nein, Brian.«

»Komm zu mir auf die Wache, lass uns darüber reden. Vielleicht können wir ... wir finden ...«

Wollte er ernsthaft sagen, dass wir eine Lösung fanden? Beim Verdacht auf mehrfachen Mord? »Das ist leider nicht möglich.«

»Wenn du nicht freiwillig herkommst, muss ich einen Haftbefehl gegen dich erlassen.«

»Du bist ein guter Kerl und ein hervorragender Polizist.« Ich spürte einen Stich im Herzen. In nur wenigen Augenblicken würde für Brian eine Welt zusammenbrechen, weil ihn jemand eines grauenvollen Verbrechens beschuldigte, das er niemals begangen hatte. »Ich wollte dir das schon lange sagen.«

»Was soll das, Max? Verabschiedest du dich von mir?« Er wurde laut und seine Stimme klang, als wäre er gerade entsetzt aufgesprungen. »Bitte komm zu mir und lass uns das Ganze klären, ich will dir helfen. Wir können uns auch in meiner Wohnung treffen. Aber wenn du fliehst, kann ich nichts für dich tun.«

»Bitte erinnere dich in den nächsten Tagen an meine Worte: Alles wird gut. Nie wollte ich dir etwas Schlechtes.« Ich massierte mir die Stirn. »Ich wünsche dir, dass du glücklich wirst, Brian. Du hast es verdient.«

Ich hörte, dass er weitersprach, aber ich beendete das Gespräch. Was hätte ich noch sagen sollen? Ich steckte das Handy zurück in die Hosentasche und nahm die U-Bahn in Richtung Belgravia.

***

Für Cat war diese Welt ein einziger wirrer Knäuel aus Chaos. Zumindest schien diese Stadt, London, so zu sein. Die Leute waren gehetzt, mürrisch, es war feuchtkalt und die Verkehrsführung mehr als verwirrend. Was auch daran liegen konnte, dass es in der Oberwelt weder U-Bahnen noch Busse gab. Wo Cat herkam, waren die Orte kleiner, friedlicher und stanken bei weitem nicht so, denn die Fahrzeuge, die Maschinen, einfach alles bewegte sich durch die Energie, die ihrer Welt eigen war. Die Menschen würden dies wohl als magisch bezeichnen.

Glücklicherweise hatte das Geld, das Cats Mom ihr gegeben hatte, für eines dieser Black Cabs gereicht. Sie war nach wie vor überwältigt davon, ihre Mutter wiedergesehen zu haben. So lange schon suchte sie einen Weg zu ihr und fragte sich, wieso jene nie den Wanderstein aktiviert hatte. Eine lange Zeit über hatte sie befürchtet, dass ihre Mutter gestorben war. So wie Mary.

Beim Gedanken an ihre frühere Freundin blutete ihr das Herz. Sie war so schön gewesen, so mutig, so ... dumm. Wieso hatte sie Cat nicht in diese Welt geholt, wie sie es vereinbart hatten? Warum musste sie sie derart dringend beschützen wollen? Cat war kein schwaches kleines Mädchen und es ging hier um ihre Familie.

Maxine kämpfte mit dem gleichen Konflikt, das hatte sie in ihrem Brief deutlich gemacht. Sie hatte Cat darin mehrfach um Verzeihung gebeten und beteuert, dass sie sich schlicht nicht mehr anders zu helfen wusste, als ihre einzige Tochter mithineinzuziehen.

Cat verstand die Zerrissenheit, denn welche Mutter brachte ihr eigenes Kind schon gern in Gefahr. Dabei war es eine solche Erleichterung für sie, endlich etwas tun zu können. Maxine war ebenso ein Opfer wie die armen Frauen, die Aaron auf dem Gewissen hatte. Nur quälte er sie jetzt bereits seit über einem Jahrhundert. Sie mussten diesem Wahnsinn Einhalt gebieten.

Seufzend setzte sich Cat auf den Sessel, der in der Mitte des großen Raumes im Erdgeschoss stand. Das Haus war eher spärlich eingerichtet, doch sie hatte ohnehin nicht vor, sich hier niederzulassen. Yvonne musste inzwischen den Rebellen Bescheid gegeben haben, dass ihre Frau bald mit dem General zurückkam, und sie machten sich sicherlich bereit, den König zu stürzen. So wie Maxine alles Nötige in dieser Welt vorbereitet hatte, um Aaron zu vernichten, hatte Cat deren Rückkehr organisiert. Sie würden wieder eine Familie sein. Und ihre Mom würde endlich ihr Enkelkind kennenlernen.

Den Gedanken daran, dass der Plan nicht aufgehen könnte, schob Cat ganz weit fort. Sie musste positiv in die Zukunft schauen, daran glauben, dass sie es schaffen konnten. Denn wenn sie es nicht tat, wer dann?

Und so saß sie still in dem kalten Haus, starrte auf das Handy und wartete gebannt auf eine Nachricht ihrer Mutter. Dabei merkte sie nicht, dass eine Gestalt in Fliegerjacke und Baseballcap am Fenster stand und sie mit seinen zornig funkelnden Augen beobachtete.

***

Ich konnte kaum glauben, dass jemand, der sich selbst als Dämonenjäger bezeichnete, in einer so feinen Gegend wie Belgravia lebte. Links und rechts der Straße, durch die ich ging, standen edle Stadthäuser mit goldbraunen Backsteinfronten. Sie alle zierten die klassisch weißen Simse und Stuckspiegel unter den Fenstern im Obergeschoss sowie schmiedeeiserne Balustraden.

Ich musste durch jeden der hübschen Vorgärten und den Treppenaufgang hinauf, um das Klingelschild zu lesen. Denn mein Gedächtnis weigerte sich schlicht, die genaue Adresse auszuspucken. Als ich ungefähr beim zehnten Haus angelangt war, ging die Tür auf und ein hochgewachsener Herr im feinen, hellgrauen Maßanzug stand vor mir. Wir schauten uns in etwa gleich irritiert an.

Schließlich nahm ich die Kapuze meines Hoodies ab und räusperte mich. »Ich bin auf der Suche nach einem Gregor Korowski, er müsste in der Gegend wohnen.«

Der Mann schaute mich von oben bis unten missfällig an, dann deutete er auf ein Stadthaus gegenüber. »Versuchen Sie es in der 38.«

»Danke.« Ich nickte ihm zu und marschierte zur anderen Straßenseite hinüber, wobei ich seinen Blick in meinem Nacken spüren konnte. Er musste denken, ich wäre eine Räuberin, die nur darauf wartete, dass er zur Arbeit ging.

Ich scherte mich nicht darum, sondern stieg zielsicher die Treppe zur Haustür der 38 hinauf und warf einen Blick auf das Klingelschild. Korowski. Na endlich. Ich drückte den Knopf und wartete. Keine Reaktion. Also klingelte ich erneut und wenige Sekunden später gleich noch einmal.

Die Tür wurde schwungvoll aufgerissen und ein Mann, den ich hier so gar nicht erwartet hätte, erschien an der Schwelle. Er trug eine feine Stoffhose und dazu ein fleckiges Unterhemd, außerdem umrahmten zottelige braune Haare sein attraktives, kerniges Gesicht mit dem Dreitagebart. Er schien ein Mann der Gegensätze zu sein. Und ein Dämon.

»Was?«, raunzte er.

»Kundschaft«, gab ich genauso unhöflich zurück. Ich hatte es mit jemandem zu tun, der keinen Wert auf Freundlichkeit und Süßholzraspeln legte, wie ich sofort feststellte.

Er musterte mich von oben bis unten. »Kennen wir uns?«

»Noch nicht. Ich komme auf Empfehlung.«

Er lachte leise und wenig amüsiert. »Soso. Dass sich eine von euch mal herablässt, mit einem wie mir Geschäfte zu machen.« Anscheinend hatte er eine klare Meinung von meinem Volk.

»Wie vielen von uns bist du denn schon begegnet?«

»Keinem Einzigen. Deshalb sage ich es ja.«

Ich konnte mir ein Grinsen nicht verkneifen und überraschenderweise erwiderte Korowski es. Dann trat er zur Seite und ließ mich mit einer übertrieben förmlichen Geste ein.

Im Flur brannte kein elektrisches Licht, es hingen Kerzen in Halterungen an der Wand. Wollte er Strom sparen oder den mystischen Schein wahren? Ich vermutete Zweiteres, denn die Einrichtung rundete das Bild hervorragend ab. Hier stand eine Reihe verschiedener Figuren, deren dämonische Fratzen im flackernden Feuer geradezu lebendig wirkten.

»Wer hat mich empfohlen?«

Ich schielte über die Schulter und überlegte, ob ich lügen sollte, entschied mich aber dagegen. Immerhin hatte mein Assistent schon einmal mit dem Dämonenjäger arbeiten wollen, daher ging ich davon aus, dass die beiden eine freundschaftliche Beziehung pflegten. »Jonas Forbes.«

»Soso, Jonas ...« Korowski nickte und tatsächlich formte sich ein höfliches Lächeln auf seinen Lippen, als er auf die Tür unter der Treppe wies. »Mein Büro ist im Untergeschoss. Wenn ich bitten darf ...«

Zögerlich betrat ich das, was ich zuvor für einen Abstellraum gehalten hatte und das in Wahrheit ein von Kerzen beleuchteter Abstieg war. Dieses Haus besaß tatsächlich einen Keller. Mir wurde flau bei dem Gedanken, dort unten mit dem kräftigen Dämonenjäger allein zu sein – mit nur einem Ausgang ... Dennoch ging ich los.

Der Keller war ein quadratischer, muffiger Raum, in dem sich ein Schreibtisch und einige Vitrinen und Regale befanden. Ausgestellt waren hier Bücher, Kräutersträußchen und Gläser mit allerlei eingelegten Merkwürdigkeiten – ich wollte lieber nicht wissen, was das alles war. An den Wänden hingen Pentagramme, Zeichnungen von verschiedenen Symbolen und dämonischen Fratzen. Es sah ein wenig aus wie in Kalis Laden, nur düsterer.

Mit erhobenen Brauen drehte ich mich zu Korowski um.

»Die Leute stehen auf diesen Kram.« Er zuckte mit den Schultern. »In meinem Business ist neunzig Prozent Show.«

»Ich interessiere mich für die anderen zehn Prozent.« Ich ging auf eine Art Altar zu, auf dem ein dicker, altertümlicher Wälzer lag. Das Buch war in einer mir fremden Schrift geschrieben und als ich darin blätterte, sah ich, dass auf jeder Seite die Zeichnung eines anderen Gesichts abgebildet war.

»Das ist ein altes Geburtenregister.« Korowski lehnte sich an seinen Schreibtisch und verschränkte die Arme. »Ich war Archivar in der Unterwelt. Als ich floh, habe ich einige Register mitgehen lassen. Hauptsächlich die, in denen ich auftauche ... Hätte nicht gedacht, dass ich mit dem alten Zeug hier jemanden beeindrucken könnte.«

»Tja, man kann die Menschen mit allem, was sie nicht verstehen, faszinieren.« Ich musterte ihn neugierig. »Wie wird ein Dämon aber zum Dämonenjäger?«

»Wie wird eine Gefallene zur Privatdetektivin?« Nachdem ich Jonas' Namen genannt hatte, wusste er anscheinend, mit wem er es zu tun hatte. Er zwinkerte mir zu. »Jeder hat seine Gründe, nicht wahr? Von mir aus können wir gern weiter umeinander herumtänzeln, aber ich schätze, du bist aus einem bestimmten Grund hier. Also wieso Zeit vergeuden?«

Ich nickte langsam. »Wenn du Archivar warst, kanntest du sicherlich viele deiner Artgenossen?«

»Nicht persönlich.«

Ich blätterte weiter in dem Buch und fragte wie nebensächlich: »Ist dir mal einer begegnet, der die Körper anderer beherrschen konnte? Sogar über lange Distanzen hinweg.«

Als ich über die Schulter schielte, sah ich, wie seine Augen sich weiteten. Kurz nur, doch lange genug, um mir zu zeigen, dass er verstanden hatte, warum ich hier derart um den Brei herumredete. Er ging an den Vitrinen vorbei und strich mit dem Zeigefinger über das Glas. »Das muss ein alter und mächtiger Dämonenlord sein, von dem du da sprichst.«

Ich schlenderte zu einem der Regale und las die Etiketten der Gläser, in denen sich verschiedene Kräuter befanden. Zur Abwehr von Feuerdämonen, zur Herbeirufung von Schlangendämonen, zur Unschädlichmachung von Trollen. Wieder warf ich Korowski einen tadelnden Blick zu.

Er grinste. »Die Leute wollen verarscht werden.«

Schmunzelnd ging ich weiter und stellte mich so, dass ich die Vitrine mit den Waffen sehen konnte, vor der Korowski angehalten hatte. Der Dämonenjäger war clever. Meine versteckten Hinweise hatte er sofort als Aufforderung verstanden, mir die Waffe zu zeigen, die ich brauchte, um einen solchen Dämon zu vernichten. Er streckte zwei Finger aus – zweites Fach – dann drei Finger, wobei er nach links deutete – dritter Dolch von links.

»Da hast du recht«, antwortete ich schließlich. »Und manchmal muss man sie eben verarschen. Einfach nur, weil man es kann.« Ich hoffte, er verstand auch, was ich als Nächstes vorhatte.

Seine Brauen zuckten irritiert. Daher ging ich zur Vitrine hinüber und tippte auffällig unauffällig mit dem Finger auf das Glas. Diese Show war nun für den Ripper bestimmt. Und ich hoffte, Korowski würde alsbald begreifen, dass er auf die falsche Waffe deuten sollte.

Der Dämonenjäger legte den Kopf schief und blinzelte mich an. Eine Sekunde verging, zwei, drei … Dann tippte er auf den Dolch im ersten Fach links. Sein Blick huschte für eine Millisekunde dort hin, lange genug, um Aaron ein Bild zu übermitteln, kurz genug, um ungewollt zu wirken. Ich hätte den Mann in diesem Moment am liebsten geküsst.

»Welches sind die echten Mitbringsel aus der Unterwelt?«, hakte ich nach und schaute mich im Raum um. »Vielleicht kann ich etwas davon brauchen.«

Korowski legte eine seiner riesigen Hände auf meinen Rücken und schob mich zu einem Regal mit verschiedenfarbigen Steinen und Anhängern. »Jeder trägt eine bestimmte Fähigkeit in sich. Du findest die Beschreibungen auf den Kärtchen dahinter.«

»Ich möchte mir alles genau ansehen, das könnte eine Weile dauern ...« Ich blickte rehäugig zu ihm auf. »Gibt es auch eine Tasse Tee für deine Kundschaft?«

Leise lachend drehte er sich um. »Selbstverständlich, Lady.«

Er hatte bereits die Treppe erreicht, da hielt er abrupt inne. Damit hatte ich gerechnet.

Betont langsam schaute sich Korowski zu mir um, nur dass er nicht mehr Korowski war. Aus dem Gesicht des Dämonenjägers blickten mir die funkelnden Augen des Rippers entgegen, seine Miene drückte aber nicht mehr freudige Perversion, sondern eiskalten Zorn aus. Diese Fratze bescherte mir eine schmerzhaftere Gänsehaut als alles Dämonische in diesem Raum zusammen.

»Korowski?« Ich hob in nur teilweise gespielter Furcht die Hände. »Kommen Sie, Sie sind doch ein kerniger Bursche. Werfen Sie den Parasiten einfach aus Ihrem Kopf.«

Er fletschte die Zähne, was seine Züge grotesk verunstaltete. »Hast du wirklich geglaubt, du könntest mich mit dieser erbärmlichen Darbietung reinlegen? Solcherlei Unfähigkeit muss bestraft werden, Maxine.«

14. Ich bin überall

Bevor ich etwas erwidern konnte, holte er mit Korowskis Pranke aus und schwang sie in meine Richtung. Ich wich gerade noch rechtzeitig zurück und hastete hinter die Vitrine mit den Waffen.

»Und wieder benutzt du andere, um deine Kämpfe auszufechten. Du bist ein jämmerliches Exemplar von einem Mann, Aaron.«

Seine Miene verdüsterte sich und sein Kiefer mahlte. »Weitaus weniger jämmerlich als die Frau, die ihren Verstand in Gin ertränkt und niemals auch nur eine einzige Partie dieses Spiels gewonnen hat.« Er legte den Kopf schief und machte einen Schritt auf mich zu. »Ich sehe es zu gern, wie du dich windest.« Unvermittelt trat er gegen eine der anderen Vitrinen, sodass sie krachend zu Boden fiel, das Glas in tausend Scherben zersplitterte und sich ihr Inhalt zwischen ihnen verteilte. »Ständig bist du mit erhobenem Kinn in der Oberwelt herumstolziert, als bedeutete dein verdammter Rang, du wärst etwas Besseres, etwas Besonderes. Glaubst du, ich habe nicht gesehen, wie du auf mich herabgeblickt hast? Du hieltest mich nicht für würdig, den Thron zu besteigen, keiner tat das.« Er streckte die Arme aus und lachte, jedoch klang es alles andere als heiter. »Und jetzt sieh mich an. Diese Welt erzittert in Angst vor mir.«

»Ich habe mich geirrt.« Langsam legte ich beide Hände an das Glas. »Du leidest nicht unter Größenwahn. Sondern unter Minderwertigkeitskomplexen.«

Er knurrte und machte einen Satz auf mich zu, da warf ich die Vitrine um. Sie traf mit einem lauten Krachen auf dem Boden auf und das splitternde Glas verteilte sich in alle Richtungen. Ich schnappte mir absichtlich den falschen Dolch, dann wirbelte ich zur Seite und trat mit dem Fuß gegen seine Hüfte. Natürlich spürte das Monster den Schmerz nicht, erst Korowski würde das tun, wenn er wieder erwachte.

Ich wollte an ihm vorbeistürmen, doch er packte meine Haare und zerrte mich zurück. Schneller, als ich reagieren konnte, drückte er mich am Nacken hinab und schlug mir sein Knie gegen die Stirn. Der dumpfe Aufprall war derart heftig, dass ich blitzende helle Punkte sah. Und den Dolch fallenließ.

Mit aller Kraft schubste ich den Ripper von mir. Er krachte gegen ein Regal und strauchelte, war jedoch sofort wieder auf den Beinen. Wir hetzten beide auf die dämonische Waffe zu, doch er war schneller. Als er nach mir stach, wich ich zurück, daher erwischte er lediglich den Stoff meines Hoodies.

Ich schaute mich kurz um, dann rannte ich zur anderen Raumseite, wo der Schreibtisch und ein ältlicher Holzstuhl standen. Ich nahm das Sitzmöbel an der Lehne, drehte es um, stürmte auf das Monster zu und schlug das Teil mit voller Wucht gegen Korowskis Seite.

Der große Kerl geriet ins Schwanken und sank schließlich auf ein Knie. Ich konnte ihm an seinem angestrengten Gesicht ablesen, dass der Ripper seinen

Leihkörper mit aller Gewalt zum Aufstehen bewegen wollte, doch dieser war schlicht nicht in der Lage. Ich trat ihm gegen das Handgelenk, sodass er den Dolch fallenließ, dann schnappte ich mir die Waffe und rannte los. Aber das Monster packte mich am Knöchel.

Ich fiel der Länge nach zu Boden, fing mich stöhnend mit den Unterarmen auf und der Dolch schlitterte davon. Ohne mich umzudrehen, trat ich nach hinten aus. Wie es sich anhörte, hatte ich die Nase erwischt. Korowskis Pranke ließ mich sofort los und ich robbte nach vorn. Als ich an der umgefallenen Vitrine vorbeikam, schnappte ich mir unauffällig die richtige Waffe, die hinausgeschlittert war und nun zwischen den Scherben lag. Dann hievte ich mich hoch, steckte sie hinten in meine Jeans und rannte auf den anderen Dolch zu.

»Denk nicht einmal daran, ihn aufzuheben.« Seine Stimme klang etwas verschnupft.

Zögerlich drehte ich mich zu ihm um und schnappte nach Luft, als ich das blutüberströmte Gesicht sah. Ich hatte ihm offenbar die Nase gebrochen. Gedanklich entschuldigte ich mich bei Korowski. Aber viel schlimmer war noch, dass sich das Monster eine der Glasscherben genommen hatte und sie jetzt dem Dämonenjäger an die Kehle hielt.

Ich schüttelte schnaubend den Kopf. »Du bist ein feiges Stück Scheiße.«

»Letzte Warnung.«

Ich trat gegen den Griff des Dolchs, sodass er ihm regelrecht in die Hände rutschte. Meine Wut musste ich nicht spielen, aber ich bemühte mich, eine gehörige

Portion Verzweiflung in meine Miene fließen zu lassen. Er sollte glauben, dass ich meine wichtigste, meine einzige Waffe verloren hatte.

»Das ist deine größte Schwäche.« Er lachte leise. »War es schon immer. Du willst sie alle retten, aber das kannst du nicht, Maxine. Versteh es doch. Und begreife endlich, dass ich immer da sein werde, um dich daran zu erinnern.«

Der selige Ausdruck in seinen Augen jagte einen Schauder über meinen Rücken. Es brachte mich fast um, zuzugeben, dass er recht hatte. Ich hatte so viel Angst davor gehabt, jemand könnte verletzt werden, dass ich nie mutig genug gewesen war, in den Angriff überzugehen. Und selbst jetzt zweifelte ich, ob es die richtige Entscheidung war.

»Du kannst nicht anders, das weiß ich.« Sein Grinsen wurde breiter. »Du bist die gute, ehrenhafte Maxine Atwood. Was glaubst du, warum ich dich ausgesucht habe? Deine Empathie macht dich schwach. Du hättest nie gegen mich ankommen können. Sieh es ein.«

Ich ballte die Hände zu Fäusten, verkniff mir jedoch jeglichen Kommentar.

Schwerfällig zog er sich hoch, humpelte zum Altar hinüber und warf die Kerze um, die neben dem alten Geburtenregister lag. Die Seiten des Buches fingen sofort Feuer.

»Du wirst diesen Dolch nie in die Finger bekommen«, raunte er. »Und du wirst mich niemals loswerden. Selbst wenn du meinen Körper zerstörst, ich werde immer wiederkommen.« Er blickte auf die Flammen, die nun auch das Tischtuch erreicht hatten. »An deiner Stelle würde ich schleunigst Hilfe rufen, Maxine. Nun, ich persönlich könnte hier stehenbleiben, bis dieser Körper zur Unkenntlichkeit verbrannt ist, aber was würde unser Freund, der Dämonenjäger, dazu sagen?«

»Scheiße, verdammt«, fluchte ich, warf einen letzten Blick auf den Dolch und stürmte die Treppe hoch. Auf dem Weg nach draußen zog ich mein Handy aus der Hosentasche und wählte den Notruf.

Ich erklärte der Frau auf der anderen Seite der Leitung, dass sie schleunigst die Feuerwehr schicken musste, da ich Rauch aus den Fenstern eines Hauses quillen sah. Sobald mein Standort bestätigt wurde, beendete ich das Gespräch, ohne meinen Namen genannt zu haben.

Auf der Straße rempelte ich eine Frau an, verkniff mir allerdings eine Entschuldigung, als ich in ihre funkelnden Augen blickte.

»Gut gemacht, Maxine«, sagte das Monster mit weiblicher Stimme. »Du bist die Heldin im Schatten, nach der nächste Woche kein Hahn mehr kräht.«

Ich zog die Kapuze meines Hoodies über den Kopf und rannte in Richtung U-Bahn-Station. Erst als ich dort ankam, hielt ich kurz an, um zu verschnaufen.

Ein älterer Herr ging an mir vorbei und grinste mich an. »Ich bin überall, merk dir das.«

Fröstelnd rieb ich mir die Arme. Ich wüsste zu gern, wo er in Wirklichkeit gerade war.

***

Cat goss das heiße Wasser in ihre Tasse und stippte den Teebeutel hinein. Das Warten machte sie nervös und sie wusste schlichtweg nicht, wie sie sich die Zeit vertreiben sollte.

Inzwischen war es dunkel geworden und sie hatte noch keine Nachricht von ihrer Mutter erhalten. Immer wieder starrte sie auf das Handy, in der Hoffnung, es damit zum Klingeln bewegen zu können. Doch es blieb stumm.

Was, wenn das unberechenbare Monster von Maxines so detailliert gezeichnetem Plan abwich? Was, wenn dieser Plan bereits gescheitert war? Kam keine Nachricht, weil etwas schieflief? Oder verhielt sich Cat einfach nur zu ungeduldig?

Sie wärmte sich die Finger an der heißen Tasse und ließ sich wieder auf dem Sessel nieder. Dabei sprach sie sich gut zu: Es würde funktionieren, ihre Mutter würde sie benachrichtigen, wann sie das Monster zu ihr lockte und dieses Mal würde sie nicht zu spät kommen. Es würde – es musste – genau so ablaufen wie in ihrem Brief.

Etwas tippte gegen das Küchenfenster und ließ Cat derart zusammenschrecken, dass sie einige Tropfen des heißen Tees auf ihren Schoß vergoss. Sie biss sich auf die Lippen, stellte die Tasse weg und erhob sich langsam. Hatte sich das angehört wie Fingernägel auf Glas oder bildete sie sich das ein?

Tickticktick. Da war es wieder!

Cat drehte sich um, ging zum Schalter und löschte das Licht, sodass sie in die Dunkelheit hinaussehen konnte. Ihr Herz klopfte heftig gegen ihre Rippen und ihre Handflächen wurden feucht. Vorsichtig schlich sie in Richtung Küche, schielte um die Ecke zum Fenster hin.

Nichts.

Das Haus war das letzte in der Reihe und besaß deshalb freie Blicke zu drei verschiedenen Seiten. Das Küchenfenster zeigte zur Straße und dem Bürgersteig hin. Vielleicht war ein Auto vorbeigefahren und die Reifen hatten beim Abbiegen ein paar Kiesel gegen die Scheibe geschleudert. Ja, so war es vermutlich gewesen.

Cat atmete tief durch, versuchte ihr wildes Herz zu beruhigen. Dann marschierte sie zu dem Beutel, den sie aus ihrer Heimat mitgebracht hatte. Sie schaltete das Licht wieder an, ging ins Wohnzimmer und schüttete den Inhalt ihrer Tasche auf dem Couchtisch aus. Zum Vorschein kamen Waffen der Oberwelt: Dolche, Brandsteine, Wurfsterne, Pfeilgeschosse ...

Cat ordnete die Werkzeuge in einer Reihe an und strich über die glänzenden Klingen jedes einzelnen. Sie durfte keines davon benutzen, denn wenn sie lediglich Aarons Körper tötete, entkam seine Seele einmal mehr, suchte sich eine neue Hülle und dieses Martyrium begann bald von vorn. Ihre Mutter wäre immer noch nicht frei und Cat würde in dieser Welt bleiben müssen, fern von Yvonne und Maya, ihrer Familie, die in der Oberwelt auf sie wartete ... Nein, sie durfte sie nicht benutzen – aber was, wenn das Monster sie angriff, bevor Maxine mit der richtigen Waffe bei ihr war?

Cat blieb nur die Hoffnung, dass alles glattgehen würde. Sie wollte sich wieder in den Sessel setzen, da hörte sie erneut das tickende Geräusch.

***

Ich stürmte aus der U-Bahn-Station und die Straße entlang. Es war bereits weit nach Mitternacht, ich hatte viel zu viel Zeit mit dem Hin- und Herfahren verplempert und müsste längst weiter in meinem Plan sein. Verdammt.

Es war eine Wohngegend, durch die ich mich bewegte, daher waren zu dieser späten Stunde keine Passanten unterwegs. Dennoch fühlte ich mich beobachtet.

Ich zog das Handy aus der Tasche und checkte meine Mitteilungen. Nichts Neues, seit ich eine Nachricht von Jonas erhalten hatte, dass Brian laut dessen Kontaktmann bei der Met aus ›unerklärlichen Gründen‹ in einen Verhörraum zitiert worden und seither nicht mehr herausgekommen war. Die beiden Männer waren somit nach wie vor in Sicherheit.

Nun war es an der Zeit, Cat die erste SMS zu schreiben.

Konnte den Ripper austricksen.
Habe den Dolch. Melde mich später wegen Treffpunkt.

Ich starrte einige Sekunden auf das Handy – keine Antwort. Aber wieso sollte sie mir darauf auch etwas erwidern? Kopfschüttelnd steckte ich das Telefon zurück in die Hosentasche und lief weiter, bis ich an einem heruntergekommenen Mehrfamilienhaus ankam, das mit den bröckelnden Stuckverzierungen an eine römische Ruine erinnerte.

Ich suchte den richtigen Namen auf den Schildern, klingelte und machte mich darauf gefasst, von Lacey angebrüllt zu werden.

»Was zum Geier ist denn los?«, knurrte er wenig überraschend aus der Gegensprechanlage.

»Ich bin's. Lass mich rein.«

»Wer ist ich? Was für eine Stimme ist das? Max? Bist du das?«

Ich hob die Hände, obwohl er mich nicht sehen konnte. »Sag meinen Namen nicht.«

»Wieso? Bist du Rumpelstilzchen?« Er lachte über seinen Witz, ehe er wieder ernst wurde. »Du bist doch nicht ganz dicht! Hier mitten in der Nacht aufzukreuzen!«

»Lass mich rein.«

Ohne ein weiteres Wort ging der Summer und ich konnte die Tür aufdrücken. Wie gut, dass er glaubte, mir etwas schuldig zu sein. Hastig eilte ich durchs Treppenhaus und hinauf zu der Wohnung im zweiten Stock.

Ich hatte Lacey bei einem Fall kennengelernt, bei dem eine Frau ihren Ehemann als vermisst gemeldet hatte. Jener war Schauspieler und nach einer Probe für ein Musical, für das Lacey die Kostüme entwarf, nicht mehr nach Hause gekommen. Nun, es stellte sich heraus, dass der Schauspieler eine recht dehnbare Ansicht von Treue hatte. Während seine Frau nach ihm suchte, vergnügte er sich mit Lacey und führte somit beide an der Nase herum. Der Kostümbildner war mir heute noch übertrieben dankbar dafür, dass ich den Betrüger entlarvt hatte, denn er war dabei, ernsthafte Gefühle für ihn zu entwickeln.

»Setz deine Brille ab«, sagte ich, ehe ich um die Ecke im Treppenhaus bog.

Ohne seine Sehhilfe war Lacey blind wie Ray Charles, das wusste ich. »Was darf ich denn nicht sehen?«

»Mich.« Ich schob ihn in die Wohnung und schloss die Tür hinter uns. Es war mir klar, dass der Versuch, mich bei einem fast Blinden zu verstecken, sinnlos war – aber der Ripper sollte denken, ich wäre dumm genug, anzunehmen, auf diese Weise vor ihm verborgen zu bleiben.

Lacey legte seine Brille auf der Kommode ab, spitzte die Lippen in seinem langen Gesicht und raffte seinen lilafarbenen Bademantel zusammen. »Was verschafft mir die Ehre deines nächtlichen Besuchs?«

»Du wolltest mir doch längst einen Gefallen tun ...«

»... den du bisher immer abgelehnt hast.«

»... und heute brauche ich deine Hilfe.«

Er blinzelte und verengte die Augen zu schmalen Schlitzen, als versuchte er, irgendetwas zu erkennen.

»Hast du auch Kostüme hier in deiner Wohnung?« Ich ging ins Wohnzimmer und schaute mich in dem unordentlichen Raum um. Überall lagen Papierschablonen, Stoffreste, Nähutensilien und Bücher. »Perücken? Hüte? Ich muss unerkannt an einen bestimmten Ort kommen.«

»Das sollte zu schaffen sein.« Er tastete sich an der Wand entlang und winkte mich mit sich in einen Nebenraum.

Hier stand eine Schneiderpuppe und noch mehr Schnittmuster und Stoffe lagen überall verstreut. Im Regal entdeckte ich eine Auswahl von verschiedenen Perücken und griff nach der erstbesten, einer roten Lockenmähne.

»Für welchen Anlass möchtest du unerkannt bleiben?«, hakte Lacey nach und öffnete einen hohen

Schrank, in dem ich eine Reihe verschiedenster Mäntel sehen konnte.

»Ich gehe auf eine Pre-Work-Party. Hackney Wick.«

Ich setzte mich auf einen unbequemen hölzernen Stuhl, der vor einem Spiegel stand, band meine Haare mit einem dicken Faden zusammen und setzte die Perücke auf. Das Rot sah nicht einmal schlecht aus und das falsche Haarteil war gut verarbeitet. Wer mich nicht kannte, konnte tatsächlich glauben, es wäre echt.

Nun blieb nur noch eins zu tun: Ich zog das Handy aus der Hosentasche und tippte eine zweite SMS an Cat:

Hackney Wick-Party, 5 Uhr. Bin die Frau mit den roten Haaren.

Wieder starrte ich einige Sekunden auf das Telefon und wieder kam keine Antwort. Ein nervöses Kribbeln breitete sich in meiner Magengegend aus.

Das war es jetzt – alle Vorbereitungen waren getroffen, ich konnte nichts mehr tun außer zu warten. In wenigen Stunden würde sich unser Schicksal endgültig entscheiden.

15. Halt mich auf. Wenn du kannst …

Cat hatte alle Lichter im Haus eingeschaltet, damit ihr keine Bewegung entging. Sie hatte das Gefühl, allmählich wahnsinnig zu werden, denn sie hörte ständig dieses Ticken an den Fenstern. Seit Stunden. Aber da war nichts.

Einmal mehr ging sie zur Tür, öffnete sie, schaute hinaus in den dämmernden Morgen. Alles war still und friedlich.

Kopfschüttelnd schloss sie sie wieder und marschierte ins Wohnzimmer, wo sie mitten im Raum stehenblieb, unschlüssig, was sie nun tun sollte. Der vereinbarte Zeitpunkt rückte immer näher …

Cat zuckte zusammen, als ihr Handy klingelte. Gab es eine Änderung? War der Plan gescheitert? Sie machte einen Satz zum Couchtisch, nahm das Gerät in die Hände und starrte aufs Display.

Lass mich rein, lautete die Nachricht eines anonymen Absenders.

Ein eiskalter Schauder fuhr über ihren Rücken. Erschrocken blickte sie sich um und schaute schließlich zum Wohnzimmerfenster hinaus. War da ein Schatten vorbeigehuscht? War es das Monster?

Tickticktick.

Das kam aus der Küche. Cat musterte die Waffen auf dem Couchtisch und schnappte sich schließlich einen Dolch. Auch auf die Gefahr hin, dass sie alles ruinierte, wenn sie nur seinen Körper tötete – sie konnte sich diesem Wahnsinnigen nicht unbewaffnet stellen. Sie wollte nicht sterben. So wie Mary ...

Cat rannte in die Küche, starrte zum Fenster hin, sah im Glas jedoch nur ihre eigene Silhouette. Erneut klingelte das Handy.

Sag, Engelchen, hast du die Tür abgeschlossen?

Ein ersticktes Geräusch entwich Cat. Sie stopfte das Telefon in die Hosentasche, hastete zur Tür, drehte den Schlüssel im Schloss und lehnte sich von innen gegen das Holz. Ihr Atem ging schwer, ihr Herz raste und ihre Finger zitterten.

Er war hier. Das Monster war tatsächlich hier.

Cat versuchte, leise zu atmen und lauschte in die Stille. Nichts. Bis das Handy erneut eine Nachricht ankündigte.

Lass uns ein bisschen spielen. Sag, kann man die Fenster verschließen?

Ihr Herz machte einen Satz. Sie stürmte zurück in die Küche, überprüfte das Fenster und atmete auf. Ja, es war verschlossen. Erleichtert stützte sie sich an der Arbeitsfläche ab und legte das Telefon vor sich hin. Das Display leuchtete auf, dann klingelte es.

Das war das falsche Fenster, Engelchen.

Plötzlich ging das Licht aus. Und Cat spürte eine Präsenz im Haus, die pure Bösartigkeit ausstrahlte.

 ***

Fröhlicher Sound vibrierte durch die Halle, Menschen tanzten, lachten, einige machten Yoga, andere tranken Fruchtshakes an der Bar.

Ich war noch nie auf einer Pre-Work-Party gewesen und jetzt wusste ich wieso. Zum einen gab es in der gesamten Halle keinen Tropfen Alkohol und zum anderen liefen hier nur Irre herum – manche sogar verkleidet –, die Liebe suchten und sich auch nicht davor scheuten, welche zu verteilten. Ich war erst seit zehn Minuten hier, aber bereits drei Mal von Wildfremden umarmt worden. Das linderte meine Anspannung nicht gerade.

Ich stellte mich an die Bar, nahm mir einen grünlichbraunen Shake und tat so, als würde ich ›die Vibes‹ genießen, während ich in Wahrheit die Halle absuchte. Cat war nicht hier, ich hätte sie gespürt, bevor ich sie sehen konnte. Inzwischen war es fünf Minuten nach der vereinbarten Zeit.

Adrenalin pumpte durch meine Adern, ließ meine Finger zittern. Es war schwer, mir meine Aufregung nicht anmerken zu lassen.

»Hey, wie geht's?« Eine Blondine mittleren Alters trat zu mir heran und nickte mir freundlich zu. Dann deutete sie auf einen dünnflüssigen gelben Shake. »Du siehst aus, als würdest du eher die Vitaminbombe gebrauchen können. Schwere Nacht gehabt?«

»Ein schweres Jahrhundert trifft es eher«, murmelte ich, stellte jedoch meinen unangerührten Drink weg und griff stattdessen nach dem mir empfohlenen. Er schmeckte milchig und so sauer, dass es mir die Schleimhäute zusammenzog.

»Du solltest tanzen, das löst die Verspannung«, meinte sie und wollte mich mitschleppen, ich entzog mich ihr jedoch vorsichtig und winkte ab.

»Danke, aber nein, danke. Ich warte hier auf jemanden.«

Die Blondine nickte und in ihren Augen blitzte etwas auf. »Sie wird nicht kommen.«

Mein Herz setzte einen Schlag aus. Ich blinzelte sie ungläubig an. »Was hast du gesagt?«

Sie lächelte und deutete auf die Tanzfläche. »Dass die Bewegung zur Musik Verspannungen lösen kann.«

Ich schluckte. Hatte ich Halluzinationen? »Okay, danke, später vielleicht.«

Sie verstand den Wink und machte sich davon, um selbst ein paar Verspannungen zu lösen, wie es aussah. Ich schaute ihr eine Weile beim Tanzen zu und fragte mich, ob ich mich verhört haben konnte.

Schließlich schüttelte ich den Kopf und setzte zu einer Runde durch die Halle an. Ich schob mich durch die Tanzenden und in den Augen von jedem, der mich ansah, glaubte ich, ein bösartiges Funkeln zu bemerken. Es war unheimlich und ich fühlte mich beobachtet.

Ich war eben auf der anderen Seite angekommen, da rempelte mich jemand so stark an, dass ich meinen Drink fallenließ.

»Ich sehe dich«, raunte der Kerl mir zu und packte mich am Ellbogen. »Ich bin überall, du kannst dich nicht verstecken.«

Plötzlich ließ er mich los, blinzelte, als erwachte er aus einem Traum, dann lächelte er mich an. Ich ging weiter, ehe er darauf kommen konnte, mich anzusprechen. Allerdings kam ich nicht weit, bis sich mir der nächste Typ in den Weg stellte.

»Du siehst albern aus mit der Perücke«, sagte er und funkelte mich zornig an. Obwohl der Mann ein Doppelkinn und blaue Augen hatte, sah ich Aarons Miene vor mir. »Warum ausgerechnet rotes Haar?«

Ich wich zurück, als er nach mir greifen wollte. Mein Herz klopfte so laut, dass ich glaubte, es war über die Musik hinweg zu hören. Jetzt musste alles perfekt nach Plan verlaufen ...

»Hast du geglaubt, ich finde das mit dem Dolch nicht heraus?«, rief er mir zu.

Einige Leute drehten sich irritiert zu uns um. Sie spürten scheinbar die gefährliche Stimmung mitten in ihrer wattigen Sonnenscheinwelt, weshalb sie mir sofort Platz machten, als ich vor dem Mann floh. Allerdings bemerkte ich, dass er mir folgte. Nicht der Dicke, sondern Aaron.

Er sprang von Kopf zu Kopf, jagte mich durch die gesamte Halle, versuchte, mich festzuhalten, mit mir zu sprechen ... Eine junge Frau riss mir urplötzlich die Perücke vom Kopf.

Erschrocken fasste ich an meinen Haardutt, als könnte ich die schwarzen Locken damit verstecken. Ich hatte das Gefühl, Kälte kroch über und in mich gleichzeitig.

»Du hast geschummelt, Maxine«, sagte die Frau und schleuderte ihren dunklen Haarzopf über die Schulter. »Du wolltest mich reinlegen, aber das wirst du büßen! Du hast vielleicht den Dolch, aber ich habe etwas viel

Wichtigeres.« Ihre Lippen verzogen sich zu einem Grinsen, das mir die Nackenhaare aufstellte.

»Cat«, flüsterte ich. »Wo ist sie?«

Die Frau blinzelte mich verständnislos an. »Was? Wer?«

Ich wirbelte herum, stolperte in Richtung Ausgang. Kurz vor dem Tor prallte ich gegen einen Kerl, der sich mir mit funkelnden Augen zuwandte. »Rate, wo ich bin, Maxine.«

Ich keuchte, marschierte weiter, da hielt mich der Sicherheitsmann am Arm fest. »Du wirst zu spät kommen.« Ich riss mich von ihm los, wollte vorwärtslaufen, doch er griff erneut nach mir und deutete nach draußen. »Ich habe etwas für dich vorbereitet, Maxine.«

Sein Lachen hallte in meinen Ohren nach, während mein Blick über die Reihe an Reportern und Fotografen schweifte. Ohne meine Perücke erkannten sie mich sofort.

»Ist das nicht ... Miss Atwood! Miss Atwood, nur eine Frage!«

Sobald einer mich gesehen hatte, kamen plötzlich alle angelaufen. Ich wollte mich aus dem Pulk befreien, schaffte es jedoch nicht an ihnen vorbei. Die Geier von der Presse hatten mich umkreist.

»Ist es wahr, dass Sie in die Whitechapel-Morde verwickelt sind?«

»Was ist dran an den Gerüchten, Sie hätten gemeinsame Sache mit DCS Hutchinson gemacht?«

»War alles inszeniert?«

Die Fragen flogen mir nur so um die Ohren, während der Ripper von Reporter zu Reporter sprang, um mich auszulachen. Ich konnte seine Augen und sein infames

Grinsen nach und nach auf jedem ihrer Gesichter sehen.

»Ich stehe vor ihrer Tür, Max«, raunte das Monster. »Halt mich auf. Wenn du kannst ...«

Dann war er plötzlich fort. Und ich sank hilflos und schreiend in die Knie.

***

Cat tastete sich zum Lichtschalter vor, betätigte die Wippe mehrmals, doch nichts tat sich. Sie hörte, wie eine Tür quietschte, daraufhin erklangen Schritte.

Eine Hand auf ihren Mund gepresst, sank sie an der Wand hinab und versuchte, so leise wie möglich zu atmen. Oft hatte sie darüber nachgedacht, wie es wäre, dem Monster gegenüberzustehen. Sie hatte sich vorgestellt, wie sie es besiegte und ihre Mutter endlich befreite. Jetzt, da dies Wirklichkeit wurde, war sie allerdings wie gelähmt. Die Angst davor, was alles schiefgehen konnte, saß ihr hämisch im Nacken.

Sie umklammerte den Griff des Dolches fester, dennoch drohte er aus ihren verschwitzten Handflächen zu rutschen. Die Schritte kamen immer näher auf sie zu, Cat musste sich anstrengen, sie über das Rauschen des Blutes in ihren Ohren hinweg wahrzunehmen.

Als das Monster schließlich an der Tür zur Küche ankam, hob sie den Dolch und stach instinktiv zu. Die Waffe steckte in Aarons Fuß und er schrie schmerzerfüllt auf. Er war demnach wirklich selbst gekommen. Cat wollte den Dolch wieder herausziehen, doch sie bekam ihn nicht zu fassen, daher sprang sie auf und rannte los.

Weit kam sie nicht. Das Monster packte sie an den Haaren und riss sie grob zurück. Dann verpasste er ihr eine Ohrfeige, die schallend in Cats gesamtem Körper nachhallte.

Sie nahm all ihre Kraft zusammen und schubste ihn von sich. Daraufhin stürmte sie in Richtung Wohnzimmer, doch er holte sie ein, stellte ihr ein Bein, und sie prallte der Länge nach auf dem Boden auf.

Stöhnend wollte sie weiterrobben, aber er riss sie am Knöchel zurück, packte ihren Arm und zerrte sie hoch. Er war viel stärker, als sein schlanker Körper vermuten ließ. Cat konnte lediglich seine Silhouette und das Funkeln in seinen Augen sehen, doch das war genug, um ihr eine eisige Gänsehaut zu bescheren. Dieser Mann hatte nichts Menschliches mehr an sich, er war ein Tier, gesteuert von seinen perversen Trieben.

Er packte sie wortlos an der Kehle und drückte zu. Cat röchelte, wehrte sich mit aller Kraft, schlug und trat, konnte jedoch nichts gegen ihn ausrichten. Er hielt sie eisern fest und ihre Kräfte schwanden zunehmend.

»Mom«, keuchte sie. »Bitte ...«

»Der General kommt wie immer zu spät«, raunte das Monster.

***

Ich hatte einem der Reporter derart heftig auf die Nase geschlagen, dass der Rest mit erhobenen Händen vor mir zurückgewichen war. Nur so war ich aus dem Pulk entkommen. Jetzt rannte ich, so schnell ich konnte, die Straße entlang.

Meine Gedanken überschlugen sich und andauernd sah ich Cat vor mir. Als Baby in meinen Armen, als Mädchen mit wehendem Kleid am See, als junge stolze Frau in dieser Welt. Was ich tat, tat ich für sie. Sie war alles für mich und ohne sie ergab nichts Sinn. Wenn mein Plan nicht funktioniert hatte, wäre das nicht nur ihr Ende, sondern gleichzeitig meines.

Ich sah das Reihenhaus, das letzte in der Straße, es lag vollkommen dunkel da und das Wohnzimmerfenster stand offen. Ich lief darauf zu, stützte mich am Rahmen ab und starrte hinein. Mein Herz schlug Saltos, ich schnaufte heftig und Schweiß rann über mein Gesicht in meine Augen. Aber ich war gleichzeitig so erleichtert, dass ich am liebsten geweint hätte.

Cat stand in der Mitte des Raumes mit dem Rücken zu mir, ihre Schultern hoben und senkten sich heftig und in der rechten Hand hielt sie die Spritze, die ich für sie vorbereitet hatte und die nun leer war. Vor ihren Füßen lag bewegungslos der Körper des armen Kerls, in den sich Aarons abartige dämonische Seele eingenistet hatte.

Ich hievte mich durch die Öffnung und knipste die Stehlampe an, da drehte sich Cat erschrocken zu mir um.

»Mom«, sagte sie, dann fiel sie mir in die Arme und ihr schmaler Körper bebte. »Es hat funktioniert. Ich kann es nicht glauben.«

Ich streichelte ihr über den Rücken, murmelte besänftigende Worte in ihr Ohr. Nein, ich konnte es ebenfalls nicht glauben. Aber noch war das Monster nicht tot.

»Ich hatte solche Angst, dass die Nadel in meiner Hosentasche kaputtgeht«, erzählte sie fühlbar aufgewühlt. »Oder dass dieses Menschenmittel nicht wirkt. Er hatte mich schon an der Kehle gepackt, da stieß ich ihm die Spritze in den Schenkel.«

»Es ist alles gut gegangen.« Ich löste mich vorsichtig von ihr, strich eine Träne von ihrer Wange, dann gingen wir gemeinsam auf Aaron zu. »Lass es uns zu Ende bringen.«

Wir setzten seinen hochgewachsenen Körper auf einen Stuhl und obwohl er wirkte, als wäre er nur ein harmloser junger Mann, so wie sein Kinn auf der Brust ruhte und ihm das rote Haar wirr vor die geschlossenen Augen fiel, fesselten wir ihn so fest wie möglich mit Kabelbindern. Diese hatte ich, ebenso wie die Spritze, bereits im Haus deponiert.

Ich wollte, dass er wach war, wenn ich ihm den Dolch ins Herz rammte. Ich musste sehen, wie das Leben aus diesem Bastard wich, und sichergehen, dass seine Seele ein für alle Mal vernichtet war.

Es dauerte eine gefühlte Ewigkeit, bis er endlich wieder zu sich kam. Cat und ich hatten uns inzwischen gemeinsam auf den Sessel gesetzt und Aaron nicht aus den Augen gelassen.

Er erwachte mit einem dunklen Knurren, schüttelte den Kopf, dann blickte er mit irrem Blick von unten zu uns herüber.

»Ihr verfluchten Nutten«, spie er uns förmlich entgegen und sein Speichel spritzte dabei auf den Fußboden. »Ihr habt betrogen. Betrogen!«

Ich ignorierte ihn und sein wütendes Schnaufen. Langsam erhob ich mich, griff nach der leeren Spritze auf dem Couchtisch und hielt sie ihm unter die Nase. »Midazolam. Es ist wasserlöslich, wodurch es von den handelsüblichen Beruhigungsmitteln am schnellsten wirkt. Es führt in weniger als dreißig Sekunden zur Bewusstlosigkeit, die perfekte Droge also, um jemanden kurzzeitig unschädlich zu machen.« Das wusste ich von einem Vergewaltigungsfall, den ich einmal übernommen hatte. »Du meintest, meine größte Schwäche wäre mein Mitgefühl – nun, deine ist deine Gleichgültigkeit.« Ich deutete auf Cat. »Du hast ernsthaft geglaubt, ich lasse meine Tochter ungeschützt und ohne Plan in einem leeren Haus zurück, weil du nichts von Liebe und Loyalität verstehst. Das war dein erster Fehler.«

Aarons Blick glitt von mir zu Cat und wieder zurück. In seinen Augen glomm ein Feuer und er bebte am gesamten Körper. Er war zum ersten Mal in der schwächeren Position und schäumte förmlich vor Zorn darüber.

Ich legte die Spritze auf den Tisch. »Dein zweiter Fehler war, mir den ganzen Schwachsinn zu glauben, den ich laut ausgesprochen oder geschrieben habe. Seit ich wusste, dass du mich durch jeden, der mir nah war, belauscht hast, habe ich nur noch für deine Ohren gesprochen. Meinst du, ich weiß nicht, dass du mein Gespräch mit Cat mitgehört hast?« Ich zog mein Handy aus der Hosentasche und warf es ihm vor die Füße. »Oder dass du meine Nachrichten abgefangen hast?« Ich war mir nicht sicher gewesen, was das betraf. Meine Vermutung hatte sich erst durch seine verärgerte Reaktion auf meine SMS an Cat bestätigt, in der ich den Schwindel mit dem Dolch aufdeckte. »Du hältst dich für derart überlegen, du glaubst jede Dummheit, die einer vollbringt. Aber es war nie der Plan, dass Cat zur Hackney Wick Party kommt. Ich habe beabsichtigt, dass du mich mit dem roten Haar erkennst und glaubst, mich dort aufhalten zu können. Und die Reporter, die hast nicht du organisiert, ich habe dafür gesorgt, dass sie mich einkreisen. Es war alles inszeniert, damit du dich in Sicherheit wiegst und annimmst, ich käme einmal mehr zu spät. Ach, und der hier ...« Ich deutete auf den Dolch, der neben der Spritze auf dem Küchentisch lag. »Ja, diese Waffe ist die ganze Zeit über die richtige gewesen. Tja, ich habe dich ausgetrickst.« Ich zuckte mit den Schultern. »Schuldig. Was willst du jetzt tun?«

Sein Kiefer mahlte. Der Mann auf dem Stuhl war definitiv Angry Jack, nicht mehr Saucy Jacky. Doch so, wie er dort saß, hatte dieser schlanke, rothaarige Kerl jeglichen Schrecken für mich verloren.

»Wieso hast du mich nicht getötet?«, raunte er. »Ich sitze immer noch hier. Warum?«

»Weil ich sehen wollte, wie du Schweinehund verreckst.« Die Worte waren über meine Lippen gepurzelt, bevor ich es verhindern konnte. Sie brachten den Ripper zum Lächeln.

»Auch wenn du mich tötest, bin ich unsterblich – in den Köpfen der Leute.« Er lachte leise. »Sie werden sich immer an meinen Namen erinnern, werden sich in schwachen Nächten vor mir fürchten und vielleicht werden manche Menschen meine Werke nachahmen, wer weiß.«

Das Schlimme daran war, dass er vollkommen recht hatte.

»Du aber, liebste Maxine, wirst vergessen werden. Keiner kennt deinen Namen, keiner weiß, dass du sie von dem Unheil, dem bösen Monster, befreit hast. Für die Leute wird es ein zweites Mal so sein, dass der Ripper mit seinen Morden davongekommen ist. Und ich werde weiterhin eine Legende bleiben.«

Ich schauderte und wollte etwas erwidern, da trat Cat hinter mich. Ich spürte ihre kalte Hand auf meiner Schulter. »Lass uns nach Hause gehen, Mom. Er ist kein weiteres Wort wert. Schick ihn ins ewige Nichts, wo er hingehört.«

Ich nickte, dann nahm ich den Dolch. In den Geschichten schien es immer wichtig, sich mit dem Feind auszusprechen, doch es brachte in Wahrheit gar nichts und änderte nichts an den Tatsachen. Jack the Ripper alias Aaron Bell tötete zehn Frauen auf bestialische Art und Weise und tyrannisierte London in zwei Jahrhunderten. Er war nicht nur ein Monster, er brachte auch das Schlechteste in den Bürgern Whitechapels zum Vorschein. Und das Schlechteste in mir.

Es war an der Zeit, mit der Vergangenheit abzuschließen. Gerechtigkeit walten zu lassen für Mary, für Kali, für Martha, Polly, Annie, Liz und Catherine sowie für Agatha, Melissa und Maxine. Es war an der Zeit, mich zu rächen. Und es war an der Zeit, mir mein Leben zurückzuholen.

Aaron blickte mich unter seinen roten Strähnen hervor mit funkelnden Augen an. Obwohl ich ihm gleich die Klinge ins Herz treiben würde, grinste er – denn er wusste, dass er in den Köpfen der Menschen, dass er in meinem Kopf weiterleben würde.

Ich atmete durch, dann stieß ich direkt in seine Brust.

Er keuchte und zerrte vor Schmerz an seinen Fesseln. Ich beobachtete seine Augen genau, während ganz langsam das Leben daraus entwich. Schließlich wurden sie stumpf und leer. Er war tot, vernichtet, seine Seele zerstört, das konnte ich spüren, denn seine gesamte Präsenz war mit einem Mal verschwunden.

Es war ein recht unspektakuläres Ende für ein gnadenloses Monster wie ihn.

Ich hörte, wie Cat neben mir aufatmete. »Es ist vorbei. Endlich ist es vorbei ...«

Es fühlte sich seltsam unwirklich an, als sie mich in die Arme zog und mich fest an sich drückte.

Epilog

»Ist der legendäre Serienmörder Jack the Ripper ein zweites Mal davongekommen?«

Jonas schielte von dem Sessel, in dem er saß, über den Rand seiner Zeitung hinweg zum Fernseher, wo eine adrette Schwarzhaarige, ein angedeutetes Lächeln im Gesicht, die Nachrichten vom Teleprompter ablas.

»Der Tod des letzten Opfers, das mit den Mordfällen in Verbindung gebracht wird, ist inzwischen über zwei Monate her, was der Bevölkerung Londons Anlass zum Aufatmen gibt. Von der einzigen Verdächtigen, Maxine Atwood, einer Detektivin aus London, fehlt derweil jede Spur. Bleiben die Morde 1888 sowie 2018 ungelöst? Und ist es purer Zufall oder steckt eine Verschwörung dahinter, wie manche Ripperologen glauben? Die Metropolitan Police schweigt sich zu den Vorfällen weiterhin aus. Detective Chief Superintendent Brian Hutchinson, der zugab, eine Affäre mit der Verdächtigen gehabt zu haben, gab den Fall ›Jack the Ripper 2018‹ vor einiger Zeit zwar offiziell ab, wurde inzwischen aber von jeglichem Verdacht der Mittäterschaft und dem Verschweigen ermittlungsrelevanter Informationen freigesprochen und behält sein Amt bei Scotland Yard bei. Auch die Vorwürfe einer angeblichen Vergewaltigung gegen den DCS lösten sich als Missverständnis auf. Gerüchte, Miss Atwood habe den hochrangigen Polizisten durch die schweren Anschuldigungen loswerden wollen, nachdem er sich als unbestechlich erwiesen hatte, konnten bisher nicht bestätigt werden.«

»Es ist ein Brief für dich angekommen.« Bridget betrat das Wohnzimmer mit einem Stapel Post in den Händen, warf einen Blick auf den Fernseher und rümpfte die Nase. »Ich habe von Anfang an gesehen, dass diese Maxine Atwood etwas Bösartiges an sich hat. Ein Glück, dass sie dich nicht schwerer verletzt hat.«

Jonas hob die Mundwinkel, schwieg jedoch. Er wusste nicht genau, was passiert war, denn Max war schon verschwunden, als er aus dem Krankenhaus entlassen wurde. Doch in einem war er sich sicher: Maxine Atwood war eine Heldin. Es hatte immer in ihr gesteckt, sie hatte es nur mit einer ordentlichen Portion Gin überschwemmt.

Max hatte London letztlich vom Ripper befreit und die Stadt dankte es ihr, indem sie sie zur Bösen machte. Jonas ertrug es kaum, wie abfällig alle über sie sprachen, ändern konnte er daran jedoch nichts. Niemand würde je die Wahrheit erfahren und keiner würde ihr danken.

»Von wem ist der Brief?«, hakte er nach.

»Es steht kein Absender darauf«, antwortete Bridget. »Nur dein Name. Und hier oben steht ›Überraschung‹.«

Jonas stellten sich unwillkürlich die Nackenhaare auf. Er legte die Zeitung weg und sprang auf. Keine sonderlich kluge Entscheidung. Seine Wunde war noch nicht vollständig verheilt und ziepte schmerzhaft. Stöhnend hielt er eine Hand an den Bauch.

»Du sollst dich schonen!« Bridget legte die Post weg und drängte ihn zurück zum Sessel. »Leg die Füße hoch.«

Jonas schmunzelte. Verwundet worden zu sein, hatte durchaus seine positiven Seiten: Bridget umsorgte ihn rührend. Er streckte die Hand nach dem Brief aus und seine Verlobte kam der stillen Bitte sofort nach.

Jonas zitterte leicht, obwohl er sich nicht vorstellen konnte, dass der Ripper zurück war und ausgerechnet mit ihm spielen wollte. Er riss den Umschlag auf, zog das Papier heraus und lächelte, als er die Schrift sah.

»Von wem ist der?«, fragte Bridget und schielte zum Papier.

Jonas faltete den Brief so, dass sie die Worte nicht lesen konnte und legte ihn sich in den Schoß. »Ist nur eines dieser albernen Gewinnspiele ...«

»Na, dann ruh dich jetzt noch ein wenig aus.« Sie küsste ihn auf den Scheitel, ehe sie das Zimmer verließ.

Er schaute ihr nach, wartete, bis er sie in der Küche hantieren hörte und las erst dann den Brief.

Lieber Jonas,
Überraschung – kleiner Scherz am Rande. Ich weiß, du konntest mit meinem Humor nie etwas anfangen, daher wirst du dich nicht gerade amüsiert haben.
Ich hoffe, du bist wohlauf und deine Wunden verheilen. Wie ich Bridget kenne, wird sie dich gut umsorgen, sodass du schnell wieder auf den Beinen bist.
Es tut mir leid, dass ich mich nicht verabschiedet habe. Ich durfte das Risiko nicht eingehen, dass die Met mich erwischt. Außerdem hatte Cat mit der Mehrzahl meiner Soldaten einen Putsch geplant, der nur noch auf mich als seine

Anführerin gewartet hatte. Gemeinsam stürzten wir den unrechtmäßigen König George und nahmen ihn für seine Taten in Gewahrsam. Ein neuer Mann regiert nun das Land – sein Name ist Reginald, er ist der Großneffe von König Edwin und ich denke, er gibt einen würdigen Monarchen ab.

Aber genug von der Vergangenheit, von Tod und Verrat, denn ich bin das alles leid. Was zählt, ist das Leben, wie es jetzt stattfindet.

Ich schreibe dir von meinem Haus am See, allerdings bewohne ich dort nur noch ein Zimmer. Dennoch könnte ich nicht zufriedener sein. Meine Cat lebt mit ihrer wundervollen Familie, ihrer Frau Yvonne und ihrer gemeinsamen Tochter Maya, in dem alten Blockhaus. Meine kleine Tochter hat eine kleine Tochter, Jonas …

Sie ist ein Goldstück, bringt Sonnenschein und Leben in unsere vier Wände. Als ich Maya zum ersten Mal traf, nannte sie mich Grandma. Ich hätte fast geweint vor Glück.

Zu gern würde ich dich zu uns einladen oder dich besuchen kommen, aber du kannst die Oberwelt nicht bereisen und ich hoffe, du verstehst, dass ich nie wieder einen Fuß in die Menschenwelt setzen werde. Ich will dir jedoch schreiben und freue mich, wenn du meinem Boten – er wird sich dir zu erkennen geben – auch einmal einen Brief mitgibst.
Ich wünsche dir nur das Beste!
Deine Freundin Maxine

P.S.: Das war das letzte Mal, dass ich an den Ripper gedacht habe. Ich verbanne ihn aus meinen Gedanken, denn er ist sie nicht wert. Wir sind die Sieger, Jonas, nicht er.

Jonas faltete den Brief zusammen und steckte ihn in den Umschlag, dann warf er beides ins Feuer des Kamins. Ja, auch für ihn war es das letzte Mal gewesen, dass er an den Ripper gedacht hatte. Wenn sie sich schrieben – wie die zwei alten Freunde, die sie waren –, würden sie dieses düstere Kapitel mit keiner Silbe erwähnen.

Er lehnte sich zurück und versuchte sich auszumalen, wie Grandma Max von der kleinen Maya durch ihr Haus am See gejagt wurde. Die Vorstellung brachte ihn zum Lachen.